新文科·中国语言文学系列教材

丛书总主编 王本朝

文学概论

主编 李立 王卫东

副主编 李洪平 张欢 樊华 曹静漪 谢薇

西南大学出版社

图书在版编目(CIP)数据

文学概论 / 李立, 王卫东主编. -- 重庆：西南大学出版社, 2025.2. -- (新文科：中国语言文学系列教材). -- ISBN 978-7-5697-2766-1

Ⅰ.I0

中国国家版本馆CIP数据核字第20245DC238号

文学概论
WENXUE GAILUN

主编◎李 立 王卫东

总 策 划	杨 毅 杨景罡
执行策划	鲁 艺 钟小族
责任编辑	鲁 艺
责任校对	钟小族
整体设计	魏显锋
排　　版	吕书田
出版发行	西南大学出版社（原西南师范大学出版社）
	重庆·北碚　邮编：400715
印　　刷	重庆市骏煌印务有限公司
成品尺寸	185 mm×260 mm
印　　张	14.25
字　　数	298千字
版　　次	2025年2月 第1版
印　　次	2025年2月 第1次印刷
书　　号	ISBN 978-7-5697-2766-1
定　　价	48.00元

新文科·中国语言文学系列教材

丛书编委会

主　任　王本朝

委　员（按姓氏笔画排序）

邓章应	苏宏斌	李　立	李卫东
杨　观	吴翔宇	邱庆山	张春泉
陈文新	陈寿琴	林启柱	周锦国
赵锦华	荣维东	段茂升	姜　飞
凌孟华	黄劲伟	梅　杰	寇鹏程
程　翔	管新福		

本书教学资源

联系电话:023-68252455

总序

"新文科·中国语言文学系列教材"是由西南大学文学院和西南大学出版社合作出版的一套教材。在工作开展过程中,确立的编写目标,就是贯彻落实新文科理念。新文科建设勃兴于新时代,是对传统文科的革故鼎新。新文科新在哪里？它要求围绕培养堪当民族复兴大任的德智体美劳全面发展的时代新人,构建展现中国实践、凝练中国经验、体现中国智慧、发出中国声音的文科学派,形成交叉、融合、守正、创新的文科形态和目标。新文科之新,体现在多个方面。从学科维度,它主要体现在人文精神的主题变化、多学科交叉融合、信息技术的渗透和影响等；从历史维度,它是人文精神随历史发展而不断演变的必然结果；从时代维度,它是教育领域应对"百年未有之大变局"和"人文学科危机"的产物；从中国维度,它是构建中国学科体系、话语体系、学术体系的必然要求,突出人才培养立德树人的中心地位。新文科之"新"不仅是新旧之"新",更是创新之"新"。唯其如此,方能体现新文科的本质和核心要义。创新之意重在价值重塑和交叉融合。相对于自然科学,人文学科具有以"人"为中心的价值理性,带有鲜明的主观性、民族性、理念性和意识形态特征。

新文科建设带来了一场革命,谈得最多的则是突破小文科思维,构建大文科视野,注重与其他学科的交叉融合。学科交叉和科际整合,已经成为推动学科建设的重要手段。新文科的最大特点是文理交叉。在方法论上,传统人文社科的方法,转向了运用现代科技、信息技术和人工智能,特别是运用算法,将文科的定性方法与定量方法相统一,彰显了新文科的科学性。如何建设新文科,则需要在理论体系、学科体系、教学体系、评价体系上积极探索,强化价值引领、打造数字人文、彰显文科质性。建构新文科理论体系,应把握过去,面向未来,扎根中国大地,厚植中华文明,坚定文化自信,着力阐释中国精神、中国价值、中国力量,提升中国学术的话语权,同时借鉴汲取人类文明中一切有价值、有意义的思想成果,坚持守正创新,贡献学术新知和学理创见,不断扩展人类的知识疆域和理论边界。要深刻解读历史性变革中蕴藏的内在逻辑,运用中国理论解读中国实践,为新时代社会发展提供强大精神动力和理论支撑。

建构新文科教学体系,就要持续做好现有专业、方向、课程的更新、优化、改造、提升和赋能,同时加快对新专业或新方向、新课程的探索与拓展。对现代大学而言,学科是引领,专业是方向,课程就是基础。我们主持编写的"新文科·中国语言文学系列教材",主要针对汉语言文学、中文国际教育相关专业。汉语言文学是中国大学最早开设的专业之一,最早出现于19世纪末,1980年代以后,得到了快速发展,对中国人文科学做出了重大贡献。它的课程一般分为三类,除必修的公共课程外,还有专业必修课程和选修课程。专业必修课程,即所谓的老八门,"文学类"有"文学概论""中国古代文学史""中国现当代文学史""外国文学史","语言类"有"语言学概论""古代汉语""现代汉语",再加上"写作学"。虽名称有差异,如"文学概论",也称为"文学原理""文学基本理论","写作学"也有称"文学写作""创意写作"的。无论怎样,中文专业的基本课程总是脚踩在两条船——语言和文学上。学好基础课程,才会转身灵活。至于专业选修课,那是五花八门,多种多样,不同学校根据教师治学专长开设不同课程。围绕中外经典作家作品,可开设如杜甫、李白、苏轼、李清照、鲁迅、莎士比亚等作家专题课程,以及《诗经》《楚辞》《战国策》《红楼梦》《野草》等专书课程,还有某种文体及流派研究等课程。

这是中国语言文学专业的基本课程,因存在不同区域、不同层次、不同类型的差异,在统一课程名称下面,主要还是通过教材和教法来体现。编写"新文科·中国语言文学系列教材",就意在向上接通新文科理念,向下立足专业差异,特别是区域和层次差异,对中国语言文学专业课程进一步优化和完善,保证课程、教材、教学和学生的无缝对接,体现学生、学术、学科一体化发展。积极贯彻新文科理念,坚持以文化人、以文培元之宗旨,真切体验文学之"道",感悟语言之"教",倡导新语文思维,坚守语言文学的工具性与存在性、概念性与审美性、人文性与生态性相统一,真正践行新文科人才培养的特色、全面、综合之路,不断提高人才培养质量。

我们相信,一时代有一时代的学科,新时代呼唤新文科。从传统文科到新文科,显然不是对传统文科的否定和颠覆,而是进一步推动传统文科与时俱进、自我转型、自我变革。这套教材的编写就是在原有教材和教学实践基础上,以原创性、可读性、可操作性为原则,着重培养中国语言文学的应用型、复合型人才,同时坚持体例统一、各有侧重、区分主次的编写原则。我们的倡议,很快就得到了国内兄弟院校的积极响应,一批知名专家、教授担任主编、副主编或直接参与编写,负责总撰和统稿,既保证了坚实的学术质量,又融入了丰富的教学实践。可以说,这是一套具有前沿性、学术性、科学性和实用性的专业教材。

2023年孟冬

前言

在新文科背景下,基于文学理论的学习特点,本教材预设三个目标:一是力求在理论中融入时代特色,反映跨学科前沿信息;二是将理论化繁为简,深入浅出,而不失应有的内涵、深度;三是使理论学习效果得到即时检验,促进教与学的循环反馈。

针对第一个目标,教材在第二章、第六章密切关注文学与生态环境、消费社会、网络世界、数字人文的联系,选择恰当例证予以说明。

针对第二个目标,教材首章提出三个问题,以简洁明快、循循善诱的形式导入文学理论,提示学习文学理论的主要方法。之后,分别以世界、作者、文本、读者作为透视文学的窗口,从作者生活的世界到作者创造的秘密,再深入文本中体会文学语言的魅力,进而揭示我们经常忽视的阅读的再创造意义。最后,带领大家探寻文学发展变化、生产消费的规律。此外,为丰富文学知识,各章节均有"资料链接",提供延伸阅读、拓展思维的文献。

针对第三个目标,教材精心设计助教、助学系统。每章开篇均有本章概要、学习目标、学习重难点,以及提纲挈领的思维导图,提示学习的相关线索、路径;末尾均有本章小结概括核心内容,推荐进一步阅读书目,列出学习自评要点和自测试题,供教师和学生检验学习效果。

"文学概论"是汉语言文学专业核心课,旨在统辖文学基本问题,提升文学理论素养,协同其他文学课程,帮助学生形成相对完整、清晰的文学认识。理论的意义,大家都知道,也认可。理论的讲授和学习有难度,也被大家公认。衷心希望本教材的上述尝试能帮助学习者渡过难关,听见理论的召唤,迈入文学的殿堂。

目录

第一章　文学理论的邀请 /1
第一节　文学是什么 …………………………3
第二节　文学理论是什么 …………………9
第三节　如何学习文学理论 ……………25

第二章　世界：文学的坐标 /29
第一节　文学与自然生态 …………………31
第二节　文学与社会文化 …………………38
第三节　文学与审美意识形态 …………44
第四节　文学与日常生活审美化 ………51

第三章　作者：创造的秘密 /59
第一节　作者与世界 ………………………61
第二节　文学创作的特性 …………………74
第三节　作者的类型及其嬗变 …………94

第四章　文本：语言的力量 /103
第一节　文学语言的特质 …………………105
第二节　文学的题材与意蕴 ……………110

第三节　文学体裁的类型 …………………………… 121
第四节　文学风格与流派 …………………………… 133

第五章　读者：阅读的意义 /145

第一节　接受美学视域中的阅读 …………………… 147
第二节　读者的作用 ………………………………… 156
第三节　阅读类型 …………………………………… 170
第四节　文学批评 …………………………………… 173

第六章　流变：文学的发展 /181

第一节　文学的通与变 ……………………………… 183
第二节　文学发展的动力 …………………………… 191
第三节　当代文学的生产与消费 …………………… 198
第四节　数字时代的文学 …………………………… 204

后记　/213

第一章　文学理论的邀请

本章概要

文学是什么？这个问题最容易被忽略。我们学习文学理论，就从被忽略而又无处不在的问题开始。文学活动历经不同时代，不同的文化语境赋予"文学"不同含义。文学理论对文学活动进行剖析，"文学四要素"理论为我们提供理解文学的重要维度和基本框架，原先被忽略的阅读意义得以凸显。文学语言不同于日常语言，追求自身的显示度。文学价值多元，以审美为核心，辐射求真、致善、娱乐。文学以人为本，探索人生意义。

学习目标

1. 初步了解"文学是什么""文学理论是什么"。
2. 理解文学四要素的意义，学会从文学四要素的角度看待文学。
3. 掌握理论与作品的有机关系，在作品解读中活学活用理论，善于深入文学去领会人生的真善美，感受文学以情动人、潜移默化地改变世界的力量。

学习重难点

学习重点：

1. 文学定义的科学性。
2. 文学四要素的构成与动态关系。
3. 文学是人学的命题。

学习难点：

1. 文学定义的开放性与文化系统的变化。
2. 读者的阅读接受在文学活动中的作用。
3. 文学价值的不同维度及其关系。

思维导图

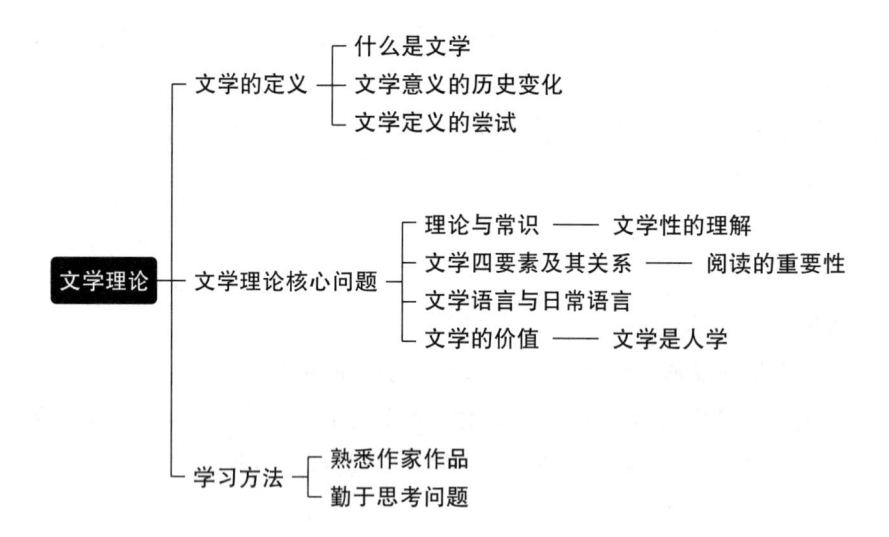

- 文学理论
  - 文学的定义
    - 什么是文学
    - 文学意义的历史变化
    - 文学定义的尝试
  - 文学理论核心问题
    - 理论与常识 —— 文学性的理解
    - 文学四要素及其关系 —— 阅读的重要性
    - 文学语言与日常语言
    - 文学的价值 —— 文学是人学
  - 学习方法
    - 熟悉作家作品
    - 勤于思考问题

第一节　文学是什么

一、熟知非真知

"文学"是什么？也许，大家没有问过这个问题，甚至没有想过这个问题。这个问题如此简单，以至于不需要问。这个问题又如此根本，以至于我们不得不问。

"文学"这个词，我们从小到大不知说过、写过多少遍，更不知听过、读过多少遍。对于我们而言，这个词太熟悉，我们能够熟练地使用。但是，我们真的明白"文学"这个词的含义吗？真的知道"文学"是什么吗？

"熟知"非"真知"，德国哲学家黑格尔告诉我们，"熟知的东西所以不是真正知道了的东西，正因为它是熟知的。有一种最习以为常的自欺欺人的事情，就是在认识的时候先假定某种东西是已经熟知了的，因而就这样地不去管它了。这样的知识，既不知道它是怎么来的，因而无论怎样说来说去，都不能离开原地而前进一步"[①]。

与此类似，古罗马圣·奥古斯丁曾追问，"时间究竟是什么？谁能轻易概括地说明它？谁对此有明确的概念，能用语言表达出来？可是在谈话之中，有什么比时间更常见，更熟悉呢？我们谈到时间，当然了解，听别人谈到时间，我们也领会。那末时间究竟是什么？没有人问我，我倒清楚，有人问我，我想说明，便茫然不解了"[②]。是的，不问时清楚，问时难免糊涂。

"文学"何尝不是这样。我们可以做个实验，把上述的奥古斯丁换成你自己，把"时间"一词换成"文学"，尝试追问一下，看自己是清醒还是糊涂。

二、什么是"文学"

什么是"文学"与"文学"是什么，这两个问题看起来很像，也有关联，但不尽相同。

我们可能更了解什么是"文学"。诗歌是文学，散文是文学，小说是文学，还有戏剧也是文学。或者说，李白的《静夜思》是文学，朱自清的《荷塘月色》是文学，曹雪芹的《红楼梦》是文学。不过，反过来说，文学就只是诗歌、散文或小说吗？文学就只是《静夜思》《荷塘月色》《红楼梦》？肯定不是这样。就诗歌而言，除了《静夜

[①] 黑格尔.精神现象学 上卷[M].贺麟,王玖兴,译.北京:商务印书馆,1979:20.
[②] 奥古斯丁.忏悔录[M].周士良,译.北京:商务印书馆,1963:242.

思》，我们还可以列举许多作品。散文、小说，也是如此。文学的内涵和外延远远大于作品，也大于诗歌、散文、小说、戏剧。后者只是文学的体裁，而不是文学本身。

我们之所以判断诗歌、散文、小说是文学，之所以判断《静夜思》《荷塘月色》《红楼梦》是文学，是因为我们知道什么是文学，文学有什么特征，以此为标准去判断某部作品、某个文本是文学，或者不是文学。比如，数学公式不是文学，爱因斯坦的相对论不是文学，手机的使用说明书不是文学，等等。

如此看来，我们心中似乎有某种关于"文学是什么"的标准，让我们有能力和自信去对"什么是文学"做出实际判断。那么，这种能力、自信来自何处？是否可靠？说到底，还是要进一步追问并弄清楚"文学是什么"这个问题。

三、"文学"意义的历史变化

人类对文学的理解并非一成不变，时代在发展，文学的意义也在不断更新。我们分别看一下中西方文学的情况。

1. 中国文学史中的文学意义变化

古汉语的"文学"与现代汉语的"文学"二字，其意义有所关联，但不尽相同。孔子时代的"文学"并非我们今天所说的"文学"。在《论语·先进》中，孔子因材施教，将他的得意弟子分为四类，在德行、言语、政事、文学四个领域各擅其能，后世称为"孔门四科"。孔子说"文学：子游、子夏"[1]，认为他们二人在文学方面表现突出。子游、子夏熟悉掌握《诗》《易》《礼》《乐》《春秋》等先王经典，因而得到孔子赞许。可见，孔子时代的"文学"大致相当于"经学"亦即六经之学、经典之学，并非我们今天"文学"所指的诗歌、小说等创作类型。六经的《诗经》可以看作今天所说的文学，但其他经典则不是。《诗经》之所以经典化是缘于肩负着儒家"观风俗、知得失"、教化民众的神圣使命，所以孔子说"诗三百，一言以蔽之，曰'思无邪'"[2]，又说《关雎》"乐而不淫，哀而不伤"[3]，"淫"即过度，快乐、悲伤都不能过度，要讲求道德醇正、情感节制。

"国家不幸诗家幸，赋到沧桑句便工"，时局动荡的魏晋南北朝是中国文学的自觉时代。南朝宋文帝立四学，文学与儒学、玄学、史学并立。刘义庆《世说新语》设文学篇，专记文人雅士言行。在理论方面，曹丕《典论·论文》、陆机《文赋》、刘勰《文心雕龙》、钟嵘《诗品》等均为流传千古的名篇，出自南朝梁太子萧统编选的《文选》是中国最早的诗文总集。在创作方面，除了竹林七贤、建安七子等文学群体，还有被刘勰称为"五言之冠冕"的《古诗十九首》。

魏文帝曹丕重视文章之学，在《典论·论文》称"盖文章，经国之大业，不朽之盛

---

[1] 杨伯峻.论语译注[M].北京：中华书局，1980：110.
[2] 杨伯峻.论语译注[M].北京：中华书局，1980：11.
[3] 杨伯峻.论语译注[M].北京：中华书局，1980：30.

事。年寿有时而尽,荣乐止乎其身,二者必至之常期,未若文章之无穷"[1],将文章作为人生在世留名千古的事业看待。他把文体分为四类,各有特色,"盖奏议宜雅,书论宜理,铭诔尚实,诗赋欲丽"[2]。陆机《文赋》进而将文体分为十类,将诗赋分为两类,认为"诗缘情而绮靡。赋体物而浏亮"[3]。刘勰《文心雕龙·总术》将文章分为文、笔两类,"以为无韵者笔也,有韵者文也"[4],大致相当于后世的散文、诗歌。《文选》选录标准"以能文为本",注重辞采,入选的诗文大致分为诗、赋、文三类,排除"姬公之籍,孔父之书""老、庄之作,管、孟之流""谋夫之话,辩士之端""记事之史,系年之书"[5],大致相当于后世所谓经、史、子之类著作。尽管文、文章、文学的概念界线还不是太清晰,文学的独立性在很大程度上已经凸显。

现代意义的"文学"概念,随着西学东渐之风,出现在晚清。王国维先生在1906年发表的《文学小言》中说"文学者,游戏的事业也"[6],意为文学与道德教化的严肃命题无关,而应该如同游戏那样追求自由。差不多同时,鲁迅先生发表评论欧洲浪漫派文学的《摩罗诗力说》,称"由纯文学上言之,则以一切美术之本质,皆在使观听之人,为之兴感怡悦。文章为美术之一,质当亦然,与个人暨邦国之存,无所系属,实利离尽,究理弗存"[7]。鲁迅说的"美术"指美的艺术,作为艺术,纯文学的初衷在于审美愉悦,而不是实用功利、道德说教。

新文化运动中的文学家并不排斥文学的社会功能,只不过提倡的是"革命""启蒙"而不再是道德教化,比如胡适的《文学改良刍议》、陈独秀的《文学革命论》。这些关于文学的现代论述,其共同点是对于文学类型有相比古代更为清晰的认识,尤其是小说,不再被视为"街谈巷语,道听途说"的"稗官野史",而成为最有希望、最具影响力的文学类型。胡适说,"惟实写今日社会之情状,故能成真正文学"[8],"与其作不能行远不能普及之秦、汉、六朝文字,不如作家喻户晓之《水浒》《西游》文字也"[9]。同样,梁启超在《论小说与群治之关系》中认为"欲新一国之民,不可不先新一国之小说",因为"小说有不可思议之力",[10]所以能起到革新国民精神的作用。鲁迅早年之所以弃医从文,部分原因也在此。

---

[1] 霍松林.古代文论名篇详注[M].上海:上海古籍出版社,1986:89.
[2] 霍松林.古代文论名篇详注[M].上海:上海古籍出版社,1986:88.
[3] 霍松林.古代文论名篇详注[M].上海:上海古籍出版社,1986:100.
[4] 黄叔琳.增订文心雕龙校注[M].李详补注,杨明照校注拾遗.北京:中华书局,2000:529.
[5] 霍松林.古代文论名篇详注[M].上海:上海古籍出版社,1986:190-192.
[6] 姜东赋,刘顺利.王国维文选[M].天津:百花文艺出版社,2006:103.
[7] 鲁迅.鲁迅全集(第一卷)[M].北京:人民文学出版社,2005:73.
[8] 胡适.胡适文存(壹)[M].北京:华文出版社,2013:8.
[9] 胡适.胡适文存(壹)[M].北京:华文出版社,2013:14.
[10] 梁启超.梁启超全集.第四集.论著四[M].北京:中国人民大学出版社,2018:49.

2.英语世界的文学意义变化

英语的literature与中文的"文学"对应,也有类似的古今之变。literature最早出现在14世纪的英语世界,意为"通过阅读所得到的高雅知识"[①]。从词源看,literature的词根是拉丁文littera意为letter(字母)。掌握literature,就是识文断字,就是有知识、有文化的人,否则就是文盲。英文的文盲一词是illiterate,前缀il是对literate的否定。literate与literature不是很接近吗?

在18世纪之前,literature包括的范围很广,除了今天说的文学,历史、哲学、政治、宗教等著述均在其中,仿佛中国古代的六经之学。18世纪后,literature才逐渐获得今天我们理解的文学意义,专指诗歌、小说、戏剧等带有抒情性、想象性的创意作品。这个过程伴随着小说的兴起、艺术独立性与审美意识的觉醒。从古希腊亚里士多德《诗学》开始,西方曾经以poetry指包括诗歌、戏剧在内的文学创作。小说这种文学体裁在18世纪的欧洲获得越来越多的读者,也产生了丹尼尔·笛福《鲁滨孙漂流记》这样的名作。原先的poetry主要指押韵的诗歌或戏剧,不能容纳后起的小说(novel)。

另外,18世纪还有一个艺术审美从其他人类精神活动中独立的趋势,与实用技术区别的"美的艺术"逐渐为人所认可。法国艺术理论家阿贝·巴托在《归结为同一原理的美的艺术》一书中,将"美的艺术"分为音乐、诗、绘画、雕塑、舞蹈五类[②],之后由于小说的兴起,需要一个新词汇来总括诗歌、小说、戏剧,于是就有了现代意义的文学(literature)。

可见,无论中国还是西方,单就文学(literature)一词而言,其概念的内涵与外延都经历了从粗到精、从杂到纯的生成流变过程。有学者认为,如果说文学的狭义是一个名词,那么其本义则是一种活动、一个动词。

文学在未来走向何方,未来的人如何理解文学,今天的我们难以想象,但可以肯定,它绝对不是今天的样子。实际上,今天拥有众多受众的网络文学、融媒体文学、跨界写作等文学实践已经对传统文学概念提出挑战。

四、"文学"定义的尝试

尽管回答"文学是什么"很困难,人们还是不断尝试。

当我们不清楚"文学"这个词是什么意思时,往往会查字典、辞书,看书上如何解释:

[①] 威廉斯.关键词:文化与社会的词汇(2版)[M].刘建基,译.北京:生活·读书·新知三联书店,2016:314.
[②] 巴托.归结为同一原理的美的艺术[M].高冀,译.北京:商务印书馆,2022:13.

(1)以语言塑造形象来反映现实的艺术。(《汉语大词典》)

(2)以语言文字为工具形象化地反映客观现实的艺术,包括戏剧、诗歌、小说、散文等。(《现代汉语词典》)

(3)艺术的基本样式之一。又称语言艺术。是人的特殊的精神活动。它以语言文字为媒介和手段塑造形象,反映现实生活,表现人们的精神世界,通过审美的方式发挥其多方面的社会作用。(《中国大百科全书》)

(4)被视为艺术的文字作品,尤其是小说、戏剧、诗歌(与技术书籍、报纸、杂志等截然不同)。(《牛津英汉双解词典》)[①]

现代信息技术发达,人手一部手机,大多能上网浏览,这是一种更便捷的查看方法。让我们看网络上如何说:

(1)文学,是一种用口语或文字作为媒介,表达客观世界和主观认识的方式和手段。当文字不单单用来记录(史书、新闻报道、科学论文等),而被赋予其他思想和情感,并具有了艺术之美,才可称为文学艺术,属于语言艺术。诗歌、散文、小说、戏剧、剧本、寓言、童话等不同体裁,是文学的重要表现形式。文学以不同的形式即体裁,表现内心情感,再现一定时期和一定地域的社会生活。文学是语言文字的艺术,是社会文化的一种重要表现形式,是对美的体现。文学作品是作家用独特的语言艺术表现其独特的心灵世界的作品,离开了这样两个极具个性特点的独特性就没有真正的文学作品。一个杰出的文学家就是一个民族心灵世界的英雄。文学代表一个民族的艺术和智慧。

(2)文学是以语言文字为工具,比较形象化地反映客观现实、表现作家心灵世界的艺术,包括诗歌、散文、小说、剧本、寓言、童话等体裁,是文学的重要表现形式,以不同的形式即体裁,表现内心情感,再现一定时期和一定地域的社会生活。

上述定义,深浅不同,长短各异,但有其基本共识。文学是艺术,是语言艺术。语言文字是文学的载体,文学区别于音乐舞蹈等艺术的特征即在此。文学的艺术性体现在艺术形象的塑造,文学有再现社会生活与表现思想情感两个维度。真正的文学,有语言与心灵的独特性。

再来看文学理论专家如何说:

(1)文学是一种语言艺术,是话语蕴藉中的审美意识形态。[②]

(2)文学是以用精致语言书写的具有艺术价值的文本为中心的文化系统。[③]

[①] 原文为:Pieces of writing that are valued as works of art, especially novels, plays and poems (in contrast to technical books and newspapers, magazines, etc.)
[②] 童庆炳.文学理论教程(2版)[M].北京:高等教育出版社,2004:76.
[③] 周宪.文学理论导引[M].北京:高等教育出版社,2014:12.

(3)文学就是一个特定的社会认为是文学的任何作品,也就是由文化权威们认定可以算作文学作品的任何文本。①

前两个定义与词典、网络的解释有相通性,肯定文学是语言艺术。与词典、网络解释不同之处,在于增加了学术词汇"话语""审美意识形态"与"文本""文化系统"。这样,不仅定义更有深度、更准确,而且显示出学术定义是站在文学之外看文学是什么。文学之外是什么?是"意识形态",是"文化系统"。此类学术词汇,在后面的理论学习中,我们会逐步熟悉、深入认识。

第三个学者的定义与众不同,耐人寻味。他的定义看似没有什么晦涩难懂的专业术语,不过要理解他的意思,却需突破惯常思维定式。我们习惯于在书本、在专家学者或老师那里,讨要一个明确的说法,然后不假思索地记录、背诵,以此作为某个问题的标准答案。"文学是什么"这个问题,大概也这样。但是,乔纳森·卡勒的定义让我们失望,因为他说的是"任何作品""任何文本",说的是"认为是文学""可以算作文学作品"而不是"就是文学""就是文学作品"。他之所以这样说,一是充分认识到回答"文学是什么"并非一件容易的事,不能轻易下结论。二是不提供标准答案,激发读者独立思考,寻求自己的答案。

在上述讨论基础上,我们尝试给文学下一个开放、动态的定义:文学是以审美的形式揭示人生意义的语言文本系统。任何时代的文学都离不开语言媒介,文学以语言文本为最终呈现形式,古今中外的文学是由一系列语言文本构成的宏大系统。文学语言区别于日常语言,具有突出的审美特征与文化价值,其核心命题是关于社会人生的意义探索与终极追问。

资料链接

我介绍五点理论家们关于文学本质所做的论述。对每一点论述,你都可以从一种视角开始,但最终还要为另一种视角留出余地。

1. 文学是语言的"突出"

人们常说"文学性"首先存在于语言之中。这种语言结构使文学有别于用于其他目的的语言。

2. 文学是语言的综合

文学是把文本中各种要素和成分都组合在一种错综复杂的关系中的语言。

3. 文学是虚构

4. 文学是审美对象

---

① 卡勒.文学理论入门[M].李平,译.南京:译林出版社,2023:24.

5.文学是互文性的或者自反性的建构

作品是由其他作品塑造出来的,也就是说先前的作品使它们的存在成为可能,它们重复先前的作品,对它们进行质疑或改造。

——卡勒.文学理论入门[M].李平,译.南京:译林出版社,2013.

第二节　文学理论是什么

一、理论与常识不同

理论是什么?

乔纳森·卡勒认为"理论是对常识的批评,是对被认定为自然的观念的批评","我们用它向文学和其他话语实践中创造意义的范畴提出质疑"。[①]所谓常识,就是前面我们提及黑格尔所说的"熟知",因习惯而成自然,自然观念大多不被质疑。但正如宋代哲学家张载说的,"于不疑处有疑,方是进矣",在大家不怀疑的地方去怀疑、去思考,才有认识的进步。文学理论也是这样。

二、文学性

将口语分行,呈现诗歌的形态,并非新发明。诗人于坚20世纪80年代创作的《尚义街六号》就是口语诗的杰出代表。西方有更早的尝试,比如美国诗人威廉·卡洛斯·威廉姆斯的《便条》:

> 我吃了
> 　放在
> 冰箱里的
> 　梅子
> 　它们
> 可能是
> 　留着
> 早餐用的

[①] 卡勒.文学理论入门[M].李平,译.南京:译林出版社,2023:17.

请原谅我
它们太好吃了
又甜
又凉

　　它确实是一张便条。在日常生活中,我们会这样写:我吃了放在冰箱里的梅子。它们可能是留着早餐用的。请原谅我,它们太好吃了,又甜、又凉。它又不是一张便条,因为采取分行的形式,不再属于日常生活。不过,日常语言文字只要分行,就可以成为诗吗?显然不是。威廉姆斯之所以进行《便条》的创作实验,是提醒当时的诗人不要远离生活,将诗歌神秘化。于坚创作《尚义街六号》,同样基于自己的文学主张。《便条》《尚义街六号》载入诗歌史册,成为文学理论反复诠释的对象,有其深刻的文学意义。毫无思想背景的简单模仿,只能沦为笑柄。口语诗不等于废话体,一个只会写废话的人,肯定不能称为诗人。

　　什么是诗?有没有"文学性"?如果有,就仿佛文学创作的秘诀、配方,诗人、作家一旦掌握,即可点石成金,化日常语言文字为文学艺术经典。关于这个问题,我们看以下两种说法。

　　(1)一种说法来自罗曼·雅各布逊,他告诉我们什么是真正的文学研究:"文学研究的主题不是笼统的文学,而是'文学性'(literariness),就是使一部作品成为文学作品的东西。"

　　(2)另一种说法来自乔纳森·卡勒,他关于文学不成其为定义的定义:"文学就是一个特定的社会认为是文学的任何作品,也就是由文化权威们认定可以算作文学作品的任何文本。"[1]

　　雅各布逊相信"文学性"的存在,认为文学理论研究的是文学之所以为文学的特性,而不是抽象的文学概念或具体的文学作品。这种"文学性"需在文学内部找寻,主要涉及语言形式,包括语音、词汇、语法结构等,正是这些形式、结构使文学成为文学,获得特殊的文学意义。卡勒则不同,他不承认文学内部有所谓确定不移的"文学性",而强调在文学之外的社会文化系统中探寻文学的意义,有什么样的文化就有什么样的文学观念。

　　这两种观点分别属于文学的"内部研究"与"外部研究"。

三、文学四要素

　　美国文学理论家M.H·艾布拉姆斯提出"文学四要素"说,兼顾文学的"内部研究"与"外部研究"。

---

[1] 卡勒.文学理论入门[M].李平,译.南京:译林出版社,2023:24.

艾布拉姆斯写有《镜与灯 浪漫主义文论及批评传统》，书名很有意思。他把西方经验主义文学传统比作反映世界、人生的一面镜子，是对世界的忠实记录，对人生的真实写照。浪漫主义文学传统则反过来，文学不是作家去被动地做一个记录员，而是作家心中自带一盏思想与激情、沉醉与梦想构成的明灯，照亮世界，人间万象才得以显现。

他所说的文学四要素包括：作品、作家（艺术家）、世界、读者（欣赏者）。如图1-1所示：

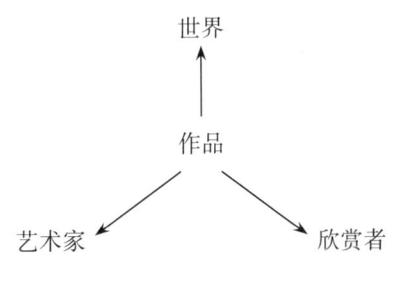

```
            世界
             ↑
            作品
           ↙    ↘
       艺术家    欣赏者
```

图1-1　文学四要素

在他看来，文学是由四个要素构成的精神活动："每一件艺术品总要涉及四个要点，几乎所有力求周密的理论总会在大体上对这四个要素加以区辨，使人一目了然。第一个要素是作品，即艺术产品本身。由于作品是人为的产品，所以第二个共同要素便是生产者，即艺术家。第三，一般认为作品总得有一个直接或间接地导源于现实事物的主题——总会涉及、表现、反映某种客观状态或者与此有关的东西。这第三个要素便可以认为是由人物和行动、思想和情感、物质和事件或者超越感觉的本质所构成，常常用'自然'这个通用词来表示，我们却不妨换用一个含义更广的中性词——世界。最后一个要素是欣赏者，即听众、观众、读者。作品为他们而写，或至少会引起他们的关注。"[①]

（1）作品要素。离开作品，就没有文学可言说、可欣赏。说到文学，我们首先会想到世界文学名著、历代传诵的经典篇章，比如中国古典文学四大名著，外国文学名著《战争与和平》《悲惨世界》，中国诗篇《静夜思》《春夜喜雨》等。

（2）作家要素。作品不会自己生产自己，没有作家，就没有作品。说到文学，我们自然想到著名作家、大诗人，比如中国的李白、杜甫、曹雪芹，外国的维克多·雨果、列夫·托尔斯泰等。

对于文学研究，熟悉作家、作品固然重要，但作家、作品的列举还不是文学研究的全部。所以，还有另外两个要素：

（3）世界要素。作家并非天生就会写作，他在某一个特定的世界出生、成长，这

[①] 艾布拉姆斯.镜与灯 浪漫主义文论及批评传统[M].郦稚牛,张照进,童庆生,译.北京:北京大学出版社,1989:5.

个世界为他提供生存资源、知识来源,还有先于他在这个世界的前辈作家创作的作品供他学习。作家不仅要知道如何写,还要知道写什么。如果作家是现实主义者,他生活的世界为他提供写作取之不尽的故事素材、人物原型。如果他是浪漫主义者,世界为他源源不断地催生思想火花与情感动力。无论这个作家是镜还是灯,脱离世界,他的作品无意义,他的创作不可能。

(4)读者要素。读者无时无处不在。然而,如同黑格尔说的,熟知非真知,我们最容易忽视的恰恰是包括我们自己在内的读者。我们不会去想,读者的存在对于文学有何意义。在一般人看来,与作者相比,读者似乎微不足道。作品是作者创造的,读者只不过坐享其成,享受阅读之乐。"写"肯定比"读"难。不过,真正的"读"其实不易,也很重要。

文学四要素并非相互割裂,而具有一种动态的联系。先于作家而存在的世界为作家提供创作的源泉,作家创作作品,经典化的作品影响一代代读者,从而改变世界。新世界为新一代作家提供创作源泉,开启新一轮的文学四要素循环,如此周而复始。

基于文学四要素的不同维度,文学研究得以展开:

(1)世界的维度。文学研究的反映论或再现论侧重文学与世界的关系,关注文学的现实主义传统,强调文学记录社会历史的认识意义和参与社会改造的积极功能,认为文学根源于社会现实,比如列宁认为"列夫·托尔斯泰是俄国革命的镜子"[1],唐代诗人白居易认为"文章合为时而著,歌诗合为事而作"[2],宋代思想家周敦颐认为"文所以载道也"[3]。

(2)作家的维度。文学研究的表现论侧重文学与作家的关系,关注文学的浪漫主义传统,强调文学是作家思想情感的表达,重点探讨作家生平、内心体验,比如英国浪漫派诗人兼理论家华兹华斯说"一切好诗都是强烈情感的自然流露"[4],中国古人主张诗歌表达理想、情感,有"诗言志""诗缘情"之说。

以上两种理论取向历史悠久,较为传统。19世纪末20世纪初,西方文学思潮迭起,理论关注的重心从文学与世界、文学与作家的关系转到文学作品本身,或者转到读者的阅读接受对文学意义生成的效应。

(3)作品的维度。文学研究的形式主义、新批评理论聚焦于文学作品内部的语言形式、篇章结构,强调文学自身的独立性,探究文学不受社会历史及作家主观意识干扰的纯粹审美意义,比如俄国形式主义文学鼻祖维·什克洛夫斯基宣称文学之

---

[1] 中共中央马克思恩格斯列宁斯大林著作编译局.列宁选集 第二卷[M].北京:人民出版社,2012:241.

[2] 白居易.白居易集[M].顾学颉校点.北京:中华书局,1979:962.

[3] 周敦颐.周敦颐集[M].北京:中华书局,1990:34.

[4] 童庆炳.文学理论新编(3版)[M].北京:北京师范大学出版社,2010:125.

成为艺术,根源在于语言形式技巧的充分运用,英国新批评理论代表托·斯·艾略特宣称"诗歌不是感情的放纵,而是感情的脱离;诗歌不是个性的表现,而是个性的脱离""艺术的感情是非个人的"[1]。

(4)读者的维度。作品如同作者的孩子,一旦脱离母体,就有自己的独立性。法国文学理论家罗兰·巴特甚至认为,作品完成之时,就是作者"死亡"之时,他宣布"为使写作有其未来,就必须把写作的神话翻倒过来:读者的诞生应以作者的死亡为代价来换取"[2]。作者的"死亡"与读者的"诞生"是比喻,意味着作者、作品、读者三者关系的转变,其重心由作者、作品转向读者。以读者为重心研究文学,"接受美学"代表人物、德国学者沃·伊瑟尔指出作品有"召唤结构",汉斯·罗伯特·姚斯认为读者有"期待视野"。作品并非铁板一块,而是充满意义空白,召唤读者带着各自的阅读期待去填充、去丰富。读者在阅读作品之前并非一张白纸,而是有不同的生活阅历、读书体验,由此形成不同的阅读习惯、认识框架与审美期待。面对同一部作品,不同读者读出不同的意义,作品的意义不断丰富。美国学者斯坦利·费什关注读者的阅读反应,以此为核心,建立文学批评的方法与标准,他认为"文学在读者",只有通过读者的阅读,作品才有生命,才获得意义。

总之,文学离不开阅读活动和读者的体验。

四、文学与阅读

(1)对于作者而言,写作需要读者作为知音。高山流水、知音难觅,说的是古时俞伯牙、钟子期的故事。俞伯牙善弹琴,钟子期善听琴,二人有知音之悦,也有痛失知音之悲:"伯牙鼓琴,钟子期听之。方鼓琴而志在太山,钟子期曰:'善哉乎鼓琴!巍巍乎若太山。'少选之间,而志在流水,钟子期又曰:'善哉乎鼓琴!汤汤乎若流水。'钟子期死,伯牙破琴绝弦,终身不复鼓琴,以为世无足复为鼓琴者。"[3]

文学作者在冥冥之中期待能听懂自己心曲的知音。曹雪芹在《题石头记》自述:"满纸荒唐言,一把辛酸泪。都云作者痴,谁解其中味!"[4]脂砚斋评点《红楼梦》,在此处批语:"能解者,方有辛酸之泪哭成此书。"[5]脂砚斋可谓红楼解人,同声相应,同气相求。

《红楼梦》第九十七回"林黛玉焚稿断痴情,薛宝钗出闺成大礼",写林黛玉得知贾宝玉、薛宝钗结婚的消息,悲愤交加,含泪泣血,在潇湘馆焚烧自己的诗稿与宝玉为她题诗的手帕:

---

[1] 艾略特.艾略特文学论文集[M].李赋宁,译注.南昌:百花洲文艺出版社,1994:11.
[2] 巴特.罗兰·巴特随笔选[M].怀宇,译.天津:百花文艺出版社,1995:307.
[3] 吕不韦.吕氏春秋[M].张双棣,张万彬,殷国光,陈涛,译注.北京:中华书局,2007:113.
[4] 曹雪芹,高鹗.红楼梦(2版)[M].北京:人民文学出版社,1996:7.
[5] 曹雪芹.脂砚斋重评石头记甲戌校本[M].邓遂夫,校订.北京:作家出版社,2005:82.

黛玉那里坐得住,下身自觉硌的疼,狠命的撑着,叫过雪雁来道:"我的诗本子。"说着又喘。雪雁料是要他前日所理的诗稿,因找来送到黛玉跟前。黛玉点点头儿,又抬眼看那箱子。雪雁不解,只是发怔。黛玉气的两眼直瞪,又咳嗽起来,又吐了一口血。雪雁连忙回身取了水来,黛玉漱了,吐在盒内。紫鹃用绢子给他拭了嘴。黛玉便拿那绢子指着箱子,又喘成一处,说不上来,闭了眼。紫鹃道:"姑娘歪歪儿罢。"黛玉又摇摇头儿。紫鹃料是要绢子,便叫雪雁开箱,拿出一块白绫绢子来。黛玉瞧了,撂在一边,使劲说道:"有字的。"紫鹃这才明白过来,要那块题诗的旧帕,只得叫雪雁拿出来递给黛玉。紫鹃劝道:"姑娘歇歇罢,何苦又劳神,等好了再瞧罢。"只见黛玉接到手里,也不瞧诗,扎挣着伸出那只手来狠命的撕那绢子,却是只有打颤的分儿,那里撕得动。紫鹃早已知他是恨宝玉,却也不敢说破,只说:"姑娘何苦自己又生气!"黛玉点点头儿,掖在袖里便叫雪雁点灯。雪雁答应,连忙点上灯来。

黛玉瞧瞧,又闭了眼坐着,喘了一会子,又道:"笼上火盆。"紫鹃打谅他冷,因说道:"姑娘躺下,多盖一件罢。那炭气只怕耽不住。"黛玉又摇头儿。雪雁只得笼上,搁在地下火盆架上。黛玉点头,意思叫挪到炕上来。雪雁只得端上来,出去拿那张火盆炕桌。那黛玉却又把身子欠起,紫鹃只得两只手来扶着他。黛玉这才将方才的绢子拿在手中,瞅着那火点点头儿,往上一撂。紫鹃唬了一跳,欲要抢时,两只手却不敢动。雪雁又出去拿火盆桌子,此时那绢子已经烧着了。紫鹃劝道:"姑娘这是怎么说呢。"黛玉只作不闻,回手又把那诗稿拿起来,瞧了瞧又撂下了。紫鹃怕他也要烧,连忙将身倚住黛玉,腾出手来拿时,黛玉又早拾起,撂在火上。此时紫鹃却够不着,干急。雪雁正拿进桌子来,看见黛玉一撂,不知何物,赶忙抢时,那纸沾火就着,如何能够少待,早已烘烘的着了。雪雁也顾不得烧手,从火里抓起来撂在地下乱踩,却已烧得所馀无几了。那黛玉把眼一闭,往后一仰,几乎不曾把紫鹃压倒。紫鹃连忙叫雪雁上来将黛玉扶着放倒,心里突突的乱跳。欲要叫人时,天又晚了;欲不叫人时,自己同着雪雁和鹦哥等几个小丫头,又怕一时有什么原故。好容易熬了一夜。①

这一情节是宝黛悲剧,也是整个作品的高潮。随着故事进展,每读至此,人人为之动容。黛玉的诗,大多是写给宝玉的。黛玉焚稿是出于知音背叛后人生的绝望,焚毁自己诗稿的同时也将宝玉送她的诗帕一并焚毁,让人联想起汉代无名氏《有所思》:"闻君有他心,拉杂摧烧之。摧烧之,当风扬其灰。从今以往,勿复相思,相思与君绝!"爱之深、痛之切。

唐代诗人贾岛在《题诗后》中自述:"两句三年得,一吟双泪流。知音如不赏,归卧故山秋。"苦思冥想,心血凝结,所得诗句如果没有知音欣赏,不如归隐山丘,退出

---

① 曹雪芹,高鹗.红楼梦(2版)[M].北京:人民文学出版社,1996:1338-1339.

诗坛。任何一个作者,任何一次写作,都对自己的理想读者、知音有所期待,都是为曹雪芹所说的这个理解自己的"谁"而写作。所以,艾布拉姆斯说,作品为读者而写,或至少要引起读者关注。

创作《变形记》《城堡》《审判》等名篇的奥地利作家弗朗茨·卡夫卡,41岁因病去世,给好友马克斯·布罗德留下遗嘱:烧毁我的一切手稿。布罗德不仅没有销毁卡夫卡的作品,而且用尽毕生心力整理、出版、研究卡夫卡的作品。捷克作家米兰·昆德拉在《被背叛的遗嘱》中分析这段文坛公案,认为卡夫卡之所以给布罗德留遗嘱,其实并不是真正想销毁自己的作品,因为布罗德是他生前知己,肯定不会执行所谓遗嘱。所以,布罗德实际并没有背叛卡夫卡的遗嘱,而是完成了卡夫卡心中的遗愿。阿根廷作家豪尔赫·路易斯·博尔赫斯也是这样认为的:人们是尊重死者内心秘密的本意的。如果死者真的要销毁自己的作品,他本人就可办到。卡夫卡是大家公认内心孤独的作家,即便如此,他也需要知音,需要读者。生前孤独,并不代表死后寂寞。也许,他是为未来的读者而写作吧。

(2)对于读者而言,阅读是作品引发的再创造,是二度创作。"一千个读者有一千个哈姆雷特"这句话,大多数同学可能知道。面对同一作品,不同人可以读出不同意味。哈姆雷特是莎士比亚戏剧主人公,在这个忧郁的、一心为父报仇而又犹豫不决的丹麦王子身上,有人看见觉醒的人文主义精神,有人看见思想巨人与行动侏儒的反差,有人看见恋母弑父的俄狄浦斯情结。俄国文学批评家别林斯基说:"汉姆莱脱!……你懂得这个字眼的意义吗?——它伟大而又深刻:这是人生,这是人,这是你,这是我,这是我们每一个人,或多或少,在那崇高或是可笑、但总是可怜又可悲的意义上……"[①]"两个同样伟大的、天才的演员扮演莎士比亚的角色:在每一个人的演技里面,都可以看到汉姆莱脱,莎士比亚笔下的汉姆莱脱;可是同时,这将是两个不同的汉姆莱脱,就是说,每一个虽然都是同一概念的忠实表现,但将具有自己独特的面貌,这方面的创造已经属于表演艺术的范围了。"[②]

与此相似,鲁迅曾这样说《红楼梦》,"就因读者的眼光而有种种:经学家看见《易》,道学家看见淫,才子看见缠绵,革命家看见排满,流言家看见宫闱秘事……"[③]《红楼梦》不仅是爱情悲剧,不同的阅读诉求与理解角度,使之呈现不同的面相和主题。比如清代陈其元《庸闲斋笔记》说:"淫书以《红楼梦》为最,盖描摹痴男女情性,其字面绝不露一淫字,令人目想神游,而意为之移,所谓大盗不操干矛也。"[④]依道学家之见,真正的淫,杀人于无形。没有直接写淫秽,不妨碍读者想象出

---

① 别林斯基.别林斯基选集 第一卷[M].满涛,译.上海:上海文艺出版社,1963:442.
② 别林斯基.别林斯基选集 第一卷[M].满涛,译.上海:上海文艺出版社,1963:514.
③ 鲁迅.鲁迅全集(第八卷)[M].北京:人民文学出版社,2005:179.
④ 一粟.红楼梦资料汇编[M].北京:中华书局,1964:382.

来。欲加之罪，何患无辞。

　　清初文人张竹坡酷爱《金瓶梅》，才思敏捷，见解不凡，26岁写出评点《金瓶梅》的篇章："我且将他人炎凉之书，其所以前后经营者，细细算出，一者可以消我闷怀，二者算出古人之书，亦可算我今又经营一书。我虽未有所作，而我所以持往作书之法，不尽备于是乎！然则我自做我之《金瓶梅》，我何暇与人批《金瓶梅》也哉！"[1]他把评点《金瓶梅》看作自己的一项事业，阅读不是被动接受，而是读出别人读不出、读不懂的深层意味。所以他说自己"细细算出"，经过严密推理，发掘作品埋藏的草蛇灰线、蛛丝马迹，自豪地宣称"经营一书""我之《金瓶梅》"。就淫书之说，张竹坡反驳道："《金瓶梅》写奸夫淫妇，贪官恶仆，帮闲娼妓，皆其通身力量、通身解脱、通身智慧，呕心呕血，写出异样妙文也。今止因自己目无双珠，遂悉令世间将此妙文目为淫书，置之高阁，使前人呕心呕血做这妙文——虽本自娱，实亦欲娱千百世之锦绣才子者——乃为俗人所掩，尽付流水，是谓人误《金瓶》。"[2]锦绣才子，有水平、境界高的批评家善于从所谓"淫"中看出艺术审美、人生哲理。

　　（3）对于作品而言，读者的阅读是作品意义的再生产。每次阅读都是作品的一次再生。真正的有效阅读，需要读者与作者处于同一境界，具备理解与共情能力、和作者对话的能力。

　　德国著名音乐家贝多芬，中年饱受失聪之苦，却以钢铁般的意志挑战人生逆境，谱写《c小调第五（命运）交响曲》（简称《命运交响曲》），发出生命的强者之音。法国大文豪罗曼·罗兰正是以贝多芬的经历为原型，创作长篇巨著《约翰·克利斯朵夫》。我们现在来思考一个问题：《命运交响曲》这个作品在哪里？是在贝多芬留下的乐谱里吗？但是，乐谱自己不会发出声音。我们听到的《命运交响曲》都是由某个乐团演奏出来，如果没有乐团演奏，《命运交响曲》还存在吗？乐团的演奏水平有高下之分，指挥的作用至关重要。指挥是特殊的读者，他解读乐谱，领会音乐精神，组织乐队演奏，调控音乐节奏，处理音乐要表现的思想情感。伟大的指挥家是音乐家的知音，乐团的每次演奏都是作品的再创造。《命运交响曲》乐谱固然重要，但不等于作品的完成。

　　同理，《红楼梦》电视剧有不同版本，1987年央视版评价最高，陈晓旭扮演的林黛玉符合读者心目中的形象。电视剧的导演、演员，如同乐团指挥，是特殊的读者，与《红楼梦》作者合作完成作品的演绎。可见，艺术作品是在演绎中不断完成的。

　　对于文学而言，阅读就是一次次意义的演绎，作品由此得以完成。

---

[1] 兰陵笑笑生.皋鹤堂批评第一奇书金瓶梅[M].长春:吉林大学出版社,1994:3.
[2] 兰陵笑笑生.皋鹤堂批评第一奇书金瓶梅[M].长春:吉林大学出版社,1994:49.

五、文学语言与日常语言

古希腊哲人亚里士多德说，人是逻各斯的动物，即语言的动物。20世纪德国哲学家海德格尔说，语言是人类存在的家园。

我们都会说话，都有说话的需要。说话有水平高低，要讲修辞策略。我们时常体会到，同一个意思，不同的人说出来效果完全不一样。这是一般意义上的说话艺术，简称"话术"。文字是书面语言，从口头语言衍生而来，自成系统。口耳相传的文学是口头文学，文字书写的文学是书面文学。在文字出现之前，人类很长时间只有口头文学。无论人类有没有使用文字，文学以语言为载体是毋庸置疑的。

日常语言有艺术，这是比喻的说法。真正成为艺术的，还是文学语言。文学理应被认为是语言艺术。那么，文学语言与日常语言有何不同？弄清楚这一点，有助于我们理解"文学是什么"。

（1）日常语言要求确定性，而文学语言追求不确定性。语言符号由形式和内容两部分构成。语言的形式包括语音、字形，语言的内容包括具体的所指对象或者抽象的概念意义。所指对象的语言，意义明确，容易理解，交流时才不会产生歧义。日常生活使用的语言大多具有这个特点，因为日常交流要避免误解，确保交流的有效性。但是，文学语言恰恰相反。前述文学定义中提到"话语蕴藉""精致语言"，蕴藉即含蓄，不直白，绕弯子，有层次，意味深长，充满隐喻、象征。唐代诗人白居易写过杂言古诗《花非花》："花非花，雾非雾。夜半来，天明去。来如春梦几多时？去似朝云无觅处。"表面上写的是花、雾，说的却是人生短促，命运无常，不可捉摸。类似的，宋代诗人苏轼写有《和子由渑池怀旧》："人生到处知何似？应似飞鸿踏雪泥。泥上偶然留指爪，鸿飞那复计东西。"人生在世，天南海北的各种际遇，就像四处乱飞的鸿雁在雪地上留下的爪印，充满偶然性。诗人并不直接说人生，而是借题发挥，让读者自己参悟。这就是精致的语言。

英国学者威廉·燕卜荪专门探讨诗歌语言的"朦胧性"，细分出七种类型。中国现代派诗人卞之琳，于1935年创作《断章》："你站在桥上看风景，看风景人在楼上看你。明月装饰了你的窗子，你装饰了别人的梦。"20世纪70年代末80年代初，中国兴起以北岛、舒婷、顾城、杨炼等代表的"朦胧诗"，力求突破语言的日常性，发现语言的象征意义，比如顾城的《一代人》："黑夜给了我黑色的眼睛，我却用它寻找光明。"顾城还有一首《远和近》"你，一会看我，一会看云。我觉得，你看我时很远，你看云时很近"，仿佛卞之琳《断章》的回声。诸如此类的作品，皆是文学语言不确定性、朦胧性的体现，都印证了中国古人所谓"言有尽而意无穷"的"言意之辨"。

文学作品表层是语言,我们透过语言去读作品。语言具有表意性,但这种表意不像绘画那样直观。文学语言不同于日常语言,它在表意的同时要追求意义的丰富性、模糊性。中国古人特别注重文学意味,要有言外之意,言有尽而意无穷。我们的阅读过程基本是这样的:文学语言刺激大脑,唤起我们的回忆与想象、思想与情感,形成有意义的图像场景、人物形象、故事情节,从而构建出作品的整体意蕴。从语言到形象,从形象到意蕴,其间有许多复杂的心理活动。言(语言)—象(形象)—意(意义)三者的关联与转换,是中国古人反复探讨的话题。西方学者也注意到这个问题,他们认为作品不是铁板一块,而是充满许多不确定性甚至空白之处。这是文学语言的特性使然,也是许多作者追求的效果。

清代文人袁枚所谓"文似看山不喜平",说的是做文章切忌平铺直叙,如同游山玩水,一览无余,就勾不起人的好奇、兴致。唐代诗人李商隐作多首无题诗,其中到底有什么真意,至今仍是未解之谜。西方许多现代作家也追求类似效果,比如阿根廷作家豪尔赫·路易斯·博尔赫斯擅写迷宫般的短篇小说,有一篇名为《小径分叉的花园》,借侦探故事为读者创造一个关于时间和空间的谜,有意为读者留下心灵驰骋的空间。

(2)日常语言是透明的,而文学语言是不透明的。所谓透明,指的是日常语言作为表达工具,简单明了,作为交流手段,毫无障碍。工具和手段本身不重要,重要的是目的是否达成。透明的东西往往被人忽视,仿佛不存在。在日常生活中,我们的许多行为往往是无意识的、自动的。列夫·托尔斯泰曾经在日记中这样写道:"我在房间里抹擦灰尘,抹了一圈之后走到沙发前,记不起我是否抹过沙发。由于这些动作是无意识的,我不能、而且也觉得不可能把这回忆起来。所以,如果我抹了灰,但又忘记了,也就是说作了无意识的行动,那么这就等于根本没有过这回事……如果许多人一辈子的生活都是在无意识中渡过,那么这种生活如同没有过一样。"[①]稍作反思,我们即可发现与列夫·托尔斯泰同样的感受。所谓日常,就是每天要做类似的事,说类似的话,周而复始,自然而然,也就不知不觉,语言由此失去新鲜感。法国文学理论家茨维坦·托夫洛夫概括得很好,一方面是作为工具和方式的实用的语言,是行为、工作、逻辑和知识的语言。它是直接传递的、并像所有极好的工具那样在正常的使用中消失。另一方面,是诗歌及文学的语言,这里,语言不再是暂时的、从属的日常的工具,而是力图在自身的经历中自我完成。

文学语言要采取什克洛夫斯基所说的"陌生化"手法,让人看见语言本身的存在,而不是轻而易举地透过语言去完成工具性的目的。语言要变得不透明,把熟悉的变成陌生的,摆脱人们习以为常的用法,产生新奇感。或者增加语言接受的难

---

① 什克洛夫斯基.散文理论[M].刘宗次,译.南昌:百花洲文艺出版社,1994:10.

度,让人们读起来费力甚至费解,从而在语言上多加停留,多花心思。在日常生活中,我们说话不会采用韵文的形式,也很少用比喻、象征的手法,而这恰恰是诗歌最突出的语言特征。"诗的语言就是一种困难的、复杂的、迟缓的语言",所以"正是诗保护了我们,使我们免于陷入自动化的境地"。①许多作家会选择一种奇特的视角进行叙述,让我们看见非同一般的世界,感受到非同一般的语言魔力。比如日本作家夏目漱石的小说《我是猫》采取猫的视角看人的世界,德国作家君特·格拉斯的小说《铁皮鼓》以永远长不大的主人公看成人世界,奥地利作家弗朗茨·卡夫卡的小说《变形记》主人公是人变成的甲虫,当代作家余华小说的《第七天》的叙述者"我"是一个鬼魂,等等。

(3)我们对日常语言是"使用",对文学语言则是"享用"。古罗马的圣·奥古斯丁是个爱思考的人,我们之前提到他追问时间,他还思考过"享用"与"使用"的不同:享用,乃是出于对一物本身的爱而产生的迷恋。我们使用日常语言去表达某种实际的意思,实现某种现实的目的。我们在文学语言中却是享受审美愉悦,而不刻意考虑现实目的是什么。

为了考试,我们背诵古诗文,往往痛苦不堪;不为考试而自由自在读小说,往往欲罢不能。体会一下,这二者有何不同,我们就明白什么是"使用",什么是"享用"。

六、文学的价值

我们享受文学语言之乐,就是在进行审美活动。审美是文学活动最基本的特征,也是最重要的价值。之所以说"最重要",是因为文学活动还有其他价值。这与人类精神活动的特性有关。

人类精神活动大致分为四类:求真、致善、审美、娱乐。具体而言,科学认识活动为的是求真,道德功利活动为的是致善,文学艺术活动为的是审美,游戏休闲活动为的是娱乐。如果我们在真、善、美、乐这四个维度中选取某一视角,沉浸到某种活动中,则其他三种维度、视角仿佛暂时不存在。

举例来说,假设在大自然中面对一棵松树,你会怎么看,怎么想?

如果你是植物学家,会考虑它的科属、分类、生长周期、适应环境、拉丁文命名等问题。这是求真。如果你是当地人,会想到它的实用性、经济价值,或者它与祖先坟茔的风水关系以及由此产生的宗教禁忌,比如砍伐松树会遭报应。这是求实用功利之善。你也可能像孔子当年那样,想到"岁寒,然后知松柏之后凋也"②。或者像陈毅元帅,写诗赞青松:"大雪压青松,青松挺且直。要知松高洁,待到雪化时。"这是在美中求道德之善。如果你是画家,看到的是苍翠之色,遒劲之姿,色彩、

---

① 托多洛夫.批评的批评[M].王东亮,王晨阳,译.北京:生活·读书·新知三联书店,1988:14、16.
② 杨伯峻.论语译注[M].北京:中华书局,1980:95.

线条之美。如果你是诗人,则会吟咏"松下问童子,言师采药去。只在此山中,云深不知处"(唐代贾岛《寻隐者不遇》),或者"泠泠七弦上,静听松风寒。古调虽自爱,今人多不弹"(唐代刘长卿《听弹琴》)。这是求美。如果你是顽皮的儿童,会围着它捉迷藏,上下攀爬,享受无忧无虑的游戏之乐。成年人如果童心未泯,也可以如此开心一下。这是求乐。

通过以上这些简单、直观的例子,我们很容易明白人类精神活动在真、善、美、乐四维各自的特点。作为人类精神活动的一种类型,文学兼具真、善、美、乐的内涵与目的。

(一)求真

文学求真,亦即认识宇宙自然、社会人生的意义。离开真实性,文学既不能赢得广大读者的信任,也缺乏应有的历史深度。人们通过阅读文学作品,潜移默化地获得自然的知识,了解历史上的人和事,丰富对于人性的认识。

孔子强调文学的多重意义,他说:"小子何莫学夫诗?诗,可以兴,可以观,可以群,可以怨。迩之事父,远之事君;多识于鸟兽草木之名。"[1]他对自己的孩子这样要求:"尝独立,鲤趋而过庭。曰:'学诗乎?'对曰:'未也。''不学诗,无以言。'鲤退而学诗。"[2]人的精神成长从文学开始,不学《诗经》,连话都说不好。《诗经》可谓古代中国的百科全书,蕴含大量博物知识,读诗可以"多识于鸟兽草木之名"。据统计,《诗经》305篇作品中有135篇提到各地不同种类的植物,占44.3%,这些植物成为赋、比、兴的重要载体。[3]《诗经》还有对不同地方民风民俗的认识,十五国风记载中国各地风土民情,《汉书·艺文志》说"故古有采诗之官,王者所以观风俗,知得失,自考正也"。所以,孔子认为《诗经》"可以观",可以培养观察社会、治理社会的能力。文学的认识功能一直为古人所重视,唐代大诗人杜甫的诗作贴近历史现实,尤其是反映"安史之乱"的"三吏"(《石壕吏》《新安吏》《潼关吏》)、"三别"(《新婚别》《垂老别》《无家别》)堪称"诗史"。另一位大诗人白居易关心"时事",发出"文章合为时而著,歌诗合为事而作"的呼声。

西方文学有追求真实性的渊源。在古希腊哲人柏拉图看来,诗人的模仿与真实有很深的隔膜,不值得信赖和推崇。柏拉图的学生亚里士多德则认为诗揭示出社会人生的规律,比历史更真实,因而值得人们学习。以反映社会问题为创作核心的现实主义是西方文学的一大传统,俄国文学批评家尼古拉·车尔尼雪夫斯基为现实主义文学之美找到的理论依据是"美是生活":"任何事物,凡是我们在那里面看

---

[1] 杨伯峻.论语译注[M].北京:中华书局,1980:185.
[2] 杨伯峻.论语译注[M].北京:中华书局,1980:178.
[3] 潘富俊.草木缘情:中国古典文学中的植物世界(2版)[M].北京:商务印书馆,2016:44.

得见依照我们的理解应当如此的生活,那就是美的;任何东西,凡是显示出生活或使我们想起生活的,那就是美的。"①

(二)致善

文学追求道德理想,刻画美好生活,塑造高尚人物。讴歌真善美,批判假恶丑,是大多数人对文学价值的基本看法。以孔子、孟子为代表的儒家提倡美善合一,孔子论诗的标准是"思无邪""乐而不淫,哀而不伤",孟子强调"浩然之气""充实之谓美",体现儒家精神的《毛诗序》认为"故正得失,动天地,感鬼神,莫近于诗。先王以是经夫妇,成孝敬,厚人伦,美教化,移风俗"。这就是中国传统的"诗教",可见文学与道德教化密切相关。杜甫被尊为"诗圣",是因其忧国忧民、感人至深的情怀,符合儒家文学的道德理想。

古希腊哲人苏格拉底生活的时代比孔子稍晚,他认为"有用即美",对人有用,符合善的标准,就是美的。反过来说,美的肯定是有用的。柏拉图深谙文艺之道,明白文学具有打动情感、深入人心的力量,但认为这种力量过于感性,制造的是假象,使人丧失理智,不利于国家治理、社会稳定,所以他设计的理想城邦对传诵《荷马史诗》的诗人敬而远之,"我们将在他头上涂以香油,饰以羊毛冠带,送他到别的城邦去"②。柏拉图认为文艺败坏道德,亚里士多德则专门提出"净化"这个概念,强调文艺能够陶冶人的情操,使人得到舒畅而无害的快感。

(三)审美

审美是文学最为核心的价值,是文学得以实现其他价值的最终依托。审美是文学活动的基础,由此辐射求真、致善、娱乐。如果丧失审美意义,文学就不成其为文学。

孔子重视文学之美的力量,《春秋左传》记载孔子说"不言,谁知其志?言之无文,行而不远"③,没有文采,再好的思想也得不到传播。他提倡的诗教,其起点是诗歌,其终点是音乐,其始、其终都离不开审美,礼法教化离不开诗乐的浸润,所谓"兴于诗,立于礼,成于乐"④。

无论古代中国还是古希腊,文学之美与道德之善缠绕在一起。随着时代的变化,文学逐步独立,文学之美逐渐彰显。鲁迅说:"曹丕的一个时代可说是'文学的自觉时代',或如近代所说是为艺术而艺术(Art for Art's Sake)的一派。"⑤曹丕所处

---

① 车尔尼雪夫斯基.艺术与现实的审美关系(2版)[M].周扬,译.北京:人民文学出版社,1979:6.
② 柏拉图.理想国[M].郭斌和,张竹明,译.北京:商务印书馆,1986:102.
③ 杨伯峻.春秋左传注(修订本)[M].北京:中华书局,1990:1106.
④ 杨伯峻.论语译注[M].北京:中华书局,1980:81.
⑤ 鲁迅.鲁迅全集(第三卷)[M].北京:人民文学出版社,2005:526.

的魏晋时期,山水诗涌现,文人追求思想解放,自然之美与人文之美交相辉映。鲁迅说的"为艺术而艺术",让人想到19世纪以法国的泰奥菲尔·戈蒂耶、夏尔·皮埃尔·波德莱尔和英国的奥斯卡·王尔德为代表的象征主义、唯美主义作家,他们强调文学不依附于政治道德,以自身为目的。比如波德莱尔将自己的诗集命名为《恶之花》,他多次宣称诗与道德无关,"诗除了自身之外没有其它目的;它不可能有其它目的,唯有那种单纯是为了写诗的快乐而写出来的诗才会这样伟大,这样高贵"[①],"什么叫诗?什么是诗的目的?就是把善同美区别开来,发掘恶中之美"[②]。

(四)娱乐

文学的娱乐价值不容忽视。文学经典之所以为读者喜闻乐见,就在于读起来要么轻松愉悦,如沐春风,要么惊险刺激,扣人心弦。

南朝文人钟嵘在《诗品·序》中说"使穷贱易安,幽居靡闷,莫尚于诗矣",诗歌能够帮助人们安顿身心,解除孤独和烦闷。当代日本作家东野圭吾写出《解忧杂货店》,生动诠释小说的神奇魔力。小说在诗歌之后出现,但比诗歌更为流行,其原因在于故事情节有更多娱乐大众的空间。鲁迅这样推测小说的起源:"至于小说,我以为倒是起于休息的。人在劳动时,既用歌吟以自娱,借它忘却劳苦了,则到休息时,亦必要寻一种事情以消遣闲暇。这种事情,就是彼此谈论故事,而这谈论故事,正就是小说的起源。"[③]

中国古人讲文学描写自然之美,有致用、比德、畅神三个特点。致用与真、善有关,比德是回到人类的善看自然万物,畅神则是通过审美获得愉悦,心情舒畅,娱神娱人。儒家圣人孔子并不排斥文艺的娱乐性,他在齐国听到《韶》乐,十分享受,以至于"三月不知肉味"。古希腊亚里士多德很早就注意到文艺能够带来无害的快感,具有强大的吸引力。古罗马昆图斯·贺拉斯·弗拉库斯认为文学的这种力量可以帮助人们提升道德,寓教于乐,一改枯燥乏味、令人生厌的道德说教。

文学的娱乐价值可以分层,高雅的娱乐触及人的精神,低层次的娱乐刺激人的感官。前者属于少数人,曲高和寡,但引发的快乐可能更深刻;后者是大多数人都体验得到,通俗文学的阅读就是这样,其产生的快乐来去都很快。英国作家毛姆说文学"既有肉体的欢乐,也有精神的欢乐,尽管后者不如前者强烈,可是更加持久"[④],讲的就是这个道理。毛姆本人的写作也遵循这一原则,所以雅俗共赏。

---

① 波德莱尔.波德莱尔美学论文选[M].郭宏安,译.北京:人民文学出版社,1987:74.
② 波德莱尔.波德莱尔美学论文选[M].郭宏安,译.北京:人民文学出版社,1987:3.
③ 鲁迅.鲁迅全集(第九卷)[M].北京:人民文学出版社,2005:312-313.
④ 毛姆.巨匠与杰作[M].孔海立,王晓明,等译.上海:华东师范大学出版社,1987:7.

时光流转,人类社会进入20世纪,科学技术突飞猛进,开启新的文明篇章。消费社会使文学进一步商品化,商业资本与文化资本合流,工具理性与价值理性角逐,文学的神圣性与世俗性并存。以异彩纷呈的当代中国文学为例,探索写作技巧的先锋文学、新小说与关怀社会现实的非虚构写作并存,描写同性情感的小说与结合科技元素的科幻小说并存,历史小说与架空小说并存,穿越小说则融玄幻、历史、言情于一体。一方面是文学的大众化、娱乐化,晋江文学城等网站不断更新网络文学作品并拥趸众多的网络写手;另一方面是精英文学、经典作品成为小众独享的精神消费对象,豆瓣等网站不断产生精英化、小众化的读书小组,理想国等公众号不断推出新书单。

这是一个价值多元化的时代,文学发展呈现多种可能性。

七、文学是人学

科技发展不仅影响文学创作的题材、内容,而且对文学创作本身构成巨大挑战。计算机写诗,一直是科学幻想的对象。2017年,微软人工智能小冰推出诗集《阳光失了玻璃窗》。据微软技术人员说,小冰从1920年以来519位中国现代诗人的作品中习得作诗技能,经过对几千首诗上千次的迭代学习,获得创造现代诗的能力,形成自己的风格、偏好和行文技巧。2017年8月19日,微软小冰在《华西都市报》开设专栏,发布诗作《全世界就在那里》:

> 河水上滑过一对对盾牌和长矛
> 她不再相信这是人们的天堂
> 眼看着太阳落了下去
> 这时候不必再有爱的诗句
> 全世界就在那里
> 早已拉下了离别的帷幕

2001年春,因《流浪地球》等作品而在科幻界小有名气的刘慈欣读到波兰科幻作家斯坦尼斯拉夫·莱姆的《第一次旅行:特鲁尔的电子诗人》,大受启发,尝试制作一款"现代诗生成器"程序,程序运行后,"电子诗人"创作出一批很有诗味的现代诗。2002年上映的孟京辉导演的电影《像鸡毛一样飞》,有一段情节讲到诗人用盗版软件创作诗歌,获得大奖,黑色幽默意味颇浓。

如果机器人真能写诗,那么诗人的存在还有什么意义?如果机器人写的不是诗,那么这些有韵律、有意义的文字还缺什么?当读者事先不知道上述文字是机器人所作,是不是会另眼相看?人工智能写的是不是诗,有没有诗意,姑且存疑。科技介入人类生活、改变文学走向的事实,是我们不得不面对的。2003年,刘慈欣创作《诗云》,借地球文明与外星文明的诗歌创作对决,探讨技术与艺术的关系。这是一个严肃的话题,将成为未来文学理论思考的一个重大方向。

人们质疑机器人作的诗,主要因为机器人不是人。诗的前提之一,是有人在创造。人创作的诗自然带有人的气息、人的思想和情感以及人对世界、社会、他人和自己的理解。

结合法国文学理论家丹纳、苏联文学家高尔基的观点,已故文学理论家钱谷融先生重申"文学是人学"这一命题,一语中的,看似简单,实则饱含深意。它明确指出:文学源于人生,又高于人生。

(1)文学源于人生,说的是文学内容离不开作家的直接生活经验,离不开作家通过与他人交流、阅读书籍获取的间接人生经验。没有人生为依托,文学就没有可写的内容,会丧失鲜活的生命力。

(2)文学高于人生,不是人生的机械复制,而是如鲁迅所说"杂取种种人,合成一个"[1],在人物塑造、情节编织、场面描写、主题意蕴等方面形成自己独特的风格,使人读后耳目一新,享用艺术审美之乐,同时对社会人生有更清晰、更清醒的认识。

在《人间词话》中,王国维用"入乎其内""出乎其外"概括文学与人生的关系:"诗人对宇宙人生,须入乎其内,又须出乎其外。入乎其内,故能写之。出乎其外,故能观之。入乎其内,故有生气。出乎其外,故有高致。"[2]所谓"入乎其内"就是沉浸到人生中去细细体会,即便不是自己的经验,也要感同身受,具备同情的理解。这样才有内容可写,才能写得鲜活生动。所谓"出乎其外"就是站在人生边上,从世俗功利欲求的桎梏中脱离出来,与现实人生保持一定距离,作一个清醒的旁观者,静观人生,才能进入审美境界,写出既有艺术感又深刻的作品。离开对人生的观照,就没有文学可言。所以,王国维以"人间"命名自己的词学著作,他的《人间词话》大多借景抒情,着力探讨人生问题。他在《人间词话》还说:"古今之成大事业、大学问者,必经过三种之境界:'昨夜西风凋碧树。独上高楼,望尽天涯路',此第一境也。'衣带渐宽终不悔,为伊消得人憔悴',此第二境也。'众里寻他千百度,回头蓦见,那人正在灯火阑珊处',此第三境也。"[3]借三位词人的佳句,概括层层递进、不断升华的人生境界,充分展示文学与人生的密切关系,因其形象、深刻,广为流传。

茅盾文学奖获得者路遥深谙"文学是人学"之道,早在创作长篇小说《平凡的世界》之前就写出中篇小说《人生》。因为文学,世界与人生显现出既平凡又不平凡的面貌。《人生》截取主人公高加林的人生片段,揭示身处城乡之间的年轻人在面临事业、情感抉择时的双重困惑,讴歌人生艰辛焕发出的人性至善至美,呈现20

---

[1] 鲁迅.鲁迅全集(第六卷)[M].北京:人民文学出版社,2005:538
[2] 王国维.人间词话[M].上海:上海古籍出版社,1998:15.
[3] 王国维.人间词话[M].上海:上海古籍出版社,1998:6.

世纪80年代初社会文化转型期的时代风云。高加林这个虚构的人物形象,写得贴近生活,深入人心,数十年过后仍然在年轻读者中引起不息的共鸣。余华与路遥不同,善以魔幻的形式写现实,殊途同归的是对人生的关切。他的小说《第七天》非常魔幻,但他说"我写下的是我们的生活"。他的杂文集名为《我只知道人是什么》,其中说到文学包罗万象,但是文学最重要的是什么?无论在中国还是在外国,读者最为关心的仍然是人。卡夫卡《变形记》写人变成甲虫,但内心活动还是作为人的焦虑。

资料链接

文学究竟为何物?这是个很难的问题。自古以来,无论在任何一个国家,这都被视为一个难题。确实,这个问题是不可能用简单的语言就能讲清楚的。就我个人而言,要而言之,文学就是细腻地体味人生。在我想来,我们对人世间的种种,不是避而不谈,而是仔细地咀嚼它,仔细体察其中的况味,并且将其形诸于文字,由此便有了文学作品。因此,读者正是通过对文学作品的阅读,来细细体味所谓的人生的。

——[日]斯波六郎.中国文学中的孤独感[M].刘幸、李墅宇,译.北京:北京师范大学出版社,2019.

第三节 如何学习文学理论

一、熟悉作家作品

文学理论源于文学活动。理论提出的问题、提供的答案,要回到文学活动中去运用、检验。文学创作、阅读的焦点是作家作品。阅读欣赏、理论批评要在作品框架内展开,由此创设针对具体作品的阐释空间,而不是空穴来风、无的放矢。

(1)学好文学理论,首先要熟悉作家作品。文学理论的讲述过程必然涉及作家作品的重要例证,比如某位作家的创作与其生平经历及生活时代的关系,或者某部经典作品在文学史的流派归属、思潮根源,或者典型人物形象与故事情节,或者是随处可能出现的诗文佳句,等等。不熟悉作家作品,在理论学习过程中随时可能遇到阅读、理解的"拦路虎""绊脚石"。所以,要提前做好阅读的准备,要随时扫清理解的障碍,不断更新自己的作品阅读量。

（2）熟悉作家作品，不仅要了解文学常识，广泛涉猎文学名著，还要仔细阅读作品。伟大的作家、诗人往往贴近人生，贴近人物乃至人物的内心深处去写作。由此，作品才能荡气回肠，打动读者，感人至深。如何贴近人生、人心？最重要的体现是作品的细节，以及那些前后呼应的细腻情感与思绪。一个合格的读者，要像作者那样贴近作品，透过细节去反复体会，如古人说的，读书要沉到书中，"沉潜往复，从容含玩"。

比如，前面引述过《红楼梦》第九十七回，林黛玉焚诗稿，开头说黛玉坐不住，"下身自觉硌的疼，狠命的撑着"，之后又说"狠命的撕那绢子，却是只有打颤的分儿，那里撕得动"。"硌的疼"，说明黛玉形销骨立，非常虚弱，所以撕不动绢帕，只有打颤。这预示她不久于人世。她焚自己的诗稿为什么先要找宝玉送的手帕，因为手帕上有宝玉题写的诗，因为她要焚烧的诗是写给宝玉的。与此同时，满心以为要娶黛玉的宝玉正在与薛宝钗入洞房。《红楼梦》这一回是极具戏剧性的平行蒙太奇，许多细节颇费苦心。又如，前面我们讲王国维的"人生三境界"，他提及的词句，"独上高楼"为什么可以"望尽天涯路"，是不是因为昨夜的狂风吹落树叶，登楼人才能极目远眺。"衣带渐宽终不悔，为伊消得人憔悴"，人憔悴，变得消瘦，所以腰带变宽了。诸如此类的细节，值得反复玩味。这是凑近看，用英美新批评的理论术语说，就是"文本细读"（close reading），close 本来就有"靠近"的意思。

二、勤于思考问题

理论与常识不同。告别常识的一个重要表现，是通达理论、勤于思考。学习文学理论，要养成"爱思考"的习惯，要掌握"会思考"的方法。思考要有针对性，要有具体的问题，否则就是盲目的胡思乱想。

（1）要带着问题去阅读文学作品，学着用文学理论相关概念、方法和意识去解决阅读中遇到的问题。比如当代美国文学理论家哈罗德·布鲁姆有一部书，名为《如何读，为什么读》，标题就是问题，这两个问题值得我们思考。在看到余华小说《第七天》的书名时，我们可以问一下为什么是七天而不是六天，与西方基督教的七天创世或中国民间丧葬信仰的亡魂"头七"有没有联系，为什么要写一个死去的"我"，为什么要让这个"我"去看那么多活生生的现实。余华为什么说"我写下的是我们的生活"？这些问题让我们关注作品细节，让我们体会文学表达的"陌生化"效应，让我们思考"文学是人学"这一命题的意义。

（2）要跳出文本来看作品，把具体的作家作品放在宏观的文学史格局中，前后左右比较，纵横古今定位，才能看清作家作品的面目与价值。伟大的作品是伟大传统的回声，也预示着未来文学的方向。哈罗德·布鲁姆提出一个概念

"影响的焦虑",说的是伟大的作家都活在前辈作家巨大的阴影下,总想着形成自己独特的风格,从而超越前辈作家,在文学史争得一席之地。无论创造性模仿抑或刻意回避相似性,后来者都在与前辈对话,以前辈的存在为前提确证自己的存在。

路遥发表《人生》后,声名鹊起,激发他成为大作家的决心,"给历史一个深厚的交代"。于是,开始为《平凡的世界》做准备,大量阅读,包括近百部经典长篇小说,其中《红楼梦》看了三遍,柳青《创业史》看了七遍。"书读得越多,你就越感到眼前是数不清的崇山峻岭。在这些人类已建立起的宏伟精神大厦面前,你只能'侧身西望长咨嗟'!"终于到了正式写作的时候,小说开头写了一遍又一遍,都不满意,除在纸篓里堆积废纸,脑中、纸上仍是一片空白。三天后,他猛然想起托尔斯泰曾说"艺术的力量在最后",于是写下一段平淡的开头:"一九七五年二三月间,一个平平常常的日子,细的雨丝夹着一星半点的雪花,正纷纷淋淋地向大地飘洒着。时令已快到惊蛰,雪当然再不会存留,往往还没等落地,就已经消失得无踪无影了。黄土高原严寒而漫长的冬天看来就要过去,但那真正温暖的春天还远远地没有到来。"是托尔斯泰拯救了《平凡的世界》。我们也要感谢英国浪漫主义诗人雪莱,他的《西风颂》深受路遥时代文艺青年的喜爱,"如果冬天来了,春天还会远吗"是该诗尾句,广为时人传诵。在写"黄土高原严寒而漫长的冬天看来就要过去,但那真正温暖的春天还远远地没有到来"时,路遥脑海中是否浮现出"如果冬天来了,春天还会远吗"。

📝 本章小结

文学理论从追问"文学是什么"开始。"文学"一词的汉语、英语语义随时代而变化,这反映文学自身的发展和时代的演进。文学的定义并非一成不变,而具有开放性。

文学理论源于文学活动,可以从文学内部或外部探讨"文学性"。艾布拉姆斯提出"文学四要素",世界、作家、作品、读者之间的关系成为文学理论的重要坐标。文学是语言艺术,文学语言区别于日常语言。文学有多重价值,其核心命题为"文学是人学"。

学习文学理论,要结合作品细读,深入作品去体会文学理论的魅力,要带着问题去阅读作品。

学习评价

评价维度	评价项目	评价内容	评价标准	自我评分
知识素养	文学理论概念	认识:文学概念动态流变及文学定义的困难性与可能性;文学四要素的理论意义。	掌握:文学定义的开放性与科学性;文学问题的基本构成以及文学理论多形态、多向度特征。	
分析能力	文学理论与作品解读	学会:从感性认识到理性抽象,分析具体作家、作品和文学现象,拓宽理论视野。	掌握:运用恰当理论、视角、方法,分析、解读不同类型作品的能力。	
思想修养	文学价值及功能	探讨:文学价值的多重性;文学是人学的核心命题。	塑造:健全人格、思想境界,爱国主义情怀,科学健康的文学观,正确观察社会、理解世界、应对生活的能力。	

推荐阅读

[1]乔纳森·卡勒.文学理论入门[M].李平,译.南京:译林出版社,2023.

[2]周宪.文学理论导引[M].北京:高等教育出版社,2014.

[3]刘阳.文学理论今解[M].上海:华东师范大学出版社,2016.

本章自测

1.简答题

(1)孔子时代的"文学"与我们现在的"文学"是同一个含义吗?

(2)简述文学语言与日常用语的主要区别。

(3)简述文学语言的陌生化。

(4)简述"诗人对宇宙人生,须入乎其内,又须出乎其外。入乎其内,故能写之。出乎其外,故能观之。入乎其内,故有生气。出乎其外,故有高致。"这段话的意义。

2.论述题

(1)什么是"文学四要素"?四要素之间有什么关系?

(2)结合具体作品,阐述"文学是人学"的含义。

第二章 世界:文学的坐标

本章概要

世界是文学四要素中的第一个要素,通过这个要素能进一步认识文学的本质特征。自然生态系统中的文学担负着维系生态和谐的责任,在社会文化系统中文学是人类的一种审美意识形态形式,它起源于以劳动为前提的人类早期的精神实践活动。文学的真实不等于生活的真实,它源于生活、高于生活、美于生活,具有形象性、情感性、超越性等审美特征,日常生活审美化背景下的文学研究有文化转向趋势。

学习目标

1.了解文学在自然生态系统、社会文化系统中的位置。
2.理解文学的审美意识形态属性,认识日常生活审美化对文学的影响。
3.掌握文学起源、文学真实性、文学与生活的关系、文学的审美特征等,能够理论联系实际进行分析阐释。

学习重难点

学习重点:

1.文学与生活的关系。
2.文学的审美意识形态属性。
3.文学的审美特征。

学习难点:

1.生态文学的内涵。
2.文学的起源问题。
3.日常生活审美化对文学的影响。

思维导图

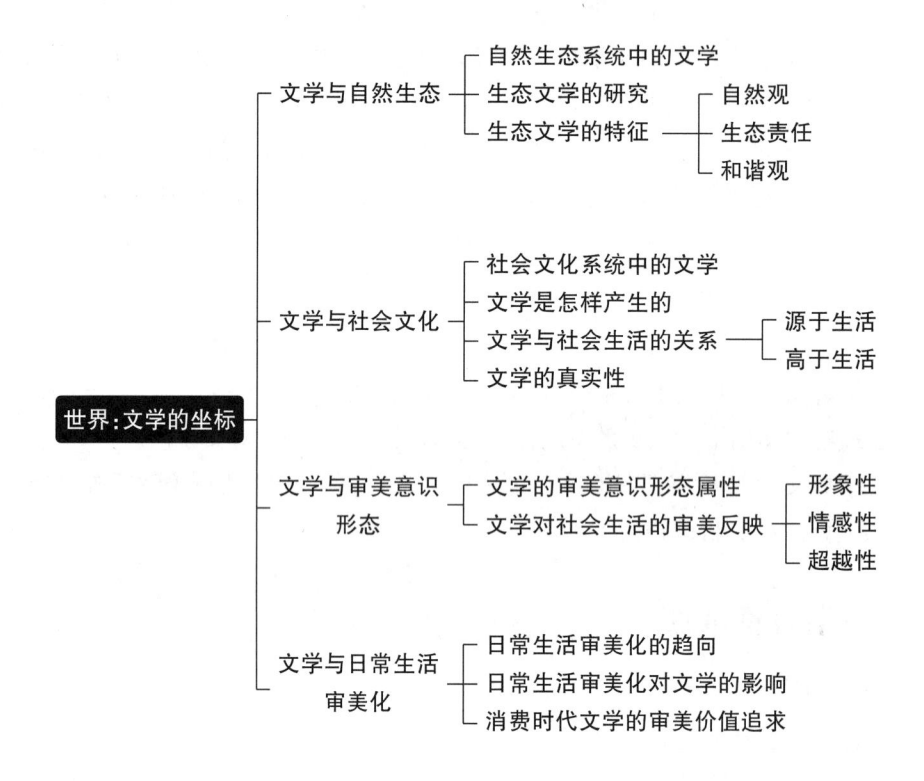

- 世界:文学的坐标
  - 文学与自然生态
    - 自然生态系统中的文学
    - 生态文学的研究
    - 生态文学的特征
      - 自然观
      - 生态责任
      - 和谐观
  - 文学与社会文化
    - 社会文化系统中的文学
    - 文学是怎样产生的
    - 文学与社会生活的关系
      - 源于生活
      - 高于生活
    - 文学的真实性
  - 文学与审美意识形态
    - 文学的审美意识形态属性
    - 文学对社会生活的审美反映
      - 形象性
      - 情感性
      - 超越性
  - 文学与日常生活审美化
    - 日常生活审美化的趋向
    - 日常生活审美化对文学的影响
    - 消费时代文学的审美价值追求

第一节　文学与自然生态

一、自然生态系统中的文学

　　文学研究涵盖的不单单是文学领域中的问题,要对文学有进一步的认识,需要打开视域,首先将之放置在自然生态系统中进行考察。人是从自然中来的,作为自然生态系统中的一员,人的生命存在与自然息息相关。一方面,是自然养育了人,人离开了自然便无法生存。另一方面,人通过对自然物的改造体现自身的创造力,确证人在自然界中的地位和力量。人从动植物生存和天体运行中认识自我、探寻自然的奥秘,不断提高生产力水平并创造出宗教道德、哲学思想、文学艺术等精神领域。文学是人学,人与自然生态的关系从来都是中外文学作品中取用不尽的古老命题,人从大自然中感受四季的变换和创造的苦乐,并将丰富的情感体验和对自然的认识用文学的形式传达出来。从此出发,可以把握文学在自然生态系统中的位置和作用,并能借此生发出文学理论研究中的一些相关问题。

　　在进入工业社会之前的很长一段文明史中,人类都是把自然或者大地当作自己母亲的。虽然各种文明存在很大差异,但无论中西方,有关人与自然关系的认知都可以回溯显现于古代神话之中。人类童年之时,对自然心生敬畏并且满怀依赖,便产生了人是由神用土和水造出的想法。在中国远古神话里,女娲娘娘因为自己独自行走太孤独,就用泥土和池水搅拌造出了人;古希腊神话中,是大地之母盖亚的后代普罗米修斯用黏土和河水造出了人。这些都是人类在探寻自身来源时,对人与自然关系极朴素的认识和理解。

　　自然遵从四季轮回孕育生命,人类栖身大地猎牧耕织,繁衍生息,天地神人被认为是依据"道"来运行变化的。在中国先秦哲人那里,"道"是自然的运作规则,也是世界的本源。道家思想的核心即"道",在老子看来,天地人是不可分割的一个有机整体,人与天地万物共同的本源就是"道","道生一,一生二,二生三,三生万物"[1]。既然天地万物和人都是"道"的化身,人的行为理应顺应自然,"人法地,地法天,天法道,道法自然"[2]。老子这里所说的"自然"较之我们现在所说的自然多了更深层的含义,是进一步强调"道"存在于天地万物之中,人的产生和存在也是"道"之自然而然过程中的一个,人类只有按照自然规律行事,人与自然的关系

---

[1] 老子.老子[M].饶尚宽,译注.北京:中华书局,2006:105.
[2] 老子.老子[M].饶尚宽,译注.北京:中华书局,2006:63.

才能达到一种和谐的境界。庄子将之表述为:"道通为一"[①],"天地与我并生,而万物与我为一"[②]。

在工业文明到来之前,人与自然大体上是和谐的。一方面是因为古人相信万物有灵,对自然心存敬畏;另一方面则是因为人类的能力有限,这在一定程度上抑制了人类的欲望,维系着自然生态的平衡。但随着生产力发展水平的不断提高,人类为了满足膨胀的欲望开始大力改造自然。18世纪,以蒸汽机的发明为标志,进入工业化时代的人类改造自然的能力越来越强,自然在人类心目中的神性丧失殆尽。对自然的敬畏变成了彻底的征服,从自然中疯狂攫取资源的行为彻底打破了人与自然的平衡状态。现代工业文明的飞速发展,极大地改变了人类的生活空间和生存境遇,不得不直面生态环境恶化的后果:气候变暖、环境污染、资源枯竭、土地沙化、珍稀动植物灭绝、瘟疫横行……生态危机已经严重威胁到了人类自身的生存,引起了人类对文明的自我反思。在对文明发展模式和生态问题的反省过程中,"生态学"逐渐成为一门显学。"生态"这个词大量充当自然科学的词根,如人口生态学、植物生态学、行为生态学、动物生态学、农业生态学等,亦不断浓缩为人文学科和社会科学的前缀,如生态哲学、生态经济学、生态伦理学、生态文学等,生态问题已经成为现代社会不能回避的、思考人与世界关系的根本问题。思想家们认识到生态危机的起因不在自然生态系统自身,而在于人类的文化系统,反思的结果就是推动了全球性的生态文化运动。生态文化运动以拯救地球、拯救人类为出发点,倡导人与自然和谐相处,倡导人类尊重自然和保护自然。1962年,美国生物学家、作家蕾切尔·卡森《寂静的春天》一书出版,开篇即以讲故事的方式呈现了一场生态灾难:美国中部的一个小镇原本生态和谐、鸟语花香,但由于人类活动的影响,牛羊鸡犬纷纷死去,再也听不到鸟儿婉转的歌吟,原本生机勃勃的春天只剩一片可怕的静寂。接下来,卡森用详细的专业数据描述了杀虫剂等化工产品的滥用对人类环境的毁灭性破坏,提出人类应与环境相协调、共同分享地球的思想。《寂静的春天》向现代社会"改造自然,人定胜天"的观念发起挑战,在被认作生态文化运动开始标志的同时,也被看作是生态文学的代表。

生态文学是文学领域对生态危机的积极回应,是对生态文化的文学阐释。人类对自然的描写和关注,体现在不同民族文学的发展历程中,但真正具有自觉意识的生态文学产生在西方启蒙运动时期,通常被称作自然书写或自然写作,包括多种多样的体裁,有生态诗歌、生态散文、生态戏剧、生态小说、传记体生态书写及生态报告文学等。早期的自然书写大多用传记体式的散文讲述作者个人的自然经验,例如生态学研究的代表作,18世纪博物学家吉尔伯特·怀特的《塞尔伯恩博物志》,

---

[①] 庄子.庄子[M].孙通海,译注.北京:中华书局,2007:34.
[②] 庄子.庄子[M].孙通海,译注.北京:中华书局,2007:39.

是怀特记录和描写塞尔伯恩教区的季节变化、动植物以及古迹的书信集。这些信件中有对自然生灵直接的科学观察,也彰显贴近自然中生命有机体时的欢乐和浪漫的激情,既处处透露出对自然的好奇和对生命的敬畏,更因为蕴含对人与自然间融洽关系的深沉思考,对英美自然书写传统产生了极大的影响。另一部自然书写的典范之作是亨利·戴维·梭罗的《瓦尔登湖》,被誉为"西方生态运动圣经",对中国的生态文学发展具有启蒙意义。

二、生态文学的研究

生态文学的出现给危机四伏的现代文化注入了新的活力。在现实中,生态危机既是作家关注的对象,也推进了人文社科领域各种理论的生发、演变,进而成为文学研究的新视角和新导向。生态文学研究也被称作文艺生态学,20世纪90年代以来,逐渐成为中国文学研究领域里的显学。文艺生态学将自然之维纳入自身体系之中,借助生物学、生态学的理论和方法来研究文学与自然的关系。《文学艺术新术语词典》一书中将文艺生态学正式并入文艺学学科之列,将其定义为:"研究人类生存的自然环境、社会环境及其他各种因素同文学进行交互作用的科学。"[1]该定义被认为是中国学者自觉将生态问题纳入文学研究的重要标志。

生态文学是文艺生态学研究的核心概念,这个概念最初是含混不清的,英美学者用"生态文学"这一术语的情况并不多,而是常用自然书写或自然写作或环境文学来指代这一文类。与之相应,中国学界大多喜欢用生态文学来指代描写自然和探讨人与自然关系的各类文学作品。在有关生态文学的诸多定义中,获得普遍认可并产生了较大影响的定义是:生态文学是以生态整体主义为思想基础、以生态整体利益为最高价值的考察和表现自然与人之关系和探寻生态危机之社会根源的文学[2]。在此之后,虽然又有不少学者进一步阐发,但都主要突显以下内涵:

(1)生态文学以生态整体主义为思想基础、以生态系统整体利益为最高价值。文艺复兴以来,人为自然立法成为主导方向,在价值理性和技术理性观念的浸润下,人的文学成为世界各国文学的主流,人的主题在不同民族文化中演绎和变化。文学扎根人类中心主义的母题,标榜"人性""人学"的精神旗帜,始终维护着人类主宰自然的特权。秉持人类中心主义的文学固然重要,但在生态危机愈演愈烈的态势下,更应该坚守生态整体主义价值观,注重生态系统的整体利益。"大自然是一个有机统一的整体,有着它自己运动演替的方向,自然万物之间存在着普遍的相对相关的联系。从日月、星辰、风雨、雷电、山川、河流、森林、土地,到包括人类在内的一切有生之物:动物、植物、微生物,都是这个整体中合理存在的一部分,都拥有自己

---

[1] 鲍昌.文学艺术新术语词典[M].天津:百花文艺出版社,1987:14.
[2] 王诺.欧美生态文学[M].北京:北京大学出版社,2003:11.

的价值和意义,都拥有自身存在的权利。它们只服从那个统一的宇宙精神。"①文艺生态学研究的发展和生态文学的创作,促使作家和文学研究者树立生态意识、承担生态责任,自觉从是否有利于人与自然和谐相处、共生共荣的角度判断事物、审视人类行为,从而对人类的生产方式、生活方式、价值观念、发展模式等产生了全新的看法和评价方式。

(2)生态文学考察和表现人与自然的关系,探寻生态危机的社会根源。生态整体主义观念强调人与自然万物都处在一个有机统一的整体中,处在一种共生的模式之中,但人作为地球生物圈进化阶梯最高位的生物,还应担当起维护自然生态和谐的责任。在现代的生态危机中,文学要做的是直面危机,从现代的生态理性意识出发,打破科学技术的神话,重审人与自然的关系,探寻生态危机产生的深层原因。因此,随着文艺生态学研究的深入,越来越多的学者不仅仅关注自然生态,还进一步揭示了产生自然生态危机的根源——人类的精神生态问题,提出生态批评的任务是"重新建立人与自我、人与他人、人与社会、人与大地的诗意审美关系",认为"生态批评要尽可能在文学文本形式和艺术手法层面展开话语叙事,通过'文学性'写作的形式美手法去体现出生态文化精神"②。在人类进入工业社会之后,自然生态与精神生态并不是截然分开的,最初正是因为人类的精神生态、观念认识出现问题,才一步步地损坏了自然生态,自然生态危机又反噬精神生态、文化生态,如此交互作用,陷入恶性循环。生态文学的责任在于呈示自然生态灾难,揭示产生危机的根本原因在人类自身,进而对人类的精神生态进行反思与批判。

(3)生态文学追寻人与自然和谐共生的生态理想,从而为构建人与人、人与自然、人与社会的和谐提供精神信仰和文学维度。对生态危机的揭示只是生态文学的表象,其内在的核心是一种具有超越性的精神追求,即人类理想化生存的可能。和谐是东方和西方的古代哲人共同的理想,庄子在《天道》中说,"夫明白于天地之德者,此之谓大本大宗,与天和者也。所以均调天下,与人和者也。与人和者,谓之人乐;与天和者,谓之天乐"③。在把"道"看作是人与自然物我两忘最高境界的庄子心中,最理想状态就是人与自然的浑然一体。自然界的万物生存包含人类生存,只有整体的生存环境得到改善,人类自身的生存和发展才能够真正实现,这是不能回避的现实。在现代技术高度发达、人类的物欲高度膨胀的背景下,许多有识之士汲取前人的生态智慧,呼吁重返自然,恢复自然的神圣性,与自然建立一种和谐的相处模式,并且这里倡导的"天人合一"不只是流于表面,而是强调既要深入人类的精神内部,又要与经济、政治、文化等对文学起作用的因素协调得当,因为"人类同生

---

① 鲁枢元.生态文艺学[M].西安:陕西人民教育出版社,2000:386.
② 王岳川.当代西方最新文论教程[M].上海:复旦大学出版社,2008:483.
③ 庄子.庄子[M].孙通海,译注.北京:中华书局,2007:211.

存的自然环境、社会环境,在生物层上建立起来的文化层之间,有着互相影响、互相作用的共生关系"①。人与自然只有在这种"共生关系"中相互影响、相互作用,处在一个相伴相生的和谐境域中,才能最终导向一种"平衡"。

三、生态文学的特征

生态文学始终以推进生态系统的平衡和良性运作为目标,从多方面、多角度表现人类与其赖以生存的自然生态的联系。生态作家具有深切的生态忧患意识,怀着对自然万物的悲悯之情,和对生态危机的忧虑之心,揭露生态危机、呈现自然生态灾难和危机状况,并以生态整体主义思想为指导,探寻造成生态灾难和危机的原因,重审人类的生活方式、伦理道德和思想观念方面存在的问题,并对当代世界生态文明社会建构及人类可持续发展的全球生态愿景给予现实观照,力求重新建构人类和自然生态的伦理道德模式。具体看,生态文学有以下特征:

(1)生态文学以自然为对象,以生态整体主义观念为出发点和立足点。自然生态系统是天地万物的生存世界,每一种生态集群都是自然伦理中的有机组成部分,它们和谐有序地生活在一起。在生态文学中,自然的生命形态是人必须直面的对象,自然成为人类文化视野中最独特的存在,拥有与人类共同发展的权利。作家通过对自然生态的描写彰显大自然本身的伦理价值,并且这种价值不是人类文化赋予的,也不会因为人类文化的消亡而消亡。湖泊、溪流、荒原、大漠、雪域、莽林……自然景观中未被人类践踏的地域,成为人类眼中最美好的世界,万物纯净、生命和谐,人的心灵在宁静、和谐的自然世界中获得自由。作家进入自然生态系统中,用纯净的童年目光注视原生态的土地,并在沉默的荒野中瞥见人类的渺小,质疑科技力量的残暴和伦理道德的退化。梭罗在《瓦尔登湖》中,完全融入瓦尔登湖周围的自然生态,记录那里的生物和自然环境;爱德华·艾比的《大漠孤行》,详尽描述了他在美国西部沙漠荒无人烟环境中的生活经历。在姜戎的《狼图腾》中,狼是草原的主宰,也是自然的精灵,作品运用雄阔的笔墨勾勒一个个呼之欲出的形象,展现了动物丰富的情感和内心世界,超越了简单的利益关系和功利思想,让自然中生命主体地位得到了还原。生态文学对人与自然关系的判断标准是:是否有利于生态系统的整体利益,生态系统是否能和谐稳定、可持续地存在和发展。

(2)生态文学揭示人类行为对自然生态的破坏,对人与自然关系进行深入思考。现代社会,人类中心主义观念使人肆意凌驾于自然之上,给自然生态带来了空前的、不可逆转的损伤。一方面,生态文学揭露自然生态危机,通常以对资源的过度开发为个案,大量展示生态危机的残酷事实,传达过度攫取和肆意挥霍、浪费自

---

① 鲍昌.文学艺术新术语词典[M].天津:百花文艺出版社,1987:14.

然资源而引发的自然问题与生存危机,以对生态危机深重的忧患意识警醒世人,激发人们自觉的生态意识。在中国当代文学创作中,尤以报告文学样式影响最大。徐刚的《伐木者,醒来!》被称作生态文学第一声,作品用准确翔实的数据和案例,揭露世界范围内人类对植被的破坏。特别聚焦中国南到海南岛、北到科尔沁,从大漠到草原、从山林到城市环境遭到的严重破坏。相比《寂静的春天》作者卡森的专业、冷静,徐刚在作品中直接大声疾呼,竭力唤醒公众的生态保护意识。同一类型的作品,如陈桂棣在《淮河的警告》中指出以邻为壑的发展思路是淮河流域遭受严重污染的原因;朗朗在《最后的鹿园》中讲述带有浓厚神话色彩的动物对人类报复的故事,反思地区经济发展模式。这些作品批判人类对大自然的实用主义态度和行为,探究生态危机产生的社会性原因,发人深省。另一方面,生态文学凸显人类面临的精神危机。生态文学是被现实中的生态危机催生、激发出来的文学,承载了强烈的现实性和时代性,具有跨学科多层面的阐释空间,人与自然的关系表现在文学领域,是现代复杂的社会系统、经济系统、文化系统运作出来的结果。在文体上,除了散文、报告文学,生态文学还采用小说、诗歌等各类体裁,尤其小说最为典型。张炜小说《怀念黑潭中的黑鱼》通过人类与水族和睦相处,到人类泯灭良知出卖水族的寓言式表述,直观呈现了人类失去自然界朋友后的心理焦虑。贾平凹《怀念狼》、刘心武《青箬溪之恋》、杨志军《藏獒》、哲夫《天猎》《黑雪》等作品,不但渲染了生态环境遭受破坏的悲剧,还将笔锋直指物欲浸染的人类心灵,对社会心理和精神生态问题进行暴晒。这些生态文学作品拨开物欲横行的面纱,深入人类的精神层面,注重道德和精神价值的开掘,努力揭示自然生态危机背后人类的心理与精神危机,探寻生态危机的社会根源。

(3)生态文学表达人与自然和谐共生理想,着眼人类的可持续发展。生态文学中的核心关系是人与自然的关系,如何将两者关系调适到合理的程度是解决生态问题的关键。现代文明的矛盾和危机促使人类敬畏自然、尊重自然,把自己看成自然的一部分,站在文化自觉的高度确立自然伦理,担当起恢复与重建生态平衡的生态责任,促进自然生态、社会生态和精神生态的和谐发展。生态理想是生态文学作品的突出特点,回归自然是生态文学永恒的主题和梦想。虽然人类发展到今天,已经不可能返回原始时代的生态环境中,但作家们通过对理想的抒写,探索在现代社会如何最大限度地做到与自然和谐相处。贝特在《大地之歌》里指出,生态诗的目的就是展现理想的自然生存状态,提供想象的自然状态,想象中的理想的生态系统;阅读它们,陶醉于它们的境界,我们便可以开始想象另一种与我们现状不同的栖居于大地的方式。生态文学作品通过丰富的想象预测未来,尝试构建人类理想的生存环境,从人与自然、人与人、人与自我的维度为人类提供追寻美好生存环境的样板。首先,是人与自然关系的和谐理想。迟子建的小说《额尔古纳河右岸》充满着丰盈的生态意蕴,在展现鄂温克族困苦患难的历史背景时,细腻地刻画了这个民族在额尔古纳河右岸的生活状貌,以及人们对生态环境的依赖和情感。鄂温克族人敬畏自然,自然是他们的衣食父母;鄂温克族人尊重生命,对待猎狗、老鹰等如同家人,还以动物或植物的名字给自己的小孩起名,驯鹿被看作能与人对话的灵性动物。其次,在生态文学中,人与人之间的关系也被重构,不再是单纯的物质关系,而是拥有相同道德尺度和崇高价值追求的有机和谐关系。张泽忠在其小说《山乡笔记》中描写侗乡,乡民的生活方式简单而淳朴,男女老少相携相依,处处洋溢着歌声与欢笑,处处闪耀着人性的光辉,这才是令人向往的人与人和谐的生态社会图景。最后,除了要求实现人与自然、人与人的和谐,建构外部的自然生态平衡,还注重人与自我的和谐,实现精神生态的平衡。迟子建在《朋友们来看雪吧》中塑造的鱼纹和胡达老人,生活简朴,不耽于物质享乐,对生命怀有深沉而持久的热爱。生态文学作家在这样的生态社会构想中,努力构建人与自我的和谐,推进人类精神生态的和谐,使人类由自然生态的征服者转变为守护者。

当人类在现代文明中乐而忘返时,生态文学正引导着人类追寻美好的安栖之地,建构人类理想的生态社会。当人类置身精神的暗夜之时,诗哲弗里德里希·荷尔德林和马丁·海德格尔发出了"浪漫情怀的诗意还乡"和"诗意的栖居"的深切召唤,人类只有在全面的反思中,重新选择有诗意的绿色生存,才能真正获得可持续的发展。

资料链接

人类将会杀害大地母亲,抑或将使她得到拯救?如果滥用日益增长的技术力量,人类将置大地母亲于死地;如果克服了那导致自我毁灭的放肆的贪欲,人类则能够使她重返青春,而人类的贪欲正在使伟大母亲的生命之果——包括人类在内的一切生命造物付出代价。何去何从,这就是今天人类所面临的斯芬克斯之谜。

——[英]阿诺德·汤因比.人类与大地母亲[M].徐波,等译.上海:上海人民出版社,1992:735.

第二节　文学与社会文化

一、社会文化系统中的文学

文学在哪里？上一节在讨论这个问题时，是将之放置在自然生态系统中来考察的。事实上，人在面对世界时有两个不同的指向：一方面，人是自然存在物，人要改造世界从自然界获得维持生命的资源。另一方面，人又是自然生态系统中有灵魂有思想的智慧生命，在物质追求之上有更高的精神追求。连接着世界、作家、作品、读者四要素的文学活动，是人的一种高级的特殊的精神实践，对文学特性的探讨不能脱离人的社会文化活动。

人的社会文化活动是一个多层次的、复杂的系统，宏观上通常有物质文化和精神文化的区分。恩格斯将之划分为物质实践活动和精神实践活动，并进一步阐明了两者的关系："人们首先必须吃、喝、住、穿，然后才能从事政治、科学、艺术、宗教等等……人们的国家设施、法的观点、艺术以至宗教观念，就是从这个基础上发展起来的……"[①]物质实践活动是人类活动的基础，只有满足了吃、喝、住、穿等最基本的生存需求，人才能从事精神实践活动，因此物质实践活动在人类的社会文化活动中起着决定作用。精神实践活动包括宗教、道德、哲学、科学、文艺等，是在物质实践活动的基础上产生发展起来的，文学与其他精神实践活动在受物质实践活动支配的同时，作为"更高地悬浮于空中"（恩格斯语）的领域，亦对物质实践活动具有反作用。

"文学活动论"是马克思主义文学理论的基本观点，这种实践论观点首先把文学艺术理解为社会文化系统中人的一种精神实践活动。人的"生活活动"在马克思主义学说中是十分重要的观念。马克思指出，人与动物的活动有根本的区别："动物和它的生命活动是直接同一的。动物不把自己同自己的生命活动区别开来。它就是这种生命活动。人则使自己的生命活动本身变成自己的意志和意识的对象。他的生命活动是有意识的……有意识的生命活动把人同动物的生命活动直接区别开来。"[②]马克思认为人的"生活活动"与动物的"生命活动"是完全不同的，动物的"生命活动"是按照"物种的尺度"对自然被动适应的过程，例如孔雀开屏求偶、蜜蜂采蜜、鲜花盛开都是动植物维持生命的本能活动。而人的"生活活动"，是按照"内

[①] 中共中央马克思恩格斯列宁斯大林著作编译局.马克思恩格斯选集 第三卷（2版）[M].北京：人民出版社，1995：776.
[②] 中共中央马克思恩格斯列宁斯大林著作编译局.马克思恩格斯全集 第四十二卷[M].北京：人民出版社，1979：96.

在的尺度"进行的"自觉""自由"的活动。所谓"自觉",是指人的活动是建立在对自然规律的把握之上,以理性为指导,有目的、有计划的活动;所谓"自由",是指人的活动不只是满足物质功利的需求,而是具有超越性的精神需求,例如从孔雀开屏体悟雀之灵,从蜜蜂采蜜看到勤劳,从梅品、竹品陶养人品。正是人这种注重精神实践活动的特性,把人不同于动物的"本质力量"对象化地体现出来,成为自己的本质力量的确证。

二、文学是怎样产生的

1. 影响较大的观点

文艺的起源问题是文学理论研究的重要问题,有游戏说、巫术说、劳动说等主要学说。此外,还有神造说、生物本能说、心灵表现说等。在此着重介绍、分析三种影响较大的观点,并阐明我们对文艺起源问题的认识。

(1)游戏说。

游戏说认为文艺起源于人类的游戏活动。最早提出游戏说的是德国哲学家康德,他认为文艺是"自由的游戏"[①],无目的的合目的性是其本质特征,是无目的性和合目的性、艺术和自然的统一。席勒继承了康德的观点并加以发挥,指出"过剩精力"是游戏也是文艺产生的生理基础,人与动物的不同在于还要通过想象力的游戏创造活的形象,或者说创造出广义的美。"游戏冲动"作为调和感性冲动和理性冲动的中介,是文艺发生的最原始动力。

(2)巫术说。

巫术说认为文艺起源与早期人类的巫术活动有关,代表学者有爱德华·伯内特·泰勒、詹姆斯·乔治·弗雷泽等。文艺发生于巫术与原始宗教的理论,在20世纪的西方文艺理论界很有影响,英国人类学家弗雷泽在其代表作《金枝》中较早论证了文艺与巫术的关系,他在对巫术仪式活动进行调查后认为,巫术原理主要有"相似律"和"接触律"。早期人类认为在巫术仪式中模仿某物(相似律)可使被模仿的对象达到预想的目的,而操纵某物(接触律)可以对接触过该物的人产生影响。如狩猎巫术在崖壁上描绘动物形象,是为了对它施予魔法,以保证狩猎的成功。祭坛就是艺坛,文艺虽然不是直接起源于巫术,但巫术仪式经过漫长的历史发展演变为巫术表演,在巫术仪式操演的过程中孕育出音乐、舞蹈、绘画、文学等艺术的雏形。

(3)劳动说。

这是马克思主义文艺起源问题上的重要命题,恩格斯、普列汉诺夫、鲁迅都作过专门的论述。这种观点认为,劳动是原始文艺所有观念形成的共同根源,"劳动、

---
① 康德.判断力批判[M].邓晓芒,译.北京:人民出版社,2002:52.

音乐和诗歌是极其紧密地互相联系着,然而这三位一体的基本的组成部分是劳动,其余的组成部分只具有从属的意义"[①]。劳动是文学描写的主要内容,远古遗存的很多作品都以人们的劳动生活为内容,也是在劳动的过程中产生的,"我们的祖先的原始人,原是连话也不会说的,为了共同劳作,必需发表意见,才渐渐的练出复杂的声音来,假如那时大家抬木头,都觉得吃力了,却想不到发表,其中有一个叫道'杭育杭育',那么,这就是创作;……是'杭育杭育派'"[②]。鲁迅的这段话形象地表述了文学在劳动中产生的情形。

2. 必备条件

无论是游戏说、巫术说,还是劳动说,都有一定的道理,把这些观点综合起来对把握文艺起源问题更有帮助。文学作为人类的精神实践活动并不是凭空产生,而是与生产力发展水平、人的生理机能的进化程度密切相联。文艺的起源必须具备以下条件:

(1)人的机能和智力发展到一定水平。

文艺创作是复杂的精神活动,只有发达的头脑、敏锐的感官、灵巧的双手,才能进入创作状态,观察、体验和认识复杂事物。无论是观察能力、认识能力还是想象能力,都离不开人的大脑和双手。恩格斯指出,手不仅是劳动的器官,它还是劳动的产物,劳动"是一切人类生活的第一个基本条件,而且达到这样的程度,以致我们在某种意义上不得不说:劳动创造了人本身"[③]。劳动说之所以被认作文艺起源的代表观点,就因为劳动是文艺起源的基础和前提。与此同时,原始先民在物质生产劳动中协调动作、减轻疲劳、交流生产经验的直接需要,也是文艺起源的主要原因。

(2)人的精神需求和创作欲望推动。

生产力的发展为文艺的起源奠定了物质基础,当人的机能和智力发展到一定水平时,按照马克思的观点,人的生活活动成为自由、自觉的活动,彰显出不同于动物的、属人的本质力量。游戏说强调人是在"游戏冲动"的促使下,将"过剩精力"用于从事文艺创造,进行超功利的"自由的游戏",凸显了人的精神需求和创作欲望对文艺起源的推进作用。当然,由于原始宗教对先民社会生活实践的全面渗透和影响,人类早期的文艺创造在祭祀仪典、神话传说中多有表现,考古发掘和田野调查也为巫术说提供了大量实证材料。

(3)劳动是文艺起源的前提和根本动因,因为劳动为人的生存提供了物质基

[①] 普列汉诺夫.没有地址的信 艺术与社会生活[M].曹葆华,等译.北京:人民文学出版社,1962:40.
[②] 鲁迅.鲁迅全集(第六卷)[M].北京:人民文学出版社,2005:96.
[③] 中共中央马克思恩格斯列宁斯大林著作编译局.马克思恩格斯选集 第四卷(2版)[M].北京:人民出版社,1995:373-374.

础,使人具备了从事文艺创作的身心条件。

劳动实践促进人的审美意识和审美需要的产生,能够有目的、自由地表现和传达主体的审美理想。综合学界有关文艺起源问题的主要观点,可以认为文艺起源于以劳动为前提,以巫术仪式活动为主要中介的、人类早期的精神实践活动。

三、文学与社会生活的关系

文学是社会文化系统的一部分,没有人的社会实践,就没有文学的产生。离开了人的社会生活实践,文学就成了无本之木、无源之水。文学世界与社会生活的关系问题,又被称作文学的源泉问题,中外文学理论家在探讨文学本质问题时经常涉及这个问题。如中国古代哲学家、文学理论家就很重视从世界的角度来理解文学的本质。"古者包牺氏之王天下也,仰则观象于天,俯则观法于地,观鸟兽之文与地之宜,近取诸身,远取诸物"(《周易·系辞》);孔子提出诗"可以观",认为文学可以观风俗之盛衰、体察民风民情;刘勰在《文心雕龙·原道》中回答文学的本源问题时,认为人类创造的包括文学在内的人文之"文"源于"自然之道",它是客观事物的运动变化规律,这是对文学本质问题进行专门研究的开端。在西方,由于思考和谈论文学源泉问题时选取的角度不同,着眼的文学活动的层面或环节不同,学界对文学的源泉问题的认识有较大差别,涉及文学与社会社会关系的代表性观点,就有模仿说、镜子说、反映论等。

第一种观点是模仿说,认为文艺是对世界的模仿。古希腊朴素唯物主义哲学家德谟克利特首创艺术模仿自然之说,"从蜘蛛我们学会了织布和缝补;从燕子学会了造房子;从天鹅和黄莺等歌唱的鸟学会了唱歌"[1]。之后的柏拉图从理式论出发,认为现实世界是对理式世界的模仿,文艺因为模仿现实世界,而成为理式世界的"影子的影子"。亚里士多德则从现实的角度,从对象、方式、手段三方面探讨文艺的模仿本质,它既反映事物的外观形态,又反映事物的本质和内在规律。第二种观点是镜子说,这是文艺复兴时期,随着现代自然科学的发展和人文精神的兴起而形成的认识。追求艺术逼真性与幻觉的达·芬奇,从绘画与镜子的影像类似、画家的心灵与镜子类似入手探讨艺术的本质,认为两者都能够"陈列"生活事实。巴尔扎克亦将文学看作反映社会生活和思想的"镜子",认为荷马、莎士比亚、但丁、歌德等天才,"都是同时代民族美好的历史性纪念碑"[2]。第三种观点是反映论。马克思主义的唯物主义观点认为社会意识是对社会存在的反映,文学艺术是对社会生活的反映。当然,文艺作为一种意识活动的精神结晶,是以特有的方式反映社会存在的,"现代英国的一批杰出的小说家,他们在自己的卓越的、描写生动的书籍中向世

---

[1] 伍蠡甫.西方文论选 上卷[M].上海:上海译文出版社,1988:5.
[2] 艾珉,黄晋凯.巴尔扎克论文艺[M].袁树仁,等译.北京:人民文学出版社,2003:247.

界揭示的政治和社会真理,比一切职业政客、政论家和道德家加在一起所揭示的还要多"[1]。反映论是马克思主义文学理论的基石。

文学反映论观点在毛泽东那里表述得更直接且更深入:"一切种类的文学艺术的源泉究竟是从何而来的呢?作为观念形态的文艺作品,都是一定的社会生活在人类头脑中的反映的产物。革命的文艺,则是人民生活在革命作家头脑中的反映的产物。人民生活中本来存在着文学艺术原料的矿藏,这是自然形态的东西,是粗糙的东西,但也是最生动、最丰富、最基本的东西;在这点上说,它们使一切文学艺术相形见绌,它们是一切文学艺术的取之不尽、用之不竭的唯一的源泉。"[2]与此同时,毛泽东并不认为艺术源于现实生活就等同于现实生活,在明确社会生活是文学艺术的唯一源泉后,他进而强调"文艺作品中反映出来的生活却可以而且应该比普通的实际生活更高,更强烈,更有集中性,更典型,更理想,因此就更带普遍性"[3]。

文学与社会生活的关系,主要可以从以下两个方面来认识:

(1)文学源于生活。社会生活是纷繁复杂的存在,文学反映生活的方式有直接反映,也有间接反映。具有鲜明现实主义倾向的写实型文学作品,是文学对社会生活的直接反映。杜甫的"三吏""三别"之所以被称作"诗史",传颂千古,根本原因就在于艺术地展现了唐代"安史之乱"时期的社会生活、人民疾苦。中国古代社会文化的百科全书《红楼梦》,是曹雪芹从自身的生活经历出发,"披阅十载,增删五次"而成。巴尔扎克在《人间喜剧》序言中说:"法兰西社会才是真正的历史家,我不过是它的书记罢了。"同样,脱离了俄国特定历史时期社会生活状貌,就不可能有托尔斯泰的《安娜·卡列尼娜》《战争与和平》和《复活》。与此相应,着重抒发情感、表现人类理想的浪漫主义作品,是文学对社会生活的间接反映。陈子昂的《登幽州台歌》"前不见古人,后不见来者。念天地之悠悠,独怆然而涕下",虽然抒发的是诗人的主观之情,但在孤独寂寞之感背后是丰富的社会历史背景和生活际遇。在那些写景、咏物的作品中,自然已不是纯客观的自然物,渗透了人类情感的"人化自然"已成为人类生活中的一个组成部分。文学作品中有一类描写的是非现实、超现实的内容,如神话、童话、志怪小说、科幻小说等,虽是以奇幻的形式展现虚构的世界,但也脱离不开社会现实生活所提供的条件和基础,是对社会生活的曲折反映。例如《聊斋志异》写的是花妖鬼魅的故事,实际上是蒲松龄讥时讽世,抒发不平之气,传达社会认识的一部"孤愤之书"。

(2)文学高于生活。文学要反映社会生活,但文学不是对生活的纯客观摹写。

---

[1] 中共中央马克思恩格斯列宁斯大林著作编译局.马克思恩格斯全集 第十卷[M].北京:人民出版社,1962:686.
[2] 毛泽东.毛泽东选集 第三卷[M].北京:人民出版社,1991:860.
[3] 毛泽东.毛泽东选集 第三卷[M].北京:人民出版社,1991:861.

歌德认为"艺术家对于自然有着双重关系:他既是自然的主宰,又是自然的奴隶。他是自然的奴隶,因为他必须用人世间的材料来进行工作,才能使人理解;同时他又是自然的主宰,因为他使这种人世间的材料服从他的较高的意旨,并且为这较高的意旨服务"①。文学源于生活但不等于生活,文学高于生活但不脱离生活,它从物象到形象、从一般到典型,通过个性化的形象展现社会生活的整体关系和情状,运用概括化的手段揭示社会生活的本质和规律。社会生活中有众多自然形态的物象,从物象到形象的过程,是对物象的选择以及在情感推动下对物象的加工、提炼和升华。文学形象可以保留现实形象的外部特征,更应该融入作家的情感、认识、个性、理想。中国文人笔下的"岁寒三友"松竹梅、"花中君子"梅兰竹菊,寄寓着对高尚人格的追求。高尔基通过茫茫大海上高傲飞翔的海燕,赞美革命者不畏艰险的牺牲精神。文学典型是文学形象的一种高级形态,它比一般的文学形象更生动、鲜活而富有艺术魅力,具有鲜明、独特的个性,是个性化和概括化的统一,能更深入地反映社会生活的本质和规律。

四、文学的真实性

文学的真实性是文学理论的重要问题,它对于读者接受的可信度、文学价值的实现有直接的影响。文学源于生活又高于生活,要经过从客观事实向艺术真实的转化,既要立足客观生活的原真,又须通过虚构想象、提炼概括等手法,揭示生活的本质规律、传达作家的情感体验和审美理想。在文学理论研究上,对文学真实性的阐释在不断修正的过程中,主要包括两个方面的认识:

(1)文学真实是对客观真实的艺术概括。文学的真实是主观与客观的统一,是可能与现实的统一。亚里士多德曾指出"诗人的职责不在于描述已发生的事,而在于描述可能发生的事,即按照可然律或必然律可能发生的事"②。他把诗歌与注重客观真实的历史作了比较,认为"写诗这种活动比写历史更富于哲学意味"③,诗歌的特性不在于对客观真实的如实模仿,而是可以通过对客观真实的艺术概括,反映事物的内在规律和发展趋势,达到更高的艺术真实。《三国演义》中的诸葛亮之所以比历史著作《三国志》中的诸葛亮更真实,就是因为作者将中国传统文化中的智慧集中在这一人物形象身上,使之比生活原型更有普遍意义。在文学创作实践中,艺术概括采用的通常是通过个别表现普遍的典型化手法:在鲁迅笔下,咸亨酒店中唯一穿长衫、站着喝酒的孔乙己,独具个性的语言、行为,凸显的是科举制度对知识分子的残害,未庄阿Q的悲喜剧背后,有对辛亥革命失败原因的深度审视,也有对国

---
① 爱克曼.歌德谈话录[M].朱光潜,译.北京:人民文学出版社,1978:134.
② 亚里士多德,贺拉斯.诗学·诗艺[M].罗念生,杨周翰,译.北京:人民文学出版社,1962:28.
③ 亚里士多德,贺拉斯.诗学·诗艺[M].罗念生,杨周翰,译.北京:人民文学出版社,1962:29.

民劣根性的深刻反省。

（2）文学真实是对主观真实的诗艺表现。文学真实对客观真实的艺术概括，是追求一种"合理"的真实，对主观真实的诗艺表现则是一种"合情"的真实。文学的客观不同于科学认识上独立于主体意识之外的客观，是主体感受体验的客观外化，是作家运用艺术手段对个人情感、意志、理想的审美表现。在中国传统诗歌中，月亮这个围绕地球运转的卫星，总是被赋予最浓厚的感情色彩或哲理意味：在张若虚的《春江花月夜》中，自然物成了人的本体生命的一部分，成为有生命的存在。这种"合情"的真实，在"人生代代无穷已，江月年年望相似"中抒发的是诗人真切的感受。《牡丹亭》中杜丽娘为爱死而复生，表现的是真挚的爱情，梁山伯、祝英台殉情后双双化蝶，传达的是最真诚的团圆意向。虽然现代主义文学描写非理性的、荒诞的世界，尝试表现"心理真实"或"形而上的真实"，例如卡夫卡《变形记》《城堡》中的人物形象颇为怪诞、经历有悖现实之理，却是作家对现代社会人与人之间冷漠关系、对现代人生存状况的深刻反映，同样真切感人。

综上所述，文学的真实是主观和客观相互转化的、合情合理的真实，作家通过对客观真实的艺术概括和对主观真实的诗艺表现，抒写对生活的独特体验，揭示生活的本质规律，以激发读者的信任感和共鸣，使之获得认识启迪和精神享受。

第三节 文学与审美意识形态

一、文学的审美意识形态属性

文学的审美意识形态属性问题涉及两个层面：首先文学源于生活、高于生活，是对社会生活的能动反映，与宗教、道德、哲学等都属于社会意识形态；其次文学还美于生活，是一种审美意识形态。把握文学的审美意识形态属性，要从了解意识形态在社会结构中的位置开始。马克思指出，社会结构由经济基础和上层建筑两个层面构成：

人们在自己生活的社会生产中发生一定的、必然的、不以他们的意志为转移的关系，即同他们的物质生产力的一定发展阶段相适合的生产关系。这些生产关系的总和构成社会的经济结构，即有法律的和政治的上层建筑竖立其上并有一定的社会意识形式与之相适应的现实基础。物质生活的生产方式制约着整个社会生活、政治生活和精神生活的过程。不是人们的意识决定人们的存在,相反,是人们的社会存在决定人们的意识。……随着经济基础的变更,全部庞大的上层建筑也或慢或快地发生变革。在考察这些变革时,必须时刻把下面两者区别开来:一种是生产的经济条件方面所发生的物质的、可以用自然科学的精确性指明的变革,一种是人们借以意识到这个冲突并力求把它克服的那些法律的、政治的、宗教的、艺术的或哲学的,简言之,意识形态的形式。①

马克思这段话对理解文学在社会结构中的地位以及性质功能具有重要的指导意义。经济基础是由物质生产力和生产关系构成的、社会赖以生存的物质基础,建立在经济基础之上的上层建筑,包括政治法律制度和社会意识形态,哲学、宗教、道德、艺术等就属于"社会意识形式"或"意识形态的形式"。经济基础决定上层建筑,居于精神领域顶端的意识形态形式相互影响,并通过法律、政治中介,反作用于经济基础。文学是语言艺术,马克思、恩格斯在讨论文学艺术的意识形态形式时,专门强调文艺对世界采用的是"艺术精神的"掌握,是运用"艺术方式加工"②,认为古希腊艺术具有永久魅力的重要原因,在于其丰富的想象、形象化的表现和儿童的天真,并反对"席勒式地把个人变成时代精神的单纯的传声筒",提倡"莎士比亚化"③。20世纪80年代以来,中国文学理论界也寻求从审美的视角探讨文学的性质,认为文学是"审美意识形态形式",是对社会生活的"审美反映",丰富、完善了马克思主义的文艺观。

在上层建筑中,哲学、宗教、道德和文学等意识形态形式既有联系又有区别,都是对社会生活的反映,但又有不同的特性,有各自独立、完整的领域。文学是审美意识形态,文学艺术活动一方面是具有审美特性的人类精神实践活动,是对社会生活的审美反映;另一方面又与其他意识形态相互联系、相互影响、相互渗透。

(1)文学与哲学。文学与哲学都有广阔的关注对象,包括自然、社会,以及与人有关的一切事物和生活,但它们又以不同的方式阐释和反映生活。哲学是智慧之学,运用抽象思维方式,通过抽象的概念、范畴对自然知识和社会知识进行概括和总结,着重回答思维与存在、精神与物质的关系问题,是关于世界观、人生观的学问。文学是人学,是以人为主体反映整体的社会生活,运用形象思维手法,通过对社会人生的具体描绘,对世界进行审美反映和评价的意识形态形式。文学与哲学

---

① 中共中央马克思恩格斯列宁斯大林著作编译局.马克思恩格斯选集 第二卷(2版)[M].北京:人民出版社,1995:32-33.
② 中共中央马克思恩格斯列宁斯大林著作编译局.马克思恩格斯选集 第二卷(2版)[M].北京:人民出版社,1995:19-29.
③ 中共中央马克思恩格斯列宁斯大林著作编译局.马克思恩格斯选集 第四卷(2版)[M].北京:人民出版社,1995:554-555.

的联系主要有两种:一种是哲学家用文学的形式传达抽象的哲理,如柏拉图的哲学作品充满了诗的语言,海德格尔则通过对同胞荷尔德林诗歌的解析,阐释自己的存在主义哲学观念,表达"诗意栖居"的理想;另一种是文学家在文学作品中表现深刻的哲学思想。如歌德的诗剧《浮士德》,通过浮士德和靡非斯特所代表的肯定精神与否定精神的较量,表现人类追求至善至美,不断探索人生意义的现代精神。进一步看,作家的世界观、人生观是在哲学思想的影响下形成的,特定时代的文学风尚与哲学思潮有深刻的内在联系。例如中国古代作家都难免受到老庄哲学或儒学、佛学的浸润,西方现代主义文学则深受非理性主义哲学思潮的影响。

(2)文学与宗教。宗教是以超验的、主观的感情去祈求彼岸世界幸福圆满的意识形态形式,宗教意识伴随着人类自我意识产生,蒙昧时代原始人借助想象和幻想来解释生老病死、雷电风雪等神秘莫测的现象,衍生出对神的崇拜和信仰。进入文明社会以后,各种宗教门派、观念自成体系,宗教赖以生存的人类思维方式和情感方式并没有从根本上改变,仍然依托宗教信仰和仪式中激发出来的特殊情感体验,获取心灵的抚慰和解脱。文学和宗教都要借助想象,从主观上虚构理想世界的图景,不同的是,文学的想象更多建立在现实社会基础之上,源自生活的独特体验和对生活本质规律的认识。宗教的神秘经验脱离现实,把人引向虚无世界,无论是佛教的"因果报应",还是基督教的"现世忏悔",无不是以牺牲人的思想感情和个性特征为最高原则。与此同时,文学与宗教又在人类早期的祭祀仪典、图腾歌舞、绘画雕刻、神话传中紧密地联系在一起,并在文学发展过程中相互影响:宗教对文学的影响很大,很多文学作品包含有宗教内容,譬如宗教意识、宗教习俗、宗教故事或宗教人物,中世纪西方很多文艺作品的题材就来自基督教《圣经》,中国的变文、小说、戏曲中有许多与佛经故事有关的内容;宗教还影响文学观念和文学创作,佛教促使禅宗美学的产生和相关文论观念的形成,为文学带来了新文体、新境界、新辞藻,对王维等诗人的创作产生了极大的影响。宗教教义也渗透着文学色彩,宗教经典中有许多文学性很强的章节内容,诸多宗教传说实际上就是一个个耐人寻味的神话故事,文学的形象性和情感性成为宗教传播最普遍、最有效的手段。宗教借助情感和想象来构造自己虚幻的世界,为教徒提供平衡心理、弥补缺憾的信仰和寄托。

(3)文学与道德。道德是调整人与人、人与社会之间关系的行为规范和尺度,在人类社会的发展过程中,逐渐形成了正义与邪恶、公正与偏私、真诚与虚伪等道德观念与评判标准,对维系社会的正常运转发挥着重要作用。道德是一个时代性范畴,早期文学与道德的关系处于自在的状态,进入阶级社会以后,文学的道德教育作用逐渐被人们所认识,统治阶级开始自觉地利用文学来宣传自己的道德观念。在文学实践的基础上形成了"劝善惩恶""文以载道"等文学理论观点,文学与道德的关系进入自觉阶段。文学与道德的关系是很早就被注意的问题,两千多年前,孔子提出诗的"兴观群怨"说,就已经察觉到文学的道德教育作用,《毛诗序》中又进一步指出文学是统治者用来教化民众的工具,"先王以是经夫妇,成孝敬,厚人伦,美教化,移风俗"。近代梁启超认为文学决定着道德的变化,认为改革道德必先从改革文学开始。西方也很重视文学净化感情、劝善惩恶的作用,只是与中国古代从外在的功利关系出发看待文学与道德关系不同,一些西方学者试图弄清文学与道德关系的本质,从思辨哲学的角度探讨美与善的内在联系。柏拉图认为美的根源在于心灵的善,亚里士多德也把美和善联系在一起,指出美是一种善,其所以引起快感正因为它是善,故而文学与道德的关系主要表现为美与善的关系。随着时代的发展,道德意识与审美意识逐渐独立,但两者之间始终有着内在的、有机的联系。文学与道德的关系本身就是文学的一种内在本质属性,文学在反映人与人、人与社会的关系时,都有道德世界的投影和对善恶的评价,文学的道德因素蕴含在作品所反映的社会内容中。与直接的道德说教、灌输不同的是,文学中的道德倾向是从真实、生动的人物形象和故事情节中自然流露出来的,美和善在作品中有机地统一在一起。例如杜甫的"朱门酒肉臭,路有冻死骨"里,就蕴含着巨大的道德控诉力量;托尔斯泰在《复活》中倾注心血,表现个体内心的道德冲突和自我救赎。古今中外的优秀文学作品在对现实生活的真实描写中表达了进步的道德观念和道德理想,让客观的生活逻辑对人们的行为做出道德评价,体现了审美价值和道德价值的高度统一。

二、文学对社会生活的审美反映

文学是主体运用形象的、情感的、想象的方式反映生活的审美实践活动,审美体现文学意识形态的特殊性。用"审美"进一步界定文学,才能把文学与其他意识形态区分来,彰显出自身独特的、具体的存在。

文学是真善美的统一,文学的真和善不同于客观现实之真和道德伦理之善。真和善在文学中要按照美的规律,转化为文学之真和文学之善。文学与生活的首要关系不是认识关系,也不是伦理关系,而是审美关系,"'审美反映'或'审美意识形态'就其实质而言,是主体对周围事物的情感的评价,这种情感评价则恰好需要这种主体个性特征的表现和情感的投入"[①];这可以具体从以下方面来理解:从文学反映的对象来看,文学的客体既不是与人隔绝的纯客观的存在,也不是孤立的与外部世界隔绝的人,而是人与社会生活诗意联系的产物。文学让我们从一叶而知秋、以一斑观全豹;从文学创作主体来看,作家与生活的关系是审美关系,是对具有审美属性的对象的审美把握。作家将文学的真与善溶解于主体形象塑造、情感体验的审美表现中,如盐之在水、花之在蜜,有待读者的感知和品味;从文学的功能看,

---

① 童庆炳.审美意识形态论的再认识[J].文艺研究,2000(2):32-40.

在真善美中文学最重视的是其审美价值的实现,读者是在美的吸引和情感的感召下,进而去认识生活和受到教育的。

文学的审美特征主要包括以下方面:

(1)文学的形象性。

形象性是文学之美的外在体现,文学作品的审美价值凝聚在鲜活、生动的文学形象中。古今中外的优秀作品都塑造出栩栩如生的文学形象,读者或许会忘记作品中的具体细节,但像孙悟空、林黛玉、诸葛亮、哈姆雷特、唐·吉诃德、安娜·卡列尼娜等形象会一直留存在记忆中。俄国著名的文学批评家别林斯基在区别科学与艺术时曾经说:"人们看到,艺术同科学并不是同一件事,但是他们没有看到,它们的区别完全不在内容,而只是在于表现这一特定内容的方法。哲学用三段论法讲话,诗人则是用形象和图画,但它们两者讲的都是同一件事……一个是证明,一个是显示,但两者都是在于说服,只不过一个用的是逻辑的论据,一个是用图画。"[①]文学与科学和其他意识形态的区别,就在于文学不用抽象概念和逻辑论证,而是用语言描绘具体的感性形象。

具体可感的人物、景物广泛存在于自然和社会生活中,但文学形象是经过作家加工、改造的,具有比现实生活更丰富、深刻的内涵,更擅长表现反映对象的审美意蕴。在偏重叙事的作品中,文学塑造既具有鲜明个性特征,又具有代表性、普遍性的典型形象来传达对社会人生的认识。例如《红楼梦》通过贾宝玉、林黛玉的爱情悲剧、大观园女性的命运揭示封建家族的衰亡、没落,塑造了多愁善感的林黛玉、世故圆滑的薛宝钗、心狠老辣的王熙凤等一系列典型人物。《水浒传》中,"官逼民反"这个林冲、鲁智深等一百零八将与之抗争的典型环境,随着场景的转换和情节的展开得到了活生生的映证。可见,文学典型借由生动、具体、独特的外在形象反映的内在本质是丰富而又深刻的。在偏重抒情的文学作品中,作家借景抒情,通过情景交融、虚实相生的形象系统来表现独特的审美体验。无论是"孤帆远影碧空尽,唯见长江天际流"(李白《黄鹤楼送孟浩然之广陵》)中的藏情于景,还是"念天地之悠悠,独怆然而涕下"(陈子昂《登幽州台歌》)中的情中见景,作家的情感都是透过活生生的画面来传达的。中国传统文论独创的意境理论,还将诗歌中逼真、写实的画面称为"实境",由实境诱发拓展的审美想象空间称作"虚境",伴随着具象的想象而来的是只可意会、不可言传的"象外之象""境外之境"。例如张若虚《春江花月夜》围绕"月亮"这个核心意象展开关于春潮江花、游子思妇的系列联想,是诗人对宇宙人生的体味与感悟。在充满哲理意味的现代作品中,文学运用象征手法对"意义"进行形象的演绎。海明威的《老人与海》一方面用写实手法叙述老渔夫桑提亚哥在茫茫大海上捕鱼的经历,另一方面,整个寓言式的形象系统中,蕴含着对人

---

① 别林斯.别林斯基文学论文选[M].满涛,辛未艾,译.上海:上海译文出版社,2000:704.

生意义的求索。贝克特的《等待戈多》，在两个流浪汉无望的等待后面，是人类生存的荒诞性和悲剧性。

（2）文学的情感性。

情感性是文学活动的内在特质。文学与生活的关系是审美关系，这种关系主要体现为审美活动中主体对对象的情感评价。"艺术并不容纳抽象的哲学思想，更不要容纳理性的思想：它只容纳诗的思想，而这诗的思想——不是三段论法，不是教条，不是格言，而是活的激情，是热情……因此，在抽象思想和诗的思想之间，区别是很明显的：前者是理性的果实，后者是作为热情的爱情的果实。"[①]情感性进一步把文学与科学等意识形态形式区别开来。科学与生活的认识关系必须排除主观因素的干扰，客观地、理智地分析对象，而文学活动从始至终都贯穿情感：作家是以"情"感人的，作品是情感交流的符号和纽带，读者通过自己的情感体验去理解作品。中国传统文学理论家充分强调文学的情感特性，"诗缘情而绮靡"（陆机《文赋》），"情动于中而形于言"（《毛诗序》），"为情而造文"（刘勰《文心雕龙·情采》），"情动而辞发"（刘勰《文心雕龙·知音》）。情感表现同样是西方浪漫主义文学的审美追求，缺乏感情灌注的作品，没有艺术魅力和感染力，文学的审美价值也难以实现。

文学之所以具有情感性特征，是因文学是人学的性质决定的。文学是人的精神创造物，文学创作必然有情感与表象的内在联系。当表象经由语言符号的唤起而在人们的记忆中复现的时候，尤其是面对的本来就是有血有肉的人和活生生的生活世界的时候，必然表现出喜怒哀乐和情感评价。文学反映生活的审美方式，是文学情感性的另一个重要原因。文学不是生活的简单复制和模仿，而是作家按照美的规律展开的一种能动创造。作家从自己的审美理想和审美趣味出发，在观照生活和重构生活时，不可避免地融进独特的主观感受和浓烈的感情色彩。从文学活动过程看，文学创作自始至终渗透着作者的情感。客观生活一旦写进文学作品，就不再是生活现象本身而成为作家情感浸润的图画，"感时花溅泪，恨别鸟惊心"（《春望》）是杜甫在特定的情景下的独特感受。情感在创作过程中影响、调节和制约着作家对表现对象的认识，即便是现实主义作家，也不是报以纯客观的态度去观察生活、摹写生活。鲁迅散文《秋夜》写景，"在我的后园，可以看到墙外有两株树，一株是枣树，还有一株也是枣树"，在状物写实中营造出作者寂寥的情状。作家将自己的独特情感体验，通过活生生的情景形象呈现出来，将笔下人物的喜怒哀乐传递出来，就有了屈原《离骚》的"长太息以掩涕兮，哀民生之多艰"的忧患，鲁迅对国民性"哀其不幸、怒其不争"的悲愤，从而引发读者强烈的情感共鸣。文学情感的内涵是复杂的，表现形态也多种多样。有对美好理想的向往追求，有对假恶丑的揭露批判，有对崇高精神的歌颂礼赞，有对平凡生命的关切尊重。正是对情感的抒发、

---

① 别林斯基.别林斯基论文学[M].梁真，译.上海：新文艺出版社，1958：52-53.

体验、交流,使文学永远焕发着勃勃生机。

(3)文学的超越性。

超越性是文学审美意识形态的根本体现。虽然文学与社会生活有紧密联系,具有认识作用和教育作用,有一定的实用功利价值,但超越实用需求的审美价值实现才是文学的最高追求。正如康德所说,"那规定鉴赏判断的愉悦是不带任何利害的","关于美的判断只要混杂有丝毫的利害在内,就会是很有偏心的,而不是纯粹的鉴赏判断了"。[1]中国传统文论有"虚静"说,刘勰在《文心雕龙·神思》中指出"陶钧文思,贵在虚静,疏瀹五藏,澡雪精神",强调文学活动中人的精神要进入一种无欲求、无得失、超功利的纯净状态。鲁迅将文学的功用概括为"无用之用",凸显了文学超越物质功利需求,满足人的精神需求和审美理想追求的特性。

文学的超越性表现在人与自然关系上,可以在审美过程中超越自然规律的束缚,"笼天地于形内,挫万物于笔端","观古今于须臾,抚四海于一瞬"(陆机《文赋》)。杜甫的"会当凌绝顶,一览众山小"(《望岳》),表达了诗人不畏艰险、勇攀高峰的雄心壮志和超越自然的精神力量。文学的超越性表现在人与社会关系上,可以将人从现实的困顿中解放出来,彰显自己的远大理想。屈原在现实的政治斗争中满怀愤懑、冤屈,却在《离骚》中通过志洁行芳"制芰荷以为衣兮,集芙蓉以为裳"的形象,表达了"路漫漫其修远兮,吾将上下而求索"的人生境界追求。《人间词话》理论的核心,就是强调文学是超越功利的纯粹艺术,文学的审美功能是其价值的根本体现,"诗人对宇宙人生,须入乎其内,又须出乎其外。入乎其内,故能写之。出乎其外,故能观之"。王国维集境界说之大成,将境界视为以人的生命力为底蕴的、真景物与真感情统一、交融的人生境界,这也是中国人审美理想中的最高境界。

📖 资料链接

只是一双农鞋,再无别的。然而——从鞋具磨损的内部那黑洞洞的敞口中,凝聚着劳动步履的艰辛。这硬梆梆、沉甸甸的破旧农鞋里,聚积着那寒风陡峭中迈动在一望无际的永远单调的田垄上的步履的坚韧和滞缓。鞋皮上粘着湿润而肥沃的泥土。暮色降临,这双鞋底在田野小径上踽踽而行。在这鞋具里,回响着大地无声的召唤,显示着大地对成熟的谷物的宁静的馈赠,表征着大地在冬闲的荒芜田野里朦胧的冬冥。这器具浸透着对面包的稳靠性的无怨无艾的焦虑,以及那战胜了贫困的无言的喜悦,隐含着分娩阵痛时的哆嗦,死亡逼近时的战栗。

——孙周兴.海德格尔选集(上册)[M].上海:上海三联书店,1996:253-254.

---

[1] 康德.判断力批判[M].邓晓芒,译.北京:人民出版社,2002:38-39.

第四节　文学与日常生活审美化

一、日常生活审美化的趋向

　　日常生活是社会生活中最为普通和基础的部分，"从某种意义上说是剩余的，通过分析把所有独特的、高级的、专门化的、结构的活动挑选出来之后所剩下的，就被界定为日常生活"[①]。日常生活居于一个经验的、非本质的、次要的领域，繁杂、琐碎而又平庸，属于人的感性的低级部分，长期以来并未受到重视。文艺复兴、启蒙运动之后，世俗化成为西方社会发展的主导方向。一是理性的旗帜高扬，人的主体地位确立；二是人的感性需求得到释放，开始注重日常经验，注重人的世俗享乐。日常生活逐渐成为人类最基本的生存样态。与此不同的是，美学家们在宗教走向衰微之后，力求超越日常的感性生活，为人类精神构建了一个安生之所。"美学之父"鲍姆嘉通提出应该有专门的学科来研究感性生活，将"感性认识的完善"作为美学的内在依据，康德与黑格尔则在其哲学体系中确立审美范式而被奉为经典，美学与文艺理论研究也借此划定了自己的"边界"。在文学与生活的关系问题上，文学源于生活、高于生活、美于生活的观念也由此衍生出来。

　　其实，在整个西方美学发展进程中，纯审美、纯艺术观念只是特定历史阶段的产物。进入20世纪，经典美学纯粹思辨、远离生活的观念不断受到质疑和挑战。最著名的挑战者是法国画家马塞尔·杜尚，他给达·芬奇《蒙娜丽莎》添两撇山羊胡子，把签着自己大名的小便器送去展览，并用充满诗意的"泉"为之命名。杜尚在20世纪60年代的后现代艺术家中备受尊敬，之后类似的作品越来越多，从啤酒瓶到包装盒，从政界人物到娱乐明星，没有什么不可以成为艺术品，甚至人人都可以成为艺术家。后现代艺术这种强调艺术的现实语境和体验，填平艺术与生活鸿沟的努力，也是现代以来日常生活全面展开，对人类生存的影响越来越大的表现。与此相应，日常生活与审美活动的界限也日趋模糊，艺术活动不再局限于美术馆、博物馆等传统的审美活动场所，日常生活空间中融入了大量的设计元素，从建筑的装修、服饰的搭配、家居的布置，到购物中心、城市广场、街心花园的美化乃至物品的包装，无不透露一种泛审美化的特征和趋势。

　　"日常生活审美化"的命题，正是迈克·费瑟斯通针对这种泛审美化的趋向，于1988年在大众文化协会大会上讲演时明确提出来的。他认为人类进入后工业社会以后，艺术和生活之间的距离正在不断缩小，在把生活转换成艺术的同时，也把艺

[①] 周宪.文化现代性与美学问题[M].北京：中国人民大学出版社，2005：63.

术转换成生活,从而产生了"日常生活审美化"现象。日常生活审美化产生的背景是后工业社会,也被称作消费社会。日常生活审美化产生的原因主要有两个:首先,消费者的精神需求是推动日常生活审美化的动力。消费时代随着物质产品的不断丰富,消费者的需求逐渐向精神方面增长,越来越看重商品的文化附加值,不仅是精神产品的生产,在物质产品中也渗入了越来越多的文化因素,这样的需求推动了经济文化化。消费者的消费方式和消费内容有意无意总会传递出某种符号意义——消费者的身份、兴趣、品位等,消费活动在更大程度上是一场符号制作和交流活动。其次,在市场经济条件下,一切消费活动都必须通过市场,运用市场化手段和大批量复制的方式完成。在经济利益的驱使下,美化商品成为商家牟取利润的制胜法宝,现代广告和传媒也通过符号意义的生产,打着艺术的旗号,通过审美化的包装打造所谓时尚,引领消费者按其倡导的"理想方式"生活。在广告和传媒的鼓噪下,文学艺术也经历着从属于市场成为一般商品的过程。借助大规模复制技术和传播技术,过去只能为少数人享受的艺术品迅速走进千家万户。当艺术行为和经济行为的区别日趋缩小时,当艺术产品被当作一般商品来看待时,其所带来的变化,无论行为上还是观念上都是巨大的:消费社会的文化逻辑摧毁了经典艺术品的意义和深度,摧毁了艺术家作为美的创造者和施予者的崇高位置,也打破了艺术和生活的界限。

德国当代美学家韦尔施在其《重构美学》中说,"今天,我们生活在一个前所未闻的被美化的真实世界里,装饰与时尚随处可见。它们从个人的外表延伸到城市和公共场所,从经济延伸到生态学"[①]。韦尔施还进一步把日常生活的审美化分为"表层的审美化"和"深层的审美化",表层审美化指的就是日常生活的各个方面都趋向于审美的实际生活状态,从购物中心到咖啡馆,从办公室到居家生活,物质层面的装饰和美化已成为普遍潮流;深层审美化指的是在大众传媒时代,电视、电脑对现实的模拟和操演对人把握世界的方式造成了极大影响,不但实在层面的现实可以审美化,意识层面的现实也被审美化了,人们对世界的认识建立在运用高科技手段营构的虚拟现实上。法国思想家让·鲍德里亚指出,人类就生活在一个虚拟的仿像世界中,这种完全由符号建构起来的"超真实"与任何现实无关,它是仅凭符号建造出的真实世界以外的符号真实,"超真实"使人的主体性遭遇空前危机,也致使经典美学、文艺学不得不面对重构的问题。

二、日常生活审美化对文学的影响

在日常生活审美化趋向的影响下,经典美学观念引领的文学、文学理论和批评面临冲击和挑战,表现在中国当代的理论研究上,是在文艺学学科"边界"之争后的

[①] 韦尔施.重构美学[M].陆扬,张岩冰,译.上海:上海译文出版社,2002:109.

文化研究转向。20世纪80年代,结合中国改革开放后的社会现实,学界尤为关注"文化热""实用美学""审美文化"等问题。20世纪90年代以后,随着大众文化、消费文化的兴起,学界针对消费文化和后现代主义思潮对中国的影响展开研讨。2000年,由童庆炳和陶东风等人发起了日常生活审美化问题的讨论,得到学界热烈回应。论争的焦点主要集中在文艺学和美学的学科边界、艺术和生活的关系、日常生活审美化在中国的现实状况等。2005年初,《中华读书报》先后发表了童庆炳的《"日常生活审美化"与文艺学》和陶东风的《也谈日常生活审美化与文艺学》,用对话的方式讨论文艺学的"边界"问题。童庆炳认为,讨论日常生活审美化的"新美学"属于"食利者的美学",把它纳入文艺学研究就是鼓吹文学终结论。大众传播时代,文学虽然边缘化了,但其独特的审美场域是任何艺术难以取代的,"文艺学可能随着这些事实、问题和活动的变化而变化,但无论如何变,都不会把文学抛弃掉,而去钟情什么'日常生活的审美化'"[1]。陶东风则认为,"包括日常生活审美化在内的新近发生的文化与艺术思潮,为文艺学工作者提出了新的研究课题","美学文艺学研究只有不断关注、切近当代文化现实和大众日常生活,才能找到新的理论生长点。超越学科边界、扩展研究对象已经成为迫切的议题"[2]。

与之呼应,金元浦指出,"文学的文化转向绝不是取消文学本体研究,而是在多范式多话语共展并存的多元对话时代,寻找更宽广更具包容性更富于生命力的研究方式",而"日常生活审美化"对文学"审美性"价值提出的挑战,表明了"艺术的民主化、审美的泛化,文学的大众化、生活化"。这种扩展文艺学研究视野、文化多元共生的主张,具有明显的后现代意味。当然,面对日常生活审美化对文艺学提出的挑战,主张"守界"的一方之所以坚守精英立场和责任意识,一个重要的原因是:在看上去很美的背后,文艺学边缘化和文学艺术终结的命题最终指向的,是消费时代整个社会文化生态被破坏的现实和人类精神生态遭扭曲的隐忧。

在文化研究的视域中,日常生活审美化对包括文学在内的精神文化的影响表现在:

(1)在广告和传媒鼓噪的时尚、消费需求的推动下,当今的精神生产包括文学艺术都经历着从属于市场成为一般商品的过程。工业设计和现代广告、大众传媒一道把商品生产改造成为文化生产,从而使所有商品都不再只是具有传统意义上的使用价值,市场对交换价值的追逐日益显著。表现在文化类型上,"在十九世纪,文化还被理解为只是听高雅的音乐,欣赏绘画或是看歌剧,文化仍然是逃避现实的一种方法。而到了后现代主义阶段,文化已经完全大众化了,高雅文化与通俗文化,纯文学与通俗文学的距离正在消失……总之,后现代主义的文化已经从过去那

---

[1] 童庆炳."日常生活审美化"与文艺学[N].中华读书报,2005-01-26(12).
[2] 陶东风.也谈日常生活审美化与文艺学[N].中华读书报,2005-02-16(12).

种特定的'文化圈层'中扩张出来,进入了人们的日常生活,成为了消费品"[①]。

(2)消费社会的文化逻辑摧毁了文学艺术家作为美的发现者和给予者的崇高位置。由于消费者数量急剧增长和消费市场的急剧扩大,精神生产者的队伍也迅速扩张。不仅是数量的扩张,而且是种类的扩张,如流行歌手、节目主持人等都成了文化产品的生产者。任何一个人都可以拿起笔来写作,从小学校园开始,到网络上五花八门的"写手",都向社会提供他们的作品。除了网络外,通过出版社、杂志社、报社出版的门槛也很低。罗兰·巴尔特说"作者死了",虽然传统的作家、艺术家仍然存在,不过在消费社会中被边缘化了,他们生活在一种相对封闭的环境中,作品只有很少的读者。

(3)文化产品按照"文化工业"的流程生产。传统的文学艺术生产是单环节的生产,强调个性化的特征。如今,牵动生产过程有效运作的是市场消费机制,链接了原创、改编、制作、营销等多个环节。另外,现代科技已全面渗透到生产的全过程。产品的制作体现出越来越强的技术特征,从不可复制转变为大量复制,有影响的作品大多是按照"文化工业"的模式运作,依托产业链创造了可观的经济效益。电影《泰坦尼克号》发行的当年,各项收益累计高达18亿美元;根据小说《哈利·波特》改编的系列电影在全球电影院热播的同时,全球书店的同名小说也在热销。

文学的生产、传播、消费方式的变化,颠覆了对文学性质问题的认识。许多在原有文学观念中根本不能进入文学殿堂的作品堂而皇之占据了显赫的位置,传统文学观所珍视的经典文学受到冷落甚至被边缘化。当代文化正变成视觉文化,"读图时代"书籍报纸上文字的登载量逐渐减少,大量的画面占据着越来越显著的位置,能否吸引眼球成了市场判别作品优劣的标准,图画影像将抽象的概念转换为鲜活的视觉形象,依托影视、音像制品、互联网迅速传播,广泛地参与到大众的日常生活过程中。追逐经济利益的商家迎合消费者的娱乐消遣需求,在流水线上批量制作"精神快餐"和"克隆情感",把"美"制作成系列产品放在货架上标价出售。文化产品的人文关怀意义丧失,消费者成了赫伯特·马尔库塞所说的被操纵的"单向度的人",形成泛审美盛宴粉饰下的价值空洞。

三、消费时代文学的审美价值追求

中外文学的史实证明,"文学"本身是在社会文化发展过程中不断建构的,没有一成不变的"文学",也不存在永恒的文学"本质"。

文艺生产方式的变革是现代化进程的必然产物,消费时代对文艺的积极作

[①] 杰姆逊.后现代主义与文化理论:弗·杰姆逊教授讲演录[M].唐小兵,译.西安:陕西师范大学出版社,1986:147-148.

用表现在：文艺不再是少数贵族阶级或文人墨客的特权，产业化的生产方式造就了大批量的文化产品，能够充分满足消费者不同层次需求；文艺有大众艺术（传统社会中更多是民间艺术）和精英艺术等不同的构成，精英艺术努力通过市场化的手段走向更广大的接受者，大众艺术也不断地从精英艺术、民间艺术中吸取营养，在演出、音像、影视、文化旅游等方面都取得了可喜的成绩，文化产业在创造良好经济效益的同时，为大众审美趣味的提升，为文艺市场化、多元化发展展示了美好的前景。

在日常生活审美化的趋向下，运用高科技手段生产，借市场商品化运作的文艺产品，与经典的文艺活动、文艺创作相比较，仍然具有以下特征：

（1）文艺的生产和消费仍有着某种内在的一致性。一般物质产品的消费是纯粹的价值消耗，甚至有一个必然被淘汰的过程，更高技术含量的产品必然替代前一代产品。从文艺产品的消费来看，即便大量文艺产品存在着被淘汰的命运，但古希腊艺术、莎士比亚戏剧、唐诗宋词、曹雪芹的小说以其思想和艺术上的魅力而具有时代的超越性，历来为接受者所共享。因为这些"纯审美"的作品给消费大众留下了一个强有力的表述传统，经典文艺是种种"艺术商品"和大众生活不可缺少的"审美"维度。而从文艺创作来看，其一致性还表现在创作母题的一致性上，如歌颂爱情、歌颂母亲、歌颂生命等。可以说，文艺表现的母题早在人类的神话时代就已经基本完成，后世只是不断地在自己的时代重复这些母题，尽管这些母题经由现代的演绎，表现的方式已经大不相同。

（2）文艺与现实生活仍然保持着某种张力，既贴近生活，又不等同于生活。从文艺复兴时期但丁倡导用民间语言写作，到启蒙运动狄德罗、莱辛的市民戏剧理论；从左拉实验小说强调的"对存在事物的接受和描写"，到车尔尼雪夫斯基提出的"美是生活"命题，都传达了文艺要回归生活的愿望。特别是车尔尼雪夫斯基的"美是生活"包含了对人生存的理想，即审美与生活的同一、审美与人类生存状态的内在一致性。它突出了美与人类生活的密切联系，标志着人的本性和人的生存的自然回归，无疑为人性发展注入了新的生气与活力。虽然当代文艺产品与社会生活的距离从未如此近过，但它毕竟不是生活，人们仍然把它当作现实的替代品，是用以表达或满足某些想象或愿望的手段。

（3）文艺的批判性与超越性仍然存在。一方面，大众艺术的通俗化是必然的趋向，在一定程度上冲淡了文艺的神圣性，却使文艺与审美走出象牙之塔，进入人们的生活，极大地改变了文艺和大众的关系。另一方面，当大众的消费水平不断提高，市场也需要有创造性的、个性化的，特别是具有批判性和超越性的文艺产品。《哈利·波特》《狼图腾》等畅销书并非完全是无个性的平庸或模仿之作。消费大众的构成是复杂的，存在各种消费倾向和消费趣味，其中不乏欣赏精英艺术的消费者,随着物质生活水平的提高和消费大众艺术修养水平的提高,精英艺术的消费群体有不断壮大的趋势。

消费时代文艺的多元分化、多元发展既是一种趋势,也是不同层次消费群体的现实审美需求。是投身市场,担当启蒙大众、提高大众审美修养的责任,还是安于边缘,固守边界,保持对现实的批判与超越,文化精英们尽可以做出自己的选择。文学理论的出路在于正视审美泛化的事实,紧密关注日常生活中新出现的文学现象和艺术活动方式,对这个时代的文学艺术现象进行阐释、批判,积极推进文艺的健康发展。

资料链接

费瑟斯通认为日常生活审美化包含三种意义:

第一,它指那些消解艺术与日常生活界限的亚文化,即在第一次世界大战和20世纪20年代出现的达达主义、历史先锋派及主义运动,在这些流派及其活生生的生活事件中,其追求就是消解艺术与日常生活之间的界限;具体包括两方面,一是消解艺术作品的神圣性,二是"认为艺术可以出现在任何地方、任何事物上"。

第二,它"将生活转化为艺术作品的谋划",包括波德莱尔、福柯等探索新的生活方式的实验,他们致力于把生活和艺术品位相结合,建立一种标新立异的生活方式。

第三,它"指充斥于当代社会日常生活之经纬的符号与影像之流",在这个意义上的审美化中,实在的影像之间的差别消失了,出现了仿真的世界,按照波德里亚的说法,超现实的东西就是今天的现实本身。

——部分引自费瑟斯通.消费文化与后现代主义[M].刘精明,译.南京:译林出版社,2000:95-100.

本章小结

文学的主体是人,人从自然中来,且是自然的一个有机组成部分。自然生态系统中的文学着重表现人与自然之间的关系,揭示现代社会生态危机的社会根源,探寻人与自然和谐共生的生态理想。

社会文化系统中的文学是一种意识形态形式,文学在人的社会实践中产生,源于生活又高于生活。在真实性问题上,文学是对客观真实的艺术概括,是对主观真实的诗艺表现。

文学具有审美意识形态属性,与宗教、道德、哲学等意识形态既有联系又有区别。文学是对社会生活的审美反映,具有形象性、情感性、超越性等特征。

日常生活审美化是消费社会的一种泛审美趋向,文学和其他精神产品按照商业化、工业化流程大批量复制生产,其神圣性被消解,需要重构文学与生活的联系,彰显文学的审美价值。

学习评价

评价维度	评价项目	评价内容	评价标准	自我评分
知识素养	文学与自然及社会的关系	认识:生态文学的概念和特征;文学真实性问题;文学的起源问题;文学与生活的关系。	掌握:生态文学的内涵和特征;文学真实性的具体表现;综合不同观点,从总体上把握文学起源问题;认识文学与生活的联系与区别。	
分析能力	文学的审美意识形态属性	学会:理论联系实际分析文学的审美意识形态属性和文学反映生活的审美特征。	掌握:运用恰当理论,结合不同类型作品分析、论证具体问题的能力。	
思想修养	日常生活审美化	探讨:日常生活审美化的社会根源;日常生活审美化对文学的影响。	掌握:发现问题、学会反思,培养探究意识,能观察社会,具有应对生活变化的能力。	

推荐阅读

[1]中共中央马克思恩格斯列宁斯大林著作编译局.马克思恩格斯全集 第三卷(2版)[M].北京:人民出版社,2002.

[2]蕾切尔·卡森.寂静的春天[M].鲍冷艳,译.北京:中国青年出版社,2015.

[3]周宪.文化现代性与美学问题[M].北京:中国人民大学出版社,2005.

本章自测

1.简答题

(1)生态文学有什么特征?

(2)简述对文学起源问题的认识。

(3)文学与生活是怎样的关系?

(4)简述对文学真实性问题的认识。

2.论述题

结合文学的审美意识形态属性,分析文学的审美特征。

第三章 作者:创造的秘密

本章概要

本章从作者的维度探讨文学活动。作者是文学创作的主体,没有作者的创作,就没有文学作品,文学活动就不可能发生,因此,文学创作是一切文学活动的基础。文学创作是作者各方面素养的综合体现,作者的素养决定作品质量的高低。作为人类精神创造活动之一的文学创作,其有精神创造活动共性的一面,也有其独特性。作为创作主体的作者,因创作观念的嬗变而形成了种种历时和共时的类型。

学习目标

1.了解作者的创作意图和目的,认知作者的社会责任和担当。
2.理解作者的内涵及其素养以及作者的观念类型,领会文学创作的独创性。
3.掌握文学创作的过程,体悟文学创作的复杂心理因素。

学习重难点

学习重点:

1.文学创作的一般规律及其特殊性,文学的创作方法。
2.文学创作中的作者素质以及作者创造的复杂心理动因。
3.基于不同观念的作者类型。

学习难点:

1.文学创作中作者与世界的双向关系。
2.作者创造的过程。
3.文学创作的构思阶段。
4.作者类型的理论及观念。

思维导图

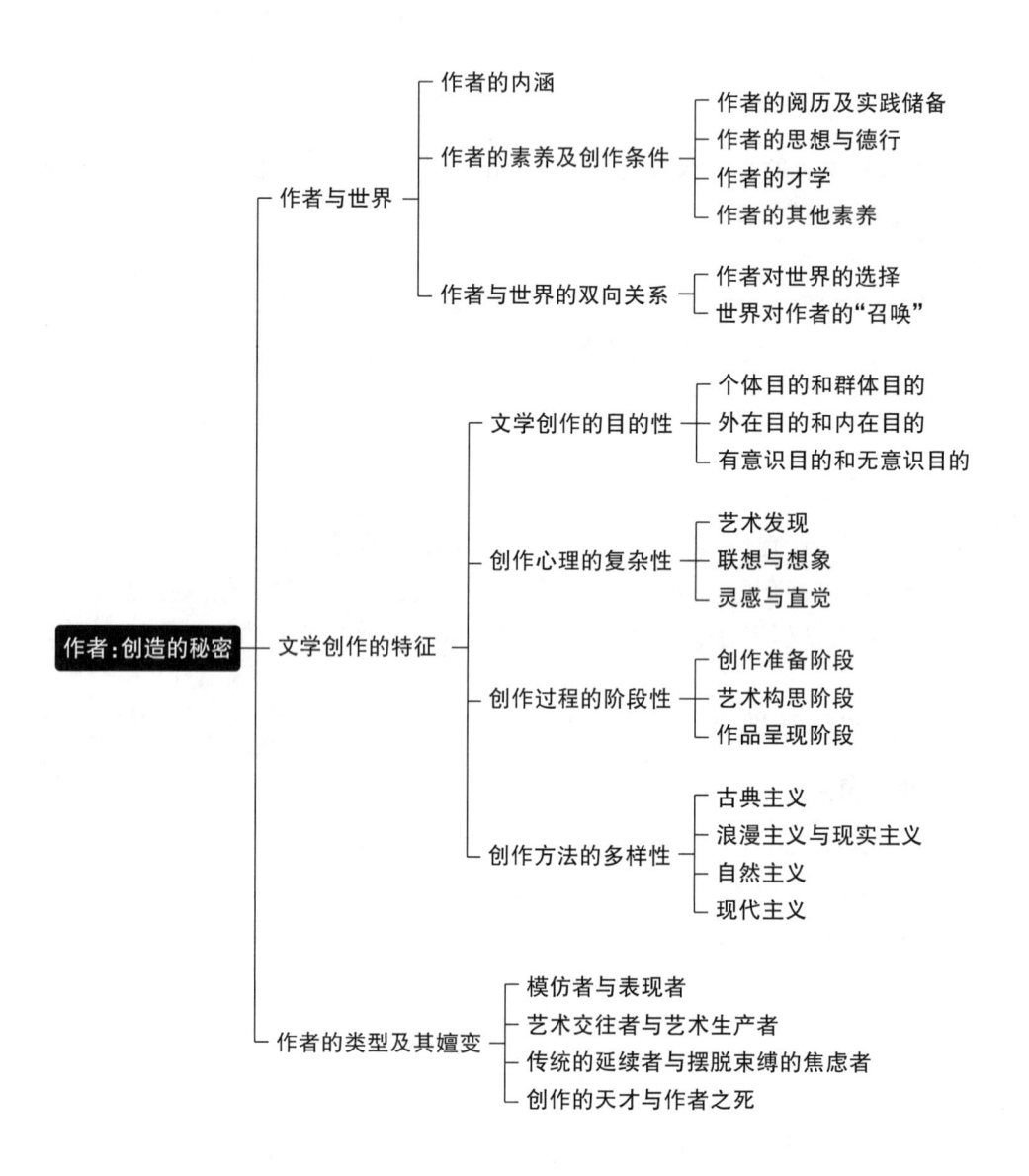

作者:创造的秘密
- 作者与世界
  - 作者的内涵
  - 作者的素养及创作条件
    - 作者的阅历及实践储备
    - 作者的思想与德行
    - 作者的才学
    - 作者的其他素养
  - 作者与世界的双向关系
    - 作者对世界的选择
    - 世界对作者的"召唤"
- 文学创作的特征
  - 文学创作的目的性
    - 个体目的和群体目的
    - 外在目的和内在目的
    - 有意识目的和无意识目的
  - 创作心理的复杂性
    - 艺术发现
    - 联想与想象
    - 灵感与直觉
  - 创作过程的阶段性
    - 创作准备阶段
    - 艺术构思阶段
    - 作品呈现阶段
  - 创作方法的多样性
    - 古典主义
    - 浪漫主义与现实主义
    - 自然主义
    - 现代主义
- 作者的类型及其嬗变
  - 模仿者与表现者
  - 艺术交往者与艺术生产者
  - 传统的延续者与摆脱束缚的焦虑者
  - 创作的天才与作者之死

第一节 作者与世界

文学活动是一种审美创造活动,在这种活动中,存在着两个创造主体:作者和读者。我们通常把作者看作文学活动中的第一创造主体,把读者视为文学活动中的第二创造主体。其中,文学作品的创作是两个创造的基础和前提,因为没有作者的文学创作,读者的再创造便不可能发生。作者既是认识世界的主体,也是表现世界的主体,作者与世界之间存在着紧密的关联:没有作者,世界不能被艺术化地呈现于作品中;没有世界,作者的创作也就成了无源之水、无根之木。

一、作者的内涵

纵观文学历史长河,作家因其作品而名垂千古。曹丕《典论·论文》中说:"年寿有时而尽,荣乐止乎其身,……未若文章之无穷。是以古之作者,寄身于翰墨,见意于篇籍。不假良史之辞,不托飞驰之势,而声名自传于后。"[1]作为写作主体的作者,其根本任务是以语言文字为符号手段来反映不同层面的世界,表现不同领域的社会生活、传递不同门类的知识信息乃至表达丰富的情感意蕴,其存在的意义是创造出优秀的文本。

事实上,关于作者的内涵讨论一直是传统文论的中心,从古希腊有关"诗人"概念的讨论一直到后结构主义者提出"作者之死"的理论范式,西方文论中形成了多种关于作者内涵的阐释。中国古代自先秦时期形成的"虚静说""养气说"伊始,关于作者心性、才气,作者与作品、世界的关系的讨论也层出不穷。那么,作者有什么样的内涵呢?俄罗斯学者哈利泽夫在其《文学学导论》中把作者解释为"艺术作品的创作者;涵纳于艺术文本之中的作者形象;内在于作品之中的创作者"[2]三种含义。该解释对我们把握作者内涵的多维指向很有启发。"作者"作为创造主体,是文学活动中的重要要素之一。它既可作为人的身份标识,也常常被视为一个职业门类。大致来看,关联创作主体的语词主要有"作""作者""作家"等,这几个语词的意义都较为复杂,如果从写作、创作的角度来看,"作"与之相关联的意义主要有两个,一是做动词,有创作、撰写文本的意义,二是做名词,有作品之意,"作者"大多泛指从事文章撰述和艺术创作的人,"作家"则主要指从事文学创作且具有一定成就的人。作为创作主体的作者并非仅指创作或写出文本的人,也包括进入写作状态的

---

[1] 曹丕.魏文帝集全译[M].易健贤,译注.贵阳:贵州人民出版社,2009:254.
[2] 哈利泽夫.文学学导论[M].周启超,等译.北京:北京大学出版社,2006:68.

主体。概而言之,进入写作状态或产生写作行为的主体即为作者。

二、作者的素质及创作条件

作品是创作行为产出的成果,作品的高低优劣很大程度上取决于作者的素质。在文学创作活动中,作者始终起着主导作用,其写作素养、写作能力的高低直接影响文学创作活动的进行和作品的质量,可以说,创作正是作者主体素养和能力的体现,提高写作能力的根本途径是加强作者的素质。素质指在人的先天生理的基础之上,经过后天的教育和社会环境的影响,由知识内化而形成的相对稳定的心理品质及其素养、修养和能力的总称。对于写作者而言,单一领域的通达可能写出不错的作品,但不易写出优秀的作品,优秀的作者应是多重素质的交融互渗,优秀作品的创作无不缘于作家深厚的涵养和广博的储备。陆机的《文赋》被誉为中国古代文论中第一篇关于文学创作的专论,其在探讨文学创作过程中一系列根本问题之前就说:"伫中区以玄览,颐情志于典坟。遵四时以叹逝,瞻万物而思纷。悲落叶于劲秋,喜柔条于芳春。心懔懔以怀霜,志眇眇而临云。咏世德之骏烈,诵先人之清芬。游文章之林府,嘉丽藻之彬彬。"①作者立身于天地宇宙之间,应深刻地观察、感受万事万物的变化,循四季推移,感叹时间消逝,引发纷繁思绪。从容地饱读大量文质彬彬的佳作,在古籍中陶冶情志。他强调作者写作之前,一是要观察体悟万事万物,储备大量的生活实践;二是要大量地阅读,具备丰厚的学养。作家应该具有什么样的素养和品质,什么样的人可称为作家,这些问题常常为大家所关注。从不同的层面来剖析,作者素质的内涵实则丰富多样,极为繁复。基于已有观点,我们从以下几个方面来讨论作者的创作素质。

(一)作者的生活阅历及实践储备

作者应具备起码的生活体验和实践储备。生活素养,除了来自丰富的经历,广阔的视野,还来自作者对生活投入的热情,对生活的感受、体验以及对生活的独特发现。生活素养固然包括了见多识广,但更为本质的是认识深刻、感受真切。这些生活体验或是关于历史生活图景的理性认知,或是关于人生现世的了解与体悟,有的涉及人生百态,有的关涉人情世故。

首先,作者应是一个广泛生活的参与者。作者创作依赖广博的生活储备,这就需要作者融入生活中去。生活积累是作品创作实现艺术真实不可或缺的重要条件,不光文学创作如此,其他艺术创作亦如是,它是创作主体在生活实践活动中积累起来的关于自然、社会和人生的各种认识的合成。老舍说:"有修养的作家必是

---

① 霍松林.古代文论名篇详注[M].上海:上海古籍出版社,1986:94-95.

生活丰富的作家。"①可以说,因凸显真实性的需要而重视生活实践的例子比比皆是。明代艺术家董其昌在《画禅室随笔》中说"画家六法:一气韵生动。气韵不可学,此生而知之,自然天授。然亦有学得处,读万卷书,行万里路,胸中脱去尘浊,自然丘壑内营,成立郛郭,随手写出,皆为山水传神"。②

在董其昌的观念中,传神的艺术作品需气韵生动,而气韵除赖于艺术家的先天禀赋外,还可学而得之。如何"学而得之"呢?董其昌说出了大家都很熟悉的话:读万卷书,行万里路。

其次,作者应是一个丰富生活的实践者或经历者。为了追求生活和事实的"本真",作者还可能是实践者。巴金曾说古今中外大作家的作品实质上多是自传性的,郁达夫也有类似的表述,他说:"至于我的对于创作的态度,说出来,或者人家要笑我,我觉得'文学作品,都是作家的自叙传'这一句话,是千真万真的。"③郁达夫的作品,往往都带有很强的自传性。他的很多作品采用第一人称"我"进行叙事,即使是第三人称,也带有很强的"自我"气息。如果读一下郁达夫传记或了解郁达夫的经历,就会发现作者本人与小说主人公的经历大致一致。如《沉沦》中主人公"他"和郁达夫本身的经历基本是一致的。文学创作为了实现创造性往往要向陌生之域开路,但作者不大可能去写全然陌生的对象,而是会潜在地选择自己熟悉的对象,在熟悉的对象中以独具慧眼的方式去发现与众不同之处。类似的事例不胜枚举。以骚体与七言相结合而开创了新奇独特诗歌形式的《胡笳十八拍》,相传是东汉女诗人蔡琰创作的一首乐府叙事诗,全诗长达一千二百九十七字,诗中有:

雁南征兮欲寄边声,雁北归兮为得汉音。雁飞高兮邈难寻,空断肠兮思愔愔。攒眉向月兮抚雅琴,五拍泠泠兮意弥深。……城头烽火不曾灭,疆场征战何时歇?杀气朝朝冲塞门,胡风夜夜吹边月。故乡隔兮音尘绝,哭无声兮气将咽。一生辛苦兮缘别离,十拍悲深兮泪成血。④

此诗如实地再现了蔡文姬在战乱中被掳、胡地思乡、忍痛别子归汉的悲惨遭遇,真切地反映了主人公深陷匈奴的苦难经历和丰富复杂的内心世界,如果没有那样的经历,恐怕是写不出这样情辞真切的长诗的。同样,南唐后主李煜如果不是因为沦为阶下囚,应该吟诵不出"问君能有几多愁?恰似一江春水向东流"的千古绝唱;李清照如果不是因为亡夫失家的经历,大概也写不出"寻寻觅觅,冷冷清清,凄

---

① 老舍.老舍谈写作[M].南昌:百花洲文艺出版社,2019:45.
② 陈辞.董其昌[M].石家庄:河北教育出版社,2003:180.
③ 郁达夫.过去集[M].北京:开明出版社,1996:6.
④ 上海辞书出版社文学鉴赏辞典编纂中心.古诗三百首鉴赏辞典[M].上海:上海辞书出版社,2007:50-51.

凄惨惨戚戚"这样字字含泪的词作;假如缺乏相应的生活积累,李白写不出赤诚纯净、天然去雕饰的《赠汪伦》等作品,杜甫也写不出"三吏""三别"。

最后,作者还应是一个社会生活的深度审美体验者。生活实历固然重要,但作者不可能诸事亲历。鲁迅在《叶紫作〈丰收〉序》里说:"作者写出创作来,对于其中的事情,虽然不必亲历过,最好是经历过。诘难者问:那么,写杀人最好是自己杀过人,写妓女还得去卖淫么?答曰:不然。我所谓经历,是所遇、所见、所闻,并不一定是所作,但所作自然也可以包含在里面。"[①]

艺术创作强调生活体验,很多类型的作品创作源于作者的生活体验,譬如神魔类、科幻小说等作品类型除必不可少的"实"之外,更多地需要作家在审美体验的基础上展开想象的翅膀。

(二)作者的思想与德行

思想道德素质指人们根据一定的准则和规范,通过个体自身的认识和社会实践,在政治倾向、理想信仰、思想观念、道德情操等方面养成的较稳定的品质,在处理个人与他人、社会的关系中所表现出来的稳定的特征和倾向,是一个人思想素质和道德素质内在统一的综合体现。文学能够相伴于人类的发展,一个重要的原因大概在于文学能够承载着一定的思想精神和道德原则,能够不断地发挥出其感染人、打动人、启迪人的功能。

思想成就作品的价值。文学作品必然包蕴着作家对自然、社会、人生的基本态度和认知。刘大櫆所谓"文贵高:穷理则识高,立志则骨高,好古则调高"[②],认为高妙的文章应该穷尽道理、志趣远大。古往今来,无数先贤都把立言看作自己的历史使命,为何立言? 立言是把人们立德做人、立功做事经历中发生的思想、经验、矛盾和方略用文字记载其要,传之于世,供人欣赏、借鉴,给人以启迪和鞭策。立言,可以抒发志向、传承文明,为天地立心、为生民立命、为万世开太平。《左传·襄公二十四年》:"大上有立德,其次有立功,其次有立言,虽久不废,此之谓不朽。"[③]立言是立德、立功的延续,立德无疑是作者孜孜不倦追求的目标之一,如这个主体无德又如何立德? 如果作者的思想涵养程度不高,其作品于读者而言只会有害无益。叶燮在《原诗·外篇上》中言:"志高则其言洁,志大则其辞弘,志远则其旨永。"[④]"志"意思是意向、思想、理想等,叶燮要肯定的是志趣高雅的人,其作品的语言就会纯净;志

---

① 鲁迅.鲁迅全集(第六卷)[M].北京:人民文学出版社,2005:227.
② 霍松林.古代文论名篇详注[M].上海:上海古籍出版社1986:503.
③ 杨伯峻.春秋左传注(修订本)[M].北京:中华书局,1990:1088.
④ 叶燮,薛雪,沈德潜.原诗 一瓢诗话 说诗晬语[M].霍松林,杜维沫,校注.北京:人民文学出版社,1979:47.

气宏大的人,其作品的文辞就会雄健;志向远大的人,其作品的思想就会深邃。

人品道德决定作品的品质与境界。中国古代有人品与文品相结合的批评传统,扬雄提出"心画心声说";曹丕《典论·论文》倡导"文气说";而钱钟书则言"心画心声总失真""文如其人"。孰是孰非的讨论声音此起彼伏,文学作品的格调与作者的品性才情相对应虽有例外,但总体而言,文学作品往往会折射出作者的人品高低和道德尺度。沈德潜在《说诗晬语》中指出:"有第一等襟抱、第一等学识,斯有第一等真诗。"[1]作品的艺术境界与作家的道德境界、学识素养紧密关联,只有具备一流的道德素养,才能成就一流的作品。王国维说:"故无高尚伟大之人格,而有高尚伟大文章者,殆未之有也。"[2]苏东坡把儒家积极入世、恪守信念的理想与佛、禅、道诸家超越世俗、追求艺术化的人生境界和心灵境界的人生哲学进行结合,从而构成了其洒脱无拘、随缘自适、超然于物外与乐观旷达的生命境界,能够超然"游于物之外",自可"无往而不乐",力求自我超脱,巧妙地抉择进取与退隐、入世与出世、社会与个人等矛盾,并通过文学创作来表达对于社会、人生以及宇宙本体的思索以及他对待人生超旷达观的襟怀和态度。

(三)作者的才学

创作需要才华,作家必须是个有才学的人,这在中国古代已多有论及。王充《论衡·超奇篇》中说:"著书表文,论说古今,万不耐一。然则著书表文,博通所能用之者也……著书之人,博览多闻,学问习熟,则能推类兴文。"[3]意思是说能著书写文章的,是知识渊博精通而能运用的人,并且强调写书的人,看得多听得多,熟悉学问,就能类推写出文章来。曹丕《典论》中"夫文本同而末异,盖奏议宜雅,书论宜理,铭诔尚实,诗赋欲丽。此四科不同,故能之者偏也,唯通才能备其体"[4]。将写作和才气、作家的禀赋才识和作品风格的形成等关系作全面论述的则为刘勰,其《文心雕龙》中的《体性》《才略》《事类》等篇中皆有关乎才学观的论述。刘勰认为作品是作家内在情志的外延,"情动而言形,理发而文见,盖沿隐以至显,因内而符外者也",[5]作家著文,内心有郁勃的情思,然后由隐至显,形诸笔墨,积句成章,将内在的情思章明于世。刘勰将内心的酝酿看作创作的第一步,因此十分看重作家的内才和气质。文学创作需要有文化知识方面的储备,需要多学科知识的组合和运用。知识储备越丰富,视野和思路就越开阔。作者的学识,是指文学创作活动中所需

---

[1] 叶燮,薛雪,沈德潜.原诗 一瓢诗话 说诗晬语[M].霍松林,杜维沫,校注.北京:人民文学出版社,1979:187.
[2] 王国维.中国人的境界[M].北京:中国工人出版社,2013:57.
[3] 王充.论衡[M].上海:上海人民出版社,1974:211-213.
[4] 曹丕.魏文帝集全译[M].易健贤,译注.贵阳:贵州人民出版社,2009:252.
[5] 黄叔琳.增订文心雕龙校注[M].李详补注,杨明照校注拾遗.北京:中华书局,2000:379.

的各种知识与学问等。它既包括客观世界逻辑结构和运行规律方面的知识,也包括主体思维所使用的概念及其思维程序、规则方面的知识。文学创作同作者的学识修养密不可分,创作的过程实质上就是学识的组合和应用的过程。从理论上说,相对完整的知识结构可以保证作家在感性积累的基础上对社会人生进行全面、辩证而理性的审视,从而增强作品的表现力度。

在文学创作活动中,一方面,因创作对象和文体的差异,需要相应的专业知识。另一方面,一般性的、综合性知识对于任何创作对象和专业来说都是必要的。就文学实践来看,有的作家精熟于某一知识领域,有的作家则是洞悉诸多学科门类。屈原开创"香草美人"的文学抒情传统,以其所创作的《离骚》为代表的"楚辞"单植物就涉及数十种,宋人吴仁杰《离骚草木疏》所考《离骚》中草木名实,多达55种,该书对这些草木进行了考辨与释义。这样看来,屈原不仅是一个伟大的诗人,他还应是一个储备丰厚的植物学家。刘勰《文心雕龙》中说:"仲舒专儒,子长纯史,而丽缛成文,亦诗人之告哀焉。"[1]董仲舒为儒学大师、司马迁是史学专家,但都写出了辞采繁盛的作品,大凡成功或伟大的作家无一不是知识的达人。在文学创作的历史汪洋中,我们看到无数精熟于某一知识领域的专才、知识丰厚的全才甚至是奇才。《红楼梦》之所以被称为中国晚清社会的"百科全书",就是因为这部巨著几乎涉及了社会生活各个方面的知识,除了故事情节外,大凡诗词歌赋、琴棋书画、建筑装饰、花鸟鱼虫、医药占卜、官场皇室、酒家商肆、三教九流,无不应有尽有。没有深厚的文化知识素养,曹雪芹就无法写出这样的巨著。被刘勰赞誉为"七子之冠冕"的王粲"捷而能密,文多兼善"[2],陈寿《三国志》中说:"初,粲与人共行,读道边碑。人问曰:'卿能谙诵乎?'曰:'能。'因使背而诵之,不失一字。观人围棋,局坏,粲为覆之。棋者不信,以帕盖局,使更以他局为之。用相比校,不误一道。其强记默识如此。性善算,作算术,略尽其理。善属文,举笔便成,无所改定,时人常以为宿构;然正复精意覃思,亦不能加也。著诗、赋、论、议垂六十篇。"[3]

过目不忘之能、精通术算、提笔成文且无需修改,王粲可谓高才。中外古今,学富五车、才高八斗的文学大师不胜枚举,很多作家往往兼具多重身份,现代作家中譬如鲁迅、茅盾、叶圣陶、巴金、曹禺等,没有哪一位不文通古今、学贯中西。鲁迅一生除大量文学创作外,早期写了《古小说钩沉》、著有《中国小说史略》、翻译了《死魂灵》等大量作品,不仅对文学创作做出重大贡献,对文学批评、文学史研究及至思想研究也贡献良多。巴金除创作大量小说、散文和杂文之外,精研世界语,翻译了许多外国文学作品,这在中国作家和世界语学者中也是少有的。同样,冰心也以作品

---

[1] 黄叔琳.增订文心雕龙校注[M].李详补注,杨明照校注拾遗.北京:中华书局,2000:574.
[2] 黄叔琳.增订文心雕龙校注[M].李详补注,杨明照校注拾遗.北京:中华书局,2000:575.
[3] 陈寿.三国志[M].裴松之注,武传点校.武汉:崇文书局,2010:272.

数量之多、内容之丰富、创作风格之独特享誉文坛,并通梵语,翻译了泰戈尔等人的作品。新中国第一位获得"人民艺术家"称号的作家老舍除大量不同体裁的文学创作之外,还具有深厚的理论素养,被形象地称为文艺界的"劳动模范",其《文学概论讲义》至今还被奉为经典。

当代作家中还有不少作家型专家,教授型作家艾晓明、格非等都有堪称优秀的文学作品问世,王蒙、金庸、贾平凹、冯骥才、铁凝、王安忆等分别曾在相关高校担任主讲教师或客座教授。国外如列夫·托尔斯泰、萨特、昆德拉、艾略特、马尔克斯等作家同样学识惊人,他们是作家和理论家结合的典范。拒绝接受诺贝尔文学奖的法国作家萨特也是最重要的存在主义哲学家之一;以"大手笔写小人物"的昆德拉用捷克语写下《生活在别处》《告别圆舞曲》《笑忘录》《不能承受的生命之轻》等作品,用法文写下《慢》《身份》《无知》《相遇》等作品;被誉为"现代奇幻文学之父"的托尔金,以创作经典严肃奇幻作品《霍比特人》《魔戒》与《精灵宝钻》而闻名于世,他也是牛津大学研究盎格鲁-撒克逊语(古英语)的教授;迄今已被翻译成数十种文字、销量逾千万册的《玫瑰之名》的作者意大利的埃柯,除了随笔、杂文和小说,还有大量论文、论著和编著,其研究涉及8个大类,包含中世纪神学研究、美学研究、文学研究、大众文化研究、符号学研究和阐释学研究等。

(四)作者的其他素养

作为文学创作者,除上述素养外,还应具备其他一些独特素养:一定的创作天分、丰富的想象力以及敏锐的观察力、足够好的语言运用能力等。

首先,作者需具备一定的创作天分和后天的丰厚学养。艺术创作需要一定的创作天分,更需要后天持续不断地学习储备。艺术天才论虽常遭诟病,但对天才的相关讨论却很多,同时,认为创作需要天分的观点已被越来越多的人接受。所谓天分即先天禀赋,往往被视为创作的前提条件。艺术天才固然有来自先天的禀赋,但从来没有不注重后天学习的艺术天才。刘勰《文心雕龙·事类》中说:"文章由学,能在天资。才自内发,学以外成,有学饱而才馁,有才富而学贫。学贫者迍邅于事义,才馁者劬劳于辞情,此内外之殊分也。是以属意立文,心与笔谋,才为盟主,学为辅佐,主佐合德,文采必霸,才学褊狭,虽美少功。"[①]刘勰认为,写文章在于学问,才力在于天资,才力发自本性,学问从外部获得,讨论二者之间的辩证关系,强调只有把学问与天资二者结合起来,文采才会出众。王国维关于艺术天才的讨论也有类似的意味,其言:古今之成大事业大学问者,不可不历三种之阶级:"昨夜西风凋碧树,独上高楼,望尽天涯路。"(晏同叔《蝶恋花》)此第一阶级也。"衣带渐宽终不悔,为伊消得人憔悴。"(柳耆卿《蝶恋花》)此第二阶级也。"众里寻他千

[①] 黄叔琳.增订文心雕龙校注[M].李详补注,杨明照校注拾遗.北京:中华书局,2000:473.

百度,回头蓦见,那人正在灯火阑珊处。"(辛幼安《青玉案》)此第三阶级也。未有不阅第一第二阶级,而能遽跻第三阶级者。文学亦然。此有文学上之天才者,所以又需莫大之修养也。而"天才者,或数十年而一出,或数百年而一出,而又须济之以学问,助之以德性,始能产真正之大文学。此屈子、渊明、子美、子瞻等所以旷世而不一遇也"①,强调文学天才不仅要有好的天分,还要有好的德性、持之以恒的思考探索和学习。

其次,作者需具备独特的观察力和丰富的想象力。创作是作家独特观察力和丰富想象力的凝合。观察是指通过人的眼、耳、鼻、舌等感官来获得直接经验的有意识的思维活动,观察力虽以感官感知为前提,但离不开内在心理因素的作用,它是创作主体生理机能和情感、智识、想象等因素协作运行而产生的行为能力。观察是作者获取创作材料的重要途径,它是创作主体必须掌握的一种基本能力。独到的观察往往能够创造文学的神奇,在比较中发现对象的"同中之异"或"异中之同",见人之所未见,不管这种发现多么微小,有时正是这种有别于他人的微小且独特的发现,成为文学创作的突破口。正如由翻译家梁宗岱翻译、英国诗人威廉·布莱克所写的长诗《天真的预言》里开头四句所写的那样:

> 一颗沙里看出一个世界,
> 一朵野花里一座天堂,
> 把无限放在你的手掌上,
> 永恒在一刹那里收藏。

让作者从局部领略全体,从点、线延伸到面、体,无疑观察在其中发挥了重要作用。观察是使作品产生新意的途径之一,作者借助观察可以去发现万千对象中的独一无二。在创作活动中,作者具备独特的观察力还不够,一味地强调观察仅能凸显对象的客体性和物态因素,最终使作者成为纯粹的复写者,因此作者还应具备丰富的想象力。想象力是人对自己头脑中已有的记忆表象进行加工改造而创造新形象的心理能力,它是判定作者创造力的重要标志,无论是从事艺术创作,还是开展自然科学领域的创造性活动,都离不开活动主体的想象力,它是人们开展一切创造性活动必不可少的重要条件之一。爱因斯坦甚至说:"想象力比知识更重要,因为知识是有限的,而想象力概括着世界上的一切……想象力是科学研究中的实在因素。"②这是把想象力与无限的创造性联系到了一起。可以说,任何创造性活动都离不开想象,文学创作作为一种创造活动,想象力自然必不可少。

---

① 王国维.中国人的境界[M].北京:中国工人出版社,2013:57.
② 爱因斯坦.爱因斯坦文集 第一卷[M]许良英,范岱年,译.北京:商务印书馆,1976:284.

三、作者与世界的双向关系

文学所言说的世界,是指文学的书写对象,即文学创作的客体。文学表现的世界不同,作品所呈现出的艺术类型就有异。世界类型多种多样,我们关于世界类型的表述可谓名目繁多,有宏观世界就有微观世界;有主观世界就有客观世界;有现实世界就有虚幻世界;有物质世界就有精神世界;有此岸世界就有彼岸世界,等等。一般而言,文学与所表现的世界很少简单地一一对应,文学所表现的世界往往是多维世界的合成,其中以某一维度的世界为主,又兼及其他世界。被视为开启中国现实主义文学传统的诗歌总集《诗经》中的作品,除大量反映当时现实的作品外,也有不少纯粹抒发情感、内心世界的作品,譬如《王风·采葛》:彼采葛兮,一日不见,如三月兮。彼采萧兮,一日不见,如三秋兮。彼采艾兮,一日不见,如三岁兮。如果抛开诗歌创作的背景和可能的时代因素(此诗的主题有多种解读),此诗表现出的直接诗意是抒情主人公爱恋到痴狂的内心情感状态:才一天不见面,如三月兮,如三秋兮,如三年。好像已经是三个月、三个季节甚至三年。不说相思的难过,不说相思的难耐,也不说相思的誓言,只说相思不绝不断。表现如此情感的作品不好归入反映现实世界的作品类型中去,类似的作品像《郑风·子衿》《召南·摽有梅》等也有这样的表现。此种文学事实的形成原因,有来自创作主体的因素,也有来自创作客体的因素,文学与世界的多维关系主要源于作家与世界之间存在的双向呼应关系。

(一)作者对世界的选择

作者会对创作的对象世界做出选择。作者的主体因素必然影响作家对创作对象的选择,影响作家进行选择的主体因素很多,作者的思想观念、审美理想、艺术个性、人生经历乃至年龄、性别等都是影响作家择取对象的重要因素。下面仅从审美理想、审美趣味、人生经历等三个角度略作阐述。

首先来看审美理想。审美理想是作者择取创作对象的过程中最重要的影响因素之一,它是在艺术创作主体世界观、审美观的影响下形成的对完整的、具体可感的、至善至美的境界的一种观念、规范和要求,它决定着艺术创作的倾向、方法以及艺术品的内容和形式,它是规约艺术家进行艺术活动的最高范式。审美理想一旦形成,就会对作家的创作活动产生持久且重要的影响。具体说来,审美理想决定着作者对对象的选择,只有符合创作主体审美理想规约的客体对象才能被择取。马克思在《1844年经济学哲学手稿》中说道:"只有音乐才能激起人的音乐感;对于没有音乐感的耳朵说来,最美的音乐也毫无意义,不是对象,因为我的对象只能是我的一种本质力量的确证……忧心忡忡的穷人甚至对最美丽的景色都没有什么感觉;贩卖矿物的商人只看到矿物的商业价值,而看不到矿物的美和特性;他没有矿物学的感觉。"①主体对对象的选择原则:只有能够体现主体本质力量的客体对象才会被选择。另外,审美理想的形成不仅包含个体主观性的因素,也包含时代、民族等外在的社会性因素。

其次来看审美趣味。审美趣味同样是作者择取对象的重要因素。审美趣味是主体在审美活动中表现出来的主观爱好和态度倾向,是对自然界和社会生活的各种现象和事物以及艺术作品的审美价值所作的直接的富有情感的审美评价和审美取向。如果说审美理想是主体选择对象的"灯塔",审美趣味就是具体选择过程中的"触手",因而,审美趣味在客体对象的选择过程中也尤为重要。另外,审美趣味的形成离不开主、客两方面的复杂因素,人们的审美趣味之所以不同,既与每个人所处的社会生活和所进行的社会实践有关,也与其自身的审美素养和审美理想有关,审美趣味兼具个体性和社会性的双重特点决定了其存在的多样性。中国传统美学把爱好和品位与审美趣味联系起来加以观照显然有一定的道理,每个个体都有属于自己的主观偏好,不同的艺术活动主体,其审美趣味必然存在差异,甚至有高低优劣之分。有的作者的审美趣味格调高雅、品位绝佳,而有的作者的审美趣味的指向和表现不仅谈不上高雅,甚至不一定健康。比如对爱情所持的态度就不一而足。可以说,不论什么样的时代、不论何种民族,爱情都是艺术表现的永恒主题,但不同艺术主体表现爱情的角度却千差万别,中国古代就有"山无陵,江水为竭,冬雷震震,夏雨雪,天地合,乃敢与君绝"及至"在天愿作比翼鸟,在地愿为连理枝"的忠贞之誓;有"相思似海深,旧事如天远"及至"天涯地角有穷时,只有相思无尽处"的相思之苦;有"多情自古伤离别,更那堪,冷落清秋节"的离别之伤;有"闻君有两意,故来相决绝"的决绝之态;有"身无彩凤双飞翼,心有灵犀一点通"的相知之境;有"两情若是久长时,又岂在朝朝暮暮"的真情告白;有"天不老,情难绝。心似双丝网,中有千千结"的缠绵悱恻,等等。诚然如是爱情的表达成因很多,但创作主体的审美趣味必然是其中比较重要的影响因素。

最后来看生活经历。生活经历也是影响作者创作的重要因素,尤其对作者选择客体对象具有直接的影响作用。具体说来,生活经历对作家创作的影响主要包括:第一,生活经历是创作的素材来源。不少作者都会自觉或不自觉地把自己人生中一些经历作为创作对象加以书写,尤其那些刻骨铭心的经历往往成为作者创作不二的选择。第二,生活经历使作家获得创作灵感。有些作者从各自独特的人生经历中获得创作的灵感。第三,生活经历使创作发生转向。一些作家人生经历的巨变促成其创作的重大转向。李煜的一生由帝王至阶下囚,大起大落,或许正因为这样的波折,才成就了这位千古词帝。一个国泰民安的南唐就在自己的手中没了,他内心的煎熬可想而知。从"酒恶时拈花蕊嗅"和"笑向檀郎唾"过渡到"自是人生

---

① 陆贵山,周忠厚.马克思主义文艺论著选讲(修订本)[M].北京:中国人民大学出版社,1999:2-3.

长恨水长东",这天上、地下的巨变,恐怕没人有李后主那般深切的体会了。同样,李清照所作词,前期多写悠闲生活,后期悲叹身世,情调感伤。南渡前,李清照的生活幸福、浪漫、欢乐,因此词作内容多表现自己的个人生活,词风活泼清新、细腻婉转,后期词作因丈夫的离世和颠沛流离的生活,词风则转向沉郁忧伤、苍凉凄楚,就其内容看,很多作品只是写一些生活琐事,却寄托着强烈的身世之感,隐含着深沉的故国之思。"风住尘香花已尽,日晚倦梳头。物是人非事事休,欲语泪先流",寄托的是对亡夫的悼念之情和自身孤苦生活的绝望之感;"故乡何处是?忘了除非醉"则蕴藉了深沉的故国之思和怀乡之情。

(二)世界对作者的"召唤"

一定的世界会不停地"召唤"适宜的作者进行创作。外在于创作主体的因素多种多样,而作者又是生活于特定时空环境中的具体人,这个环境中的所有直接和间接的因素都可能激发作者的创作冲动,甚至促成创作行为的最终实现。有感于外物而触发作家的创作,中国古代很早就产生了这样的文学观念。其中,"物感"说影响较大,所谓"物感",是指作者因有感于外在的客观事物而诱发的创作行为,其言论最早见于《礼记·乐记》:"凡音之起,由人心生也。人心之动,物使之然也。"其后,陆机在《文赋》提出:"遵四时以叹逝,瞻万物而思纷。悲落叶于劲秋,喜柔条于芳春。"刘勰《文心雕龙》谓"人禀七情,应物斯感"等,皆为该观念的具体表达。在西方,法国文艺理论家泰纳在其《英国文学史》《艺术哲学》等著述中提出艺术发展取决于"种族、环境、时代"的三因素论,泰纳认为民族的特性是文学艺术发展的永久动力,环境是构成精神文化的一种巨大的外力,而时代的"精神的气候"和社会意识则对文学艺术发挥着决定性的作用。[1]我们认为,世界对作者的这种"召唤"体现在很多方面,其中,较为突出的表现有以下几个方面。

1.时代精神对作者创作的召唤

一个时代有一个时代的特质,处于这个时代前沿的精神和潮流引领着世人迈向前方,而作者或许是最先响应这种精神和潮流的群体之一,优秀的作者是时代变革的敏锐捕捉者,积极地书写时代的大变革本应是作家的职责与担当。时代精神不仅激励着作家的创作,还常常成为作品创作的对象。意识流小说作家福克纳在诺贝尔文学奖获奖致辞中明确宣称,人之所以不朽,不是因为他比起其他动物来得天独厚地掌握了语言,而是他具有怜悯、同情、善良和自我牺牲等优秀品质并且代代相传。就我们当下的文学创作而言,人文精神和底层关怀,并不是稀缺资源。在很多作者的作品中,力求从纷繁的现实生活中,捕捉时代的主脉,肯定积极的价值,

---

[1] 胡经之.西方文艺理论名著教程(上)[M].北京:北京大学出版社,1988:419-429.

比如阎连科在述说当代中国乡村的血泪苦难的同时,总是力求发掘出中国农民的顽强坚韧的生存意志和追求精神:在《年月日》中,对十亩地里一棵独苗的爱护,显然超越了此岸的功利目的;在《日光流年》中,看似简单可笑的有限目标,却激发出无限的精神力量;在《受活》中,与不可承受的现实相对应的,是"世外桃源"的乌托邦境界的强大召唤。再比如曹征路的《那儿》所歌颂的为捍卫心灵正义的自我牺牲精神。梁晓声的《人世间》以普通人的生活变化和心理变迁,揭示了时代命运与个人命运的内在关联。李洱的《应物兄》,借鉴"经史子集"的叙事方式,记叙了形形色色的人物,对于一个时代人们精神世界加以揭示。陈彦的《主角》,由一个秦腔名伶的人生成长与事业沉浮,表现了一个剧种的盛衰,也折射了一个时代的变迁。周梅森的《国家公诉》表达了对代表底层民众利益、为民申冤的检察人员凛然正气的礼赞,等等。

2. 地域文化对作者创作的呼唤

所谓地域文化是指在长期的社会和历史发展进程中,在某一特定的地理区域中,由当地族群自然形成和创造的,反映当地族群人文特征和风土人情的特色文化。地域文化的形成不仅是地形、气候等自然条件的影响,也包括历史的、人文的种种因素,如特定的历史沿革、民族关系、人口迁徙、教育状况、风俗民情、语言乡音等方面。特定地域往往有其独特的自然山川地貌,以及由此而形成的丰富的人文风情,这些各不相同的文化因子常以各不相同的方式影响生活于其中的人们,有时甚至是以深入骨髓式的方式渗入特定地域群体的集体意识中,其中的不同个体都会或隐或显地带有这样一些相近的集体意识,生活于其中的作者自然也不例外,其成长多多少少都会受到这些文化意识的浸润和滋养。因此,书写带有鲜明地域特质的文化意识往往成为作家不二的选择。或许,这也是世界上大多数民族都有源自各自独特地域文化的乡土情怀的一个重要原因,可以说,不同作家的作品或多或少都带有一些地域乡土文化的烙印。

文学与地理、地域关系的讨论由来已久,西方如前文已谈及的法国文论家泰纳,中国则有近代以来进行了广泛讨论的南北文学不同论。受日本学者思想影响的梁启超倡导"南北文化观",其在《论中国学术思想变迁之大势》中详列中国南北文化的差异:"北派崇实际,南派崇虚想;北派主力行,南派主无为;北派贵人事,南派贵出世;北派明政法,南派明哲理;北派重阶级,南派重平等;北派重经验,南派重创造;北派喜保守,南派喜破坏;北派主勉强,南派明自然;北派畏天,南派任天;北派言排外,南派言无我;北派贵自强,南派贵谦弱。"[①]从多个角度概括了中国南北文化的差异,认为南北文化的差异源于地理地势、气候的不同。北方气候苦寒,谋生不易,没有更多的精力去思考玄妙的哲理,而南方气候温润,人们谋生较为容易,养成了率性的"达观于世界之外"的品性。刘师培也有类似的表达,其在《南北学派不

---

① 梁启超.论中国学术思想变迁之大势[M].上海:上海古籍出版社,2001:26-27.

同论》中说:"大抵北方之地土厚水深,民生其间,多尚实际。南方之地水势浩洋,民生其间,多尚虚无。民崇实际,故所著之文不外记事析理二端。民尚虚无,故所作之文或为言志抒情之体。"①可以看到二人之间观点的延续性,但刘师培进行了更为系统的探讨,涉及诸子、理学、经学、考证等多个方面,至于南方文学的风貌,其指出:"荆楚之地僻处南方,故老子之书其说杳冥而深远,及庄、列之徒承之,其旨远,其义隐,……屈平之文音涉哀思,矢耿介,慕灵修,芳草美人,托词喻物,志洁行芳,符于二南之比兴,而叙事记游遗尘超物荒唐谲怪,复与庄、列相同。"②认为中国古代文学风格与地域环境之间有密切关系,并进而指出南方之文与北方之文之间存在较大差别。

地域文化不仅对具体作家的创作产生影响,如沈从文的湘西系列小说、老舍的北京味、赵树理的山西农村小说、冯骥才的天津风貌等。另外,地域文化还孕育出了特定的文学流派和作家群体。中国由魏晋至宋,文学流派多以代表作家、时代、题材及风格来称呼,以地域称呼文学流派的情形较少,尽管如此,明代之后,也形成了不少地域文学流派,如海派、京味小说及至各省的作家群(东北作家群、陕西作家群)等。

3.民族文化对作者创作的呼唤

漫长的民族发展史是民族悠久文化形成的历史,不同民族的民族特征、民族文化心理、民族语言和民族审美倾向各有不同。每个民族因其所处环境的历史和现实的诸多因素使然,产生其独特的文化样态,这些特征对于文学艺术的发展具有重要的影响作用,其独特魅力不断地吸引着作者去叙写它:有的创作聚焦民族发展过程中的大变化;有的创作对民族精神进行高度的褒扬;有的创作不遗余力地对民族可贵品质进行赞美;有的创作极力张扬民族的想象与创造,等等。钱穆在《中国文学论丛》中认为,中西方文学在发展演进的形式及途径、题材与文体、欣赏对象等很多方面都存在差异,在比较分析这些差异之后进而说道:"西方文学尚创新,而中国文学尚传统。西方文学常奔放,而中国文学常矜持……西方文学之力量,在能散播,而中国文学之力量,在能控搏。"③钱穆所言的这些中西文学差异,仅是他分析时确立的一些比较点,其内涵并非完全绝对。每个民族因其文化的差异而使文学产生种种不同的可能,但这并不妨碍民族的文学走向世界。歌德最早提出民族文学和世界文学这一对范畴,1827年1月31日对爱克曼说:"每个人都应该对自己说,诗的才能并不那样稀罕……所以我喜欢环视四周的外国民族情况,我也劝每个人都这么办。民族文学在现代算不了很大的一回事,世界文学的时代已快来临了。"④歌

---

① 刘梦溪.中国现代学术经典·黄侃、刘师培卷[M].石家庄:河北教育出版社,1996:757.
② 刘梦溪.中国现代学术经典·黄侃、刘师培卷[M].石家庄:河北教育出版社,1996:758-759.
③ 钱穆.中国文学论丛[M].北京:生活·读书·新知三联书店,2002:17.
④ 爱克曼.歌德谈话录[M].朱光潜,译.北京:人民文学出版社,1978:113.

德的这一见解,反映了民族文学走向世界文学这个人类文学活动发展的总趋向:从民族文学演变为世界文学,越是民族的,就越是世界的,伟大的民族文学也必然是伟大的世界文学。

总之,驱使和诱发作者创作的因素多种多样,应该说上述三种因素对作者创作的影响是显而易见的,但需要强调的是,文学的时代性、地域性和民族性在创作实践中往往表现为一种共生关系,几者之间并非彼此孤立,而常常是相互关联、彼此融合的。

📖 资料链接

"作家"释义:

1.治家,理家。《三国志·蜀志·杨戏传》"令史失赖厷,掾属丧杨顒,为朝中损益多矣"裴松之注引晋习凿齿《襄阳记》:"〔诸葛亮〕尝自校簿书,顒直入谏曰:'为治有体,上下不可相侵,请为明公以作家譬之。'"

2.节俭。犹言做人家。《警世通言·吕大郎还金完骨肉》:"恨自家者,恨肚皮不会作家,一日不喫饭,就饿将起来。"

3.从事文学创作有成就的人。《太平广记》卷二五五引《卢氏杂说》:"唐宰相王璵好与人作碑志。有送润毫者,误扣右丞王维门。维曰:'大作家在那边'。"

4.佛教禅宗对善用机锋者之称。宋苏轼《水陆法象赞·下八位·一切阿修罗众》:"以此为道,穴胸陨首。是真作家,当师子吼。"

5.行家;高手。《二刻拍案惊奇》卷四:"兴哥出来接见,果然老成丰韵,是个作家体段。"

——汉语大词典编辑委员会,汉语大词典编纂处.汉语大词典(第一卷)[M].上海:上海辞书出版社,1984.

第二节　文学创作的特性

文学创作作为人的精神活动之一,具有多种有别于其他精神活动的独出特性。以下主要从文学创作的目的性、创作心理的复杂性、创作过程的阶段性以及创作方法的多样性角度加以探讨。

一、文学创作的目的性

创作目的是指驱使创作主体投入到创作行为中的一种心理内驱力。动机理论产生后,创作目的往往被表述为创作动机。目的源于需要,有了某种需要,才会产生动机;有了动机,才会产生行为。创作主体有感于外物的强烈刺激,如鲠在喉,不吐不快,没有表现对象的强烈心理愿望,创作不可能发生。创作目的是文学创作的开端,没有创作目的的诱发和驱使,就不大可能产生创作活动。

人类的所有活动都具有一定的目的性,文学创作是否存在意图和目的,在文论界有广泛的讨论,传统的观点认为文学创作一定具有某些意图或目的,而20世纪以来出现的一些形式主义观念则极力消解目的论,认为创作无意图,有实用目的的写作便不是创作。马克思在《1844年经济学哲学手稿》中说:"人也按照美的规律来建造。"[①]这一著名命题强调的是,人的活动是自觉的、有目的的、有意识的自由活动,而动物的活动主要是为了延续生命的存在。虽然作家的创作目的不尽相同,但所有的创作都有目的指向却是共同的。文学创作的目的是作者根据自我的某种需要,通过创作作品去实现该需要的目标或结果。以下择取了几个角度对创作的目的性加以探讨。

(一)个体目的和群体目的

个体目的是指作家基于个人的某种目的而进行的创作,作家个人的目的有很多,有自我价值的实现、内心愤懑的宣泄乃至获得声名和物质利益等。从实际情形来看,有的作家的创作主要侧重某一目的,而有的创作则表现出目的的多维性。另外,创作的个体目的性在多数情形下并非完全出自内在因素,有时更多的缘于外在因素使然,比如抒发命运坎坷多舛、怀才不遇等意旨的创作大抵如是。中国古代很多优秀的作品,往往是作者在不得志、郁结的境遇下创造的,或许这类情感经验更易引发人的共鸣,因而往往成为很多作家创作的选择,并形成了与之对应的多种文论观念。

屈原在《九章·惜诵》中说"发愤以抒情",指自己创作时的心理状态主要是出于"愤",这是忧愤激发作家创作在文学意义上的首次运用。司马迁明确提出"发愤著书"说。《史记·太史公自序》中说了这样一段话:"夫《诗》《书》隐约者,欲遂其志之思也……《诗》三百篇,大抵贤圣发愤之所为作也。此人皆意有所郁结,不得通其道也,故述往事,思来者。"[②]作者之所以"发愤著书",是因为遭遇了命运的坎坷或不公正的对待,内心的愤懑无处告慰,从而借助文学创作以达到宣泄内心情绪的目的。

---

① 陆贵山,周忠厚.马克思主义文艺论著选讲(修订本)[M].北京:中国人民大学出版社,1999:1.
② 司马迁.史记[M].韩兆琦,译注.北京:中华书局,2007:390.

其后,韩愈提出"不平则鸣",其《送孟东野序》中言道:"大凡物不得其平则鸣……人之于言也亦然,有不得已者而后言,其歌也有思,其哭也有怀。"[1]韩愈认为,遭遇不平引起的心理冲动是激发创作的动力。就像草木、水、金石等自然物本身不会发声,但是周围相关的事物如风可以配合它产生声音,人也如此,在不得已的情况下才发表言论,抒发自己的思想。

欧阳修提出"穷而后工",其在《梅圣俞诗集序》中说:"盖世所传诗者,多出于古穷人之辞也……而写人情之难言,盖愈穷则愈工。然则非诗之能穷人,殆穷者而后工也。"[2]诗人由于怀才不遇,心里郁积着忧愁和愤慨,因此能写出怨恨命运、讽刺时世的诗篇,抒写出人们难以述说的情感,而且境遇越是困顿,诗就写得越好。"穷而后工"的理论与司马迁的"发愤著书"的观点一脉相承的,也是韩愈"不平则鸣"说的继承与发展。

群体目的指作家基于社会责任或社会群体有益的目而进行的创作。群体目的同样很多,如使广大读者获得审美愉悦;改造人、美化人进而提升人;帮助世人更好地理解、体悟生活;痛陈时弊以引起疗救的注意;推动社会进步,等等。比如有"穷年忧黎元,叹息肠内热"的杜甫,把关注民生疾苦作为其诗歌创作的核心内容。再如,白居易主张文学创作应发挥"补察时政"的功能,因此他激越高歌"惟歌生民病,愿得天子知"(《寄唐生》),在《与元九书》中进一步提出:"文章合为时而著,歌诗合为事而作。"认为文学创作不仅要反映社会生活,还要和当前的政治斗争相联系,要求作家积极地干预生活,通过文学创作表现当下的时代,其强调的是作家创作与现实生活的密切关系。宋代王安石也有"文章合用世"(《送董传》),"务为有补于世"(《上人书》)等类似主张。古罗马理论家贺拉斯认为:"诗人的目标是给人益处和乐趣,或者是给人以快感和对生活有用的一些规则。"[3]不仅要给人带来快乐,还要于人、于世有用,基于此,贺拉斯提出了著名的"寓教于乐"的思想。美国诗人爱伦·坡主张为创造艺术美而写诗,"诗的唯一合法领域就是美"[4]。他提出,真理寻求的是理性的满足,而诗歌则要震颤人的灵魂、引起心灵的愉悦、促成精神的升华。诗歌的目的就是创造神圣美,这样的见解实在是其创作实践的完美阐释。杜勃罗留波夫则认为文学要"表现人民的生活,人民的愿望"[5],他全面地论述了文学的"人民性"原则。文学创作应真实地反映人民的生活状况,写出他们的贫穷与忧虑,表现出人民的美好与力量。精神分析学派的代表人物之一荣格认为:"艺术的社会意义正在于此:它不停地致力于陶冶时代的灵魂,凭借魔力召唤出这个时代最缺乏的形

---

[1] 吴小林.唐宋八大家文鉴赏辞典[M].上海:上海辞书出版社,2021:130.
[2] 吴小林.唐宋八大家文鉴赏辞典[M].上海:上海辞书出版社,2021:589.
[3] 亚里士多德,贺拉斯.诗学·诗艺[M].郝久新,译.北京:九州出版社,2006:139.
[4] 坡.爱伦·坡诗集[M].曹明伦,译.长沙:湖南文艺出版社,2018:217.
[5] 杜勃罗留波夫.杜勃罗留波夫选集 第二卷[M].辛未艾,译.上海:上海文艺出版社,1959:187.

式。"①荣格提出"集体无意识",认为艺术创作所要表现的是超越个人的集体无意识,它们是从原始先民那里延续而来的典型经验的积淀和浓缩。文学创作所要追求的群体功效,无论是对于一个民族还是对于一个时代来讲都至关重要。

(二)外在目的和内在目的

外在目的指作家基于外在的物质、名利等实用目的而产生的创作活动,如给作家带来物质收益,获得声望、荣誉,以及个体之外的政治与社会道德功利等。外在的功利表现为物质性、现实性、直接性和世俗性等特点。文学创作是否存在外在的功利诉求,这在西方传统文论观念中主要是持否定态度的,不少观点都坚持艺术不涉外在功利,艺术独立于道德和政治之外。德国古典主义哲学家康德提出"那规定鉴赏判断的愉悦是不带任何利害的"这一经典命题,这是一个具有划时代意义的理论,此后,"审美不涉利害"在西方文论中长期不乏其论。康德还指出:"关于美的判断只要混杂有丝毫的利害在内,就会是很有偏心的,而不是纯粹的鉴赏判断了。"②他认为,成为美的对象的特征是不涉利害而愉快、不涉概念而有普遍性、无目的的合目的性等。法国的唯美主义者戈蒂叶极力鼓吹"艺术无功利"观念,他说:"艺术不是铁路,也不是机器,对于资产阶级的政治和资本主义社会没有任何实用性。"③他认为,有用的东西不是艺术,艺术是完全无用的,只有毫无用处的东西才是真正美的。上述观点强调的都是创作的非功利性特点。

自18世纪后,写作确实变成了一种可以赚钱的手段,文本作为财产的版权规则得以确立,艺术创作成为得到物质收益乃至获得声望、荣誉的一种手段客观存在,甚至艺术创作在某些特定的时期或国度与社会因素尤其是政治等高度契合,成为了某些集团的附属工具,艺术家变成了某些既得利益者的"吹鼓手"和"传声筒"。甚至为了获得一些外在的功利,使创造沦丧为低俗、媚俗的粗糙制作。习近平在中国文联十一大、中国作协十大开幕式上的讲话中说:"创作要靠心血,表演要靠实力,形象要靠塑造,效益要靠品质,名声要靠德艺。低格调的搞笑,无底线的放纵,博眼球的娱乐,不知止的欲望,对文艺有百害而无一利!"④在现时的创作语境中,一些迎合世俗需要、急功近利的创作确实屡见不鲜,这是需要否定的创作取向。

内在目的是作家基于个人的精神、情感需要而产生的创作活动。如抒发个体内在情感、表达思想观念、排遣内心苦闷等。内在的功利主要表现为精神性、间接

---

① 荣格.心理学与文学[M].冯川,苏克,译.南京:译林出版社,2011:86.
② 康德.判断力批判[M].邓晓芒,译.北京:人民出版社,2002:39.
③ 马新国.西方文论史[M].修订本.北京:高等教育出版社,2002:281.
④ 中共中央党史和文献研究院.十九大以来重要文献选编.下[M].北京:中央文献出版社,2023:580.

性、长远性和审美性等特点。法国思想家萨特认为,人创造文学艺术的具体目的可能是"逃避",也可能是"征服",而更深层次的原因在于满足人感觉他是这个世界的创造者的本质要求。宣扬艺术创作是满足人感觉自己是世界本质的手段,把作者的创作认定为是体现自我存在意义的行为。高行健说:"我把文学创作作为自救的方式,或者说也是我的一种生活方式。我写作为的是自己,不企图愉悦他人,也不企图改造世界或他人,因为我连我自己都改变不了。要紧的,对我来说,是我说了,写了,仅此而已。"① 文学创作成为了自我情感表达、内心愤懑情绪宣泄及至自我精神状态调整需要。华兹华斯认为:"一切好诗都是强烈情感的自然流露。"② 强调诗的目的是抒发情感,歌颂自然和人性,这在中国古代的文论观念里更是屡见不鲜。

(三)有意识目的和无意识目的

精神分析学派的奠基人弗洛伊德把人的意识分为三个层次,即无意识层、前意识层和意识层。依其解释,无意识通常不为人所知,其内藏有被压制的观念和情感,往往与本能直接关联。人的大部分活动通常在明晰意识状态下进行,但又往往受到无意识的潜在驱动。

通常情况下,人的活动都带有明晰的意识和目的。创作中的有意识目的是指能够被作者察觉到和意识到的目的,并在创作中体现出相应的目的指向。事实上,包括文学在内的各种艺术创作活动或多或少都具有一些目的的,尽管这样的观点被很多艺术家所否认,但毫无意识目的的创作活动是不可能存在的,只是目的意识的程度有别罢了。有的作者在创作之初就有明确而清晰的创作意图,并且能将意图比较完满地贯穿于作品中。法国著名的象征主义诗人瓦莱里倡导"纯诗论",他说:"任何真正的诗人都善于正确的逻辑推理和抽象思维,他的这种能力远远超过了一般的估量。"③ 诗歌创作首先是清醒自觉的意识活动,理性的沉思比灵感和激情更为重要。

人的大部分活动通常在明晰意识状态下进行,但又往往受到无意识的潜在驱动。讨论"无意识"的理论很多,弗洛伊德提出"个体无意识"、荣格提出"集体无意识"、拉康提出"语言产生无意识"等。无意识目的指作者意识不到或者察觉不到又确实存在的并在创作中或创作后获得实现的目的。无意识潜伏于作家意识之下,常常在作家没有觉察到的状况下对创作的意识目的进行干预。在文学创作过程中,大到整个作品的宏观设计、结构的安排,小到一个形象的塑造、语词的选择都能够体现无意识的干预痕迹。也许作者创作之初并无明确的意图,并未意识到自己

---

① 河雨.高行健经典作品集[M].上海:新世纪出版社,2000:292.
② 刘若端.十九世纪英国诗人论诗[M].北京:人民文学出版社,1984:6.
③ 袁可嘉.现代主义文学研究[M].北京:中国社会科学出版社,1989:852.

要表现什么,其创作意图处于无意识的状态中,但这并不等于作者没有创作意图,只是尚未明确意识到,它作为一种模糊的情绪和冲动,仍然在暗中规范和引导作者的创作思维和语言操作。英国的布拉德雷用"诗不是一个早已想好的清晰确定的事物的装饰品,它产生于一种创造性冲动"对无意识目的加以描述,显然极富见地。

有意识的目的和无意识的目的在文学创作过程中并非决然分开,它们相互关联、相互影响,有意识的目的以显在的方式引导着无意识目的,而无意识目的则以潜在的方式干预着有意识目的。

关于创作目的的类别划分难以穷尽,也不可能绝对。上述三个类别的划分是相对的,仅为探讨的方便,几个类别之间存在不同程度的交叉或对应关系。

二、创作心理的复杂性

文学创作涉及较为复杂的心理因素,它是创作者多方面心理因素合力的结果。中西方文论中有大量涉及文学创作心理的理论,中国古代较有代表的就有道家倡导的"虚静说"、陆机的"缘情说"、刘勰的"神思说"、严羽的"妙悟说"、王士禛的"神韵说"、王国维的"出入说"等多种,西方文论史中也出现了柏拉图的"迷狂说"、康德的"审美态度说"、立普斯的"移情说"、克罗齐的"直觉说"、布洛的"心理距离说"等理论。以下着重就几种对创作影响较大的心理因素加以介绍。

(一)艺术发现

艺术发现是作者基于广博储备并渗入鲜明主体性后表现出的对对象的独特认识与体悟。它是作者在进行创作时全副心思聚焦于某种客体对象上,经过深沉的思索,蓦然发现对象身上独特性的一种心理机制。艺术发现既有关于对象独特内涵意蕴的体悟,也有关于对象外在形态的独特感知。具体说来,艺术发现表现有:从习以为常的事物中独具慧眼地看出某种新的物态因素;从极平凡、极平淡的形式中发现新的排列组合方式;从别人熟视无睹的现象中察觉出蕴含于其中的非凡意蕴。罗丹曾说:"常人看来只是草木或泥土,在大风景画家的眼底,便好像是一个伟大的心灵的面容。柯罗在树巅林隙,在青葱绿草之间,在明净如镜的湖面,看到无穷的仁慈;米勒却发现痛苦与忍耐。"[1]作者只有做一个生活中的有心人,事事关心、处处留意才能有所发现。

艺术发现对于创作来讲具有重要作用。写作是一种创造性活动,没有独特的发现就没有艺术创造,这就要求作者在观察对象时要有属于自己的独特发现,不管这种发现多么微小,正是这微小却有别于他人的独特发现,往往成为文学创作的突破口。叶燮《原诗》中提出了"才、胆、识、力"四言,既包括诗人显现于外的才情、天

---

[1] 罗丹.罗丹艺术论[M].傅雷,译.上海:上海人民美术出版社,2021:161.

赋,也包括对诗人内在能力的要求。四种素养中,"识",指的是创作主体在广博学养的积累下,对于客观对象的选择性的发现与体悟,诗歌创作以"识"为先,识起着关键的支撑作用,无识则其他三者俱无所托。他说:"可言之理,人人能言之,又安在诗人之言之! 可征之事,人人能述之,又安在诗人之述之! 必有不可言之理,不可述之事,遇之于默会意象之表,而理与事无不灿然于前者也。"[①]认为好的诗歌一定是包含难以言说的道理,或者是难以叙述的事物,是见人之所未见的创作。

艺术发现所描绘的虽然是独一无二的个别,但其中往往又蕴含普遍性。法国哲学家柏格森认为,艺术不是一般的事物、符号和类型,而总是以某种个人的东西为对象,诗人歌唱的是他自己而不是别人的某一精神状态,它再也不会出现。正是由于这种不可重复的个别性的存在,艺术才有了自己的显现形态。艺术发现不仅要搜寻这种不可重复的个别性,还要表现出对象的普遍本质。艺术发现除了在比较中搜寻异中之同,更需要鉴别出同中之异。黑格尔说:"因此假如一个人能看出当前即显而易见的差别,譬如,能区别一支笔与一头骆驼,我们不会说这人有了不起的聪明。同样,另一方面,一个人能比较两个近似的东西,如橡树与槐树,或寺院与教堂,而知其相似,我们也不能说他有很高的比较能力。我们所要求的,是要能看出异中之同和同中之异。"[②]黑格尔不仅强调比较中发现异中之同和同中之异,还强调二者的结合,既要在差别中追溯同一,又要在同一中寻找新的差别。

(二)联想与想象

联想和想象是一对重要的心理因素,由二者统构而成的想象力在创作中发挥着极为重要的作用,可以说,想象力是一切艺术创作的必要条件。作者没有一定的想象力,不能说写不出作品来,但绝对写不出好作品来。

1.联想的内涵及其类别

联想是由一种事物联想到另外一种事物,由于某个人或某种事物而想起其他相关的人或事物,或由某一概念而引起其他相关的概念。根据心理学的分析,联想是回忆的一种表现形式。由于客观事物总是相互联系着的,所以它们在人们头脑中的反映也同样是相互联系的。由当前的某一事物回忆或联想到另一有关事物的思维活动,都称之为联想。联想表现为由此及彼,强调的是不同物之间的相似性。亚里士多德认为,利用相似、相反和接近关系的观念有助回忆,这种在空间上或时间上的接近,对比和类似的观念的联系,被称为三大联想律:接近律、对比律和类似律。据此形成了联想的三种类型:接近联想、类似联想、对比联想。

[①] 叶燮,薛雪,沈德潜.原诗 一瓢诗话 说诗晬语[M].霍松林、杜维沫校注.北京:人民文学出版社,1979:30.

[②] 黑格尔.小逻辑[M].贺麟,译.上海:上海人民出版社,2008:240.

(1)接近联想是指在空间或时间上彼此接近的事物,往往会由某一事物想到或回忆到另一事物。例如,我们到广东零丁洋,由设置的炮兵洞口可能联想到鸦片战争,由零丁洋我们还可能联想到文天祥,并进而联想到他写的《过零丁洋》以及其中"人生自古谁无死,留取丹心照汗青"的千古绝唱,进而可能联想到古往今来无数为正义事业英勇献身的仁人志士。

(2)类似联想是指借助两事物间的某些特征或性属的相似之处,使人产生由此思彼的回忆。比如,由月亮的盈亏而联想到"人有悲欢离合,月有阴晴圆缺"的人生聚散;由黄色的菊花联想到"莫道不销魂,帘卷西风,人比黄花瘦"的憔悴面容;苏轼从西湖的美景联想到作为美的化身的西子而有"欲把西湖比西子,淡妆浓抹总相宜"的神喻诗句。

(3)对比联想是指由对某一事物的回忆引起的与它有相反特点的事物的回忆。杜甫"朱门酒肉臭,路有冻死骨",鲁迅"横眉冷对千夫指,俯首甘为孺子牛"是对比联想运用的绝佳范例。

还有学者从其他角度对联想类型加以探讨,比如提出了关系联想等多种联想类型。另外,自近代以来,心理学领域对联想进行了大量研究,影响持续增大,甚至形成了联想主义这样的心理学派。

2.想象的内涵及其类别

想象是对已有的表象信息经过改造和重新组合而产生新的表象的心理过程或思维过程。想象是搭建创作主体和客体对象的桥梁和中介,借助想象,作者感知到的世界不再纯粹,对象不再客观。中外古今有大量讨论想象的言论,黑格尔说:"真正的创造就是艺术想象活动。"[①]认为艺术家最杰出的本领就是想象,艺术创作是用具体形象把生活中真正深刻的东西表现出来。陆机《文赋》中用"精骛八极,心游万仞"来谈想象"观古今于须臾,抚四海于一瞬"的强大作用,认为发挥想象力,思想就可以纵横驰骋而不受时空的限制。后来,刘勰《文心雕龙·神思》更是用专章来讨论想象:"文之思也,其神远矣。故寂然凝虑,思接千载;悄焉动容,视通万里……故思理为妙,神与物游。"[②]刘勰认为,发挥想象力不仅可使构思突破时空局限,还可实现主客融合。根据想象的方式和形成的过程来看,想象可以分为再造性想象、创造性想象。

(1)再造性想象是指依据已有表象,在头脑中唤起相应的新形象的心理过程。再造性想象是想象的初级形态,它是在对大脑中的原有表象进行分解的基础上进行的。创作过程中,作者受到某种优势兴奋中心的引导,形象对分解后的表象依据某种意图进行加工改造,重新组合为新的表象。鲁迅"杂取种种人,合成一个"的形

---

① 黑格尔.美学(第一卷)[M].朱光潜,译.北京:商务印书馆,1979:50.
② 霍松林.古代文论名篇详注[M].上海:上海古籍出版社,1986:119-120.

象塑造方法符合再造性想象的内涵要求,其一系列典型形象如"阿Q"形象的塑造发挥的就是再造性想象的创造机制。

(2)创造性想象是对已有表象创造出全新表象的思维过程。创造性想象对于写作的意义特别重大,它是创作活动中富于独创性的高层次精神活动,优秀的艺术创造者无不具有这样的思维能力。可以说,一切典型的艺术形象、一切神奇美妙的艺术境界,都是从创造性想象中孕育、形成和完善的。创造性想象大多采用变形等手段来实现全新形象的创造,《西游记》中以孙悟空为主的形象群的塑造,采用的大抵就是这样的方式。

(三)灵感与直觉

灵感和直觉也是创作活动中两种重要的心理机制。爱因斯坦强调,在科学创造过程中,从经验材料到提出新思想之间,没有"逻辑的桥梁",必须诉诸灵感或直觉。他说:"我相信直觉或灵感。"法国诗人瓦莱里并不否认灵感的存在和在诗歌创作中的作用,但他不赞成诗歌创作依赖灵感,他认为灵感是一种非理性的精神状态,而诗人不可能在非理性的状态下写出好诗。虽然灵感和直觉在创作中是否发挥作用的争论不少,但重视二者在创作中具有重要作用的言论同样很多。

1.灵感的内涵及其特征

所谓灵感是人们对某个对象长期思索而又久久不得其果,在某种外因的刺激之下猝然迸发的一种领悟或理解的思维形式,它是作家大量的无意识心理突然涌入意识中造成的一种特殊的心灵状态。灵感既不是来自神授也不是来自天才,取决于作家长期生活的积累和艰苦的艺术探索。中外古今关于灵感的讨论可谓比比皆是,柏拉图是西方第一个明确探讨灵感的学者,他把灵感表述为神灵凭附般的"迷狂",文论中将其称作"迷狂说",认为它是个体精神和理念世界交流的一种心理状态。中国古代严羽在其《沧浪诗话》中将灵感表述为"妙悟",除此之外涉及灵感的表述还有"天机""兴会""神来""顿悟"等。诗人艾青说:"灵感是诗人对于外界事物的一种无比调谐、无比欢快的遇合;是诗人对于事物的禁闭的门的偶然的开启。"[①]在灵感的心理状态下,创作者会感觉思维异常活跃、思路会特别清晰、精力特别充沛。

灵感一般具有这样的特征:灵感状态建立在广博储备及长期思索的基础之上;灵感的到来往往需要外在因素的刺激与引发;灵感状态突如其来、稍纵即逝;灵感到来时总是与高度亢奋的情绪相伴随;灵感所获得的成果往往较为成熟和合理。

---

① 艾青.诗论[M].上海:复旦大学出版社,2005:9.

2.直觉的内涵及其表现

绝大多数哲学派别肯定直觉的存在,但对直觉的解释各不相同。一般说来,理性主义的哲学流派,都不把直觉与理性绝对对立起来,而是把直觉理解为理性认识的高级形式,认为数学的、逻辑的等自明的公理,不可能借助于推论来证明其真实性,只有直觉才能把握。非理性主义的哲学流派,如直觉主义,则把直觉解释为与理性不相容的认识形式,认为世界的本质根本不能靠理性来把握,而只能靠神秘的直觉来把握。所谓直觉,是指不经过分析、推理,直接快速地对事物的本质进行判断的认识能力,它往往依循着主体的知识、经验储备,省略中间的推理过程而对对象的根本性做出直接揭示。直觉在艺术创作中具有重要的作用,被奉为直觉主义奠基人的叔本华认为:"要想消除人类的痛苦,必须抛弃理性而依赖非理性的直觉。"[1]尼采甚至说"艺术就是直觉的产物",直觉是哲学家柏格森理论体系中最重要的概念,而意大利的直觉主义代表人物克罗齐则是建立起了其"艺术即直觉,直觉即表现"的表现主义艺术论。

艺术直觉的特征主要有偶然性、情绪性、突兀性、超逻辑的非理性以及创造性等。直觉的产生具有偶然、突发性特点,不能预见其何时出现;直觉不依靠理性逻辑推理而表现出显在的主观情绪性;直觉所形成的认识结果可能不符合客观实际,表现为一定的突兀性;直觉的直观形式里,必然沉淀着丰富的理性内容;作者直觉能力的获得,需要作者对社会和人生进行不懈的思考和探索,建立在丰富的知识、经验和思想储备的基础之上。

三、创作过程的阶段性

创作过程的阶段性不一定符合所有的创作实际,但总体而言,完整的创作应包含创作前的广博储备、强烈的创作驱动以及独特的艺术发现,在此基础上进一步思考主体之意和客体对象融合的可能,思考以何种方式表现主、客相融的心中之象,文论中把这个过程高度凝练为"物—意—文"的双重转化,郑板桥说:"江馆清秋,晨起看竹,烟光日影露气,皆浮动于疏枝密叶之间。胸中勃勃,遂有画意。其实胸中之竹,并不是眼中之竹也。因而磨墨展纸,落笔倏作变相,手中之竹,又不是胸中之竹也。总之,意在笔先者,定则也;趣在法外者,化机也。"[2]他把画竹的过程形象地表述为由眼前之竹到胸中之竹再至手中之竹的转换,文论中将其简称为"三竹说"。通常把文学创作的过程分为创作准备、艺术构思和作品呈现三个阶段。

---

[1] 马新国.西方文论史(修订本)[M].北京:高等教育出版社,2002:302.
[2] 卡孝萱.郑板桥全集[M].济南:齐鲁书社,1985:199.

(一)创作准备阶段

文学创作的准备阶段是指作者为了获得创作所需的各种原初材料、情感经验乃至思想认识,把现实生活中所见所闻、所感所思源源不断地积存到头脑中的过程。古代文论中一般把这一阶段称作"起兴",指作者创作之始文思异常活跃的状态。具体说来,创作的准备阶段包括以下几个方面:

1.创作素材的储备

创作需要素材,没有一定的材料储备,即便天才创造者也必定"江郎才尽"。作家获取材料的方式多种多样,有以实践的方式直接获取材料,也有以阅读书籍文献的方式间接获取材料等,另外,还有一些作家以较为另类的方式获取材料,譬如,春上村树通过写日记的方式记录生活中的点点滴滴;契诃夫通过与病人的交流获得大量创作素材;获得第六届茅盾文学奖的当代作家柳建伟为了体验商人生活,追求创作的真实,在《英雄时代》创作过程中,甚至自己摆了近半年的地摊,以此来体会商人的心理;柳青写《创业史》时为逼真塑造村妇形象而主动"找骂";狄更斯为了体会乞丐心理而自扮乞丐;杰克·伦敦为写《深渊中的人们》而冒充水手;曹禺写《日出》时为获取素材差点儿被打瞎一只眼睛等。另外,获取材料固然重要,但材料的整理、加工更为重要。创作主体需把通过不同途径获得的各种繁芜材料以及头脑中储存的大量表象、记忆信息和思想观念等,运用不同的思维分析进行挑选,根据理性要求和情感逻辑加以综合提炼、去粗取精,以使所选材料能够尽可能与所反映对象的内在本质和外在具体特征相吻合。

2.思想观念的蓄积

创作准备的阶段也是作者思想观念融汇、整合的阶段。创作会把带有鲜明烙印的世界观、人生观、价值观等不同程度地注入作品中去。优秀的作品总是因其包含着某些可以跨越时代、超越种族的思想、观念或普世的道德原则而被世人称道。因此,创作伊始作者应把个人的思想道德修养与作品的艺术效应结合起来加以熔炼,在不断加强自身思想道德素养的同时,切实肩负起创作和传播真、善、美的使命,为丰富人类的精神宝库添砖加瓦。纵观古今,也正是因为对时代、民族乃至国家等对象具有高度的思想认识与体悟,屈原才能够发出"长太息以掩涕兮,哀民生之多艰"的哀叹;列夫·托尔斯泰的作品才会被列宁评价为"俄国革命的一面镜子";巴尔扎克的创作才会被恩格斯誉为"诗意的裁判",凡此种种,皆因作者有这样或那样的思想。

(二)艺术构思阶段

构思是艺术创作的主要环节,它是主体之"思"与客体之"象"的碰撞和高度融合。艺术构思阶段需要处理的核心问题是由物向意的转换,并最终实现物与意的融合。具体来说,构思是指创作主体在某种心理意图的驱动之下,在头脑中孕育出具体而又鲜活的完整的艺术形象体系的过程。构思是一个艰苦卓绝的过程,构思的快慢表现出较大差异:有的构思即兴而成,有的构思则是经年累月。据说,歌德构思《少年维特之烦恼》仅用几周,而《浮士德》的构思前后达60年之久。应该说,无论是何种构思,创作主体高度专注的状态却是共同的。

1.构思的心理状态

构思活动是一种特殊的心理状态,与其他活动的心理状态截然不同,同时,不同创作者的表现又各有特色:有的构思处于一种凝思冥想之中;有的构思保持"虚静"的心态;有的构思则体现为一种异常的亢奋和激情状态。中西方涉及构思心理状态的理论很多,其中,中国古代影响比较大的理论有"虚静""神思""感兴""妙悟"等。西方涉及构思的理论有迷狂说、灵感论、天才论与激情论等。这些理论有的已在其他部分进行过讨论,此处仅择取几个代表性的理论进行介绍。

(1)"虚静"与"神思"。虚静的观念最早见于道家老子"致虚极,守静笃",作为文论概念的虚静则是首次出现于刘勰《文心雕龙》:"陶钧文思,贵在虚静。"[①]所谓虚静,就是要求作者在构思之时,内心去除功利因素的干扰、束缚而归于一种沉静的精神状态。老子之后,庄子提出"心斋"和"坐忘",二者都是强调文艺创作主体在感知对象的过程中应摆脱各种束缚本心的欲求,通过经验直观与体悟的方式把握对象的本质,从而达到一种超越现实并获得精神自由的艺术之境。从文学创作的角度而言,上述观点都在强调文学构思时创作主体达到物我两忘、沉静空灵的精神境界。道家虚静论在某种程度上暗合康德的审美态度论,二者都强调审美活动中的主体应避免来自外在功利因素的束缚,全神贯注地聚焦到对客体对象的审美观照中,才能创造出优秀的作品。

中国古代从纯文学的角度对艺术构思进行探讨的学者当推刘勰,其"神思说"系统地讨论了艺术构思时想象力的发挥以及主客观条件的契合等问题。刘勰认为,在艺术构思的过程中,发挥想象力可以突破时、空局限,虽然"寂然凝虑,思接千载;悄然动容,视通万里"的表述承继了陆机《文赋》中"观古今于须臾,抚四海于一瞬"的思想,但刘勰却将之熔炼为理论认识,并将其放到文学构思的首要位置上。刘勰认为,想象力的形成受到了思想情感和语言两个因素的制约,发挥想象力不仅需要主体心境的虚静状态,还需虚怀以纳万物、积累学识,深入洞悉万物并增强语

[①] 霍松林.古代文论名篇详注[M].上海:上海古籍出版社,1986:120.

言表达素养。

（2）"酒神精神"与"白日梦"。"酒神精神"是尼采在探讨希腊悲剧的思维方式和艺术特征时提出的概念,与之对应的是"日神精神",他认为,希腊悲剧是二者高度融合的产物,日神冲动获取的是对象美的外观,但美的外观其实又是人的一种幻觉;酒神精神是一种解除个体存在、回归原始自然的狂歌式的非理性精神。酒神冲动表现为一种忘记个体与世俗的追求,在令人痛苦的迷狂中获得欢乐,把现实世界艺术化,把人生的苦难化作审美的快乐,把个人的悲剧化作人世的快乐。基于这样的观念,尼采才说悲剧是"肯定生命的最高艺术"[①]。酒神精神与艺术构思时主体浑然忘我的沉醉状态相对应,其凸显的状态与创作的激情和构思的灵感等机制存在内在的相通性。

弗洛伊德在《创作家与白日梦》一书中提出了"白日梦"这一概念,并探讨了"创作即白日梦"的思想。他认为,所有艺术活动本质上都是白日梦,白日梦的幻想与艺术创作有很多相似性:二者都进入了一个非现实的世界;二者都是现实欲望被压抑的一种替换性满足;二者都需要借助感性形象。应该说,艺术即白日梦确有其合理性因素,但过度强调创作构思时的无意识状态,甚至把创作等同于白日梦,完全忽略了创作中的理性因素,这又是该理论的突出缺陷。

2.构思的内容

文学构思的具体内容因题材、体裁的不同而有别,以下仅介绍叙事类作品的艺术构思。叙事类作品的艺术构思可从形象塑造、情节创设和情感意蕴的升华等角度来完成。

（1）形象（意象）的塑造。艺术构思在艺术形象的形成过程中发挥着重要的作用,把摄取自天地万物的物象转化、升华为浇铸主体之意的心象离不开构思。艺术构思的过程是艺术形象由朦胧至清晰、由杂乱至规整的过程。艺术形象的塑造需要多种主体因素的积极参与,尤其是想象。没有想象,无论哪一种艺术形象的塑造,都无法真正完成。除了主体因素的积极参与之外,作者还需采用相应的构思方法对形象进行熔炼,因为艺术形象并非客观现实的单一对应物,它并非简单地再现一些纯粹的单一事实,而是需要浓缩、提炼出能够承载作者对人生现世的深刻体悟和主观评价的方面,因此,没有一定的构思方式,形象塑造也无从谈起。艺术构思的方式也很多,针对形象塑造而言,常见的形象构思方式有艺术综合和艺术变形。艺术综合是指作者依循创作意图把各种零碎材料加以糅合,围绕某一中心呈现全新面貌的形象构思方式;艺术变形是刻意打破事物原有面貌,以超乎寻常的方式塑造非常态形象的构思方式。两种方法都力图促成形象塑造的虚构

---

① 尼采.悲剧的诞生[M].周国平,译.上海:生活·读书·新知三联书店,1986:346.

性、新颖性,并进而实现形象的创造性,但二者也有不同:艺术综合重在整合,艺术变形重在重塑。

(2)情节(意境)的创设。情节是指作品中串联人和事件的逻辑链。情节从来都是文论的一个核心话题,除了对情节的内涵、类别及其作用有很多讨论外,甚至与情节相关的一些写作因素也成为关注的焦点,其中情节和形象孰重孰轻的讨论就极为明显。古希腊亚里士多德在探讨悲剧的六种成分时,认为情节是最重要的成分,因为情节是对一定长度的行动的模仿,基于此,他还提出了安排情节的完整性原则,他说:"情节既然是行动的模仿,它所模仿的就只限于一个完整的行动,里面的事件要有紧密的组织,任何部分一经挪动或删削,就会使整体松动脱节。要是某一部分可有可无,并不引起显著的差异,那就不是整体中的有机部分。"[①]他强调情节的完整性能够使作品的结构趋于完美,能够使悲剧的事件紧密相连,有条不紊而又浑然一体。中国古代小说理论家金圣叹认为小说的情节应疾徐张弛、开合有度,在对立、统一的状态中产生鲜明的节奏感与和谐之美。可以说,情节在作品的产生过程中确实作用突出。具体来看,情节统构作品中的人和事。情节是行文的逻辑指引,是结构安排的决定性因素,它把直接或间接关联的对象连缀而成一个整体,作品中的人和事在情节这个场域的统筹下各得其位置。另外,情节对于形象的塑造也至关重要。丰富、饱满的形象很难通过孤立的事件得以表现,它需要由情节连缀的一系列事件来实现。

(3)情感意蕴的升华。创作构思阶段也是主体情感经由日常情感升华为艺术情感的阶段。日常情感是指作者在日常生活中表现出世俗化的情感,艺术情感则是作者在艺术活动中表现出的具有普遍性的审美情感。在这个阶段,主体需将自己由各种生活素材、艺术素材所激发出的情感经验和情感记忆进行分辨评判,辨明其消极抑或积极、健康昂扬抑或萎靡卑下的属性。创作主体需把浮而不实、芜杂无根的情感剔除;把盲目散乱、毫无头绪的情绪情感整理归类;把迷狂、浮华甚至偏激的情感删削校正;依据创作意图对情感进行归位定向;对被激发而生的情感进行分析评价、分辨其高下优劣等。

(三)作品呈现阶段

呈现阶段也被表述为物化阶段,是指作者运用语言文字把孕育形成的"心象"准确生动、鲜明地描绘出来,让读者能够真切地感受到这些艺术对象和意蕴。这一阶段处理的焦点是由意而文的转化。刘勰从情志和辞采来探讨作品的内容与形式的关系,其中情志对应内容,辞采为形式,其在《文心雕龙·情采》中说:"故情者,文

[①] 亚里士多德,贺拉斯.诗学·诗艺[M].罗念生,杨周翰,译.北京:人民文学出版社,1962:28.

之经,辞者,理之纬。经正而后纬成,理定而后辞畅:此立文之本源也。"[1]强调文采是为情志服务的,有了好的情志,再配上好的辞采,就可以成就好作品。此外,刘勰还从方法、声律、修辞等多个角度探讨了作品的形式问题。作品的呈现阶段涉及很多方面,既有结构的安排,也有形式技巧乃至表现技法的选择,还有语言文字的使用等,这里着重从以下几个方面作简要探讨。

1. 结构形式的安排

结构是作品最重要的形式要素,是作品各种形式要素的组织和构造。哈利泽夫《文学学导论》中对结构的内涵进行阐释,并精准地归纳了结构于作品的意义,他认为,艺术作品的统一性和整体性是通过结构加以实现的。20世纪随着推崇"文本中心论"的形式主义文论出现后,作品结构形式的重要性被抬高到了极致。无论是新批评的"文学本体论""意图谬见",还是俄国形式派的"陌生化"抑或是结构主义者的"叙事结构""叙事语法",都不同程度把文本形式视为文学的本体。

结构形式的安排需兼顾整体性、适应性和创新性等原则。作品是一个整体,结构的安排应考虑总体的完整和统一,首尾圆融,每个部分都各得其所。结构的安排还需与内容相适应,好的形式不仅承载内容,也可升华和拓展内容。结构安排还需不断破格创新,追求一定的形式"陌生化"。

2. 语言文字的锤炼

文学是语言的艺术,语言是文学的直接载体,文学创作的结果就是语言的符号化的过程,文学的物化最终要落实到语言文字的线性序列上来。可以说,没有语言就没有文学,语言在文学的世界里魔力尽显。钱谷融先生在探讨曹禺戏剧语言时曾说:"在人类所有的创造物中,语言恐怕要算是最神奇的一种了。它捉不住,摸不着,什么也不是,然而却能幻化为一切。正象俄罗斯民族的一句谚语所说,语言'不是蜜,却可以粘住一切东西'。"[2]在众多表达思想和情感的手段中,语言无疑是最重要也是最常用的一种。任何写作活动,只有借助语言文字这一中介,才能进行信息的编码和传输。在文学活动中,作者把自己的思想感情诉诸语言文字,创作出期待读者阅读的文学文本;而读者只有理解了这些语言文字,才能体会作者所表达的意思,语言活动贯穿整个文学写作过程。因此,语言文字的锤炼对于文学创作来讲才尤为重要。文学语言的使用以准确且符合规则、简练而生动、含蕴丰厚且富有魅力为原则,倡导在语法和逻辑的极限处追求别开生面的表达。

---

[1] 霍松林.古代文论名篇详注[M].上海:上海古籍出版社,1986:132.
[2] 钱谷融.曹禺戏剧语言艺术的成就[J].社会科学战线,1972(2):233-252.

四、创作方法的多样性

文学创作讲究一定的方法,创作方法作为一个重要的术语具有丰富的内涵,我们从广义和狭义两个角度加以考查。广义的创作方法是指作家在创作过程中处理主、客观关系以及艺术与现实关系时所秉持的创作原则或观念。广义的创作方法与文学思潮存在着缠绕关系。随着某种创作原则或创作观念影响持续扩大,甚至发展成为一种创作的潮流时,这时的创作方法便实现了向创作思潮的转变。狭义的创作方法主要是指作家在意境创设、形象塑造或推进情节叙述的过程中所采用的具体方法和技巧,狭义的创作方法常常被表述为创作手法。创作方法名目繁杂、种类多样,主要有以下几种类型。

(一)古典主义

古典主义包括以贺拉斯为代表的古罗马古典主义和以17世纪法国学者布瓦洛为代表的新古典主义。贺拉斯在其《诗艺》中提出的罗马文艺应以古希腊文艺作为学习典范的主张开创了古典主义,他也被奉为古典主义的鼻祖。贺拉斯提出古典主义的两条诗学原则,即借鉴原则和合式原则。贺拉斯主张对文学典范进行借鉴,并强调要在借鉴中实现创新。另外,他的合式原则则强调文学创作应当做到内容与形式和谐统一、合情合理。[1]贺拉斯的古典主义诗学原则对后世产生了一定的影响。

1674年,法国学者布瓦洛的诗学著述《诗的艺术》发表,标志着新古典主义的诞生。《诗的艺术》因其影响巨大甚至被称作古典主义的法典。布瓦洛在《诗的艺术》中倡导以下古典主义创作原则:其一,推崇理性。新古典主义奉行唯理论,把理性看成是判断一切是非曲直的准绳,强调理性不仅是文学的基础,也是文学的目的。理性是文学创作的灵魂,是衡量作品价值高低的根本标准。布瓦洛强调只有依循着理性,才能处理好情感与理智、形式与内容、自由与规范、人物与环境等文学元素的复杂关系。具体说来,就是情感要服务于理智;形式服务于内容以及艺术形式的规范化等方面。规范化最突出的体现在戏剧创作的"三一律"上,所谓"三一律",就是"要用一地、一天内完成的一个故事"[2],即时间同一、地点同一和故事(情节)同一。其二,模仿自然。布瓦洛认为,文艺要表现理性,就一定要模仿自然,"唯有自然是真实"。其三,崇尚古典。布瓦洛认为古希腊艺术是理性创造的结果,因而他推崇古希腊的艺术,号召作家们学习古希腊文艺。其四,劝善惩恶的道德原则。布瓦洛认为,艺术家应在提升自我素养的基础之上,创造出集善、真与趣味为一体的艺术,给予人"妙谛真知","一个有德的作家,具有无邪的诗品,能使人耳怡目悦而

---

[1] 胡经之.西方文艺理论名著教程(上)[M].北京:北京大学出版社,1986:89.
[2] 波瓦洛.诗的艺术[M].任典,译.北京:人民文学出版社,1959:33.

绝不腐蚀人心"[1]，反对欺世盗名、不讲节操的媚俗式创作。

新古典主义作为一种创作方法在当时的欧洲产生了较大影响，尤其是在法国。但到了18世纪，古典主义终因其对艺术创作的禁锢和束缚而被启蒙运动所冲破。

(二)浪漫主义与现实主义

浪漫主义和现实主义是两种重要的创作方法和文艺思潮，各有自己的发展历程和创作理论。作为创作方法，它们古已有之且源远流长。中国文学素有"风、骚并举"之说，其中，"风"指代表现实主义创作的《诗经》里的《国风》，"骚"指代表浪漫主义诗歌创作的屈原的《离骚》，自"风、骚"之后，中国文学史中涌现出了以李白、秦观、李清照等为代表的杰出浪漫主义者和以杜甫、白居易及至明清诸多小说家为代表的现实主义者。西方也有这样的表现，古希腊时期不少的戏剧作品兼具浪漫主义和现实主义的元素。浪漫主义在18世纪末到19世纪三四十年代的欧洲发展成为一种成熟的创作方法，涌现出了席勒、华兹华斯、雪莱、雨果等杰出代表。现实主义作为一种创作倾向，到19世纪三十年代以后，发展成为一种占据主导地位的文艺思潮，涌现出了巴尔扎克、福楼拜、托尔斯泰、契诃夫等一大批现实主义作家。

浪漫主义和现实主义之间既存在着关联又有明显的差异，浪漫主义是在反拨古典主义的基础之上产生的，而现实主义又是在检视浪漫主义过度主观化的创作的基础之上发展成为文学的主要潮流，它们的区别主要有以下几个方面：

其一，艺术表现对象不同。浪漫主义极力地表现理想世界、心灵世界和情感世界。突出作家对理想的热烈追求，抒发作家强烈、奔放的主观情感。浪漫主义又因人生态度和思想倾向的不同而表现出积极与消极之分：积极浪漫主义面向未来，人生态度乐观积极；消极浪漫主义面向个人，张扬命运的不公和人生的坎坷，以个体悲愤情感的宣泄来达成对现实世界的控诉。现实主义追求真实地反映客观世界，提倡对客观现实进行冷静的观察和精确的描绘，强调艺术世界和客观世界的对应关系，认为艺术就是经过艺术化处理的社会现实，艺术的社会责任就是去深度地揭示现实的社会意义，文学应该根植于现实的土壤之中直面现实。要求从现实关系中具体而真实地展现客观生活，正是现实主义文学的显著特征。

其二，创作主体态度不同。浪漫主义者的情感态度热烈、奔放，追求个体性和奇异性，把个体情感的表达视为文学的根本目的，追求个性创造和创作自由，高扬人的主观激情和艺术天才论，英国诗人柯勒律治就说："诗是诗的天才的特产，是由

---

[1] 波瓦洛.诗的艺术[M].任典，译.北京：人民文学出版社，1959：65.

诗的天才对诗人心中的形象、思想、情感,一面加以支持、一面加以改变而成的。"[1]浪漫主义强调作家主观能动性的介入,因而,作家的情感往往比较直露。伟大诗人李白正是成功地在其诗中塑造自我、表现自我,毫不掩饰甚至是不加节制地抒发感情以表现自我的喜怒哀乐,从而把中国古代浪漫主义创作推向了极致。现实主义者追求客观、冷静的创作态度,摒弃创作者的主观性在作品中的渗入,突出揭示现实矛盾并剖析现实弊端的批评精神,作家的情感往往隐匿在事实描写的背后。福楼拜宣称"艺术家不该在他的作品里面露面,就象上帝不该在自然里面露面一样"。[2]反对艺术家在作品中进行主观的抒情和议论,而是主张把作家的主观倾向性、情感性寄予场面的描绘、情节的叙述和形象的塑造中。

其三,艺术表现方式不同。浪漫主义文学往往把大胆的想象、极度的夸张和华美而富有情感性的言辞视为创作的"法宝"。柯勒律治认为:"想象是浪漫主义诗歌创作的根本动力。"[3]离开想象就不可能把对立的不协调的东西创造成统一的艺术形象。此外,法国浪漫主义的代表雨果在其理论著述《〈克伦威尔〉序》中提出以"美丑对照"来塑造美的创作原则。现实主义文学注重细节的描写,追求典型化,强调从现实出发去塑造典型性格,从人物与环境的相互关系中揭示社会生活的本质。细节真实是现实主义的重要创作原则之一,巴尔扎克就认为,文学的细节真实是构成艺术真实的基础。恩格斯在《致玛·哈克奈斯》中说:"现实主义的意思是,除细节的真实外,还要真实地再现典型环境中的典型人物。"[4]这一论断被视为是对现实主义创作原则的高度总结。

(三)自然主义

自然主义作为一种创作方法和创作倾向与现实主义一样产生时间很早,但作为思潮则是19世纪中叶之后率先在法国出现的。自然主义者推崇巴尔扎克对社会生活的精细描绘,其后,在实证主义的推波助澜之下,福楼拜、龚古尔兄弟以及左拉等人的一系列论述使自然主义创作方法不断获得发展。什么是自然主义?简洁地说,自然主义就是回归自然,通过实验和分析,寻求事物和现象的本源。自然主义的文学特征有以下两方面。

其一,纯粹客观叙事。自然主义把文学创作视为科学活动,主张以科学的态度记录事实,科学客观地描写现实,杜绝作家的主观性。左拉说:"必须如实地接受自

---

[1] 伍蠡甫.西方文论选 下卷[M].上海:上海译文出版社,1988:31.
[2] 伍蠡甫.西方文论选 下卷[M].上海:上海译文出版社,1988:206.
[3] 张玉能.西方文论教程(第二版)[M].武汉:华中师范大学出版社,2011:142.
[4] 中共中央马克思恩格斯列宁斯大林著作编译局.马克思恩格斯选集 第四卷(2版)[M].北京:人民出版社,1995:683.

然,不从任何一点来变化它或删减它……我们只须取材于生活中一个人或一群人的故事,忠实地记载他们的行为。"①他认为创作要对现实不加变化和增减,没有艺术化的操作,作家不应该在作品中表现出思想倾向,不对人和事作道德评价。倡导以实验的方法进行创作,以生理学和遗传学为指导去认识和反映生活。在左拉看来,作家应该是观察者和实验家,要像医生做手术一样绝对精准地再现现实生活。写小说的过程,就是一个实验或手术的过程。小说"只是小说家在观众眼前所作出的一份实验报告而已"。②自然主义强调创作要从现实出发,使作品体现出真实性,有其合理性。但完全抹去作家创作的主观性,使创作走向了一种极端,这是不可取的,这样的创作也不可能现实地存在。

其二,关注社会底层。自然主义要求作家对社会环境做出逼真描绘,描写社会生活中的普通人和普通事件,对普通人物的悲惨境遇给予关注与同情,这是自然主义极有价值的一面。但在强调作品的极致真实时,又排斥文学创作的艺术化综合和典型概括,虽能淋漓尽致地描绘底层人士的实况,却把真实的人写成了生物的人,否定了人的社会本质,颠覆了人物形象的审美特征,结果适得其反,违反了艺术的创作规律,损害了艺术创作的本质,不可能挖掘出底层人物悲惨境况真正的社会根源。

(四)现代主义

现代主义是一个指涉宽泛的"大家庭",作为创作方法,它涉及20世纪以来大量的创作观念或思潮,具体包括了象征主义、超现实主义、表现主义、意识流小说、荒诞派戏剧、存在主义、黑色幽默等诸多流派。现代主义的兴起与时代的深刻变化紧密关联,西方社会精神层面的危机层出不穷,人们一直固守的理性精神开始受到质疑,根源于叔本华、尼采的意志主义,以柏格森、克罗齐为代表的直觉主义,以弗洛伊德和荣格为代表的精神分析等思想此起彼伏,对传统的反叛仿佛一夜之间成为人们的共识,大家纷纷以标新立异的反传统为己任。在此背景下,现代主义的各个流派得以蓬勃发展,它们表现出了一些共同的特征:

其一,反对再现,注重表现。现代主义文学反对再现现实,反对现实主义的创作原则,追求个体情感不受限制的充分表现。反对再现现实的背后其实是反理性,直觉主义者认为人类理性知识是无能的,宣称真正笼罩人的一切的,不是别的,而是人的自我直觉,强调自我意识的重要性,甚至声称艺术就是直觉的产物。直觉主义强烈的反现实性和反自然性产生了较大的影响,不少的现代主义文学类别都反对把艺术与客观物质世界、理性道德等现实世界关联起来,而是把艺术活动主体的

---

① 伍蠡甫.西方文论选 下卷[M].上海:上海译文出版社,1988:237.
② 伍蠡甫.西方文论选 下卷[M].上海:上海译文出版社,1988:239.

主观性摆放在首要的位置,重视情感、推崇形式,漠视传统艺术创作中的"清规戒律"。比如,表现主义者就认为,文学不是客观现实的反映与再现,而是自我的主观表现。他们认为客观外在现象是不可信的,真实的唯有自我。作家只有从主观自我出发,才能演绎出万事万物来。意识流文学更是把文学表现的对象彻底引向了自我本身,重在表现人的下意识、潜意识甚至无意识的内在世界。福克纳的代表作《喧哗与骚动》中的四个部分均由不同人物纷繁复杂的意识流动来构成其基本内容。超现实主义者信仰超现实,高扬想象,鼓吹梦境甚至幻觉,不仅要释放潜意识,还要让无意识自由奔涌。

其二,变形、怪诞的表现手段。现代主义文学为了突出非现实性,大量运用变形的形象、离奇的情节、怪诞的场景、奇特的比喻和极度的夸张等艺术手段。比如,象征主义者认为文学的表现手法不应只是描绘和叙述,而应是象征和暗示。诗人唯有在梦幻般的状态中运行象征思维,才能创作暗示的意境以弥合有限和无限。超现实主义者为了忠实于自我纯粹的精神活动,创造出了所谓的"自动写作"和集体创作,甚至实施催眠术实验以开展梦幻记录。他们将毫不相干的意象组合在一起,竭力营造神奇、突兀的表达效果。譬如《抓飞机的花园》《盘子里的脚》《钟里的灯》这些作品,其标题的意象组合就给人耳目一新的感觉。荒诞派戏剧为了表现世界的荒诞性和人的存在的异化,更是无所不用其极——荒诞的故事、离奇的情节、只有声音没有意义的机械发声。无论是贝克特的《等待戈多》,还是尤内斯库的《秃头歌女》《犀牛》等作品,无不以上述所言的一些表现手段颠覆着人们的传统认知,刷新着人们的接受视域。

现代主义文学除上述两个方面的共同特色外,每种文学类型又都体现出了各自独出的一些个体特色。他们虽然反对文学再现现实,但他们的作品又不同程度地折射了真切的现实,而且有的作品折射现实的力度甚至让人觉得无以复加。应该说,现代主义文学在反传统的过程追求创新性,在艺术技巧方面做出了不小的突破,这是符合艺术创造的内在要求的,但一味地反传统进而标新立异,似乎又违背了艺术的承继性规律,因此,我们需要辩证地看待这一文学现象。

📖 资料链接

"灵感"释义:

指人类思维活动中的一种特殊状态。灵感一词,源于古希腊,原指神的灵气,表示一种神性的着魔,当时对处在这样一种情况下的人,称为神性的着魔者。英语中灵感(inspiration)的意思与希腊语基本相同,它被用来说明艺术家或诗人进行创作时,似乎是由于吸入了神的灵气,从而使作品具有一种超凡的魅力。大约在20世纪20年代,这个词被译入中国,中国古代文学理论著作中经常提到的"天机""兴会""神来""顿悟"等,指的也是类似的思维现象。

当人们处在灵感出现这一特殊状态的思维活动中时,精神主体产生强烈的情感振荡,大脑涌现出鲜明生动的意象、清晰准确的概念和顺畅如流的判断推理,这时,人们对客观存在作能动反映的思维活动意外地升华到异常活跃、有效的境地,于是使得长期紧张探索的某种关键环节豁然开朗。灵感就是这样一种饱和着情感和想象、聪明和智慧、形象思维和逻辑思维地突然产生,又转瞬即逝的思维状态。它在人类创造性思维活动的一切领域都能够出现。在艺术创作中,显得更为频繁、突出。

——引自中国大百科全书数据库

第三节　作者的类型及其嬗变

从古希腊的模仿说,至近代表现说,再到18世纪的浪漫主义文论、19世纪中叶后的现实主义文论和马克思主义文论以及当代各种批评、阐释学理论,作者都是文学理论研究不可回避的核心问题。关于作者类型的讨论有很多,基于不同的理论观念,可以把作者划分出不同的类型。有的研究者认为,西方文论发展历史中关于作者问题的研究呈现出四种主导理论范式,分别是:"作者作为制作者(maker),作者作为创造者(creator),作者作为生产者(producer),作者作为书写者(scripter)。"[①]综合相关的理论认识,我们从以下角度对作者类型加以讨论:从文学所表现的对象来分,可把作者分为模仿者与表现者;从作者所处的叙述角度来分,可把作者分为艺术交往者和艺术生产者;从作者所处的社会立场来分,可把作者分为个体言说者和社会代言人;从作者与文学传统的关系的角度来分,可把作者分为传统的承继者和试图摆脱传统束缚的焦虑者;从作者主体性表现的角度来分,可把作者分为天才的作者和观念中的作者;从虚构性的程度来分,可把作者分为虚构写作者和非虚构写作者;从作者的专业程度来分,可把作者分为精英作家和大众写手。

[①] 张永清.历史进程中的作者(上)——西方作者理论的四种主导范式[J].学术月刊,2015,47(11):101-110.

一、模仿者与表现者

(一)作者作为模仿者和复制者

古希腊模仿说产生伊始,模仿说在西方长期占据艺术发生论的主导地位。赫拉克里特、德谟克利特、柏拉图、亚里士多德等都是模仿说的代表人物。模仿说认为,艺术源于对对象的模仿,模仿对象的主体就成了模仿者。柏拉图把艺术家称作拿着一面镜子的人,其任务是表现作为世界本原的"理念",认为艺术与理念世界隔了三层,是"影子的影子""模仿的模仿"。亚里士多德延续了传统的模仿说,为了突出诗的模仿是一种创造性的活动,他把诗和历史做了一番比较,其在《诗学》中说:"诗人的职责已经很清楚,他不是去描述那些发生过的事情,而是去描述可能发生的事情,也就是在一定条件下可能发生或必然发生的事情……一个是叙述已经发生的事,一个是描述可能发生的事。"[1]亚里士多德的"模仿"观念,不仅含有再现的意味,也有创造性地制作的意思,这是模仿说理论发展的一大飞跃,对西方文学观念和文学创作实践产生了巨大影响。到了19世纪中期,作为思潮的现实主义产生,其延续了模仿说的理论内核并进行了积极拓展,更进一步地强调创作对社会现实的忠实和再现。产生于19世纪末期的自然主义把这种意味推向了极致,他们把小说家标榜为自然科学式的实验者或单纯的事实记录者,追求文学对自然无条件的复制和记录。

中国古代的"模仿"观念虽不成系统,但也不乏其论,很早就出现了"观物取象"等观念。《周易·系辞下传》:"古者包牺氏……近取诸身,远取诸物,于是始作八卦,以通神明之德,以类万物之情。"[2]叶燮在《原诗》中说:"文章者,所以表天地万物之情状也。"[3]强调文学表现自然万物的一面,类似的言论散见于包括画论、书论在内的各艺术领域。

把作者表述为模仿者甚至复制者,虽强调了文学创作与客体对象的对应关系,但一旦过度强调这样的关系,则势必淡化甚至抹杀掉作者创作的主体性特色。

(二)作者作为表现者和抒情者

作者作为表现者,即作者成为各种情感的抒发者。作为表现者、抒情者的作者论或创作论是中国古代文论中的一条主线。中国古典文学传统重在抒情,突出创作中情感的表现性。《尚书·尧典》最早言及"诗言志",强调诗是用来言说"内心之

---

[1] 亚里士多德,贺拉斯.诗学·诗艺[M].郝久新,译.北京:九州出版社,2006:35.
[2] 郭彧.周易:修订版[M].北京:华龄出版社,2018:538.
[3] 叶燮,薛雪,沈德潜.原诗 一瓢诗话 说诗晬语[M].霍松林、杜维沫校注.北京:人民文学出版社,1979:21.

志"的艺术。其后,《毛诗序》:"诗者,志之所之也。在心为志,发言为诗。"①更具体地阐释了这一观念,认为诗人内蕴的志通过语言表达出来就成为了诗歌,从而实现了诗与主体之志的关联。曹丕则是文学批评史上提出"文气说"的第一人,强调创作应该表现出作家独有的个性。西晋太康诗人陆机则从诗歌表达情感的角度立论,其在《文赋》中说"诗缘情而绮靡。赋体物而浏亮"②,提出了对后世影响较大的"缘情说",认为诗因情而生,赋则铺陈直叙。钟嵘认为诗的本质在于"吟咏情性",强调诗的情感性。钟氏的观点以传统的"物感说"为基础,认为人内心情感的变化源于外在对象的引发,而诗则是对作家内心情感的表现。明代文论界围绕着文学创作的"变"与"不变"展开了持续的论争,在对"文必秦汉,诗必盛唐"复古思想进行反拨的背景下,产生了书写内心本真的李贽的"童心说"和汤显祖的"至情说"以及打出"独抒性灵,不拘格套"口号的公安派,其理论主张都不同程度地强调毫不伪饰的真性情的抒发和对人的主体精神的张扬。

  作者作为表现者在西方文论史中虽不占主流,但也有不少表现。中世纪时期的法国哲学家在主张"再现说"的同时,也强调主体情感不但是创作的动力,而且情感最终支配着诗人对自然的描绘。席勒在提出并比较了素朴的诗和感伤的诗,认为素朴的诗再现现实,感伤的诗则是表现理想,强调前者是以对现实的模仿为创作原则,后者则是以表现主观情感和感想为原则。18世纪末欧洲出现的浪漫主义把表现论推向了一个制高点,在反对古典主义的声浪中,他们主张艺术创作应反对墨守成规,高扬艺术的自我表现和强烈情感的宣泄;主张标新立异,追求艺术表现的个体性和独特性;浪漫主义者把诗的情感作为文学的根本要素来看待,极力地宣扬艺术创造的表现性。

  同样,把作者表述为表现者,强调了文学创作的主体性方面,一旦过度强调这样的关系,则势必把文学推向与外在世界完全割裂的状态中去。

二、艺术交往者与艺术生产者

  作者作为交往者和生产者的观点来自马克思主义文论思想。

  人的社会性决定了人与人之间交往的必然性,人类生活本身就是一个充满对话和交往的存在,作为社会性存在的作者自然也是交流、对话的主体之一。马克思在讨论生产和消费的关系时就提出了交往思想,其在《〈政治经济学批判〉导言》中说:"生产直接是消费,消费直接是生产。每一方直接是它的对方……生产中介着消费,它创造出消费的材料,没有生产,消费就没有对象。但是消费也中介着生产,因为正是消费替产品创造了主体,产品对这个主体才是产品。产品在消费中才得

---

① 霍松林.古代文论名篇详注[M].上海:上海古籍出版社,1986:39.
② 霍松林.古代文论名篇详注[M].上海:上海古籍出版社,1986:100.

到最后完成。"①这一观点对后世产生了一定的影响。苏联学者巴赫金的理论体系中就渗透着交往对话理论,他认为人是一种在言语交往和对话中的存在,巴赫金所谓的对话,不光指人际交往,也包括思想和文化等深层次的碰撞。巴赫金在对话性基础之上提出了他的代表性理论"复调",认为"有着众多的各自独立而不相融合的声音和意识,由具有充分价值的不同声音组成真正的复调"②。他评价陀思妥耶夫斯基的长篇小说为复调小说,宣称复调小说是一种众声喧哗的多声部小说,是完全式对话的小说,它减弱了由作家全知全能式安排的封闭性,表现出更大的开放性。明确提出交往行为理论的学者是法兰克福学派的代表人物之一哈贝马斯,他主张用交往理性代替传统理性,认为各种文化价值虽有各自独立的基础,但也应当具有统一的基础,即建立在交互主体、交往理论基础之上的对话、讨论的交往理性。基于这一理论认识,文学活动也可被理解为一种交往和对话,作为主体之一的作者可以借助语言与其他主体达成一种交往关系。

随着"市场机制"被纳入艺术活动的体系后,形成了所谓的艺术生产关系之说,作为艺术创作的作者随之成为了艺术生产者。马克思、恩格斯在他们合著的《德意志意识形态》中首先提出"艺术生产"的概念,并把文学在内的各种艺术创作活动纳入艺术生产中。本雅明在此基础上进一步指出,艺术品进入生产流通领域后,艺术家成为了生产者,艺术品成了商品,艺术创作技巧则体现为一种艺术生产力,艺术生产者和艺术消费者之间形成了一种新型的生产关系。由此,艺术品就具有了一般商品的属性。法国著名哲学家马契雷把马克思的生产概念由经济、物质领域转移到了社会形态领域,认为文学创作是一种生产性劳动,他还进一步指出,作者已经不再是创造者,而是受语言、符号和意识形态制约的文学生产者。这样,传统的作者观念被进一步被消解,生产的意味越来越突出。英国学者伊格尔顿在阿尔都塞及本雅明等人的思想影响下,建构起了其审美意识形态生产论,认为文学是审美意识形态的生产。他不仅把文学艺术看成是一种意识形态,也把其看成是一般生产意义上的艺术生产。在伊格尔顿的理论视域中,文学艺术的创作隶属于制造业,作品属于商品大家庭中的一员。

三、传统的延续者与摆脱束缚的焦虑者

在文学创作发展史中,文学传统是影响作者创作的一个不可忽略的重要因素。传统以何种方式影响创作、影响程度的高低等问题长期以来备受关注,尤其是当作者面对文学创作传统时,究竟是选择继承或延续传统,还是抵制、摆脱传统的影响,

---

① 中共中央马克思恩格斯列宁斯大林著作编译局.马克思恩格斯选集 第二卷(2版)[M].北京:人民出版社,1995:9.
② 巴赫金.巴赫金全集.第5卷(2版)[M].钱中文,译.石家庄:河北教育出版社,2009:4.

常常使作者处于两难的境地。基于此,作家也可分为传统的延续者和摆脱束缚的焦虑者。

艾略特的"非个性化"诗论是创作遵循传统的代表性理论,其在反对浪漫主义以张扬个性、表现情感为原则的批评观时提出了此理论。所谓的"非个性化"就是指去个性化,要求作者在创作中放弃追求自我的创作个性,服从和尊重传统,因为作者身处一定的由各种因素统构而成的文化传统中。他甚至坦言:"一个艺术家的前进是不断地牺牲自己,不断地消灭自己的个性……诗人没有什么个性可以表现,只有一个特殊的工具,只是工具,不是个性,使种种印象和经验在这个工具里用种种特别的意想不到的方式来相互组合。"①他消解作者创作的主观性,提倡作者放弃对个性的追求,使作品自身成为作家与传统相互生发的共时状态。在这样的理论观念里,诗人要做的不是以个性化的方式背叛传统或者试图消灭传统,而是在可能的范围内去适应传统。"非个性化"虽然强调创作弃除个性,但并不否认艺术的创新。艾略特认为优秀的诗是诗人把个体的情感转化为人的普遍情感,既遵循传统又有创造性,进而描绘出客观关联物的有机整体。这一理论强调了传统对文学发展的重要意义,对新批评的形成产生了很大影响。

"影响的焦虑"是美国批评家哈罗德·布鲁姆提出来的一个理论命题,旨在探讨诗歌的传统影响以及对传统进行突破的创新,他认为新批评过度地关注文本形式和原型批评把一切文学归结为原型都是不可取的,他运用弗洛伊德的家庭罗曼史,结合保罗·德曼的文本误读法,通过对来自传统的焦虑感的阐发,提出了这一理论。该理论揭示了这样一种现象:一些"迟来者诗人"即后辈诗人,一方面要向前辈中的"强者诗人"学习,必然会受到过去强大诗歌传统的影响,迟来者诗人总是处于一种受传统影响的尴尬境地中;另一方面,这些新生代诗人又难以摆脱前辈影响、无法超越前人,因而形成了来自传统影响的普遍性心理焦虑。如何摆脱这样的焦虑呢?布鲁姆提出用各种方式去"误读"和"修正"前人,从而达到摆脱由传统影响形成的种种焦虑。他说:"诗的影响——当它涉及两位强者诗人,两位真正的诗人时——总是以对前一位诗人的误读而进行的。这种误读是一种创造性的校正,实际上必然是一种误译。一部成果斐然的'诗的影响'的历史……是歪曲和误解的历史,是反常和随心所欲的修正的历史。"②这是一种独特、新颖的文学史观,推动文学发展的终极方式不是在继承中创新,而是有否定甚至是"歪曲"历史的方式实现文学的创新。强调单独的诗和诗人并不存在,任何新的作品的产生都源于对前辈作品的误读和修正,真正的强者诗人不断地通过种种"误读"前辈的诗作来摆脱前人的影响,从而确立自己的地位。

---

① 王恩衷.艾略特诗学文集[M].北京:国际文化出版公司,1989:4-6.
② 布鲁姆.影响的焦虑[M].徐文博,译.北京:生活·读书·新知三联书店,1989:31.

四、创作的天才与作者之死

文学创作中,究竟是要充分张扬作家的主体性,还是要去主体性、忠实于客体,关于二者的讨论很热闹。两种观念各自发展的极致就是:一种是作为天才的作者,另一种则是作者死亡。

创作的天才论无疑是对作者主体性的肯定,这是作者中心论的重要观点。关于天才作者的讨论从古希腊的柏拉图就开始了,不过柏拉图把天才看作是神助的结果。古罗马时期的贺拉斯则认为:"没有很高的天分,而只靠勤学苦练,是不会产生好作品的;反过来,如果没有学习和训练,单靠天才,也不会写出好诗。所以两者彼此需要,紧密结合,才能写出好诗。"[1]但真正系统讨论"天才论"的学者却是康德。康德所持的天才论认为:"天才就是给艺术提供规则的才能(禀赋)……天才就是:一个主体在自由运用其诸认识能力方面的禀赋的典范式的独创性。"[2]康德在强调天才是作为艺术家的天生的创造才能的同时,也强调天才的后天学习。"天才只能为美的艺术的作品提供丰富的材料;对这材料的加工以及形式则要求一种经过学习训练而成的才能"[3]。康德认为,天才具有独创性、典范性、自然性以及限于艺术的运用等四个特点。英国科学家高尔顿认为,天才应具有由杰出实际成就反映出来的高度创造性,他们的成就应该有长久的价值。创造性是文学的本质特征之一,缺乏创新性的写作甚至不能纳入文学创作的范畴中去。作者中心论的理论范式从天才论一直延续到18世纪的浪漫主义及唯美主义。浪漫主义崇尚天才,突出创作中的主观性,主张艺术应抒发艺术家炽热奔放的情感,甚至提出浪漫主义的诗是不受任何规律约束的兴之所至。柯勒律治说:"诗是诗的天才的特产,是由诗的天才对诗人心中的形象、思想、情感加以支持和改变而成的。"[4]唯美主义更是极力推崇形式技巧,追求主观创造,把社会、时代、伦理道德的因素完全排除在艺术之外,认为这些外在的因素与艺术无关。进入19世纪之后的文论学派,诸如主观主义、表现主义、直觉主义、精神分析学派等学派从不同的理论维度探讨作家的主观性。从叔本华的唯意志论、尼采的强力意志论、柏格森的生命冲动的绵延论直至克罗齐的艺术即直觉论,直觉主义者们把作者中心论推向了一个高点。

强调作家创作忠实于客体对象是西方占据主导地位的观念,从古希腊的模仿说,启蒙主义及古典主义都有这种创作观念的诸多体现。随着19世纪40年代取代浪漫主义的批判现实主义文学出现后,客体中心论的影响持续扩大。现实主义作

---

[1] 亚里士多德,贺拉斯.诗学·诗艺[M]郝久新,译.北京:九州出版社,2006:143.
[2] 康德.判断力批判[M].邓晓芒,译.北京:人民出版社,2002:151-163.
[3] 康德.判断力批判[M].邓晓芒,译.北京:人民出版社,2002:155.
[4] 伍蠡甫.西方文论选 下卷[M].上海:上海译文出版社,1988:31.

为创作原则,其基本内涵是要求创作真实地反映客观生活,追求冷静、精准地描绘客观现实,力求塑造典型环境中的典型人物。无论是理论建构,还是文学实践,现实主义都成了西方文坛中一道亮丽的风景,大量的学者和作家身处其中。巴尔扎克倡导"小说应该成为社会风俗的历史"[①];福楼拜高唱"艺术家不该在他的作品里面露面"[②]。其后,在科学主义思潮和实证主义哲学的影响下,法国的自然主义开始出现,左拉推崇"以科学实验的方法进行写作",[③]要求艺术家绝对真实于社会生活,杜绝作家一丝一毫的主观性,强调书写对象的真实无可厚非,但纯粹科学客观的文学创作不可能存在。

随着结构主义文论的发展,其科学性开始受到质疑,后结构主义或解构主义由是产生。其中,罗兰·巴特对作者权威进行的否定的文本理论极为亮眼,他对作者权威的否定被其形象地表述为"作者之死",否定作者至上的文学观。他认为在现代写作中,作者与作品发生了分离,作者不再是作品意义和存在方式的决定者,作者的声音逐渐隐没甚至步入了他的死亡。罗兰·巴特从多个角度探讨了他的"作者死亡",他认为作品中发声的是言语本身而不是作者、作者主体性的丧失以及读者的产生这些因素都导致了作者的死亡。"作者之死"的表述虽然比较极端,但却意味着作者的中心地位被颠覆,文本获得了独立的地位,进而读者也实现了新的阅读自由,这是值得肯定的。

📝 本章小结

作者是文学活动中的核心要素之一,作者创作作品是文学活动得以运行的基点,可以说,没有作者就没有文学活动。文学创作离不开主、客两方面的因素:主体方面,作者的综合素养是决定作品品质的决定性因素,优秀的文学作品是作者多方面素养的综合折射。本章围绕着作者的内涵以及作者的素养进行了较为全面的阐述。客体方面,作为客体的世界不是选择的被动对象,它呼唤着作家的创作。因此,作者和世界之间构成了一种双向互动关系。

文学创作作为一种精神创造活动,有其独特性:文学创作的触发因素多种多样;文学创作活动涉及复杂的心理因素;文学创作是一个包含多阶段性特质的系统性活动;文学创作表现出突出的独创性;文学创作以语言文字作为符号手段等。

文论史上产生了很多有关作者决定论的理论,从最早出现的模仿说和表现说对于作者因素的肯定,到"天才论""激情说"以及浪漫主义对作者"权威"的强调,再到精神分析学派、直觉主义对作者主体性的极力推举,"作者中心论"在文学活动的

---

① 马新国.西方文论选讲[M].沈阳:辽宁大学出版社,1987:303.
② 伍蠡甫.西方文论选 下卷[M].上海:上海译文出版社,1988:206.
③ 马新国.西方文论选讲[M].沈阳:辽宁大学出版社,1987:349.

历史长河中长期处于中心位置。随着形式主义学派推崇的"文本中心论"以及接受美学力主的"读者中心论"相继出现,作者权威开始被消解,关于作者主体性的争论开始变得异彩纷呈,因而,讨论关于作者的观念流变自然就成了创作论和作家论的应有之义。

⭐ 学习评价

评价维度	评价项目	评价内容	评价标准	自我评分
知识素养	作者的综合素养和创作的心理因素	作者的素养:作者的生活阅历与实践储备;作者的才学;作者的思想与德行;作者的其他素养。创作心理因素包括艺术发现、联想与想象、灵感与直觉。	了解作者的内涵以及作者的综合性素养。识记并掌握艺术创作的复杂心理因素,把握主要创作心理因素的内涵、类别及作用。	
分析能力	作者与世界的双向关系和作者的类型	作者与世界的双向关系:作者对世界的选择;世界对作者的呼唤。作者的类型:模仿者与表现者;艺术交往者与艺术生产者;传统的延续者与摆脱束缚的焦虑者;创作的天才与作者之死。	能够对文学创作中主、客体的双向关系有深入的理解与体悟;领会文学创作的独创性。能够结合文学活动的实践,分析不同作者类型所对应的文学观念及理论,探讨其合理性与局限性。	
思想修养	作者创作的意图与目的	个体目的与群体目的;外在目的与内在目的;有意识目的与无意识目的。	能够从作者创作的不同意图类型出发,思考文学创作正确的价值取向。	

✅ 推荐阅读

[1]瓦·叶·哈利泽夫.文学学导论[M].周启超,等译.北京:北京大学出版社,2006.

[2]潘文国.危机下的中文[M].沈阳:辽宁人民出版社,2008.

[3]保罗.H·弗莱.耶鲁大学公开课:文学理论[M].吕黎,译.北京:北京联合出版公司,2017.

本章自测

1. 术语解释题

(1)作者

(2)灵感

(3)艺术发现

(4)虚静

(5)非个性化

2. 简单题

(1)简述作者与生活体验的关系。

(2)简述灵感与直觉的特征。

(3)简述联想的类型。

3. 论述题

请结合实际,论述作者的类型。

第四章 文本:语言的力量

本章概要

文学文本是文学存在的现实形态,并以语言的形式将作家对人生的感悟物态化为语言实体,从而成为文学阅读的对象文本。文本既是作家创造性的产物,又是读者再创造的对象,所以,文本是连接创作与接受的中介。文学文本一经作家创作出来,就具有相对的独立性,它的各部分相互作用构成一个有机的整体。本章将分别从不同角度对文学文本的语言和文本的形态进行分析,分别涉及文学文本的语言、文本的题材、文本的体裁和文学的风格等。

学习目标

1.初步了解文学文本的相对独立性。
2.理解文学语言的特性、文本的题材、文本的体裁和文学的风格。
3.掌握文本中各构成部分的有机关系,深入理解文本的独立性和开放性,认识文本的独特属性。

学习重难点

学习重点:

1.文学语言的特性。
2.文本的题材与体裁。
3.文学风格及其分类。

学习难点:

1.语言与文学的关系。
2.文本题材与体裁的分类。
3.文学风格的特性。

思维导图

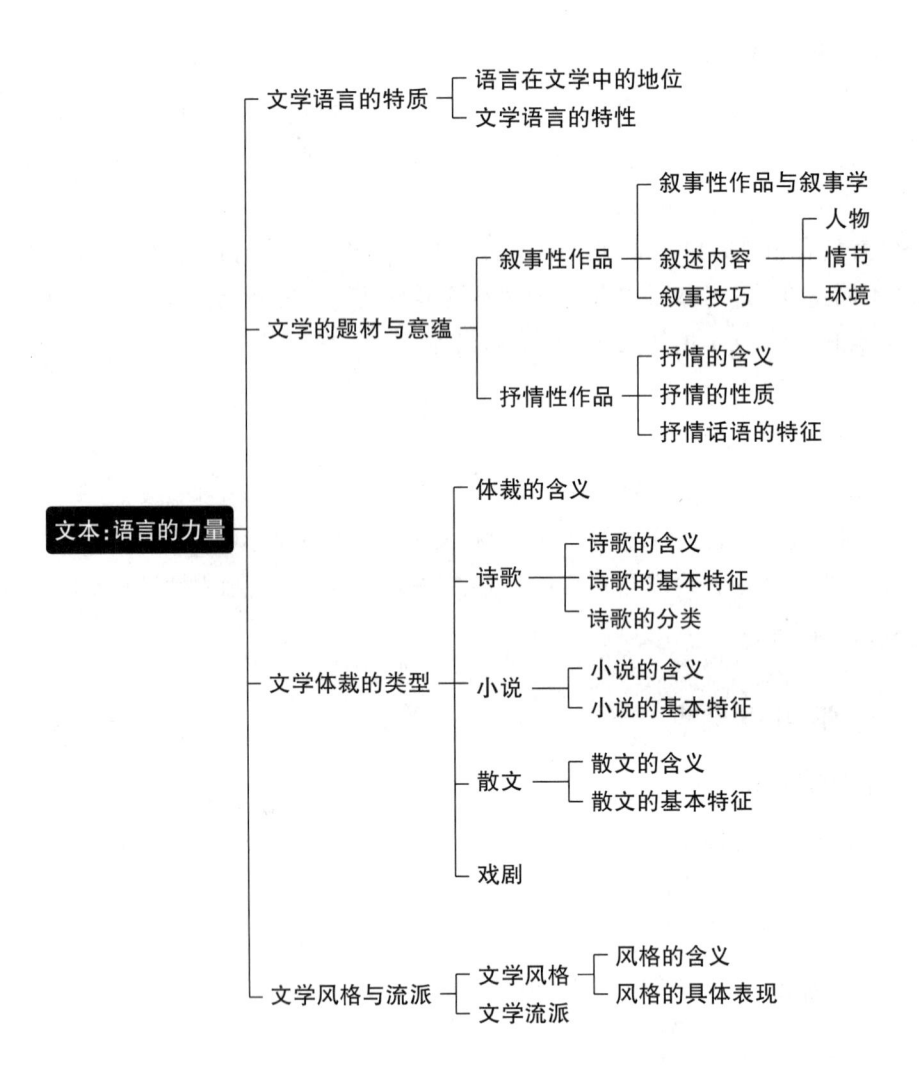

- 文本：语言的力量
  - 文学语言的特质
    - 语言在文学中的地位
    - 文学语言的特性
  - 文学的题材与意蕴
    - 叙事性作品
      - 叙事性作品与叙事学
      - 叙述内容
        - 人物
        - 情节
        - 环境
      - 叙事技巧
    - 抒情性作品
      - 抒情的含义
      - 抒情的性质
      - 抒情话语的特征
  - 文学体裁的类型
    - 体裁的含义
    - 诗歌
      - 诗歌的含义
      - 诗歌的基本特征
      - 诗歌的分类
    - 小说
      - 小说的含义
      - 小说的基本特征
    - 散文
      - 散文的含义
      - 散文的基本特征
    - 戏剧
  - 文学风格与流派
    - 文学风格
      - 风格的含义
      - 风格的具体表现
    - 文学流派

第一节　文学语言的特质

语言经历了一个世纪的发展,从仅仅是文学的附属物转变成文学的本体性存在,成了文学得以存在的基础。文学语言观的发展经历了工具论语言观到本体论语言观的发展。工具论语言观认为语言是文学塑造艺术形象、传达情感思想的媒介或工具,看重语言的表达方式、手段和技巧。而本体论语言观更看重语言在文学本体构成中的作用,强调语言的先在性,认为语言制约着作家对生活的感受和理解,重视语言对意义的建构作用。

在日常生活中,语言无处不在。语言既是人们思维的工具,也是人们交际的工具,并没有某一种语言是专属于文学的,文学文本是对语言的具体运用状况,文学文本把语言的各种成分和要素组合在一起,是语言的综合。但是文学文本的语言又和我们日常生活和学术论文写作时对语言的运用状况有所不同,呈现出摇曳多姿的状况。卡西尔说:"诗人不可能创造一种全新的语言。他必须使用现有词汇,必须遵循语言的基本规则。然而,诗人不仅使语言赋予新的语言特色,而且还注入了新的生命。"[1]美国人类学家、语言学家萨丕尔说:"语言不只是思想交流的系统而已。它是一件看不见的外衣,披挂在我们的精神上,预先决定了精神的一切符号表达的形式。当这种表达非常有意思的时候,我们就管它叫文学。"[2]

结构主义理论家雅各布森曾经提出语言交流要涉及六个要素:说话者、受话者、使用的代码、代码所传达的信息、交流采取的联系方式和交流所赖以进行的特定语境。[3]与这六个要素相对应,语言就具有了六种功能:表情功能(指向讲话者)、意动功能(指向受话者)、元语言功能(指向使用的代码)、文学或美学功能(指向信息本身)、交际功能(指向联系的方式)和指称功能(指向交流的语境)。如果对雅各布森的理论进行归纳,可以简单地说,语言有两种功能,第一是传达意义的意指功能,第二是以自身的存在呈现的效果功能。

日本美学家川野洋指出:"符号在再现自身之外的某种事物的同时,也通过对这种再现表现自己本身。再现的东西是关于非现存的、非实体的世界的信息;表现的东西是关于现存的、实在的符号自身的信息。"[4]他把语言所传达的信息分为语义

---

[1] 查普曼.语言学与文学[M].王士跃,于晶,译.沈阳:春风文艺出版社,1988:47.
[2] 萨丕尔.语言论[M].陆卓元,陆志韦,译.北京:商务印书馆,1964:137.
[3] 霍克斯.结构主义和符号学[M].瞿铁鹏,译.上海:上海译文出版社,1987:83.
[4] 川野洋,李心峰.语义信息与审美信息——符号的信息结构[J].文艺研究,1985(6):132-135.

信息和审美信息。综合起来看,文学语言在具体运用中偏重语言表现的审美效果。下面我们先梳理语言在文学中的地位,然后通过对文学语言与日常语言及科学语言的对比,来看出文学语言的特质。

一、语言在文学中的地位

在雅各布森看来,文学性只是语言交流的一种功能,在语言交流活动中,文学性把读者的目光集聚于韵律、节奏、措辞、语法、修辞等形式问题上,而不是把读者的注意力吸引到形式之外的某物上。

(一)从文本的存在状况来看,语言是文学文本的基本存在方式。

一部文学文本总是直接地由客观的语言符号系统构成的,无论是诗、小说、散文还是戏剧,总是以具体的语言符号系统而存在的,离开了这种符号现实,文学文本的一切就不存在了。作家们的创作最终总是呈现为文学文本,精美的构思,最终都必须以语言的方式呈现出来。读者阅读的开始也是直接面对语言性文本,进而理解文本的意义。

(二)从文本中语言与意义的关系看,语言是意义不可分离的生长地。

语言使意义得以生长,没有语言,就没有文本的意义。语言与意义是互为条件和同时出现的。意义是语言符号系统的产物。在语言中,世界作为世界得以展开,现实得以表达,通过语言,意义被创造出来。语言借人的言说实现了自身,即它在再现现实的过程中再现自身,在表达意义的同时,也使自身显示出意义,成为文学文本的意义系统的组成部分之一。语言自身的意义与它所表达的意义是紧密相连的,当它创造意义的同时,也显示了它自身独特的意义。

(三)从文学文本的审美特性看,语言是文学文本美的组成部分。

语言是文学文本的美的资源,比如汉语的四声以及由此而形成的平仄和节奏等音乐性正是汉语文学文本美的重要资源。当语言成功并有个性地表达了意义时,本身就会显示出独特的美来,语言美是文学美不可分割的组成部分。

二、文学语言的特性

文学语言指的是文学文本中的语言,是经过作家加工的,旨在创造艺术形象并表达意义的语言。但是,没有一种语言专属于文学,文学文本的写作和日常生活都使用同一种媒介。语言是带着日常生活的气息进入文学文本的,文学语言与日常语言有着格外密切的关系。但是如果不对文学文本的语言进行人为加工的话,文学语言容易与日常语言混淆而难以呈现自身的特性。

雅各布森对文学语言与日常语言的功能比较值得我们借鉴,他认为:从功能的角度看,日常语言是思想交流的工具;文学语言是以自身为目的。从构成角度看,日常语言按照惯例的构词、语法、修辞来组织语言单位,而文学语言无论在构词、语法还是修辞方面都打破常规,通过不同的选择、配置、加工、改造,对日常语言施加暴力,使之变形、扭曲,从而达到特定的美学目的。从目的角度看,日常语言是一种有目的的无意识活动,它的目的在于交际。它是无意识的,因为交际的双方都意识不到语言的存在,在张口说话时,一般不需要字斟句酌。但是在文学鉴赏中,读者时时都意识到语言的存在,并破除语言布下的重重迷雾,需要咬文嚼字,文学的文学性就存在于文学作品的语言形式之中。

英美新批评的先驱、语义学家瑞查兹根据语言的用途,把人类的语言分为两大类,即科学语言与文学语言。首先,科学语言以指示功能为核心,文学语言以情感功能为核心。其次,科学语言旨在参证命题的真与假,是外指的,说的话必须与客观事实相对应;而文学语言是表达情感的媒介与手段,是内指的,陈述的目的在于激发人的情感与想象,说的话不一定与客观事实相对应。最后,科学语言陈述的是科学的真,文学语言陈述的是艺术的真。一部文学作品里所谓的"真理"只是它内在的正确,艺术的真只是作品内在的连贯性而已。

瑞查兹认为科学语言的科学性是与其语言的规定性、单一性相联系的,它极力排斥语言的歧义和含混;而文学语言推崇语言的多义和含混,强调语言的柔韧性和微妙性。科学语言的意义是确定的,而文学语言的意义由于受到词汇和上下文之间的联系和相互作用,还要受到一定历时和共时出现过的上下文和其他因素的制约,因而文学语言的文字意义很难确定。

参考雅各布森与瑞查兹的理论,并从众多的文学作品中,我们可以概括出文学语言有以下基本特性。

(一)文学语言的自指性

文学语言以自身为目的,文学语言在表现意义的同时呈现出自身的特性,引起读者的关注,甚至当作者开始用语言创作时,作者受制于语言,"不是我们在说语言,而是语言在说我们"。语言借由作家的运用而展示自身,也因此,象征主义诗人马拉美曾说过诗歌:"高尚地帮助了语言"[1]。在诗歌中,语言的创新、词语的不同寻常的组合、新奇的修辞等得以表现。文学创作是一种高度自觉的语言创造活动,为了让文学与日常生活拉开距离,文学语言必然会超越科学语言和日常语言的单纯工具性的性质,虚构一个与现实相对照的艺术世界,展示出自身的多姿多彩,使自

---

[1] 马新国.西方文论史(修订本)[M].北京:高等教育出版社,2002:326.

身也成为审美的对象。

文学语言的这一特性在诗歌中表现得十分突出。俄国形式主义理论家穆卡洛夫斯基说过:"诗的新语汇以美学为目标新形式出现,其基本特征是出人预料、标新立异、不同凡响。"[①]语言借着作家对词语的选择、配置、组合及特殊的修辞等得以突出,从而达到自我指涉的审美效果。为了突出语言自身的特性,文学语言常常需要使用反常化的程序来达到目的。反常化程序一般表现为对一般语言规范的偏离和刻意的扭曲,呈现为一种变异的表达方式。这种反常化即俄国形式主义代表人物什克洛夫斯基所说的"陌生化",它使得我们靠惯性使用的自动化语言重新引起读者的注意。在诗歌中常见的反常化、陌生化的方式有对语法规范的偏离,如杜甫的《秋兴八首》(其八)"香稻啄余鹦鹉粒,碧梧栖老凤凰枝",使用了倒装的修辞手法,正常的语序是"鹦鹉啄余香稻粒,凤凰栖老碧梧枝",语序调整后,显得更有文学性。还有些诗作仅仅由名词组合在一起,营造一种形象的画面感,如温庭筠的《商山早行》中末二句"鸡声茅店月,人迹板桥霜"两句诗中没有动词,也打破了惯常的语法习惯。从语义来看,有时候还可以刻意制造语义的多义性和含混性,如臧克家的诗作《有的人》"有的人活着,他已经死了,有的人死了,可他还活着",从字面意思看,这两句诗表达的意义自相矛盾,但是在特定的语境中,死与活的含义发生变异并相互对照。这两个词语的含混与张力得以呈现,让读者看到语言的奇妙。这里的生死可以在两个层面来理解,一层是生理学意义上的生死,指人的生命的终结,从这一角度说,鲁迅确实离开了人世。另一层是社会学意义上的生死,鲁迅虽然生命终结了,但是他伟大的思想和作品永远不会终结,它们对社会产生了深刻的影响,所以鲁迅虽死犹生,而庸庸碌碌的人,虽生犹死。所以语言在彰显自身的同时,也有助于表达作家的思想。

(二)文学语言的内指性

任何作家和读者都面对着两个世界,一个是现实存在的客观世界,一个是用语言虚构出来的艺术世界。作家生活在一个现实的世界,作家也是现实中人,但是作家运用语言,通过想象去虚构一种现实,一个奇幻的艺术世界,建构艺术世界的材料来自作家处身其中的现实世界,但是文学艺术虚构的目的在于超越现实,展示作家认为有价值的东西,也是对现实世界的选择、融合、解构和重构,从而呈现给读者一片新天地。日常语言,特别是科学研究的语言,总是指向外在的客观世界,与客观世界有相互参证的关系。比如我们说白天与黑夜的交替,现实世界中确实有地球的自转形成的白昼与夜晚的更替循环,我们说下雨了,那一定有雨丝飘落。普通语言必须要符合语言和生活的逻辑,必须经得起日常经验的检验,如果我们说燕山

[①] 伍蠡甫,胡经之.西方文艺理论名著选编(下卷)[M].北京:北京大学出版社,1987:426.

的雪花有席子那么大,现实中的燕山地区就应该有席子一样大的雪花。

文学语言是内指的,它指向文学语言营造的艺术世界,在这个奇妙的艺术世界里,人可以变成甲虫、犀牛,雪花可以有席子大,故乡的明月才是最明亮的,人甚至可以上天入地。在文学艺术的世界里,一切都有可能发生,燕山雪花大如席,表现出边塞苦寒的天气情况和戍边将士的艰辛。人变成甲虫,表现出人的存在的异化和亲情关系的异化。月是故乡明,传达出常年漂泊在外,对故乡的怀念和羁旅之苦。语言建构的艺术世界遵守的是艺术真实的逻辑,而不必遵守语言的逻辑和科学的认知,不需要局限于现实的时间与空间而与外在的客观世界相互证明。艺术世界的一切都带上了作家的心理体验和思想情感,是作家心理情感的投射,因而是真实感人的。

(三)文学语言的含混性

文学语言的意义常常看似简单、确定,却常常包含多重不确定的意义。英美新批评的主要代表人物燕卜逊受到瑞查兹的启发,沿着瑞查兹的思想,专门研究过文学语言常见的七种含混形式。什么是含混,燕卜逊说"任何语义上的差别,不论如何细微,只要它使同一句话有可能引起不同的反应"[1],就是含混。他的分类有值得商榷的地方,但是他对含混的探讨值得我们借鉴。燕卜逊认为含混有的是因为一物与另一物有几种不同的性质都相似而造成含混,有的是因为语法结构关系的松散,造成对诗句意思理解的多义性,有的是因为矛盾相悖的表达,使得意义的表达不够明确等。鲁迅的《为了忘却的记念》中"忘却"与"纪念"相矛盾而呈现出一种含混性,到底是纪念还是忘却,纪念就意味着没有忘却,忘却就不需要纪念,这种含混的表达正好传达出鲁迅先生的意图。李商隐的诗歌多有含混性,例如《锦瑟》的主体可以是悼念亡妻王氏、可以是与婢女锦瑟的感情得不到实现的感叹,还可以是回忆华年往事,对自己年华蹉跎、功业难成处境的憾恨。

除了以上三个基本特性外,文学语言还有人们常常提到的形象性、音乐性与生动性等特性。

📖 资料链接

可以为了一个表述所引起的或真或假的指称而运用表述。这就是语言的科学用法。但是也可以为了表述触发的指称所产生的感情的态度方面的影响而运用表述。这就是语言的感情用法。

——瑞恰慈.文学批评原理[M].杨自伍,译.南昌:百花洲文艺出版社.1992:243.

---

[1] 赵毅衡."新批评"文集[M].北京:中国社会科学出版社,1988:305.

第二节 文学的题材与意蕴

按照作品反映现实、表现情感的方式,我们可以把文学文本分为两大类,即叙事性作品和抒情性作品。叙事性作品的主要功能是讲故事。故事通过讲述话语呈现出来,它更强调语言的指称性,偏于用话语的意义来讲故事。抒情性作品则是通过语言表达作家心理情感活动的文学作品类型,主要功能在于传达作家对现实生活的体验,突出语言的表现性,使用独特的艺术手法形成独特的抒情方式。这两类文学文本有各自的题材及其蕴含的意义。

一、叙事性作品

(一)叙事性作品与叙事学

从远古的神话故事、史诗到后来的小说,叙事性作品一直都与我们的生活相伴随。在西方文论发展史上,古希腊思想家亚里士多德在《诗学》中对叙事性文学的特点进行过探讨,他对文艺本质和悲剧情节的探讨就涉及叙事性文学。古罗马诗人、理论家贺拉斯在《诗艺》中讨论选材、布局、描写时间顺序和人物性格塑造,大都与我们所说的叙事性作品相关。1966年在法国巴黎的杂志《交流》第八期出版了以"符号学研究:叙事作品结构分析"为题的专集,刊载了罗兰·巴特、克洛德·布雷蒙、茨维坦·托多罗夫等人的文章,被看作法国结构主义的宣言。1968年托多罗夫出版《诗学》一书对他所做的研究所归属的学科命名为"叙事学",叙事学学科得以确定。叙事学从20世纪60年代确立,到20世纪90年代,经历将近30年的发展,从关注专门叙事的作品发展为对一切具有叙事性的文本进行研究,研究对象的范围扩大了,研究的具体内容也由怎样讲故事扩大到为什么这样讲故事。叙事学还与其他学科相融合,出现了多元化的态势,出现了众多的分支。比如电影叙事学、女性主义叙事学、诗歌叙事学、教育叙事学等。所以学术界一般以20世纪90年代为一个大致的分界,90年代以前的叙事学属于经典叙事学,90年代以后属于后经典叙事学。

叙事学包含两个层面,一是被讲述的内容,即故事,另一个层面包含讲故事的语言与讲述的行为。简单说,故事就是某人在某地做了某事,所以它包含三个不可少的因素:人物、情节和地点。比如《西游记》人物是唐僧师徒四人,情节是降妖除魔取到真经,地点是从大唐到西天的不同的路途。于是《西游记》就为我们讲述了唐僧师徒去西天取经路上发生的故事。讲故事的方式涉及叙述者讲述故事的立场、言语、讲述的故事的时间、呈现状态等问题,这些关系到讲述的效果和读者对作品的接受,因此讲述故事的技巧非常重要。

(二)叙述内容

1.人物

被叙述的内容就是故事,包含三个要素:人物、情节和环境。在这三个要素中人物是主体,他在某地的一系列的行为及其后果就构成情节,所以人物是事件发生的动因。在亚里士多德看来,悲剧是对完整的有一定长度的行为的模仿,他更看重事件情节,而到了黑格尔,随着哲学的发展,对人的认识进一步加深,文论思想由重情节转向重性格,黑格尔在《美学》中说过:"性格就是理想艺术表现的真正中心"。[1]最常见的人物类型划分是英国理论家福斯特在《小说面面观》中区分的扁平人物和圆形人物。扁平人物大致有这么几个特征:性格单一、缺少变化、容易识别,具有类型性与漫画性,多具有喜剧性。而圆形人物正好相反:性格复杂多面,充满变化、给人新奇感,更多在悲剧中出现。[2]用福斯特的观点来看,早期小说中的人物大多属于扁平人物,如《三国演义》中的刘备、诸葛亮、关羽分别成了仁绝、智绝和义绝的代名词,属于扁平人物。相对而言,鲁迅笔下的阿Q、张爱玲笔下的曹七巧就属于圆形人物。

俄国学者普洛普在《民间故事形态学》中把功能看成是故事的主要因素。功能是指故事中主要人物串联并推动情节发展的行动,因而形成功能性人物理论。他研究了众多的俄国民间故事,发现功能构成了俄国民间故事深层结构的基本成分,他归纳出俄国民间故事的基本功能,一共有三十一种功能,一般的民间故事中不一定具有完整的三十一种功能,有的故事只具有其中的某一些功能。对应这些功能及人物的活动范围,他提炼出七种人物类型即行动元对头、施予者、助手、被寻找者和他的父亲、送信人、主人公和假主人公[3]。

在普洛普的基础上,格雷马斯把人物分为两大类:行动元与角色。行动元是具有同类功能的行为者,它描述的是具有相同功能的人物类型。比如西游记中的诸多妖怪,姓名、身份不同,先后出现的环境不同,但是他们发挥的功能都是相同的,即反对者的功能,都是来阻挠唐僧师徒取经的,是同一类行动元。角色则是叙事性

---

[1] 黑格尔.美学(第一卷)[M].朱光潜,译.北京:商务印书馆,1979:300.
[2] 卢伯克,福斯特,缪尔.小说美学经典三种[M].方土人,罗婉华,译.上海:上海文艺出版社,1990:255-264.
[3] 普洛普.故事形态学[M].贾放译.北京:中华书局.1998:19.

作品中不同性格的人物。角色在具体的文本中没有数量的规定,可多可少,而行动元的数量是有限的。格雷马斯在普洛普的七种人物类型的基础上,把行动元分为三对、六种。发送者与接受者;主体与客体;帮助者与反对者。同一类行动元可以由不同的人物担任,同一个人物又可以同时充当不同功能的行动元,所以在行动元和人物之间存在着数值不对等的情况。①

2.情节

情节是由一系列的事件构成的,情节至少要包括一个事件。我们常说叙事要有事可叙,这个事至少是一个事件,没有事件,也就没有所谓叙事,所以事件是最小的叙述单位。事件由人物行动及其所产生的后果构成,事件必然会在一定的时间和空间中发生,通常会导致一种状况向另一种状况转变。我们常常会发现文学文本中往往不只发生一个事件,一个以上的事件按照一定的原则组织起来就构成情节。由事件构成情节的原则有两个:因果逻辑和时间的先后关系。

福斯特在《小说面面观》中指出:国王死了,王后也死了,属于两个事件,但是如果写:国王死了,王后因伤心而死,这就构成了情节,因为国王的死构成了王后死亡的原因。所以,福斯特认为情节就是按因果逻辑组织起来的一系列事件,一般因在先,果在后,所以这些事件包含了时间的先后。

福斯特的看法非常合理,但是也暴露出一些片面之处。比如我们常常会看到在叙事文本中,有些事件先发生,但是却不是必然引起下一个事件的发生。比如我们常常看到文本对人物活动的描写,先写人物起床,然后出门上班,起床不一定导致上班的发生,起床后可以有各种事件发生的可能,所以在起床和上班之间没有必然的因果联系,这两件事之间只有时间的先后。按照时间先后组织起来的一系列事件也可以组成情节,这一点是对福斯特理论的修正。

3.环境

环境可以分为静态环境和动态环境,二者的区分主要看环境的呈现方式是由叙述者描绘,还是通过人物的眼光来呈现。巴尔扎克的《高老头》开篇描写伏盖公寓,这时人物还没有出场,都是由全知的叙述者来介绍的。动态空间是通过人物视角得以呈现的,比如《红楼梦》林黛玉进府拜见王夫人时,通过林黛玉的眼光来呈现出荣府的豪华气派:"一时黛玉进了荣府,下了车。众嬷嬷引着,便往东转弯,穿过一个东西的穿堂,向南大厅之后,仪门内大院落,上面五间大正房,两边厢房鹿顶耳房钻山,四通八达,轩昂壮丽,比贾母处不同。黛玉便知这方是正经内室,一条大甬

---

① 格雷马斯.结构语义学:方法研究[M].吴泓缈,译.北京:生活·读书·新知三联书店.1999:256-257.

道,直接出大门的。进入堂屋中,抬头迎面先看见一个赤金九龙青地大匾,匾上写着斗大的三个大字,是'荣禧堂'"①。

环境为人物的存在和活动提供了一个空间,可以成为塑造人物性格、展示人物心理活动的重要手段。环境又是事件发生的地点,不同的场所能展示了情节的曲折离奇。环境成为引发事件、建构人物关系、加强冲突、渲染气氛的一个重要途径。通过不同环境的描写,还可以全方位展示自然、社会和文化景象。有些作品的环境甚至具有象征的特点,显示出环境与人物和作品主题之间的隐喻关系,如杰克·伦敦笔下的西北部荒野、哈代作品中的伊登荒原。叙事性作品中的空间从来都不是价值中立的,作品中的空间常常表现出不同的意义。

(三)叙事技巧

叙事内容作为故事被讲述,而叙事技巧就是通过语言组织使得故事得以呈现出来的叙述行为。同一个事件,讲述方式不同产生的效果就是不同的。这些讲述方式通常涉及叙述者、叙事聚焦、叙事时间等重要问题。

叙述声音的发出者即是叙述者,即讲故事的人。作者是写下文字的主体,生活在现实生活中,是真实的存在。而叙述者只存在于文本中,他只在文本中用语言讲述故事,他并不是现实中真实的存在,但是通过叙述声音,可以确确实实感知到叙述者的存在和重要性。所有故事都是由叙述者讲述出来的。在叙事性作品中,无论叙述者的声音是否戏剧化地凸显出来,它总归是存在于作品中的即便叙述者自己说出自己的名字,而且恰好和作者同样的名字,也不能将他们看作同一个人。

叙述者的功能主要有:讲述功能,即作为讲述的主体,讲述故事。只有存在叙述者的叙述才有叙事文本的存在。交流功能,叙述者是叙述交流的核心,向着受述者、隐含读者和人物交流,并促成文本中人物间的交流。说服功能,为了让隐含读者相信他讲述的故事千真万确,他会想办法证实自己讲述的故事的真实性,试图说服隐含读者接受他讲述的故事。干预功能,叙述者对所讲故事中的人物、事件或文本本身进行评论、解释、总结概括,这是叙述者意象叙事文本的一种主要方式。

人们常把叙述者等同于作者,这其实是一种误解。在有的以第一人称叙述的故事中,叙述者很容易像是直接出场的作者,如鲁迅《一件小事》中的"我",似乎就是鲁迅本人,但《狂人日记》中的"我"则显然是作者虚构出来的叙述者。如果把叙述者与作者混为一谈,我们就难以把作品中所表现出的作者的理想、想象

---

① 曹雪芹,高鹗.红楼梦(2版)[M].北京:人民文学出版社,1996:42-43.

力与作者的实际道德、人生态度区分开来,势必会混淆故事叙述与日常话语叙述的区别。故事中叙述者的存在不仅表现于叙述的内容以及叙述话语本身,而且表现于叙述的动作,即用什么口气或什么态度叙述,这就是叙述者的"声音"。在经典的叙事文学中,作品中人物的情绪、态度、观点都是由叙述者所控制和安排的,无论作品中有多少人物、多少个声音,都是来自同一个叙述者的安排。作为叙述者以直接引语或间接引语的方式所表达的内容,归根到底是同一个叙述者声音的不同部分。

叙事文本的形态多种多样,有时文本中会呈现不止一个叙述者的情况,这个时候,应该分清叙述层次,每一个叙述层次,都有一个相应的叙述者,比如常见的俄罗斯套娃式的套叠故事,还有的时候不同的叙述者各自讲述不同的故事,所以,一个文学文本常常会有多个叙述者出现。

在现代的某些叙事性作品中,人物往往具有强烈的自我反思与心理矛盾倾向。在陀思妥耶夫斯基的小说《罪与罚》中,大学生拉斯柯尔尼科夫在谋杀放高利贷的老太婆前后,就始终被矛盾的念头困扰,最终导致了精神崩溃。这一类叙事方式中叙述者的声音与主人公的声音之间存在着矛盾,主人公似乎总是在叛离叙述者的理性意图,按照自己的怪诞念头行动,就好像不是叙述者在控制着主人公的行动,而是叙述者在与主人公对话,有时叙述者只能听凭主人公随心所欲地行动。在这里,作者把自己内心的矛盾、困惑通过叙述者声音与主人公声音的对立而表现了出来。按照巴赫金的相关理论,这样在同一个叙事中并行着两个甚至更多的声音的叙述方式,可以借用音乐术语称之为"复调"式叙述。"复调"式叙述的出现,不仅是叙事艺术的发展,在某种程度上也是作为叙事语境的社会文化、社会心理出现危机的一个征兆。

二、抒情性作品

抒情性作品相对叙事性作品而言,是表现作家内心情感活动的文学类型。它在反映生活、表达思想感情、创造审美价值、实现文学的意识形态功能等方面,都具有不同于叙事性作品的特征。作为一种审美语言形式,抒情话语具有不同于普通话语系统和叙事话语的特殊结构,它突出话语的可感性,使之具有很强的表现力。在创造表现性话语的过程中,作家形成一系列抒情方式,使抒情话语成为一种极富创造性和复杂性的话语系统。

(一)抒情的含义

抒情作为一个文学理论的概念,有着特殊而丰富的意义。在欧洲文学传统中,抒情一词是从古希腊文的"七弦琴"一词演变而来的,原指一种由七弦琴伴唱的抒情短歌,后来发展为意指一种偏于表现个人内心感情的文学类型。

抒情写意是中国传统文学的突出特征之一。在屈原所作的《九章·惜诵》中有"惜诵以致愍兮,发愤以抒情"的句子,其中"抒情"意指"表达情思"。《毛诗序》的"情动于中而形于言"就是讲文学抒情。陆机在《文赋》说"诗缘情而绮靡,赋体物而浏亮",强调诗与赋的区别:一为抒情表现的文体,一为状物陈述的文体。明代文学家汤显祖讲"言情",强调文学要表现真性情,与阐明义理有别。

抒情是与叙事相对的概念,抒情与叙事的基本差异体现在从内容到话语形式的诸多方面。

概括地说,抒情偏于表现作者自己的主观情感世界,叙事偏于再现客观世界;抒情偏于用话语的声音组织和画面组织等意象来表现感情,突出抒情性,用反常化的语言抒发强烈的情绪。叙事偏重用话语的意义来讲故事,突出叙事性,一般由叙述和描写构成,叙述是对某一事件的告知,描写是场景的展示。所以,俄国文学评论家别林斯基说:"抒情诗歌主要是主观的、内在的诗歌,是诗人本人的表现。"[①]而叙事类文学是一种客观的、外部的文学,它的内容主要是事件。

抒情性作品专指以表现作者个人主观情感为主、偏重审美价值的一类文学作品。不过,抒情性作品也可能有叙事因素,叙事性作品中也可能有抒情成分。分类是相对的,分类概念只是突出某类事物的主要特征,不能概括它们的全貌。例如,苏轼的词《念奴娇·赤壁怀古》中有不少叙事因素,"遥想公瑾当年,小乔初嫁了,雄姿英发。羽扇纶巾,谈笑间,樯橹灰飞烟灭"几句,就是写人物的,涉及历史故事。不过,这种叙事因素已经与抒情结为一体,服务于内心情感。鲁迅的《药》属于叙事性作品,但是也不乏抒情因素。小说结尾处有一段写景:"微风早经停息了;枯草支支直立,有如铜丝。一丝发抖的声音,在空气中愈颤愈细,细到没有,周围便是都死一般静……"[②]读者可以从中体味到作者内心中的悲凉之情,有明显的抒情的意味。

抒情性作品的主要体裁是抒情诗,中外理论家总是以抒情诗作为认识抒情文学的主要依据。就抒情内容的不同特征,抒情诗可以分为颂诗、哀诗、情诗、讽刺诗、田园诗、山水诗等。除抒情诗外,介于抒情诗与散文之间的散文诗,融合了诗的表现性与散文的描写性,尤以抒情见长。例如,鲁迅的《秋夜》《影的告别》就是优秀的抒情散文诗。

---

① 别林斯基.别林斯基选集 第三卷[M].满涛,译.上海:上海译文出版社,1980:5.
② 鲁迅.鲁迅作品精选集:呐喊[M].成都:四川人民出版社,2020:38.

（二）抒情的性质

1.对现实世界的主观反映

抒情作为一种主观表现,是对现实生活的反映与评价。感情源于对现实的感受,没有真实的生活感受,便没有真正有价值的抒情。对现实感受的深浅,往往取决于对现实的认识程度。所以,抒情总包含着对现实的反映。

抒情又是一种特殊的反映方式。首先,抒情反映的对象主要是社会生活的精神方面。现实生活并不只是物质生活,它还包括现实存在着的精神生活。文学抒情主要从一个侧面反映特定的社会心理与时代精神。其次,情感反映了主体与对象之间的特定关系。所以,抒情对客观世界的反映具有主观性。"情人眼里出西施"作为一种客观的科学反映是不真实的,但作为特定主客体关系的反映却是真实的。抒情诗人虽然未必都是热恋中的情人,却必定是情感丰富而强烈的有情人。所以,抒情反映必带有主观色彩。最后,抒情反映具有评价性。情感本身就是一种主观态度,对事物产生喜怒哀乐的情感体验包含着对事物的主观评价。抒情中所表现出来的赞美、歌颂、向往、同情、憎恶、厌烦等情感倾向都不同程度地含有对现实的价值判断。像陶渊明的《饮酒》和王维的《鸟鸣涧》这样的山水诗,闲适、空寂的情调所体现的生活态度与人生理想,曲折地表达了对特定社会现实的评价。通过创造性想象,抒情主体把现实之物转化为贯注了主观情思的形象,使外在世界成为一个与内心世界协调融洽的审美世界。正如别林斯基所说:"内在生活把一切外部事物都化成了自己。"[1]用中国美学的术语来说,是"化实为虚"。"实境"就是客观外在世界,它是艺术创造的基础。但实境若无情无趣,不能动人。唯有抒情主体凭着主观想象与情思,用一定的艺术话语,"化景物为情思",才能生产出生机勃勃、情意盎然的抒情性作品来。"化实为虚"得力于创造性想象的虚化功能,它可以打破客观世界原有的物理结构,创造出一个可以充分寄寓和象征情感的心理空间。

文学抒情一方面受到特定现实生活和社会观念的制约,另一方面又有较高的心灵自由度。抒情更少受对象的客观性制约,心灵更加自由。清代文人廖燕在谈到山水诗的时候曾评论说:"借彼物理,抒我心胸……然则物非物也,一我之性情变幻而成者也。"[2]抒情心灵摆脱了客观物理的束缚,反而能动地把对象转化为"一我之性情"的表现。因此时间可以逆溯超前,空间可以移动流转,时空可以交错,抒情者的心灵凭着情感的驱使和想象的驰骋,能上天入地、天南海北,追怀古人、遥想未来。这种超越时空的自由是抒情最根本的特性。

---

[1] 别林斯基.别林斯基选集 第三卷[M].满涛,译.上海:上海译文出版社,1980:4.
[2] 于民.中国美学史资料选编[M].上海:复旦大学出版社,2008:505.

2. 作家的自我表现

在文学活动中，抒情是抒情主体的情感表现。与偏重客观再现的叙事相比，抒情更富于主体性的自我色彩，所以读者能在抒情性作品中更多地感受到作者内心的声音。在这个意义上，抒情可以说是一种自我表现。没有抒情主体富于个性化的情感倾诉，没有抒情主体自由自在的内心独白，就不可能有创造性的文学抒情。充分地表现自己的独特体验和思想，成为抒情主体自觉的创作原则；具有鲜明个性的情感表现，成为评价抒情性作品的重要尺度之一。一个成功的抒情诗人，他必定怀有一颗独一无二的心灵。

人是社会性的存在，自我个性的形成是以特定的社会关系和文化传统为条件的。抒情自我是由丰富的生活经验和精神素养以独特方式构成的。它充分地吸收人类共同的精神财富，并使之与个性气质融为一体，从而形成了独特的感受世界、认识世界和表现内心情感的艺术方式。所以，文学抒情作为一种自我表现，同时也包含着普遍的社会内涵，可以引起普遍的社会共鸣。

自我表现的社会属性还可以从抒情性文学作品的创造过程中见出。文学创作是一种社会性生产，抒情性作品的创造也不例外。抒情是一种社会交流，作者表现自我感受的同时意味着向隐含的读者进行心灵的交谈。正如英国抒情诗人华兹华斯所说的："诗人是以一个人的身份向人们讲话。"[1]于是，读者的各种经验、趣味、素养和理想等就会对抒情产生制约性影响。因此，文学抒情不是一种完全自我孤立的文学事件，而是与某些社会成员（读者）发生内在联系的。一方面，抒情主体的自我表现会对其他社会成员发生独特的影响；另一方面，社会成员的某些观念意识、接受习惯、理解能力等也会或多或少、或明或暗地转化为抒情性作品中的有机因素，给作品打上社会的烙印。

在文学史上，伟大的抒情诗人总是对社会、对人民、对历史的发展怀有深深的关切，对人类面临的某些共同问题有深入的体察与领悟，总是把自我与进步的、健康的社会意识形态统一起来，使个人的命运和追求同人民群众的命运和追求融为一体。他们的抒情既是十分独特的自我表现，又是为时代和人民发出的呼声；既是个性情感的自然流露，又同时表现了人类情感的本质。仅仅关心个人内心生活的抒情诗人，心胸狭隘，不可能创造出优秀的抒情诗。现代法国诗人、评论家瓦莱里则强调："'仅仅对一个人有价值的东西是没有价值的。'这是文学的铁的规律。"[2]正因为文学抒情是自我与社会的统一，所以，古今中外的大量抒情诗文，尽管许多已时代久远或属于不同的民族，但仍可以打动我们的心，引起普遍的共鸣。

---

[1] 刘若端.十九世纪英国诗人论诗[M].北京：人民文学出版社，1984：13.
[2] 伍蠡甫.现代西方文论选[M].上海：上海译文出版社，1983：37.

3.作家情感的宣泄

有些文学家认为,抒情就是情感由内而外的自然流露或迸发,是内心情感的宣泄。明代思想家李贽的观点颇具代表性,他说:"且夫世之真能文者,比其初皆非有意于为文也。其胸中有如许无状可怪之事,其喉间有如许欲吐而不敢吐之物,其口头又时时有许多欲语而莫可所以告语之处,蓄极积久,势不能遏。一旦见景生情,触目兴叹,夺他人之酒杯,浇自己之垒块,诉心中之不平,感数奇于千载。既已喷玉唾珠,昭回云汉,为章于天矣,遂亦自负,发狂大叫,流涕恸哭,不能自止。"①李贽把诗文的写作看成一个抒情过程,而抒情就是把积蓄已久的内心情感,像江河决堤般地倾泻出来,这种情感宣泄常常是狂放的、难以用理性意识控制的。这种"宣泄"说抓住了抒情的一个重要特征,即内心情感的释放。在这个意义上说,抒情过程是一个解开心灵枷锁、消除情感压抑的畅快抒发过程。所以,钟嵘认为,写诗可以"骋其情",使人"幽居靡闷"。但是,文学抒情并不只是非理性的情感宣泄,而是一种审美表现,需要适度的意识控制与思维参与,需要创造有序的话语组织形式,这正是文学抒情区别于普通情感宣泄的主要特征。

华兹华斯指出:"我曾经说过,诗是强烈情感的自然流露。它起源于在平静中回忆起来的情感。诗人沉思这种情感直到一种反应使平静逐渐消逝,就有一种与诗人所沉思的情感相似的情感逐渐发生,确实存在于诗人的心中。一篇成功的诗作一般都从这种情形开始,而且在相似的情形下向前展开。"②抒情诗人所表现的感情是对感情经验的再体验,而且这种再体验伴随着一种反省似的"沉思"。通过这种沉思,抒情诗人对情感经验进行重新的理解和组织,赋予它一定的组织形式,使之成为一种丰富而有序的情感经验。

因此,文学抒情既是情感的释放,又是情感的构造,抒情主体既沉浸在情绪状态之中,又出乎情绪状态之外,能意识到所表现的内容和表现过程本身。宣泄的情绪是杂乱无序的,只有释放,没有构造;宣泄者完全被淹没在混杂的情绪海洋之中,没有自我意识。抒情主体虽也有受情绪左右的被动性,但他首先是主动的沉思者和创造者,他是自由的。宣泄者却不是完全自由的,因为那种貌似自由的、梦呓般的任意放纵的宣泄是被本能欲望和冲动情绪驱使的盲目活动。

(三)抒情话语的特征

抒情性作品是通过特殊的话语组织形式来表现情感的。抒情内容是指文本所表现的某种特定的情感过程和意义。它往往是一种体验、一种感悟、一种心境,既是稍纵即逝的,又是复杂微妙的,是不能用普通的话语系统单靠语义来传达的情感

---

① 黄霖,蒋凡.中国古代文论选编(下卷)[M].上海:复旦大学出版社,2022:821.
② 刘若端.十九世纪英国诗人论诗[M].北京:人民文学出版社,1984:22.

活动抒情内容的表现必须借助一种特殊的话语系统,而读者想要把握抒情性作品的内容也只有直接去感受其抒情话语。

抒情话语是一种表现性话语。它具有象征性地表现情感的功能,通过类似音乐的声音组织和富有意蕴的画面组织来体现难以言传的主观感受过程。因此,抒情话语和抒情内容是一种直接融合的关系,抒情内容直接投射和转化在抒情话语的声音与画面形象的组织形式之中,不可分离。

1. 表现性话语

抒情话语并不是我们日常所用的普通话语之外的另外一套话语,普通话语和抒情话语是同一种语言中两种不同功能的话语。一般来说,普通的话语系统是一种通信系统,它通过意义相对确定的词句来报道事实,传达信息。如"桃花红了""柳叶青了"是报道客观事物。普通的话语几乎不考虑词句组合而形成的音响关系,在普通的话语系统中,由词义诉诸想象而产生的视觉形象是客观事物的实在色彩和形状,抒情话语系统虽然也保留了话语的这种通信功能,但更加突出了话语的表现功能。它主要突出了直接呈现情感运动形式的功能,具体表现为强调话语声音层和画面层的象征功能。在抒情话语中,声音层被凸显出来造成一种高低、快慢、长短有规律的音响组织形式,直接象征着情感运动的形式。在抒情话语中,画面不仅再现了事物的外表,而且转化为一种主观的、感受之中的色彩和形状,象征性地表现了感受过程。

2. 陌生化的话语

为了强调语言的表现功能,抒情诗人常常要对普通话语系统进行改造,甚至打破既有的语言规范,创造出极富表现性的抒情话语。例如,"春风又绿江南岸"中的"绿"字,被改变了词性,丰富了它的表现力。"鸡声茅店月,人迹板桥霜"不用一个联系词,直接把六个形象组合起来,使句子的叙事性减弱,加强了它们象征情感的力量。辛弃疾的《西江月·夜行黄沙道中》下半阕改变了句子的顺序:"七八个星天外,两三点雨山前。旧时茅店社林边,路转溪桥忽见。"明明是先过桥,再转弯,最后忽然见到旧时茅店,词人却改变了正常的叙事顺序,先写茅店,这是"旧时"的茅店,先写它是为了突出表现作者的感受。"路转溪桥忽见"正传达出作者忽见旧时茅店的一种惊喜。以此句作为结尾,只讲"忽见",没有下文,富有余味。

中国古代文学批评家把这种改变了普通话语组合法则的抒情话语称为"诗家语"。诗家语一方面使语言的运用更加经济和精练,另一方面也使话语形式趋于复杂化和奇特化。俄国形式主义批评家什克洛夫斯基曾指出:"艺术的目的是使你对事物的感觉如同你所见的视象那样,而不是如同你所认知的那样;艺术的手法是事物的'反常化'手法,是复杂化形式的手法,它增加了感受的难度和时延,既然艺术中的领悟过程是以自身为目的的,它就理应延长。"[①]王国维曾评论说:"'红杏枝头春意闹',著一'闹'字,而境界全出。'云破月来花弄影',著一'弄'字,而境界全出矣。"[②]用"闹"来形容"红杏枝头"的"春意",不合语言常规;说"花弄影",似乎不合常理。但是,细细品味,"闹"写出了红杏的灼灼光彩和春意的勃勃生机,更有力地传达了词人丰富而别致的感受;"弄"写出了月下花儿的活泼可人和花影的摇曳多姿,更真切地传达出词人的情趣。当然,抒情话语的复杂化和奇特化并非文字游戏,更不能晦涩难懂。用语的新奇是为了更好地表现情感经验过程。离开了这个根本目的,句子再新奇也失去了审美价值。

3. 富于音乐性的话语

抒情话语字音之间变化而有序的组合形成了和谐的音调。在汉语中,音调由平、上、去、入四声的不同搭配构成。齐梁之际,文人学士开始认识到不同声调的组合关系。四声的合理搭配,做到字音高低、清浊、轻重的有规律变化,追求声调的优美。四声又分两类,称为平仄,平是平声,仄是上、去、入三声。一般古代诗文中的声调和谐是指平仄的协调组合。

作为一种声调的分别,平仄有高低、长短之分。在抒情诗文中,声调的长短之分往往随词义而变化不定,而高低的差异却相对稳定和明显。所以,平仄的协调组合主要是指字音高低的有规律搭配。字音不仅可以组合成优美的声调,而且字音和声调还可以加强词语的抒情效果。把有差异的字音按一定规律组合搭配,就形成了优美的声调。格律对于抒情话语的组织具有积极意义,但它并不是固定不变的,而是随着表现情感的不同需要而发展变化。格律的音调应与诗的情调相协调,才能创造出声情并茂的好诗。中国古典诗词还运用双声词、叠韵词、叠声词、叠字和象声词来构造和谐的声调。双声是声母相同,如"辗转"。叠韵是韵母相同,如"逍遥"。叠字是相同的字重叠使用,如"杨柳依依","轻轻地我走了,正如我轻轻地来"。象声是模拟音响,如"无边落木萧萧下"。

节奏是抒情性作品的重要表现手段,它是指一种有规律的、连续进行的完整运动形式。所谓"有规律"就是有序,不杂乱,这种规律性在连续展开的话语中以反复、对应等形式体现出来。有规律的运动形式构成一定的节奏,把各种变化的因素组织成前后连贯的整体。抒情诗中的节奏是一个多层组合的运动组织。在声音层,音调抑扬的组合,字、词、句之间的停顿和反复、押韵等,构成了声音的节奏。

---

① 什克洛夫斯基.俄国形式主义文论选[M].方珊,等译.北京:生活·读书·新知三联书店,1989:6.
② 况周颐,王国维.蕙风词话·人间词话[M].王幼安,校订.北京:人民文学出版社,1960:193.

📖 资料链接

一切好诗都是强烈情感的自然流露。这个说法虽然是正确的,可是凡有价值的诗,不论题材如何不同,都是由于作者带有非常的感受性,而且又深思了很久。因为我们的思想改变着和指导着我们的情感的不断流注,我们的思想事实上是我们已往一切情感的代表;我们思考这些代表的相互关系,我们就会发现什么是人们真正重要的东西,如果我们重复和继续这种动作,我们的情感就会和重要的题材联系起来。

——刘若端.十九世纪英国诗人论诗[M].北京:人民文学出版社,1984.

第三节　文学体裁的类型

由于作品的题材内容、结构安排、语言运用及塑造形象的方式不同,每个作家选用表现其思想内容的体裁就各有殊异。因此认真研究并掌握各种文学体裁的特点,对搞好文学创作、指导文学鉴赏、文学评论都有重要意义。

一、体裁的含义

体裁是指文学作品内容存在的具体表现样式。没有体裁的文学作品是不存在的。社会生活的发展不仅促使文学作品内容发生变化,也促使文学作品的样式发展变化。在漫长的文学发展历史过程中,适应表现生活内容的需要产生了多种多样的文学体裁,如神话、诗歌、寓言、小说、散文、戏剧、电影等。文学体裁的多样化是社会生活多样化的反映。名目繁多的文学体裁的产生和发展是社会生活发展和文学自身发展的结果。

根据文学作品的语言结构和表现手法等特点,一般将文学作品分成诗歌、小说、散文、戏剧文学四个类型。这种分法依据的标准较为全面,划分各类体裁既能照顾作品形象构成的特点,又能注意体裁之间的差别,比较符合我国的传统习惯。

文学体裁的分类具有相对性。文学体裁在形成和发展的过程中,可能受到其他文学体裁的影响,吸收其他体裁的因素,出现这一体裁与那一体裁交叉联系的情况。如"诗剧"既有戏剧的特点,又有诗歌的特点,"散文诗"既有散文的表现形式,又有诗歌的内在因素。有些文学体裁,作者在运用过程中,为了适应表现社会生活的需要,常常要吸收或借鉴别种文学体裁的特点,这就可能使某一体裁发展成为与其他体裁互有联系的体裁,如欧洲的"诗剧""诗体小说",就都是由诗歌发展而来的。有些体裁,由于人们对其内涵解释有分歧,在涉及具体作品分类归属时就有困难,如寓言,可将其归入小说,也可将其归入散文。

二、诗歌

(一)诗歌的含义

诗歌是指运用凝练而有节奏的语言、丰富的联想和想象创造形象,抒发感情、表现思想,高度集中地反映社会生活的一种文学体裁。《毛诗序》说:"诗者,志之所之也,在心为志,发言为诗。情动于中而形于言,言之不足,故嗟叹之;嗟叹之不足,故永歌之;永歌之不足,不知手之舞之,足之蹈之也。"说明诗歌必须伴随着作者强烈的情感,否则就不能感动读者。我国现代著名诗人、文艺理论家何其芳曾给诗歌下了一个定义说:"诗是一种最集中地反映社会生活的文学样式,它饱含着丰富的想象和情感,常常以直接抒情的方式来表现,而且在凝练与和谐的程度上,特别是在节奏的鲜明上,它的语言有别于散文的语言。"这句话非常准确地概括了诗歌最基本的特征。

(二)诗歌的基本特征

1.高度凝练地反映社会生活

诗歌往往不对生活中的详情细节做过多的具体叙述和描写,它往往选取现实生活中最典型的现象或情景,以简洁、凝练的语言表现诗人的思想感情,反映生活的某种本质。诗歌所吟咏的,无论是瞬间的或是长时间的生活感受,都是使诗人最激动的生活事件及感受最深的思想感情。无论是以抒情为主还是以叙事为主,都要求用凝练的语言、精粹的诗行,将典型的艺术形象表现出来。如杜甫的《闻官军收河南河北》:

> 剑外忽传收蓟北,初闻涕泪满衣裳。
> 却看妻子愁何在,漫卷诗书喜欲狂。
> 白日放歌须纵酒,青春作伴好还乡。
> 即从巴峡穿巫峡,便下襄阳向洛阳。

这首七言律诗以热情奔放的感情,抒写诗人久经离乱、身居异乡、忽闻平定叛乱、故乡光复时的欢快情状。诗歌写的虽是一人一家的感受,却表达了广大人民结束战乱、统一国家、重建家园、过上和平安定生活的强烈愿望,因而具有极大的概括性。

2.饱含强烈的激情和想象

别林斯基说过,没有情感就没有诗人。诗歌形象的创造,离不开诗人强烈的感情和丰富的想象。一切优秀的诗歌,往往都是诗人被现实生活激起沸腾的情感时创作出来的。诗人对从生活中获得的原始材料进行加工创造需要想象,把对生活的感受化为具体的艺术形象需要想象,诗人奔放的感情要找到适合于表达这种感情的内容和形式,也需要想象。雪莱说:"在通常的意义下,诗可以界说为'想象的表现'。"[1]评论家赫士列特说:"诗歌是幻想和感情的白热化。"[2]郭沫若在《天上的街市》一诗中,由现实生活中的街市,联想到天上的明星,进而把繁星满天的天空想象为美丽的街市,而隔着天河的牛郎、织女可以自由自在地在天街闲游。全诗意境深邃,想象丰富,激情洋溢,字里行间寄寓着诗人对自由、幸福生活的美好向往。诗歌的感情色彩和诗人丰富的想象是相辅相成,相互补充的。诗人奔放的激情激发他展开想象的翅膀,而驰骋的想象又有助于更深刻地抒发诗人的感受。

3.情景相生,富于意境美

诗歌不仅要有丰富的思想感情,而且还要把这种思想感情与作品所描绘的生活图画融为一体,通过生动优美的形象感染读者。诗人独特的感受和炽热的思想感情,往往是通过某种生活情景和氛围集中地反映出来的。意境是诗人的主观感情和外在世界水乳交融的结合。诗中的"意",就是诗人对客观社会生活的认识、感受和评价,饱含着诗人的思想和情感;而"境"则是诗人通过提炼概括而描绘出来的有立体感的艺术世界。诗歌中的"意"必须借"境"表现出来;而"境"必须以"意"为灵魂,不能作纯客观的描绘。诗人对现实生活的态度,他的社会观点和审美理想,主要借助于经过提炼概括的境界所显示的感情倾向表现出来。

4.语言节奏明快,韵律和谐

诗歌富有音乐美。诗歌的音乐美主要是指语言的节奏、韵律之美。郭沫若说:"节奏之于诗是它的外形,也是它的生命,我们可以说没有诗是没有节奏的,没有节奏的便不是诗。"[3]诗句中音步和声音的强弱长短等音素构成抑扬顿挫的音乐感,是诗人感情起伏变化的表现,也是诗人对语言的精心安排。明快的节奏使人感到轻松愉快,急促的节奏使人情绪昂扬,缓慢低沉的节奏使人悲哀感伤,平稳舒展的节奏使人感到安宁闲适。韵律是构成诗歌音乐美的又一重要因素。韵指韵脚,即指诗句末尾字主要韵母带收音相同或相近的音节。律是指语言运用的规则,合规律

---

[1] 伍蠡甫.西方文论选 下卷[M].上海:上海译文出版社,1988:51.
[2] 古典文艺理论译丛编辑委员会.古典文艺理论译丛(第一册)[M].北京:人民文学出版社,1961:61.
[3] 郭沫若.沫若文集 第十卷[M].北京:人民文学出版社,1959:225.

的相同或相似的音节在诗歌中有规律的反复就构成韵律。传统诗歌中要求的"押韵""合辙"就是指的韵律。旧体格律诗讲究平仄,对韵律有固定的规格要求。自由诗虽对押韵没有严格规定,但必须语言顺口,押大体相近的韵。如王之涣的《凉州词》、王维的《渭城曲》、李白的《清平调》和白居易的《琵琶行》《长恨歌》等。凡有成就的大诗人都非常讲究诗歌的韵律。有了韵律,才能读起来朗朗上口,听起来铿锵悦耳,能产生和谐的音乐美,便于吟诵和记忆。

(三)诗歌的分类

依据不同的标准和原则可以将诗歌分成不同的类型。最基本的分类有以下几种。

1.依据作品内容的表达方式可分为叙事诗、抒情诗

叙事诗是一种用诗体叙事的文学样式,它是通过叙述故事、刻画人物、描绘环境来反映生活,抒发诗人感情的诗歌体裁。它包括史诗(如荷马史诗《伊里亚特》《奥德赛》)、叙事诗(如我国古代的《孔雀东南飞》《木兰辞》,英国诗人拜伦的《唐璜》)、诗体小说(俄国诗人普希金的《叶甫盖尼·奥涅金》)等。这一类诗歌有较完整的情节,有场景、细节和矛盾冲突的描写。

抒情诗是直接抒发诗人思想感情,反映社会生活的诗歌。它包括恋歌、颂诗、哀诗、挽歌、牧歌、讽刺诗等。不论是直接歌颂爱情与友谊,或托物言志、借景抒情,表现诗人对社会人生的感受与看法,诗中所抒发的情并非仅限于诗人个人的体验和感受,它往往同社会情景相联系,都直接或间接来源于社会生活。这类诗歌不详细描写完整的故事情节和人物形象。

叙事诗与抒情诗尽管有不同的特点,但二者又是不能分割的。抒情诗中有时也有对某些生活事件的叙述,但不能铺叙,要服从情节需要。叙事诗中也会有鲜明的抒情成分,但抒情必须与叙事紧密结合。

2.依据作品韵律和表现形式可分为格律诗、自由诗、散文诗

格律诗是一种在形式上有严格要求,按一定规则严密安排节奏韵律以及章节格式的诗。我国古代的"律诗""绝句""词""曲"等皆是格律诗,诗有定句,句有定字,字有定声,对仗押韵,诗行排列等都有严格规定和要求。

自由诗的特点恰与格律诗相反,诗无定句,句无定字,字无定声,格律限制不严,注重自然的内在节奏,即使押韵也不规则,语言比较通俗,如闻一多的《洗衣歌》、郭沫若的《女神》等。这类诗创作时能给形象思维提供广阔的天地,给诗人思想感情的表达提供极大的便利。

散文诗是介于诗歌与散文之间的一种文学样式。因它不受诗歌形式约束,不按诗行排列,结构形式比较灵活,表现手法自由多样而接近散文;但又因其内容概括含蓄,在较小的篇幅中蕴含着深刻的思想内容,感情强烈,想象丰富,寓情于理,融情于景,富于深邃的意境而具备诗的特点,它形似散文而实含诗意。高尔基的《海燕》、鲁迅的《野草》中的许多篇章皆是出色的散文诗。

三、小说

(一)小说的含义

小说是通过完整的故事情节和具体环境描写来塑造人物形象、反映社会生活的文学样式。它在我国的发展历史源远流长,最早见于《庄子·外物》,庄子所谓"小说",是指寓言、神话之类的故事,是小说的萌芽。中国小说经历了古代神话传说,汉魏六朝志怪、志人故事(仅具小说雏形),唐宋传奇,宋元话本,明清章回小说,"五四"运动以来现代小说等几个阶段。依据篇幅长短,小说可分为长篇小说、中篇小说、短篇小说。

(二)小说的基本特征

小说要求通过人物、情节和环境的具体描写,比较完整、多方面地反映错综复杂的社会生活。因此,人物、情节和环境是构成小说的三个重要因素。

1.细致、生动的人物塑造

小说主要以描写"一切社会关系总和"的人的生活为中心来揭示社会生活的某些本质。因此,刻画人物性格,塑造人物典型就成为小说创作的中心任务。老舍说:"创造人物是小说家的第一项任务。把一件复杂热闹的事写得很清楚,而没有创造出人物来,那至多也不过是一篇优秀的报告,并不能成为小说。"由于小说以自由的散文语言作为表达工具,它既不像诗歌那样在语言形式上有严格的束缚,也不像戏剧那样受时间、空间的限制,又能兼用人物语言和叙述者语言,因而作者可以根据反映社会生活、表现主题的需要,多方面、细致地刻画人物性格,塑造各种各样活生生的人物形象。

为了塑造栩栩如生的人物形象,小说可以运用各种表现手法来细致地刻画人物性格。作者可以借助叙述者的语言刻画人物,主要可以通过对作品主人公的直接介绍、肖像、行动、对话、心理描写、语言表现、环境描写等方面直接揭示人物身份、经历、性格及人物之间的关系。如《阿Q正传》的序,就是通过概括与描述相结合介绍阿Q自高自大的讳疾忌医——"精神胜利法"这一性格特征的。作者还可以通过肖像描绘再现人物的服饰衣着、精神状态、音容笑貌,并用以衬托人物的性格和心理,或以外貌的变化来反映人物性格的发展变化。如《故乡》中通过闰土形象的前后对比,深刻地反映了半殖民地半封建社会农民在物质和精神上所受的残酷剥削和戕害,以及农村凋敝、农民破产的情景。也可以直接刻画人物的心理活动,描写人们在特定环境下的内心世界,以揭示人物行动和思想性格发展的依据。如都德的《最后一课》,通过对小弗朗士心理活动发展变化的细致描写,真实而深刻地反映了爱国主义感情在这个孩子身上迅速萌发并增强的过程。还可以运用细节描写,以典型的细节来表现人物性格和心理。如《阿Q正传》中,阿Q最后被糊里糊涂地判成死罪,要他画押时,他还"生怕被人笑话,立志要画得圆"些,因而要"使尽了平时的力画圆圈",只是"这可恶的笔不但很沉重,并且不听话,刚刚一抖一抖的几乎要合缝,却又向外一耸,画成瓜子模样了"。这一个含泪的细节既淋漓尽致地刻画了阿Q极端无知、麻木的精神状态,又饱含了"哀其不幸,怒其不争"的极为复杂的感情,含义深刻。《孔乙己》中写孔乙己拿茴香豆给孩子吃:

孔乙己着了慌,伸开五指将碟子罩住,弯腰下去说道:"不多了,我已经不多了。"直起身又看一看豆,自己摇头说:"不多不多!多乎哉?不多也。"于是这一群孩子都在笑声里走散了。

在这个滑稽可笑的细节里,作者通过孔乙己的语言活活地画出了个迂腐的封建没落文人的形象,展示了这个人物卑琐的精神状态,使读者产生鄙夷而又同情的复杂感情。成功的语言描写,不仅要写出人物的谈话内容,还要具有个性特点,使人物的语言能恰如其分地表现出他的年龄、职业、身份、爱好和思想感情,要写出每个人物独特的说话腔调、表达方式和常用词汇等。无论是俄国作家托尔斯泰的《战争与和平》、法国作家巴尔扎克的《人间喜剧》,还是我国古典长篇小说《三国演义》《水浒传》《红楼梦》,或是现代作家鲁迅的《阿Q正传》、茅盾的《子夜》、赵树理的《李有才板话》、孙犁的《铁木前传》等,每部作品都运用多种手法成功地塑造了数量众多、具有不同性格特征的人物形象,细腻地描绘了人物丰富复杂的思想感情,使人物形象更为生动、传神,人物性格更为鲜明、突出,更具有典型性。

环境描写包括自然环境和社会环境。人物活动总是在一定的社会环境和自然环境中进行的,马克思说人创造环境,同样,环境也创造人。因此,小说对人物活动的自然环境和社会环境的描写对烘托人物形象、刻画人物性格都有重要影响。如鲁迅《故乡》开头一段:

我冒了严寒,回到相隔二千余里,别了二十余年的故乡去。

时候既然是深冬;渐近故乡时,天气又阴晦了,冷风吹进船舱中,呜呜的响,从篷隙向外一望,苍黄的天底下,远近横着几个萧索的荒村,没有一些活气……

既描写出一幅残破不堪的农村凄凉景象,又交代了小说主人公闰土生活的时代背景,并为描写闰土痛苦的遭遇渲染了浓郁的气氛。《水浒传》"林教头风雪山神庙"一回对大风雪的描写同样有这样的作用。

2. 丰富、完整的故事情节

小说既要多方面、细致地刻画人物,就必须有生动的故事情节。小说人物性格的形成、发展和变化是通过丰富、完整的情节来展示的。当然,其他叙事类体裁的文学作品也有情节,但小说的情节更完整、更丰富、生动。剧本也有完整的情节,但受时间、空间的限制,情节线索单一,而小说特别是长篇小说往往除主线外,可以有几条副线,在纵横交错的情节发展中展开故事。叙事诗也有情节,但侧重抒情,要求故事集中,线索单纯,人物较少,便于用凝练的诗句表现。叙事散文有情节,但情节限于真人真事,往往按某一思想线索将一些生活片段连缀起来,不追求情节的完整性。相比之下,小说在情节的完整性、生动性、复杂性方面具有突出表现。因此,小说才能够通过对人物与人物、人物与环境之间的矛盾冲突和复杂关系的描写,细致刻画人物性格,深入反映社会生活。例如《水浒传》,通过"误入白虎堂""大闹野猪林""风雪山神庙""火烧草料场""雪夜上梁山"等情节的描写,具体表现林冲与高俅父子之间的矛盾、斗争,刻画林冲性格由弱变强的发展过程,生动展现北宋末年的社会关系,表现"官逼民反"这一具有深刻思想意义的重大主题。其他如《红楼梦》《三国演义》等作品,都描写了曲折、复杂的矛盾斗争,都有一系列事件构成的生动丰富的故事情节。

3. 具体、灵活的环境描写

环境是人物活动的场所,是事件发生的场地。它包括人物生活的历史背景、社会文化背景、自然地理环境和人物起居活动的空间。小说中的人物活动和事件的发生、发展都离不开一定的时间、地点和条件,都有一定时代的、社会的和自然的环境。人物思想性格的形成和发展,既受特定历史时期社会关系的制约,又受具体的生活条件的规定和驱使。在小说中,如果没有具体真实的环境描写,特别是描绘决定人物性格和事件发展的时代风貌和社会环境,就不能反映出人物和事件的本质特征,不能揭示出人物思想言行和矛盾冲突的背景和社会原因。因此,环境描写是小说的又一要素,也是小说的一个重要特点;而通过典型环境的描写展现典型性格,则是人物塑造的重要环节。如高尔基《母亲》开头描写工厂区阴郁而骚乱的图画,是为了衬托尼洛夫娜转变前悲哀而柔弱的性格特征。鲁迅《祝福》开头和结尾描写"醉醺醺的在空中蹒跚"的鲁镇一片欢乐气氛,是为了和祥林嫂沦为乞丐而最后穷死的悲剧命运形成鲜明对照。

由于不受时间、空间的限制,小说描写环境可以灵活自由地随时变换场景。既可作纵的历史综述,也可截取横断面进行具体生动的场景描绘;既可写与人物、事件直接相关的环境,也可写与人物、事件只有间接关系的各种因素;既可描写构成人与人之间复杂关系的社会环境,也可描绘一定的自然环境以烘托人物性格和事件氛围。如果戈理《死魂灵》对梭巴开维支家内外环境的细致描写,就极其突出地衬托出这个地主的精明自私、擅于算计的性格特征。

四、散文

(一)散文的含义

散文是一个发展的概念,其内涵在不同的历史时期有不同的内容。我国南北朝时的文艺理论家刘勰在《文心雕龙·总术》篇中说:"今之常言,有文有笔,以为无韵者笔也,有韵者文也。"[①]刘勰说的"文"指有韵的诗、赋等作品,除此之外的各种散体文章都称之为"笔"。此时,散文的概念是指不押韵、不重排偶的散体文章,其中包括非文学作品。随着文学的发展,文学意识的明确,唐以后散文的内涵又有所变化,但它既包括文学作品,也包括了非文学作品的政治、历史、哲学等著作。其涵义仍然十分宽泛。

到了近代,随着各学科的发展和文章分类的细致化,散文的审美特征更加明确,散文才专指文学作品而言。我们所讲的散文是与诗歌、小说、戏剧等文学体裁并列的一种文学体裁。按照书写主题,散文可分为叙事散文、抒情散文、议论散文。

(二)散文的基本特征

1.取材广泛多样

诗歌是偏重抒发感情的,小说则以表现人物之间的复杂关系、塑造人物形象、描写人物命运沉浮为己任。戏剧必须在强烈的冲突中展示人物性格,完成自己的艺术使命。而散文却没有上述几种文体的偏重。它既可以写人,也可以写事,既可写矛盾冲突,也可写喜怒哀乐之情。因此,散文的取材十分广阔多样。世界上一切有意义的人、事、景、物皆可成为散文的题材。即使是天文、地理、政治、哲学,甚至是科学技术,散文家都可赋予它们美的灵性使之成为散文写作的题材。宇宙之大,虫鱼之小,皆可成为散文的题材。散文可以使荒凉、悲壮的历史流于自己的笔端,使一个个历史人物鲜活起来,使一个个场面给后人以启示,于是有了历史散文。散文可以使政治学、哲学纳入散文家的眼底,于是有了弘扬真、善、美,鞭挞假、恶、丑,探觅人生真谛的杂文、随笔。鲁迅的杂文是杰出代表。散文可以和新闻结合,于是报告文学以它的生机、活力成为散文家族中的一个新成员,夏衍的《包身工》便是其中之一。散文可以和地理学结合,于是既具美感又有地理科学价值的游记出现在

[①] 黄叔琳.增订文心雕龙校注[M].李详补注,杨明照校注拾遗.北京:中华书局,2000:529.

了人们面前,《徐霞客游记》就是代表。散文还可以和其他自然科学结合,于是兴味盎然、理趣俱现的科学小品成为人们争通的对象。散文是文学大家族中取材最广阔、多样的一员。

2.写真情实感

著名作家周立波在谈到散文时曾说:"描述真人真事是散文的首要的特征。散文家们要依靠旅行访问,调查研究来积蓄丰富的素材;要把事件的经过、人物的真容、场地的实景审察清楚了,然后才提笔伸纸。散文特写决不能仰仗虚构。它和小说、戏剧的主要区别就是在这里。"①

散文写作涉及历史事件、历史人物,毫无疑问需要真实,不能想当然,要严格遵照历史的真实,对历史人物不虚美,不隐恶。虚构意味着失真,所写历史事件、历史人物将无丝毫价值。报告文学的品格是"写实",科学小品的价值在于文学性和科学性的统一。科学性要求作者写作时一定以科学原理和实验为依据,万万不可虚构。记写生活中人和事的散文,也是不能虚构的。朱自清的《背影》、朱德的《母亲的回忆》之所以那么感人,广泛流传,是同他们所写之人、所记之事的真实分不开的。写人和记事的散文如果虚构,就如同纸做的假花,像则像矣,却没有芬芳,没有生命。散文的写实品格绝不是说散文写作照搬生活素材,而是指散文除了虚构外,仍可运用其他艺术手段,使生活中的素材达到高度的艺术真实。

3.结构自由灵活

散文不像诗歌那样分行、分节、反复咏叹,也不像小说那样需有一个完整的故事情节,更不必像戏剧那样分场分幕,展开戏剧冲突。散文的结构非常自由,它既可像诗歌那样节奏跳跃起伏,也可像小说那样娓娓道来,还可像戏剧那样组合场景,使不同的内容连成一个整体。它既可以事件的逻辑顺序来安排结构,也可通过情感抒发的节奏来安排结构。倒叙穿插能成为它的骨架,纵横恣肆也是散文常见的神态。结构的灵活性充分显示了散文的活力和魅力。结构自由的原则就是形散而神不散。

宋代大文学家苏轼在谈创作的体会时说:"吾文如万斛泉源,不择地而出。在平地滔滔汩汩,虽一日千里无难。及其与山石曲折,随物赋形,而不可知也。所可知者,常行于所当行,常止于不可不止,如是而已矣。"②苏轼所谈,深得散文结构之妙。好的散文都是滔滔汩汩,随物赋形,这就是散文的"散"。它的章法"散",可以忽而天上,忽而地下,忽而传说,忽而现实,它可以旁征博引,可以凝目畅想,可以使自己的情感尽情地挥洒、释放。它的文法"散",各种表现手法都可以自如运用,可

---

① 周立波.散文特写选[M].北京:人民文学出版社,1963:序10.
② 陶秋英.宋金元文论选[M].北京:人民文学出版社,1984:174.

以抒情,可以叙述,可以描写,可以议论,可以抒情和议论相结合,也可以叙述与描写一同使用。这种"散"使散文文采斐然。散文的"形"散,绝非是断线的风筝,它还要"神"不散。所谓"神"不散,就是"意"不散,主题要集中,要鲜明,文气要贯通,文脉要沛然。不管形如何散,总有一条"线"在牵着它。既要放得开,又能收得拢,即苏轼所说"常行于所当行,常止于不可不止"。好的散文大都有此特点,如郭沫若先生的《银杏》,通篇以高昂的激情,以诗的节奏跳跃着去写,写银杏的果实、银杏的枝条,写秋天的银杏、冬天的银杏,写银杏的强健的生命力,写银杏的美德,把银杏与梧桐比,把银杏与白杨比……整篇散文可谓够"散"的。但不管作者的笔触伸到何处,我们都能感到字里行间一颗跳荡着的、燃烧着的对民族和祖国热爱的心,对祖国和民族强烈的爱,这也是这篇散文的"神"。

4.语言自然优美

散文一般篇幅短小,所以对语言的要求就更高。当代作家秦牧认为:短小的文章,特别需要写得简洁而优美。任何的败笔和闲笔在篇幅短小的文章中,时常显得格外刺眼和难以掩饰。语言的简洁不等于简单,而是说语言有准确的概括力,用少的语言能够概括更多的情感,包含更多的事理。好的散文语言都是简洁而凝练的。叶圣陶先生20世纪20年代写的《没有秋虫的地方》就是如此,作者用浓郁深情而简洁的笔触,回忆自己家乡的秋虫:

若是在鄙野的乡间,这时候满耳朵是虫声了。白天与夜间一样地安闲;一切人物或动或静,都有自得之趣;嫩暖的阳光和轻淡的云影覆盖在场上,到夜呢,明耀的星月和轻微的凉风看守着整夜,在这境界这时间里唯一足以感动心情的就是秋虫的合奏。它们高低宏细疾徐作歌,仿佛经过乐师的精心训练,所以这样地无可批评,踌躇满志。其实它们每一个都是神妙的乐师;众妙毕集,各抒灵趣,哪有不成人间绝响的呢。

虽然这些虫声会引起劳人的感叹,秋士的伤怀,独客的微喟,思妇的低泣;但是这正是无上的美的境界,绝好的自然诗篇,不独是旁人最喜欢吟味的,就是当境者也感受一种酸酸的麻麻的味道,这种味道在另一方面是非常隽永的。

这段文字浸透着浓浓的情感,它是隽永的,既有着游子客居异乡的寂寞惆怅,又有对故乡的无限眷恋,包容的感情是非常丰富的。作者所用语言却十分简洁。像用"高低宏细疾徐作歌"几个字就写出了秋虫鸣唱的"绝响",给人以无限的遐想和沉醉,唤起曾有的和相似的记忆。写"秋虫"对人的感染,用了四个排比句二十个字,非常准确地概括出了"秋虫声"同我们生活诗意般的关系。它给人的是一种"酸酸的麻麻的味道",但这种味道却是人生不可少的一种情感,它是非常隽永的。

散文的语言还应是优美的。这种优美不是堆砌华丽的词藻,不是矫揉造作的卖弄,它是一种朴素的美,像衣着朴素的美人,烟月轻笼的鲜花,是美在一种极其和谐自然的形式中的流露,是朴素与优美的辩证统一。《没有秋虫的地方》所用语言就是十分优美的,它像诗一样,把人们带入秋虫的鸣唱之中,使我们感受到作者怀乡之情,又给我们展现出了一幅明净而又充满生机的秋景图,能勾起读者的一种人生感受。散文的用语像与友人交谈,非常质朴,非常真挚,也非常优美。

五、戏剧

戏剧,是一种供戏剧舞台演出用的文学作品体裁,简称剧本。戏剧大致分为悲剧、喜剧和正剧几类,是融合文学、表演、美术、音乐、舞蹈等各种艺术的综合体。舞台性是戏剧文学创作必须遵循的规律。戏剧文学具有以下特征。

1. 人物情节高度集中

一般说来,戏剧文学都是为舞台演出而创作的,它受到演出时间和舞台空间的严格限制,要在有限的时间、空间里,表现无限丰富的现实生活和尖锐复杂的社会矛盾,就必须使人物场面和事件高度集中。人物不宜过多,一些次要的情节尽量删去,让丰富的戏剧情节在尽可能少的场景中加以表现。其他文学作品体裁,如小说,虽然也要集中再现矛盾冲突,但不受时间、空间限制。在表现手法上也有较大自由,可以在矛盾发展过程中,插入一些描写,甚至可以发表议论。戏剧文学则不然,它比小说在人物、时间、场景上更集中,更有概括力。清代戏剧理论家李渔对剧本结构提出了"立主脑""减头绪"的主张。戏剧文学的这种高度集中性,在根据小说改编的剧本中表现得更为鲜明。曹禺在谈到自己改编话剧《家》的创作经验时说过:"剧本在体裁上是和小说不同的,剧本有较多的限制,不可能把小说中所有的人物、事件、场面完全写到剧本中来……在改'家'时就以觉新、瑞珏、梅小姐三个人物的关系作为剧本的主要线索,而小说中描写觉慧的部分、他和许多朋友的进步活动都适当地删去了。"[1]诚然,在戏剧文学的人物与情节结构中,高度集中的方式是多种多样的。曹禺的《雷雨》便是严格按照"三一律"写成的典范之作,产生了强烈的艺术效果。老舍的《茶馆》采用的是多人多事的艺术结构,夏衍的《上海屋檐下》集中在一个弄堂里写了十多个人物,同样体现了戏剧高度集中的原则。只有统一的目的与意图,才能使戏剧在人物、场面、事件上达到高度集中。

2. 戏剧冲突十分尖锐

戏剧冲突,是戏剧艺术的生命。戏剧正是通过它引来生活的激流,掀起观众的感情波澜,产生感人的艺术力量。所以,尖锐的冲突是戏剧的主要特征。

---

[1]《剧本》记者.曹禺同志漫谈"家"的改编[J].剧本,1956(12):61-63.

戏剧既然要受舞台演出的时间和空间的限制,就不允许从容、缓慢地展开情节,而必须抓住人物性格的主要特征,组织尖锐的矛盾冲突,迅速地展开情节。只有这样,才可能在有限的时空里,把人物性格、主题思想鲜明地表现出来,才能扣住观众的心弦,产生强烈鲜明的戏剧效果。没有冲突,就没有戏剧。郭沫若的《屈原》,就是将历史上的屈原三十多年的经历、遭遇进行高度的概括,选取最具有典型意义的戏剧冲突,即以屈原为代表的联齐抗秦的爱国路线同以楚王南后为代表的卖国路线之间的矛盾斗争,揭示一场迫害与反迫害的尖锐冲突,塑造了屈原这一坚贞不屈、正义凛然的爱国者形象,从而产生扣人心弦的艺术魅力。

当然,不是说每一出戏从头到尾都剑拔弩张,叫人喘不过气来。不同题材、不同风格的戏剧文学作品,冲突的紧张程度与表现形式也是不尽相同的。抒情性剧作,更多的是表现人物的内心冲突,以感情力量打动观众。所以,我们不能把戏剧冲突作简单化、绝对化、表面化理解。

3.语言具有多种功能

台词是剧本塑造人物形象的最基本的手段。因此,人物语言在剧本中有其特殊的要求。一是个性化。剧本中人物的台词,应能充分表现人物的性格特征,符合人物的身份、年龄、地位、文化修养,能充分表现人物的心理状态和社会属性,成为特定环境中特定人物的个性化语言。李渔说:"说一人,肖一人,勿使雷同,弗使浮泛。"[1]老舍也说过:"要借着对话写出性格来。"《威尼斯商人》中夏洛克与假扮律师的巴萨尼奥的未婚妻鲍西娅在法庭的对话,就是戏剧语言个性化的典范。

二是动作化。台词是表现人物内心活动的形式,也是戏剧动作的基本形式。因此,要求台词具有动作性是戏剧语言的又一基本特征。黑格尔指出:"能把个人的性格、思想和目的最清楚地表现出来的是动作,人的最深刻方面只有通过动作才见诸现实,而动作,由于起源于心灵,也只有在心灵性的表现即语言中才获得最大限度的清晰和明确。"[2]由此可见,思想、语言和动作是层层递进的。无论是独白还是对话,都应该有明确的行动目的,既能揭示人物复杂的内心矛盾,又能引起对方的强烈反响,其结果必然使人物关系有所变化,有所发展,从而使剧情迅速向前推进。

好的戏剧台词,使演员做到口动、心动、身动。如曹禺的《雷雨》,不同人物围绕繁漪喝药的对话就是极富于动作化的语言。剧本的台词,还必须口语化,通俗易懂,精练含蓄,发人深思。所谓语短情长,尽在不言中,无言胜于有言,少言胜于多言等说法都强调戏剧语言应该追求回味无穷之感。

三是潜台词。所谓潜台词,简单说来,就是指人物的台词除了表面上的意义

---

[1] 李渔.闲情偶寄[M].长沙:岳麓书社,2016:46.
[2] 黑格尔.美学(第一卷)[M].朱光潜,译.北京:商务印书馆,1979:278.

以外,还包含深一层的意义。这深一层的意义才是人物所要表达的真意和实质。俗话说,"锣鼓听声,听话听音""话里有话,一语双关"就是这个意思。潜台词类似黑格尔所说的隐射语。潜台词之所以能够创造这样微妙的美学效应,主要在于它不是豁然直露,而是警策含蓄,能让观众品出滋味,了解语中之音、言外之意和未尽之言,高明的创作者是善于运用潜台词的能工巧匠。当然,潜台词的含蓄、发人深思,不等于含混,如果在用语中矫揉造作、晦涩难懂,决不能成为精美的戏剧语言。

资料链接

他(马利坦)首先确定了三条原则:第一,在一首诗中,表达观念的概念意义与显示内在含义的诗性意义是同时并存的;第二,概念意义从属于诗性意义,诗是通过后者而存在的;第三,诗的明晰或朦胧,虽相对于概念意义而言,但关键只在乎诗性意义。以这几条原则为根基,马利坦认为,首先,没有诗可能是完全朦胧的,因为没有诗可能完全地摆脱概念的或逻辑的意义。……反过来说,也没有诗能够绝对地明晰,因为没有诗能够单单只从概念的或逻辑的意义中获取它的生命。

——胡经之.西方文艺理论名著教程(下卷).北京:北京大学出版社,1989:322.

第四节　文学风格与流派

如果说文学风格是成熟的作家独特的艺术创造力的标志,那么文学流派的产生则是文学创作活动繁荣的标志。因此,正确把握风格的含义及表现,深入理解文学流派的特性及其不同类型等问题,对繁荣文学创作、推进文学理论研究都具有重要意义。

一、文学风格

歌德曾说:"风格是艺术所能企及的最高境界。"[①]苏联著名美学家鲍列夫认为,风格是创作过程、艺术发展过程和作品社会存在以及艺术发挥其影响的重要因素。正因此,随着人类文艺活动的产生、发展和成熟,风格问题也在不同的艺术发展阶段,从各个历史文化领域,在不同的层次上提出并加以研究。

---
① 歌德,等.文学风格论[M].王元化,译.上海:上海译文出版社,1982:3.

(一)风格的含义

古希腊哲学家亚里士多德的《诗学》和《修辞学》中对风格作了具体规定,要求语言的准确性,包括清楚明白、妥帖恰当和自然晓畅三个方面。亚里士多德的风格论与其修辞学相贯通,成为修辞说风格论的滥觞。罗马时代的贺拉斯和朗吉努斯主要继承了亚里士多德的修辞说风格论。贺拉斯标榜古希腊传统典范,提出一整套古典主义原则,其风格论局限于合式原则,讲究形式的恰当妥帖、条理和秩序,要求各种诗体风格谨守原则。《论崇高》的作者朗吉努斯标举崇高风格,广泛联系作者思想、心理、激情,把艺术风格提高到审美范畴,他认为崇高的艺术风格是充内而形外,在整体性结构和布局中表现出深邃而雄浑的阔大境界的一种审美风貌。朗吉努斯的风格论不仅发展了修辞说风格论,把风格研究从形式修辞方面解放出来,而且联系审美主体考察艺术风格,深刻影响了后人从审美个性角度研究艺术风格。

18世纪以后,不少理论家都对创作主体、艺术作品的审美要求提出了独创性和个性化标准,广泛探讨了风格问题的各个方面,从而使风格论研究真正具有独立的地位和意义。除了从作品形式和语言修辞的角度来理解风格外,还形成以下几种观点:

1.以布封为代表的"个性说"。即认为风格是创作主体的独立人格、思想感情等在作品中的完美体现。个性说影响很大,从者甚众。如狄德罗认为:"从你将在你的性格、作风中建立起来的高尚道德品质里散发出一种伟大、正义的光彩,它会笼罩你的一切作品。"[①]而深受布封影响的福楼拜则提出风格就是生命,就是思想和血液。

2.主客观统一说。由于个性说忽略了风格构成的客观因素,因而不少理论家试图从主客观统一中揭示艺术风格的本质。歌德凭借其艺术敏感,从创作入手,细致描述了艺术风格特征。他一方面认为"一个作家的风格是他内心生活的准确标志",另一方面提出艺术风格是作家超越了"自然的单纯模仿"和"作风"而达到的"艺术所能企及的最高境界",它是主客体的"融会贯通"。这种观点显然深化了对艺术风格的认识,寻求一种高度的综合与统一。持此观点的还有德国的威克纳格和英国的兰恩·库伯等。

3.艺术媒介说。黑格尔在《美学》中评述吕莫尔提出的这一观点并加以引申。吕莫尔认为,艺术媒介决定风格。风格是对一种逐渐形成的习惯的对于题材的内在要求的适应。黑格尔认为这种适应不必仅局限于媒介(或感性材料),还可推广到对象所借以表现的那门艺术特性所产生的定性和规律。

从以上简述中可以看出,西方风格论源远流长,逐渐发展,其中含义分歧,理解不一,不断涉及风格的重大问题。在这方面,中国古典风格论既有相同之点,又有差异之处。

[①] 狄德罗.狄德罗美学论文选[M].北京:人民文学出版社,1984:228.

在中国古代,随着早期艺术的发展,尤其是诗乐歌舞的繁荣,便出现了对于艺术风格的品评与鉴赏。西周时代的诗篇《大雅·烝民》中已有"吉甫作诵,穆如清风"的诗句,描绘了诗人尹吉甫的诗篇风格和煦温静,如清风拂面。《尚书》中对歌乐的风格提出"直而温,宽而栗,刚而无虐,简而无傲"的审美要求。汉代司马迁在评论屈原时,也是从屈原的高洁人品与其作品的审美意趣的统一中把握其风格特征的,"《国风》好色而不淫,《小雅》怨诽而不乱。若《离骚》者,可谓兼之矣……其文约,其辞微,其志洁,其行廉"。①可以说,汉代以前初步形成了中国古典风格论的基本特征,即以创作主体为核心在对作品的整体风貌把握的基础上考察作家及其作品的风格特征。

魏晋以后,"风格"一词的出现更是基于这种基本特征而不断丰富发展的。魏晋时期,随着门阀制度的确立,兴起九品论人之风,士大夫阶层常用"风格"一词衡量一个人的品格、风度,品评一个人的性情、才气。这种对人的品评后来逐渐借用引申于对文章(包括文艺作品)风范、气派和格局风度的概括和鉴赏。经过曹丕、陆机、钟嵘和刘勰不仅完成了上述的过渡,同时也广泛探讨了风格学的一系列重大问题,从而确立了中国古典风格学完整而独立的理论体系。由于强调审美主体及其独创性对艺术风格的重要作用,艺术风格的多样化在中国古典风格论中具有突出地位。由于风格论者大多是诗人、作家、鉴赏家,所以都注重对艺术风格的品位和审美体验。从杜甫的《戏为六绝句》到司空图的《二十四诗品》,从皎然的《诗式》、严羽的《沧浪诗话》一直到元好问的《论诗三十首》和王国维的《人间词话》都充分显示了上述特征,形成中国古典风格论的审美传统。

概括而言,文学风格是作家特殊而相对稳定的创作个性,以及在作品内容和形式的有机整体中所展现出来的一种独特的思想艺术风貌。就是说,一部作品作为完美融合的统一体,会呈现出不同于其他作品的独特格调、神韵或风采。它根源于作品的审美内容而又表现于有意味的艺术形式,并深深贯注了作家所独有的创作个性。例如李白的诗豪放飘逸,杜甫的诗沉郁顿挫,肖洛霍夫的《静静的顿河》宛如气势磅礴的雄浑史诗,罗曼·罗兰的《约翰·克里斯朵夫》则更像是一部激情澎湃的交响乐章。这种特殊的格调、神韵或风采就是文学的风格。正如别林斯基认为风格是在思想和形式密切融汇中按下自己的个性和精神独特性的印记。

理解风格含义时,应特别注意以下几点:

1.风格呈现于作品的有机整体中

风格不仅仅是作品思想内容上的特色,也不只是作品艺术形式上的特色,而是从作品的内容与形式的统一中所表现出来的在思想与艺术的整体上所具有的审美

---

① 黄霖,蒋凡.中国古代文论选编(上卷)[M].上海:复旦大学出版社,2022:70.

风貌。虽然作品的某一因素,如题材、结构、语言以及表现手法等都不同程度地显现着作品的风格,然而,它们当中的某一个别因素,都不能单独地构成风格。只有当上述诸种因素成为有机统一的整体,并显现出特殊的风采和面貌时,才能形成特定的风格。有机整体性是风格表现上的重要特性。

2.风格构成的主要因素或内在根据是作家的创作个性

纵观文学史,可以发现,没有形成独特的创作个性,缺乏创造和革新精神就不可能有独特的风格。当作家在长期的艺术实践中逐渐形成了自己的创作个性之后,他才有可能获得对于现实的独特的审美感受和认识,独特的艺术构思以及与之相适应的在表现形式和表现方法等方面独特的艺术追求,从而在创作中呈现出与众不同的格调、韵味。当然,创作个性并非作家的主观任意性的表现,也不能简单等同于作家的现实个性,以及与此相关的心理气质或人格精神。因为创作个性是作家在长期的生活实践和创作实践中形成的,区别于其他作家的具有相对稳定性的艺术独创性,它不仅包括作家所特有的人格素质、个性气质,而且也包括作家所独具的审美理想、艺术追求以及艺术创造才能等重要因素。只有当所有这些因素在审美规律的制约下相互渗透,融为一体,才能构成完整的创作个性,并在创作中转化为独特的风格。

3.文学风格不仅内涵丰富,而且表现也多种多样

在文学活动中,它主要是指作品的风格和作家的风格。有时,文学风格也用来指时代风格、民族风格、阶级风格、地域风格、流派风格等。这些风格概念既相互联系,又相互区别。作品的风格是基础和核心,其他类型的风格都要通过具体的作品风格表现出来。风格既是一部作品达到较高艺术造诣的标志,也是一个作家在艺术上臻于成熟的印记,同时还是对读者产生持久审美效应的重要条件。

(二)风格的具体表现

风格是作家的创作个性,是在作品内容和形式的有机整体中表现出来的独特思想和艺术特色。它在作家和作品中的表现是多方面的。风格的创造渗透作家创作活动的整个过程之中,具体体现在作品内容和形式的各个因素上。无论是题材的选择、形象的塑造,还是体裁的驾驭、语言的运用以及创作方法、艺术手法的采用,无不显现出标志着作家艺术独创性的风格特色。

1.文学风格表现在特定题材的选择与处理上

题材是决定文学风格的重要因素,正如布封一再强调的:"为了写得好,必须充分地掌握题材;必须对题材加以充分的思索",因为"笔调不过是风格对题材性质的

切合","壮丽之美只有在伟大的题材里才有"①。这就是说,题材的选择影响着作品的思想意义和审美价值;题材中所渗透的作家的艺术感受和审美评价也制约着作品独特的风貌和格调。题材的选择、运用和处理方式不同,文学风格会有相应的差别。在创作领域,各个作家都有自己特有的生活积累和独特的审美感受,他们从自己创作个性出发选取题材,并以自己对生活的独特理解和审美理想来加工题材,这样,就会使他们的作品获得独特的文学风格。如在现代作家中,老舍小说那幽默风趣、寓庄于谐的艺术风格同他一贯着力描绘的北京市井习俗、城市贫民生活的题材密切相关。沈从文小说朴实清新、含蓄蕴藉的艺术风格与他特有的对故乡山川风物的深挚情感和偏远湘西乡土民情的创作题材紧密联系。在当代作家中,虽然同是选取中国农村生活作为自己的创作题材,但刘绍棠善于从传统的美德出发,描绘京东北运河两岸的农村生活,从而使其作品具有质朴自然、明朗乐观的艺术格调;而古华则善于凭直感去观照社会风云,关注历史变迁中的艰难人生,这就使其作品在富于田园风味和乡土民情中显现出冷峻犀利、清新明快的艺术风貌。可以看出,文学风格往往是通过作家的创作个性体现在作家对题材的一贯选择和特定处理上。正如黑格尔所说:"从一方面看,这种独创性揭示出艺术家的最亲切的内心生活;从另一方面看,它所给的却又只是对象的性质,因而独创性的特征显得只是对象本身的特征,我们可以说独创性是从对象的特征来的,而对象的特征又是从创造者的主体性来的。"②

2.文学风格还表现在作家对特定艺术形象的塑造上

文学创作活动是作家对现实的创造性审美反映,它要把生活素材最终转化为艺术形象体系。而在艺术形象的创造中,作家不仅要反映外部感性现实,体现出一定的社会生活本质和风貌,还要表现作家对于生活的独特发现和独特追求,展示出他的创作个性及其艺术风格。对20世纪世界文学影响巨大的奥地利作家弗朗茨·卡夫卡笔下描绘的多是受欺压、受凌辱的弱者,他们经历着梦魇般的压抑和挣扎。他通过这些形象展示出现代社会人性的扭曲、人格的分裂、自我的丧失以及生存的痛苦等异化主题。美国现代著名小说家海明威的笔下是处于危险境地和死亡边缘但又坚强地同命运抗争的一系列"硬汉形象",这些拳击手、斗牛士和猎人们,面对暴力和死亡却保持着尊严和勇气,无论在怎样艰难困苦的逆境中都体现出可以被消灭,但不能被打败的崇高精神。这两位作家在人物形象塑造上的差异使其作品具有明显不同的韵味和面貌:卡夫卡在凄惶迷茫的艺术描写中透露出苦涩的辛酸和痛苦的幽默,海明威则擅长在简洁精练的动作、对话和内心独白的描写中显示出含蓄而有力的象征意味。

---

① 王确.西方文论选读[M].长春:东北师范大学出版社,2004:80-83.
② 黑格尔.美学(第一卷)[M].朱光潜,译.北京:商务印书馆,1979:373-374.

3.文学风格在形式方面最突出的表现是语言的运用

语言对于表现作家的风格具有特殊的意义,因为它最直接地作用于读者的阅读活动。在文学创作中,优秀作家创造的作品语言都具有鲜明的格调、色彩和独特的节奏、韵味,表现出他们对现实独特的感受方式和理解方式,以及他们独特的声音和特殊的创作个性。正因如此,文学作品的风格,在形式诸因素中首先通过特有的语言基调呈现出来,而读者对作品风格的认识和感受也首先是由文学语言的特点感受到的。有阅读经验的读者往往能从某一作品的语言特色辨别出不同作家作品的艺术风格特色。在中国现代作家中,鲁迅、老舍、赵树理的语言都带有幽默特征,但鲁迅的语言常常是在幽默含蓄中见出严峻犀利和凝练精警,老舍的语言在幽默风趣中包含着机智俏皮和温婉嘲讽,而赵树理的语言则在幽默诙谐中见出淳朴自然和通俗平易。从中不难看出,文学作品的语言特色是风格表现的鲜明标志。

4.文学风格还鲜明地体现在体裁的选用上

体裁是作品存在的具体形式,自身就具有一定的审美规范。当不同的体裁以各自的形式规范去表现与其相适应的特殊内容时,就必然形成风格上的差异。对文体特性和风格,曹丕在《典论·论文》中已有较为粗略的分类:"夫文本同而末异,盖奏议宜雅,书论宜理,铭诔尚实,诗赋欲丽。"到了陆机就谈得较为具体明确了:"体有万殊,物无一量,……诗缘情而绮靡,赋体物而浏亮。碑披文以相质,诔缠绵而凄怆……"他历数十种文体的风格特征,表明对文体与风格关系的认识进一步深化。刘勰在《文心雕龙》里专门写了"定势"篇,集中探讨创作主体与文体风格的关系。王元化在《文心雕龙创作论》中把"势"解释为与"体性"相对的"体势",认为体性指的是风格的主观因素,体势则指的是风格的客观因素。这种解释切中刘勰本篇的命意所在。在刘勰看来,"夫情致异区,文变殊术,莫不因情立体,即体成势也"。这就是说,由于创作主体的情趣个性各不相同,因而创作风格也各有差异,但都是根据主体的情思意趣来确定体式,并顺乎一定的文体来形成各自的风格。这揭示出,各种体裁都具有本身所要求的特殊风格,它们影响和制约着作家的风格,从而使创作主体在写作不同体裁的作品时会表现出不同的风格来。纵观文学体裁的具体形态,都具有各自的风格特色。如鸿篇巨制、壮阔恢宏的长篇小说在风格上不同于短小精炼、风趣盎然的小品散文。悲剧的崇高悲壮、喜剧的幽默滑稽、正剧的严肃庄重以及史诗的阔大宏伟等,也都是体裁风格的审美特征。当然,体裁风格的表现不是绝对的,某类体裁在不同作家的作品中也会呈现出不同的色彩来,正如刘勰所说"设文之体有常,变文之数无方"。作家面对一定的体裁不是束手束脚,消极适应,而是"凭情以会通,负气以适变",努力表现出自己的创作个性,形成独特的艺术风格。如普希金的长诗《青铜骑士》,打破了俄国文学中颂诗体一直是表现崇高内容的传统体式,在整个作品中,"充满诗意的叙述与赞诗体的颂扬,批判的力量与热烈的激情,表现崇高和同时表现平凡——所有这些对立的方面在长诗的风格体系中被铸炼成富有表现力的、有机的艺术统一体。"[①]这无疑表现出诗人的革新精神和善于把传统的艺术形式同现代的艺术创造熔于一炉的卓越能力。

5.文学风格在作家选择、运用特定创作方法和艺术手法上有显著的表现

创作方法是作家在艺术创作过程中所遵循的基本原则和方法,艺术手法则是同一定的创作方法相联系的作家进行具体创作的各种表现手段。在文学的创作实践中,对一定创作方法和相应的艺术手法的选择和应用,不仅体现着作家内在的创作精神和审美个性,而且体现着作家独特的感受能力和艺术追求。因而,当作家运用不同的创作方法和艺术手法进行创作时,就会在作品中表现出不同的艺术格调和特色。在文学发展史上,现实主义要求直面人生,从现实生活中选取题材,注重社会现实的真实描写,同时要求以写实的手法和逼真的细节,刻画出具有典型意义的人物、事件和环境。相比之下,浪漫主义则要求有真切而强烈的主观情感,着重于审美理想境界的表现和追寻,往往通过幻想、夸张甚至变形的艺术表现手法,创造出奇异的艺术形象和鲜明的理想境界。选用这两种创作方法及其相应的艺术手法去创作文学作品,必然在艺术风格上造成显著的差异。例如,同是19世纪中期的法国作家,伟大的现实主义大师巴尔扎克以批判现实主义的创作方法,出色地描绘出当时法国社会的历史画面,在一系列真实而典型的人物形象的塑造中,体现出高度自觉的历史意识和丰富深刻的艺术风貌。而雨果则选用积极浪漫主义的创作方法,以强烈的美丑对比,鲜明夸张的人物形象以及离奇的情节和奇特的环境描写体现出情感激越、色彩斑斓的艺术格调。创作方法同艺术手法既相互联系,又相互区别,因而即使同属于某种创作方法,不同作家在具体感受和表现生活现象时也会表现出某种差异,从而使其作品的风格各不相同。如同属于现实主义作家的鲁迅和茅盾,或者同属于现代主义作家的乔伊斯和海明威,由于创作个性和艺术手法的运用各有差异,因而他们作品的风格表现也就有显著的差别。

除此之外,在情节的安排、结构的布局以及环境的描写等方面也会表现出作品的风格特色。可以说,所有这些因素以不同的方式有机地统一起来,方显示出文学作品独特的艺术风格,从而对读者产生强烈的艺术感染和整体的审美作用。

二、文学流派

在文学思想、审美追求、艺术风格上基本相同或近似的作家群体构成文学流派。流派风格表现在作家创作的不同方面,有的表现在创作题材上,如以高适、岑参为代表的"边塞诗派",其诗歌题材主要是描绘边塞壮丽风光,抒发征夫思妇的

---

① 鲍列夫.美学[M].乔修业,常谢枫,译.北京:中国文联出版公司,1986:298-299.

复杂情感,风格雄浑奔放。还有一些流派风格或表现在创作原则上或体现出相近的艺术手法,或流露出相近的地域特色等。当然,流派风格与作家的个人风格是有机统一的。流派风格往往透过个人风格表现出来,个人风格之中包含着流派风格。

当一个流派集中表现了一定时代的社会思潮和审美理想并在创作方法上有所创新,艺术理论上有所建树,文艺创作上有较大影响时,这一流派就可能成为该时代的主流。一定时代的主要流派不仅对各种文学艺术的创作发生直接作用,而且对其他社会意识形态或社会生活也发生作用,这样的流派就会成为某种文学思潮,被概括为某种主义,例如古典主义、浪漫主义或现实主义等。

文学流派形成情况较为复杂,流派类型划分也多种多样。就流派的命名而言,有的以地域名称为标志,如江西诗派、公安派、桐城派;有的以作家姓名为标志,如元白诗派、王孟诗派、韩孟诗派;有的以所办刊物名称为标志,如新月派、论语派、学衡派;有的从艺术风格着眼,如豪放派、婉约派;有的以创作手法来分,如自然主义、意象派、新感觉派;有的以题材来划分,如边塞诗派、山水诗派;有的则从艺术形式来区分,如格律诗派、自由体诗派,等等。这些划分反映出文学流派在文学发展史上的多样性、复杂性。

根据文学流派的内在性质和结合方式,可以把文学流派分为高度自觉、半自觉及不自觉结合三种类型。

1.高度自觉的文学流派

这是一些在思想倾向、艺术观点、审美追求等方面相近的作家自觉结合起来而形成的。他们有一定的组织形式、社团名称、出版刊物,发表共同的文学宣言、创作纲领,自觉倡导某种文艺思想,借以指导创作。这种有组织、有纲领、有共同文学创作和理论主张的文学群体,便是严格意义上的文学流派。如西方现代派中的达达主义、超现实主义、意象派,中国现代新文学运动中的创造社、文学研究会等均属这种文学流派。作为西方现代派的一种理论思潮和文艺流派,达达主义由罗马尼亚诗人查拉倡导。1916年他在苏黎世同一些青年诗人聚会,把从法德词典中偶然翻到的一个法语词"Dada"用来称呼他们组织起来的文化社团,后又吸引法国诗人布勒东、阿拉贡、艾吕雅等人参加,使其成为一个很有声势的文艺团体。他们以原意指幼儿语言"玩具马"的"达达"来表示"毫无意义"和虚无,主张推翻一切价值观念,要破坏,要自由,认为创作应像婴儿呓语般莫名其妙,要求以混乱芜杂的语言、离奇怪诞的形象、毫无意义的符号堆积来表示原始的观念和一切不可思议的事物。这一流派反映出欧洲青年一代在一战后的绝望心理及幻灭的精神状态。它虽一度引人注目,但终因自身的极端性而很快解体。

与文学研究会齐名的创造社是中国五四新文学运动中著名的文学流派之一。它于1921年7月在东京成立,由在日留学的郭沫若、郁达夫、田汉、成仿吾等人组成。该流派先后出版了《创造》季刊《创造周报》《创造日》《洪水》等刊物,并出版《创造丛书》,高举反帝反封建的旗帜,明确提出追求个性解放和为艺术而艺术的文学主张。对污浊现实的强烈不满、改造社会的火热激情、追求理想创造未来的炽烈精神,构成创造社对文学的基本要求。在创作实践中,他们一致主张文学应表现作家"内心的要求"。他们深受歌德、拜伦、雪莱、惠特曼等浪漫主义作家影响,在作品里带有浓重的主观抒情色彩和强烈的浪漫主义激情,成为五四新文学运动浪漫主义的突出代表。

2. 半自觉的文学流派

与上述自觉结合的文学流派不同,这是以一个或几个有代表性的作家的创作特色、理论口号为典范,相聚以学,形成较有影响的文学潮流,并具有文学流派的性质。之所以说它是半自觉的,是因为它没有形成共同的社团组织,也没有明确的纲领宣言。由于在创作上,尤其是文学风格的追求上还有一定的自觉意识,所以又区别于那些没有自觉意识、完全靠自发而形成的文学派别。如中国宋代的"江西诗派"、清代的"桐城派",西方现代派文学中的"荒诞派""意识流小说"等大都属于半自觉的文学流派。"江西诗派"是受黄庭坚影响而形成的一个诗歌创作流派。其名称源于南宋诗人吕本中所作《江西诗社宗派图》,其中开列了黄庭坚等25人,并称之为"江西诗社",又将其诗歌辑录刊行,名为《江西宗派诗集》。他们以江西人黄庭坚的文学主张和创作特点为规范,追求"无一字无来处",要求通过"夺胎换骨""点铁成金"的途径,使创作翻出新意,顿生光辉。此派诗风虽瘦硬艰涩,带有形式主义倾向,但它在当时却产生了不小的影响。荒诞派戏剧于20世纪50年代兴起于法国,后在欧美风靡一时。其代表作家有法国的尤内斯库、阿达莫夫,英国的贝克特、品特,美国的阿尔比等。最初,它是受了存在主义的影响,把人与世界对立起来,认为人与人永难沟通。在冷酷、陌生的世界中,人只能忍受着生的痛苦和死的恐惧,因而人和世界的存在都是毫无意义、荒诞和无用的。把这些思想表现于创作中,着力表现了对无意义存在的深刻荒诞感。在戏剧艺术上,主张打破传统戏剧的美学原则,以荒诞的形式表现荒诞的存在。其作品缺乏完整的故事情节和戏剧冲突,没有统一、鲜明的人物形象,常以极端怪诞的夸张、象征和语无伦次的独白、对话突出世界的荒诞性,获得强烈的戏剧效果。随着此派戏剧的不断发展,到1961年,英国戏剧理论家埃斯林在《荒诞派戏剧》一书中根据它的艺术主张和特征首次对它进行理论概括,才正式将它定名为"荒诞派戏剧"。

3.不自觉的文学流派

这是自发形成的文学结合体,没有创作理论、没有社团组织,更没有共同的文学纲领和宣言。被视为一类的作家,只是出于相同或近似的创作特色,或者有相同的生活经历和作品题材,或者有相近的文学风格和创作手法,或者有相同的地域特色等,由评论家和研究者予以归纳、厘定,被后人接受。如我国唐代的高岑诗派和王孟诗派,宋代的婉约词派和豪放词派等都属于这类不自觉的较松散的作家群体。前者主要是从题材角度来区分,而后者则主要是从艺术风格和艺术意境的角度来归纳的。以高适、岑参为代表的"边塞诗派"既有相近的生活经历,又都表现的是塞外的绮丽风光和将士的征战生涯。相比之下,以王维、孟浩然为代表的山水田园诗派多描绘山水景物、田园风光,表现隐逸生活,抒发闲适情感。而苏轼、辛弃疾那豪迈奔放、旷达超脱的风格特征又区别于柳永、李清照委婉含蓄、凄清哀苦的艺术格调。

资料链接

文章风格,它仅仅是作者放在他的思想里的层次和调度。如果作者把他的思想严密地贯串起来,如果他把思想排列得紧凑,他的风格就变得坚实、遒劲而简练;如果他让他的思想慢吞吞地相互承继着,只利用一些词句把它们联接起来,则不论词句是如何漂亮,风格却是冗散的,松懈的,拖沓的。……风格是应该刻画思想的……只有意思能构成风格的内容……

——王确.西方文论选续[M].长春:东北师范大学出版社,2004:76-82.

本章小结

在文学的四要素中,文本位于核心。文学的创造与接受、生产与消费均围绕文本展开。文学文本最能体现语言的魅力,集中反映作者的思想、情感,向读者敞开理解世界的大门。

语言是文学的介质,文学语言具有不同于日常语言的艺术特性。文学的题材、意蕴极为丰富,叙事与抒情是两大类型。叙事性作品与抒情性作品有各自突出的特点,体现不同的文学存在方式。诗歌、小说、散文、戏剧是文学的四种体裁,具有不同的语言结构、表现手法。风格是文学文本个性化的表征,是文学语言成熟的标志。风格相同或相近的作家、作品汇聚在一起,成为特色各异的文学流派。风格、流派是定位文学作品、评判文本意义、理解文学发展的重要维度。

学习评价

评价维度	评价项目	评价内容	评价标准	自我评分
知识素养	文学文本概念	认识:文学文本的语言、类型、体裁和风格、流派。	掌握:文学文本的构成及形态的多样性。	
分析能力	从文学文本本体出发,解读文本	学会:从文学本体论的角度,深入探究文本的构成和不同形态。	掌握:运用恰当理论、视角、方法,分析、解读不同类型作品的能力。	
思想修养	文学文本的相对独立性及其价值	探讨:文学文本形态的多样性。	塑造:爱国主义情怀,科学健康的文学观,培养正确观察社会、理解世界、应对生活的能力。	

推荐阅读

[1]拉曼·塞尔登.文学批评理论——从柏拉图到现在[M].刘象愚,等译.北京:北京大学出版社,2000.

[2]王一川.文学理论[M].成都:四川人民出版社,2003.

[3]王汶成.文学语言中介论[M].济南:山东大学出版社,2002.

本章自测

1.简答题

(1)什么是文学体裁?

(2)抒情性文本与叙事性文本有什么不同?

(3)叙述者的功能有哪些?

(4)什么是文学风格?

(5)简述文学流派。

2.分析论述题

(1)文学语言的特性是什么?

(2)诗歌的基本特征是什么?

(3)文学风格的具体表现有哪些?

第五章　读者:阅读的意义

本章概要

文学活动中,读者的阅读是一个重要的环节。读者的阅读活动,和作家的创作活动有着密切关系。在创作中,作家是主体。在阅读中,读者是主体。在整个阅读活动中,读者的主体性、能动性是我们关注和研究的中心。文学活动并不单指作家的创作,文学活动需要读者的参与,离开读者,作品就不存在。从某种意义上说,作家也是读者,是其作品的第一个读者。没有读者的参与,作品仅仅是潜在的作品,还没有成为现实的作品。

学习目标

1.初步了解作家、读者、作品在文学活动中的作用和意义,尤其是读者的阅读意义。

2.理解读者在作品接受过程中的心理图式和心理定势,以及读者的阅读类型,学会从读者接受角度解读文学作品。

3.在阅读活动中能活学活用阅读理论,善于深入阅读文学作品并领会社会人生的真善美,体味读者的阅读体验对文学作品的作用,在阅读的快意中感受文学作品道义的力量。

学习重难点

学习重点:

1.读者阅读意义的科学性。

2.作家、读者、作品的构成与动态关联。

3.读者接受维度是阅读的命题。

学习难点:

1.读者阅读类型的辨析及分离和融合。

2.读者接受维度及其期待视野的衍变作用。

3.读者、作家、作品互动交流、交融的意义及其效果。

思维导图

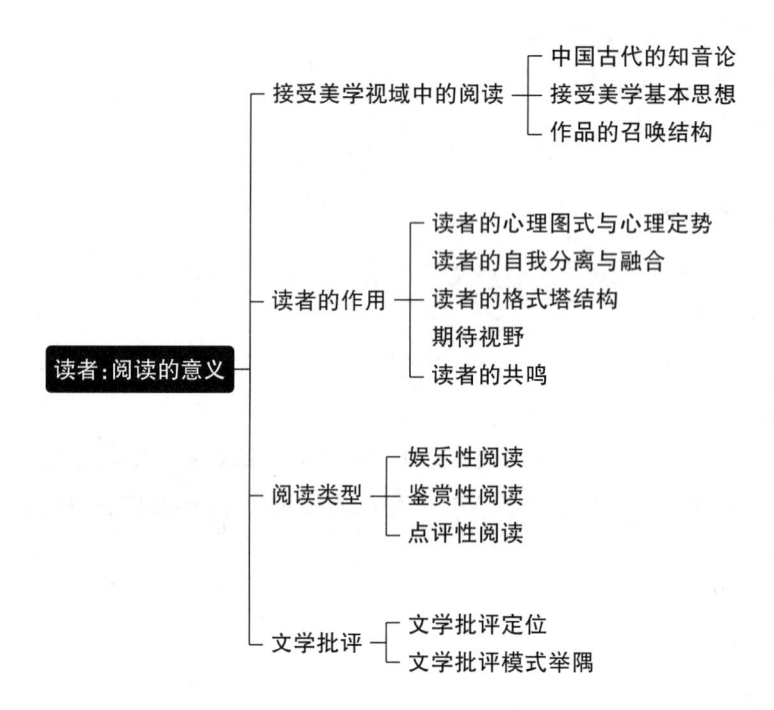

- 读者：阅读的意义
  - 接受美学视域中的阅读
    - 中国古代的知音论
    - 接受美学基本思想
    - 作品的召唤结构
  - 读者的作用
    - 读者的心理图式与心理定势
    - 读者的自我分离与融合
    - 读者的格式塔结构
    - 期待视野
    - 读者的共鸣
  - 阅读类型
    - 娱乐性阅读
    - 鉴赏性阅读
    - 点评性阅读
  - 文学批评
    - 文学批评定位
    - 文学批评模式举隅

第一节　接受美学视域中的阅读

中国自古以来就重视读者的阅读接受，《左传·襄公二十五年》载仲尼曰："《志》有之：'言以足志，文以足言。'不言，谁知其志？言之无文，行而不远。"①说明早在春秋时期，人们已认识到作家如何把自己的思想传达给读者，同时还要讲究传达的手段，即"言之无文"的"文"，就是修辞，文体学方面的手段，通过正确的手段，才能使作家的思想传达给更多的读者。否则，言之无文，行而不远。

从阅读的角度寻找文学传达的有效手段，是不少中外学者努力的方向。南北朝颜之推《颜氏家训·文章篇》云："文章当从三易：易见事，一也；易识字，二也；易读诵，三也。"②此段话要求作家在写文章时用典、用字、行文不要故作艰深，要便于读者把握文章的内涵。否则，传达就会失败。清代金圣叹在《读第六才子书·西厢记法》曾说："世间妙文，原是天下万世人人心里公共之宝，决不是此一人自己文集。"③金圣叹强调文学作品的艺术感染力，指出其成功与否取决于读者群体接受度。与此类似的是，曹雪芹在《红楼梦》第一回云："市井俗人喜看理治之书者甚少，爱适趣闲文者特多。"④他充分意识到读者有不同类型，有顾及不同读者的阅读需求。民国学者夏曾佑认为，看画最乐；看小说其次；读史又次；读科学书更次；读古奥之经文最苦。此除别具特性，苦乐异人者外，常情莫不皆。试观其所以不同之故，即可知人心之公理。盖人心所乐者有二：甲曰：不费心思；乙曰：时刻变换。

一、中国古代的知音论

中国古人对作品如何运用语言、符号进行传意的关注，甚于对作品的具体理解。"圣人立象以尽意"⑤"诗言志"⑥等叙述里已经暗含有对读者理解可能性的预设和肯定。但随着读者对阅读理解特性认识的逐步加深，传意和理解两者晦涩不明的差异亦渐次显现，比如战国时期的庄子就对读者完全理解的可能性持怀疑态度："古之人与其不可传者死矣，然则君之所读者，古人之糟粕已夫。"⑦庄子认为语言不

---

① 左丘明.左传[M].长沙：岳麓书社，2000：445.
② 李花蕾.颜氏家训译注[M].长沙：岳麓书社，2021：140.
③ 傅晓航.西厢记集解·贯华堂第六才子书西厢记[M].兰州：甘肃人民出版社，2013：393.
④ 曹雪芹.红楼梦[M].中国艺术研究院、红楼梦研究所校注.北京：人民出版社，1982：5.
⑤ 郭彧.周易[M].北京：中华书局，2006：375.
⑥ 霍松林.古代文论名篇详注[M].上海：上海古籍出版社，1986：1.
⑦ 霍松林.古代文论名篇详注[M].上海：上海古籍出版社，1986：25.

能直接说明道,不能传达出作家要表达的意义,因而读者也不能理解语言文字表述的与道和意相关的内容。

与庄子的认识有明显不同的是孔子,孔子肯定读者能通过对语言的解读来认识作品:"不知言,无以知人也。"①但孔子也认为不是所有的语言和用语言表述的思想都能被读者理解,即事不易晓,言不易解。读者理解、判断会遇到重重困难,作品与读者之间的隔阂难以消弭:"知我者其天乎!"②说明读者的理解力不是无所不能的。

孟子秉承孔子,对读者阅读和理解又有新的认识,对语言与认识、读者与作者的关系问题提出了自己的看法,其提出的"以意逆志"与"知人论世"之论,被世人奉为读者阅读之法,读诗之宗,并作为"知言"和理解的主要方法。"以意逆志"是孟子针对当时读者理解《诗经》面临的问题提出的,他认为读《诗经》不能拘泥于字面意思,而应从自己对作品的整体体会和把握,去推求诗之本义。"故说诗者,不以文害辞,不以辞害志。以意逆志,是为得之。如以辞而已矣,《云汉》之诗曰,'周余黎民,靡有孑遗。'信斯言也,是周无遗民也。"③这里孟子借用《诗经·大雅·云汉》的诗句说明读者阅读诗歌作品要体会作者所表达的真实意义,不必纠缠于个别字词,要重在追求理解作品的本旨和诗人的写作意图,反对脱离篇旨,从字面去解说诗意。朱熹认为"以意逆志"中的"意"是就读者主观方面而言,使得"以意逆志"在流传过程中格外重视读者的因素。

为了使"以意逆志"得以正确地进行,孟子又提出"知人论世"说。"一乡之善士斯友一乡之善士,一国之善士斯友一国之善士,天下之善士斯友天下之善士。以友天下之善士为未足,又尚论古之人。颂其诗,读其书,不知其人,可乎?是以论其世也。是尚友也。"④认为读者要正确理解古人的作品,就必须深入了解作家的思想、生平及其所处时代,这是读者阅读和理解作品最有益的方法和途径。这样,读者可以通过对作品的阅读知其人而识其世。反之,读者就会茫然不知所措,无法理解和阐释作品。

小说《红楼梦》开篇写道:"列位看官:你道此书从何而来?说起根由虽近荒唐,细按则深有趣味。待在下将此来历注明,方使阅者了然不惑。"接下来作家又借用石头之口与读者进行对话:"所以我这一段故事,也不愿世人称奇道妙,也不定要世人喜悦检读,只愿他们当那醉淫饱卧之时,或避事去愁之际,把此一玩,岂不省了些寿命筋力?……再者,亦令世人换新眼目……"在这里,作家明确表达了这种要与

---

① 杨伯峻.论语译注[M].中华书局,1980:211.
② 杨伯峻.论语译注[M].中华书局,1980:156.
③ 杨伯峻.孟子译注[M].长沙:岳麓书社,2021:181.
④ 杨伯峻.孟子译注[M].长沙:岳麓书社,2021:208.

读者进行对话和情感沟通、希望得到读者理解的内心意向。所谓"都云作者痴,谁解其中味",其潜在的含义恰恰是在寻求别人的理解,希望读者"能解其中味",这说明在文学活动中,作家与读者之间构成了一种双向互动的关系,它们之间通过作品进行着潜在的对话交流。

在审美体验中,作者也会产生一种内化意向,即把读者对自己创造的信息的反应纳入内心以获得自我确证。作者一方面希望把对生活的审美体验传达出来,让他人也获得相同的审美体验;另一方面,也希望通过他人对作品的"接受"来满足自我实现的需要。按照马斯洛的观点,自我实现就是最大限度地开发和利用个人的禀赋和潜力,它不仅是最高层次的需要,而且也是人生的终极目的。作家进行文学创作的一个主要动机就是这种自我实现的需要。读者的认可和需要是作家进行文学创作的主要动机之一,只有通过读者,他才能获得自我存在的证明,才能达成自我实现的需要。由此可见,希望获得读者的认可、接纳,是在进行文学创作时就已经具有的一种内心意向,在作家的创作活动中便包含了寻求对话、交流的冲动和渴望。

《文心雕龙·知音》说"音实难知,知实难逢,逢其知音,千载其一乎"。在文学阅读中,同一部作品,对于知音来说,它是"巍巍乎若泰山""汤汤乎若流水",对于不懂文学的读者,它只能是"对牛弹琴"。战国时楚人宋玉曾在《对楚王问》中说:"客有歌于郢中者,其始曰《下里》、《巴人》,国中属而和者数千人;其为《阳阿》、《薤露》,国中属而和者数百人;其为《阳春》、《白雪》,国中属而和者不过数十人;引商刻羽,杂以流徵,国中属而和者不过数人而已。是其曲弥高,其和弥寡。"[①]这里讲的故事,本身就引发了一个读者接受度的问题。及至当代,高雅文学、先锋文学、通俗文学都拥有各自不同的读者共同体。这一现实,要求文学做出理论上的回答。古今文学艺术实践启发我们认识作品阅读中的读者接受维度问题,研究读者期待视野的演变。

知音即指通晓音律,《诗经》因其可合乐吟唱,故读懂《诗经》同样可称为知音,后世即使读者阅读无音乐相伴的文学作品也同样可以用知音来形容,以展现读者与作家、作品之间的这种互动关系。刘勰《文心雕龙·乐府》曰:"志感丝簧,气变金石。是以师旷觇风于盛衰,季札鉴微于兴废,精之至也。"[②]这里季札理解评析《诗经》,被认为观赏深刻,评论贴切,作为读者的季札也因此被称为知音。

在中国古代盛传不衰的伯牙、钟子期的故事,据《列子·汤问》载:俞伯牙善于鼓琴,钟子期善于听琴,无论高山,还是流水,作为听者(读者)的钟子期都能"穷其趣"。而伯牙引钟子期为知音,说钟子期对他的琴声"想象犹吾心",盛赞其理解与

---

① 吴楚材,吴调侯.古文观止[M].史礼心,等校.北京:华夏出版社,1998:192.
② 周振甫.文心雕龙辞典[M].北京:中华书局,1996:641.

自己鼓琴本意暗合无异,因此,知音是读者与作家之间互为精神相契的关系。

《淮南子·修务训》亦曰:"知音"不在慕名,重在求实。即"晓然意有所通于物,故作书以喻意,以为知者也。诚得清明之士,执玄鉴于心,照物明白,不为古今易意,摅书明指以示之,虽阖棺亦不恨矣。"[1]这里描绘了作家"作书以喻意"等候读者解读,而读者"照物明白",再现出作家写作的真实意图,读者的解读和评析完全从作品出发,"不为古今易意",可以说这是作家、读者互动的"知音图"。

《淮南子·修务训》又云:"昔晋平公令官为钟,钟成而示师旷。师旷曰:'钟音不调。'平公曰:'寡人以示工,工皆以为调。而以为不调,何也?'师旷曰:'使后世无知音者则已,若有知音者,必知钟之不调。'故师旷之欲善调钟也,以为后之有知音者也。"[2]列举晋平公命令乐官铸造乐钟,让师旷来鉴定,师旷一反众见,准确判断"钟音不调",来佐证真正的"知音"不仅能鉴别优劣,而且能判别是非曲直。《淮南子》作者的看法反映了古代中国人对"知音"的基本认知,与孟子的"以意逆志""知人论世"相通。

中国古人对读者作为"知音"的探讨多为感悟和描述,没有形成系统的理论。读者的阅读要成为一种真正的理论问题,融入文学活动整体的意义建构体系,还需要借助西方接受美学成熟的理论思考。

二、接受美学的基本思想

读者与作家、作品、世界四个要素构成文学活动的全过程,其中读者与作家、作品之间相互渗透、依存的关系尤为引人注目。语言学家雅各布森曾提出"语言交流模式"如下图所示:

语境

信息发送者(作家)→信息(作品)→信息接收者(读者)

接触

符码

图 5-1　语言交流模式

雅各布森认为文学话语不同于其他类型的话语,有一套传递信息的设置。比如一首诗,首先是关于它自身的(它的形式、意象、文学意义等),其次才是关于诗人、读者或世界的。这里如果我们采用读者的观察角度,雅各布森的语言交流模式就会改变。从这样一个新的视点,我们可以看到,一首诗没有被阅读,就没有真正的存在,它的意义只有读者才能够讨论。我们对一首诗之所以有不同的理解,是因

---

[1] 刘安.淮南子(2版)[M].哈尔滨:北方文艺出版社,2018:455.
[2] 刘安.淮南子(2版)[M].哈尔滨:北方文艺出版社,2018:455.

为我们的阅读方式不同,只有读者能运用那写有信息的符码,从而激活那在阅读之前仅仅具有潜在意义的作品,并且信息接受者(读者)往往是积极主动地参与意义建构的。譬如华兹华斯的诗《安眠封闭了我的灵魂》:

> 一袭睡意封存了我的精神,
> 　我没有人的恐惧;
> 　她仿佛不能感触到,
> 　　尘世的平庸岁月。
> 　她没有移动,也没有力气,
> 　　既听不到,也看不到;
> 在地球每日的轨道上周而复始,
> 　　伴随着岩石与树木。

此诗有两个陈述,诗中的两节每节做了一个陈述,一是我以为她不能死,二是她死了。作为读者,我们会问自己,这两个陈述究竟是怎样的一种关系?是什么意思?我们对每个短语的解释都将依赖于对这个问题的回答。我们怎样看待叙述者对他原先关于这位女性(婴儿、姑娘、女人)的态度?"没有人的恐惧"是好的、明智的,还是天真的、愚蠢的?封闭了他的精神"小憩"是幻觉的睡眠,还是灵感降临的白日梦呢?"她仿佛"暗示种种征兆,显示她是不死的精灵呢?还是表示叙述者判断失误呢?第二节暗示她死了,没有精神的存在了,已经完全变成没有生命的可能。"她没有移动,也没有力气,既听不到,也看不到"这两句诗里说的就是这个意思。然而,后两句"在地球每日的轨道上周而复始,伴随着岩石与树木"却可以让我们做出另外的解释:她已经变成自然界的一部分,参与到一个更大的存在中。在某种意义上,这比第一节表示的那种天真的精神性更宏大,她个人的运动和力量现在已完全归并入大自然更宏伟的运动与力量里了。

从读者视角看,这些问题的答案并不能简单地从作品本身得出。作品的意义从来不是自我形成的,读者作用于作品材料,从而产生意义。沃尔夫冈·伊瑟尔曾讨论说,文学作品总是包含着"空白",只有读者才能填上这一空白。华兹华斯这两节诗之所以产生"空白",是因为两节之间的关系没有进行说明,阐释的行为要求读者来填补上这一"空白"。这里值得我们思考的是,作品本身是否能激发读者的阅读阐释行为,或者读者自身的阅读阐释策略是否能解决作品提出的问题。

文学活动需要读者的参与,离开读者,文学就不存在。从某种意义上说,作者亦即读者,是其作品的第一个读者。没有读者的接受,作品仅仅是潜在的作品,还没有成为现实的作品。随着20世纪哲学、文学解释学的兴起和发展,尤其20世纪60年代德国接受美学理论的出现,使人们越来越重视从读者阅读的接受体验来审视文学问题。

(1)德国学者姚斯和伊瑟尔注重从读者角度来分析文本。

姚斯站在文学史的角度来诠释传统的文学理论,肯定读者对作品艺术性的决定作用,强调通过读者的接受而与作品形成的期待视野,才能使文学成为文学:"文学的历史是一种审美接受与生产的过程。这个过程,就接受的读者、反思的批评家和不断生产(创作)的作者而言,是在文学作品本文的实现中发生的……文学作品赖以出现的历史情境,并不是一种把观赏者排除在外的、事实上独立存在的事件系列。《佩尔赛瓦》仅仅为它的读者才成为文学事件,它的读者是带着对克瑞汀以前作品的记忆来读最后这本作品的、他们是在同以前这些作品以及他们已知道的其他作品的比较中来辨认这部作品的个性的。这样,读者就获得了评价未来作品的某种新的标准。……文学与读者之间的关系至少包括以下事实,即每一部作品都有它自己独有的、历史上的和社会学方面可确定的读者,每一位作家依赖于他的读者的社会背景(milieu)、见解和思想,文学的成就以一本'表达读者群所期待的东西的书、一本呈献给具有自己想象的读者群的书'为前提。"[①]

姚斯之后,伊瑟尔进一步强调对读者具体阅读过程的动态性关注以及建构文学的重要意义:一个文学本文(作品)因而必须以这样一种方式来设计,以便于将促使读者的想象参与为他自己而设想各种事情的任务,因为当阅读是积极的、创造性的时候,它仅仅是一种愉快。在这种创造的过程中,本文或者可能走得不够远,或者可能走得太远,所以我们可以说,厌烦和过度紧张形成了一条界线,一旦超越了这条界线,读者就将离开游戏领域。在某种程度上,本文"未写出来的部分"刺激着读者的创造性参与,这一点由弗吉尼娅·沃尔芙在对简·奥斯汀的研究中的一种观察所阐明:简·奥斯汀因而是一位对于比表面上显露的远为深沉的感情的有支配力的女人。她刺激我们提供那儿并不存在的东西。很明显,她提供的只是些微琐事,然而,这种琐事组成了某种在读者心中扩展开来并赋予外表平凡的生活场景以最持久形式的事物。人们一直强调的是,人物形象……对话的变化与曲折使我们始终提心吊胆。我们的注意力一半在现时,一半在未来……这里,事实上,简·奥斯汀的伟大的全部因素都在这种未完成之中,在大体上是相等的故事之中。[②]

(2)德国学者伽达默尔和美国学者费什从解释学的角度,来考察读者的接受理解和反应批评。

伽达默尔认为读者对作品的接受理解对意义和存在是决定性的,作品只有在审美阅读的理解中才能作为艺术作品而存在:"对于这样的问题,即这种文学作品

[①]《马克思主义文艺理论研究》编辑部.美学文艺学方法论 续集[M].北京:文化艺术出版社,1987:347-352.

[②] 朱立元.二十世纪西方美学经典文本(第三卷)[M].上海:复旦大学出版社,2001:678-679.

的真正存在是什么,我们可以回答说,这种真正存在只在于被展现的过程(Gespielt-werden)中,只在于作为戏剧的表现活动中,虽然在其中得以表现的东西乃是它自身的存在。"[1]

美国读者反映批评专家斯坦利.E·费什受现象学影响,反对新批评孤立作品的倾向,强调读者阅读活动的能动性,认为意义既不是确定的和稳定的作品特征,也不是受约束的或独立的读者所具备的属性,而是解释团体所共有的特性。如对诗歌而论,解释意味着重新去构建意义。解释者(读者)并不将诗歌视为代码,并将其破译,而是解释者制造了诗歌本身:"因此,当我们承认,我们制造了诗歌(作业以及名单之类)时,这就意味着,通过解释策略,我们创造了它们;但归根结底,解释策略的根源并不在我们本身而是存在于一个适用于公众的理解系统中。在这个系统范围内(就我们现在所讨论的文学系统而言),我们虽然受到它的制约,但是它也在适应我们,向我们提供理解范畴,我们因而反过来使我们的理解范畴同我们欲面对的客体存在相适应。简言之,我们必须把我们自己也引入被制作的认识对象(客体)的名单中,因为像我们所看见的诗歌以及作业一样,我们自己也是社会和文化思想模式的产物。"[2]

(3)美国学者霍兰德则从心理学与接受美学角度来审视文学。

他认为文学不是作品,更不是作家的写作,而是读者的接受和阅读的体验,他打算主要把文学看成一种体验来加以讨论。人们在讨论文学时可以把它看成是一种思想交流的形式,看成是自我的表达或人工制品。然而,为了本书特有的目的,他将文学视为一种体验,而且是一种并非与其他体验不相联系的体验。例如,欧文·戈夫曼撰写的那本著名的《日常生活中自我的展示》表明,从社会学家的观点来看,人际交往中的礼仪与演戏十分相似。这种认为文学与其他人类经验之间有连续性的观点十分适合社会科学家,因为他们总是面临着调和客观观察与主观经验的问题。但这种观点尚未被文学批评界普遍接受。

姚斯、伊瑟尔、伽达默尔、费什和霍兰德等西方学者着力研究读者对作品的接受体验,并由此形成接受美学的文学本质观、解释学文学本质观、体验论文学本质观等具体论断。

三、作品的召唤结构

在接受过程中,作品与读者进入"我—你"的对话世界,作品并不是僵死的物的存在形式,而是"以准主体的姿态进入交流,作为对话方参与谈话"。由意义的未定性与空白构成的作品具有独特的"召唤结构",其存在状态本身就有一种召唤读者、

---

[1] 加达默尔.真理与方法(上卷)[M].洪汉鼎,译.上海:上海译文出版社,1999:151.
[2] 费什.读者反应批评:理论与实践[M].文楚安,译.北京:中国社会科学出版社,1998:57.

迎接交流、参与对话的根本特性,是向读者发出对话的呼请。

读者则从不同的期待视野出发,对作品的召唤结构做出回应,参与到文学艺术作品的意义构建之中。在吁请与回应的过程中,作品与读者之间产生一种动态的平衡,文学作品的意义也由此得以显现。

法国哲学家萨特说:"既然创造只能在阅读中得到完成,既然艺术家必须委托另一个人来完成他开始做的事情,既然他只有通过读者的意识才能体会到他对于自己的作品而言是最主要的,因此任何文学作品都是一项召唤。写作,这是为了召唤读者以便读者把我借助语言着手进行的揭示转化为客观存在。"[1]写作就是向读者发出吁请,要把作家通过语言所作的启示转化为客观的存在。

接受美学的代表人物沃尔夫冈·伊瑟尔则将文学作品视为一种"召唤结构"。所谓"召唤结构"就是由意义未定性与意义空白所构成的作品的基础结构。伊瑟尔指出,文学作品中包含许多未定性,它是非自足、未完成的,它促使读者去寻找作品的意义,从而赋予读者参与作品意义构成的权利。

在伊瑟尔看来,文学艺术作品的特点就在于未定性与意义空白给读者提供了能动反思与想象的广阔天地。未定性与空白在任何情况下都给予读者如下的可能:把作品与自身的经验以及自己对世界的想象联系起来,产生意义反思。这种反思是歧义百出的。在保证一定理解信息的前提下,一部作品中包含的未定性与空白越多,读者就越能深入参与文本潜在意义的现实化。所以,文学作品的意义未定性与意义空白,决不像人们所认为的那样是作品的缺陷,而是作品产生效果的根本出发点。

由作品中的空白与未定性而形成的召唤结构,标志着作品各部分间的悬而未决的可联系性,形成了读者与作品进入交流对话状态的前提。它自身并无确定的内容,只具有一个空无的位置。正是由于这一"空无",一旦进入阅读,它们便成为交流的活跃的动力。对于作品来说,空白与未定性张开了一张可能的联系之网,作为一种潜在结构,它暗含了作品各部分间的可能的相互确定的方式,它首先发起对话与交流、导引读者阅读,并要求他填充这些空白或空无的位置,以自身的前理解进行投射,使作品的潜在结构成为一种现实结构。它既使作品成为一个积极的输出者,又使之成为一个积极的输入者,使读者既成为一个积极的接受者又必须是一个积极的创作者。这就激活了二者间来回往复的相互作用。

格式塔心理学家也将作品视为一种"具有要求性的事实"。考夫卡认为,作为一个有机整体,作品具有要求性。他将各种事实分为"中性的事实"和"具有要求性的事实"。当某人需要某种东西的时候,他所体验到的自我就不是一个"中性的事实",而是一个"具有要求性的事实"。在考夫卡那里,文学艺术品也是"具有要求性

---

[1] 萨特.什么是文学?[M].施康强,译.北京:人民文学出版社,2018:43.

的事实"。因为文学艺术品总是向我们的自我发出要求。然而,文学艺术品与其他具有要求性的事实又有本质的区别。一般的要求性事实只是某一部分在某种程度上满足主体的物质需求和欲望,而艺术品却是作为一个整体来满足人的要求,也就是说,作品是作为一个格式塔来满足人的需求。读者必须通过对作品的"完形",才能欣赏到作品的美。

在中国古代文论中,对于文学作品的意义空白与未定性也十分重视,这就是所谓的"言不尽意"。在《与极浦书》中,司空图引用戴容州的话说:"诗家之景,如蓝田日暖,良玉生烟,可望而不可置于眉睫之前也。"[①]严羽认为诗歌"故其妙处透彻玲珑,不可凑泊,如空中之音,相中之色,水中之月,镜中之象,言有尽而意无穷"[②]。谢榛《四溟诗话》云:"凡作诗不宜逼真,如朝行远望,青山佳色,隐然可爱,其烟霞变幻,难于名状。"[③]这种意义空白和未定性决定了文学作品只能是一种暗示,一种邀请,一种召唤。它吁请读者介入作品的再创造,读者只有通过连接断裂、填补空白、进行推测、验证预感等不断循环往复的过程,才能使作品的内蕴意义现实化,作品的意义才能像彩虹一样飞升起来。齐白石的画《十里蛙声图》,是按照"蛙声十里出山泉"的命题画成的,画面只有蝌蚪而没有青蛙,更听不到青蛙的叫声,也不可能把画卷画到十里长,但读者可以从画面上想象到画外的景象,补充画面的空白,使之具体化,极富意境感。

再如温庭筠脍炙人口的诗句:"鸡声茅店月,人迹板桥霜。"诗中无一句言情,呈现在读者面前的只是几个高度简约化的意象:鸡声、茅店、月、人迹、板桥、霜。这些高度简约化的意象只是为读者理解诗句提供了一种势能,一种召唤结构,它的意义还只是潜在的,它的境界还有待我们去填补、去现实化。当读者融入情感体验,将这些意象呈现在自己的心灵屏幕上时,六个简约的意象才会组合成为一个整体性的格式塔,产生出一种新的情感特质:羁旅怀乡的孤独和愁思。只有在与读者的交流对话,通过读者对作品召唤结构的填充,作品的意义才能产生。

清代学者叶燮对杜甫诗作《玄元皇帝庙作》"碧瓦初寒外"的细读,充分展示阅读的复杂性与意义生成性:"逐字论之:言乎'外',与内为界也。'初寒'何物,可以内外界乎?将'碧瓦'之外,无'初寒'乎?'寒'者,天地之气也。是气也,尽宇宙之内,无处不充塞,而'碧瓦'独居其'外','寒'气独盘踞于'碧瓦'之内乎?'寒'而曰'初',将严寒或不如是乎?'初寒'无象无形,'碧瓦'有物有质;合虚实而分内外,吾不知其写'碧瓦'乎?写'初寒'乎?写近乎?写远乎?使必以理而实诸事以解之,虽稷下谈天之辨,恐至此亦穷矣!然设身而处当时之境会,觉此五字之情景,恍如天造地

[①] 羊春秋,何严.历代治学论文书信选[M].长沙:岳麓书社,1983:164.
[②] 霍松林.古代文论名篇详注[M].上海:上海古籍出版社,1986:320.
[③] 谢榛.四溟诗话 姜斋诗话[M].北京:人民文学出版社,1961:74.

设,呈于象、感于目、会于心。意中之言,而口不能言;口能言之,而意又不可解。划然示我以默会想象之表,竟若有内、有外、有寒、有初寒,特借'碧瓦'一实相发之,有中间,有边际,虚实相成,有无互立,取之当前而自得,其理昭然,其事的然也。"[1]叶燮认为,通过"呈于象、感于目、会于心"的过程,作品含蓄、隐晦的意义逐渐进入读者的精神世界。

📖 资料链接

一部文学作品,即使它以崭新面目出现,也不可能在信息真空中以绝对新的姿态展示自身。但它却可以通过预告、公开的或隐蔽的信号、熟悉的特点或隐蔽的暗示,预先为读者提示一种特殊的接受。它唤醒以往阅读的记忆,将读者带入一种特定的情感态度中,随之开始唤起"中间与终结"的期待,于是这种期待便在阅读过程中根据这类本文的流派和风格的特殊规则被完整地保持下去,或被改变、重新定向,或讽刺性地获得实现。在审美经验的主要视野中,接受一篇本文的心理过程,绝不仅仅是一种只凭主观印象的任意罗列,而是在感知定向过程中特殊指令的实现。

——[德]汉斯·罗伯特·姚斯.接受美学与接受理论[M].周宁,金元浦,译.沈阳:辽宁人民出版社,1987.

第二节 读者的作用

意大利符号学家翁贝托·艾柯在《读者的角色》一书中认为,有些文本是开放的,如乔伊斯的《芬尼根守灵夜》、无调性音乐等,需要定制合作才能产生意义,而有些作品是封闭的,如喜剧、侦破小说等,预先设定了读者的反应。同时,艾柯还指出:读者在阅读时所使用的符码能够决定作品的意义。不过,在解说读者建构意义的各种方式和理论前,我们必须明确,谁是那个读者。

实际读者与叙述者指向的接受者可能一致,也可能不一致。一个实际的读者可能是一个男子或一个女子或一个青年等。叙述接受者也可能和"虚拟的读者"(作家展开叙述时头脑中所想的那类读者)、"理想的读者"(具有洞见、能够理解作

---

[1] 叶燮,薛雪,沈德潜.原诗 一瓢诗话 说诗晬语[M].霍松林、杜维沫,校注.北京:人民文学出版社,1979:30-31.

者每一个行动的读者)不同。比如《天方夜谭》中的叙述者山鲁佐德之所以能够存在,完全取决于叙述接受者国王哈里发对她持续的注意,假如他对她讲述的故事失去了兴趣,她就得死。普林斯的理论旨在彰显叙述的各个层面,读者可以直觉地去理解叙述中的这些层面,但这些层面还比较朦胧,需要去具体界定。普林斯的理论引导人们注意:叙述产生它自己的读者,与实际的读者未必一致。美国批评家希利斯·米勒受乔治·布莱和让·斯塔洛宾斯基等人的现象学理论影响,米勒研究托马斯·哈代小说作品时就揭示了其小说作品的精神结构,即距离和欲望。阐释的行为之所以是可能的,是因为作品允许读者进入作家的意识中,因为它认为意义的中心来自一个"超验的主体"(作家),然后把这个中心移至另一个类似的主体(读者)上。

一、读者的心理图式与心理定势

与唤醒审美意识相对应的心理机制是读者的心理图式。所谓读者的心理图式,是说任何一位读者,在接受作品之前,都已先在地拥有一种能够接受作品的内在心理结构。读者的心理不可能处于一种"白板"状态。在现实生活中,一个不喜欢西方古典音乐的人,再美的旋律也难以打动他的心;而反感流行歌曲的人又觉得流行歌曲没腔没调,毫无美感。在艺术史上,曾发生过这样的事情:电影大师格里菲斯第一次在影院里放映大特写镜头时,在场的观众由于突然在银幕上看到一个"被割断"的巨大头颅而这个头颅却还在微笑,而感到非常恐慌。由于第一次接受这种对象,心理记忆中只有传统神话留下来的魔鬼妖怪,而没有迎接此对象的前设心理准备,自然会产生巨大的恐惧。今天的观众在长期电影欣赏的熏陶中,已经建立了能够理解特写镜头在内的接受图式,当然就不会再发生类似的恐惧了。

读者心理图式的内涵包括读者的心理范式、接受机制、反应指向、趣味选择和体验路径。心理范式是指读者在接受一部作品之前,已经具有的关于作品的总体观念、方法论前设、价值标准、所运用的符号系统和模态范例。所谓读者接受机制,一是指读者接受文艺作品的生理基础,二是指读者在生理基础上形成的心理接受的运作方式。比如读者对作品的接受是通过文字媒介的,因此,对于作品的接受都要经过人脑的二度转换。即相对于作者把鲜活、动态的视觉、听觉形象转变为文字,读者又要将文字在自己头脑中复现为形象和声音,并恢复甚至再创其鲜活、生动的感性特征。而视觉艺术的接受机制则在于视觉感官,更注重对点、线、面、体的形状感知与对色彩、明暗关系、构图的把握。读者心理的反应指向是指读者按照一种普遍心理惯例,结合自己的心理习惯形成的态度取向。比如,当代青年对于流行歌曲大多非常喜爱甚至近乎痴迷,积极参与歌迷会、歌友会等活动。对于大多数中老年朋友来说,流行歌曲是"想要爱它不容易",爱不进去。对于专业的学院派来说,他们更关注已成经典的高雅艺术类型,而对于大众读者来说,对文艺作品的反应更容易受时尚潮流左右。当然,每一个个人都有自己独特的艺术趣味,在接受中都有最适应自己的选择对象,也有自己的体验路径。比如,有的读者偏于感性的、肢体的、动作的外在体验路径,有的则更富理性或更注重内在心理的微妙体验。有的喜欢热烈、明快、浅显的体验方式,有的则更愿意选择深刻的、反思的、韵味久远的体验路径。可见,接受的心理图式具有一般性,又有定向性和选择性;既有群体性,也有接受者的个体性特征。

读者心理图式的形成是一个长期过程,是长期审美实践的结果,是艺术教育培养的结果,是长期艺术熏染、涵养的结果。它是在读者先前所积累的经验基础上形成,受到民族文化传统和地域生长环境的深刻影响,体现着主体的文化素养。接受心理图式一旦形成,就有相对的稳定性。同时,它也常常处于不断地调整、变动之中,在稳定性中彰显着每一个读者的心理个性。读者心理图式的选择性必然产生心理活动的固定趋向,即心理定势。在文艺心理活动中,心理定势具体表现为因个人趣味、爱好、艺术惯例、教育背景与欣赏传统形成的心理习惯。

读者心理定势的形成表现为一种双向建构的过程,它既有先天的、自动的性质,受无意识的影响,又与后天的、主动的经验接受有关,受意识的支配。对个体而言,在阅读和欣赏文学作品时,读者往往从自己的先天个性、气质出发选择自己喜爱的作品,反过来,对这些作品的大量欣赏和接受又以后天经验的方式强化了个体的审美取向,巩固其审美心理定势。比如,一个生性忧郁、多愁善感的人可能更加喜欢《红楼梦》《少年维特之烦恼》等作品,而对这些文艺作品的大量阅读又会强化其忧郁的个性。心理定势一旦沉淀、积聚于主体心理世界,渗入其思维方式之中,便会形成一种"预成图式",从已有经验角度,对审美客体进行筛选、过滤,将审美客体同化到主体的心理图式之中。相传,苏东坡有一次想画竹子,兴到无墨,信手以朱笔为之。有人责问他,世上难道有朱竹吗?东坡反问道,世上难道有墨竹吗?对方无言以答。苏轼的反问告诉我们一个道理,无论朱竹还是墨竹,作为艺术品都只是一种艺术形式、艺术符号。它不再是现实中的竹子,而是艺术形象。从这个道理讲,如果墨竹可以的话,为什么朱竹不行呢?但是人们从心理上很容易接受墨竹,却很难接受朱竹,原因就在于长期的艺术传统和熏染,使人们形成艺术接受的一种固定趋向,久而久之成为一种惯例,甚至一种成见。人们看墨竹看惯了,看多了,也懂得如何欣赏它的奥妙,突然间打破了这一固定程式,人们难以迅速适应。

读者心理定势作为力的一种"预成图式",作为固定的心理结构形式,为读者确立了接受意向,并且引导着读者在意识中对审美表象进行嫁接和连缀,促成意象间的相通与融合。同时,读者心理定势又不是固定不变的,而是表现为一个生生不息的构建过程,会在富有创造性的作品的冲击下不断调整自身。先锋派艺术刚刚出现时,由于与传统艺术形式的巨大反差,打破了观众长久以来形成的心理定势,受到观众的强烈排斥,"持怀疑态度的观众直截了当地把它们称作赝品。"然而,"未出五年,那一派的画家都已声誉载道,他们的作品主宰着博物馆和画廊。此时的鉴赏趣味已由这批人的艺术观来左右了"。这种现象说明读者心理定势并不是一成不变,而是处于不断的发展演进之中,从其具体过程来看则表现为读者思维的自我分离与融合。

二、读者的自我分离与融合

中国当代文艺理论家金元浦认为,在进入文学活动时,每个读者的心理都不是"白板"一块,而是拥有自己独特的心理图式与心理定势,是从自己固有的期待视野出发来欣赏文学作品。这样,读者本身所固有的心理定势就构成了文学活动中的"原我",它与文学作品所呈现的"异己之我"相互牵扯、交错,形成接受活动中主体思维的自我分离与融合的过程。

当读者阅读一部文学作品时,他首先将作品发出的信息通过语词接受纳入自己的意识,经过二度转换以表象、观念等形式存入人的记忆。易言之,文本的文字存在要转化为读者意识中的存在。这样,读者对作品词语的感知就替代了对直接的现实对象的感知,读者进入作品的虚构世界,成了"语言的猎物"。由于进入虚构世界,读者先前在现实生活中的固定角色、必须遵循的规范、各种限制以及有限性暂时消失了。读者进入了一个无限广阔的自由想象的时空领域,天上人间、神异奇境,无不可以驰骋想象。这时,由语言构成的作品世界便化成主观化的内在对象进入了读者的意识。这就引起了读者意识的分离。一方面是读者原先的自我意识,我们把它称作"原我"。另一方面是作品人物的意识及其代表的作家意识,这构成一个"异己之我"。两个"我"既相容又矛盾,既分离又融合,构成了阅读过程中读者主体思维的复杂情形。

比利时批评家乔治·布莱细致研究了阅读中读者思维的分裂,发现了主体思维中存在的矛盾。在阅读中,读者有自己的思想,这些思想是他自己思考的对象,而这些思想又是他正在阅读的书的一部分,因此是另一个人的思想。它们是另一个人的思想,但读者却是这些思想的主体,同时,他将这思想视为自己的思想。"由于他人的思想对我个人的这种奇怪的入侵,我成了必须思考我所陌生的一种思想的另一个我了。我成了非我的思想的主体了。我的意识像一个非我的意识那样行事。"[①]这就发生了一种特定的意识中的混融状态:阅读的主体必然是读者,读者思考的无论是什么东西,都是读者精神世界的一部分。然而,阅读中读者正在思考的却是明显属于另一个精神世界的思想,而每一个思想则必须有一个思考它的主体。这个外在于读者,然而又在读者之中的思想,也必须在读者之中有一个外在于读者

---

① 布莱.批评意识[M]郭宏安,译.南昌:百花洲文艺出版社,1993:257-258.

的主体。

阅读就是读者"最内在的主体存在的转让",它是这样一种行为,"通过它,我称之为我的那个主体本源在并不中止其活动的情况下发生了变化,变得严格地说我无权再将其视为我的我了"①。在布莱看来,一部作品不是独立自在的封闭本体,它也是创作过程的产物。更确切地说,它是一种手段,是作者保存他的观念、感受、梦幻和生活方式的手段。作品中的每个词汇都倾注了作家的思想、情感等。阅读就是作者在读者头脑中唤起他的思想和感受的类似物。

在阅读中,作品是在读者之中"过着它自己的生活",读者从内心深处认同作品,相依为命。任何外在于这部作品的东西此时都不能够分享作品施于读者的影响。这一切都发生在读者内部,而不是把读者放在作品之外,带回到作家那里,也不是带回到作者的其他作品,而是将读者的审美注意固着于作品自身。布莱认为,正是作品把一连串的精神对象强加于读者,并在读者心中创造出一个语词之网,在这语词之内,不存在其他精神对象或其他语词的空间。正是作品"不满足于将自我禁锢在精神现实的一种确定的环境中,又将这环境据为己有,使丧失所有权的自我成为我,而正是我在我的阅读中始终引导或记录作品(并且仅仅是这部作品)的发展。因此,这部作品在我身上暂时地成为充满自我的唯一实体;此外,它就是自我本身,自我-主体,存在的持续不断的意识,并且在作品的内部表现出来"②。所以,只要作品被阅读行为所唤起,注入生命力的东西激活,就成为一种人的存在,一种意识到自我的心灵。

布莱对阅读的现象学分析有其深刻的理论价值,作品的"异己之我"占据读者"原我"的状况是有其现实依据的。我们在文学阅读中常常会出现观赏的忘我状态、迷狂状态。在这种状态中,读者在某一阅读瞬间发生主体的代换或悬置现象,出现完全的"自居为某一人物"的心理认同。

伽达默尔认为,观赏者完全陶醉于艺术的情形是一种"由观看而来的入迷状态",是一种由"遭受"引起的"参与",是一种"同在"。"同在"作为人类行为的一种主体活动而具有外在于自身存在的性质。传统上,人们往往以为对"外在于自身存在"的陶醉只是一种对"在自身内存在"的单纯否定。但实际上,外在于自身的存在乃是完全与某物同在的积极可能性。这样一种同在具有忘却自我的特性,并且构成观赏者的本质,即忘却自我地投入某个所注视的东西。但是,这里的自我忘却性完全不同于某个私有的状态,因为它起源于对那种事物的完全专注,而这种专注可以看作为观赏者自身的积极活动。

所以,伽达默尔不同意那种阅读中的陶醉就是完全排除读者"原我"的观点,而

---

① 布莱.批评意识[M]郭宏安,译.南昌:百花洲文艺出版社,1993:259-260.
② 布莱.批评意识[M]郭宏安,译.南昌:百花洲文艺出版社,1993:261-262.

坚持认为"同在"并不与迷狂对立,"同在"不能与迷狂分开,也就是说,阅读中的确存在着自我忘却,但这种自我忘却本身就是一种读者的主动选择的结果,它起源于读者的审美注意,而审美注意本身即是一种"进入"某事件的积极行为。从心理学来看,这种把自己交付给一个不是我自己的主体的情形即是阅读中读者的自居作用。这种作用从情绪角度说,就是一种心理认同。弗洛伊德说,认同作用是对他人的情绪联系的一种原始表现,就是把对象内设到自我之中,它有赖于对他人的"共性的知觉",共性越是重要,这种部分的认同作用就越能成功,从而成为一种新的联系的开始。因此,我们所面临的过程在心理学上称作"感情移入",它对我们理解他人身上的陌生的东西时起着最重要的作用。

弗洛伊德指出了认同的系列特征,最重要的是,认同是一种"对他人的情绪联系",是一种自我与他人情绪上的同一。这种认同在文学阅读中有多种层次,与阅读中不同的视点相关,形成作者认同、叙述认同的心理机能就是通过想象(幻想)的自居过程,把自己投射到对象之中,使作家的思想成为阅读主体的思想,使作品中描述的生活成为读者想象的体验的生活。在这一过程中,自我似乎完全被忘却了,当下的情感、心态和思想完全成了作品叙述的人物的情感、心态和思想。如果没有这种自居和认同,就永远不可能获得那种在文学作品中想象地过另外一种生活的美妙体验。但是,布莱却把这种主体意识中的分裂推到极端,坚持认为,读者的阅读只能是一种"原我"的悬置或出让。通过读者意识唤回了作品的存在。只要作品被阅读行为所唤起的、注入生命力的东西激活,一部文学作品就可以成为以读者自我的生命被作品悬置为代价并构造它自己的心灵的作品。在布莱看来,阅读中读者的思想、观念、个人气质、艺术标准等必须被悬置、被去除,读者只是作品意识借以呈现的傀儡。由此,每一文本所有的阅读都只会获得一种结果。这显然是极端和偏颇的。

那么,读者自身的意识真会像布莱所说完全被"悬置"吗?当然不是!其实,读者的意识没有真正地完全忘却。在阅读中,读者自己的意识在几个层次上同"异己之我"相互作用。

(1)在由作品转换为读者意识中的"异己之我"时,"原我"已"侵入"作者在作品中显现的"我"。因为在由文字转变为读者意识时,读者的文化修养、先在经验、个人经历、审美能力等前理解中相应的部分,已构成了接纳作品的框架。因此,这"异己之我"实际上已经包含着"原我"与文本之间的交流。

(2)在阅读中,读者思维中的"原我"与"异己之我"之间一直存在着对话关系。在这里,巴赫金关于主人公的对话理论给我们生动的启发。巴赫金把对话看是人类基本的生存方式,一个人的"言谈"总是带有某种观点和价值观的表达,但这种表达不是固定的立场,而是一个过程,是在和潜在对象的对话中完成其功能的,并且和其他"言谈"一起构建了话语的公共空间,各种差异和不同的声音借此汇成一个充满张力的复合体。小说结构的所有成分之间都存在着对话关系,也就是说如同对位旋律一样相互对立着。要知道,对话关系这一现象,比起结构上反映出来的对话中人物对语之间的关系,含义要广泛得多:这几乎是无所不在的现象,浸透了整个人类的语言,浸透了人类生活的一切蕴涵着意义的事物。

巴赫金指出,在作品主人公的内心总是存在着一种对话——微型对话,两种不同的声音互相进行着内心的对抗。同时,在作家和主人公之间也存在着一种不封闭的对话态度。读者思维中同样存在着一种对话,一种"原我"与"异己之我"之间的微型对话。只有在这种对话中,读者才能接近对象、揭示对象和把握对象。没有这种对话,读者的意识就不可能把握文本,也不可能把握文本中的人物。在文本中曾发生的作者与主人公的对话和主人公内心的对话也必然在阅读中出现于读者的内心对话之中,不过这是对话中包含的对话罢了。所以,巴赫金说:存在就意味着进行对话的交际。

(3)阅读中的读者思维本身包含不同的层面,"原我"与"异己之我"处于不同的位置,它们在运动中相互作用、相互融合。在最初的阅读瞬间,作品意识之我往往处于主动和强有力的位置,它居于前景,而读者"原我"中贮存的全部相关作品、相关情境的记忆,则处在深层位置上构成了背景。由于前景中异己经验总要被背景中的经验贮存所吸收和同化,所以,"异己之我"与"原我"的交流融会是必然的,其分裂是主体与自身的分裂,其整合也是在读者意识内完成。实际上,读者在看异己思想时,已向作品之我表现自身,将之放入与其他作品的比较之中。诚如法国学者杜夫海纳在《美学与哲学》中所言,通过读者的阅读,作品面临着一种如萨特所说的我在别人或上帝的目光下所面临的同样危险。它位于对象、文化价值与消费品的世界之中,它进入与其他作品比较对照的历史之中——这历史与过去相连接,并孕育着未来;这种作品的历史是一种历史中的历史。任何作品只有在进入由众多作品构成的历史性的和空间性的"文本网络"之中,在作品之间的关系中才能显现自身的风格、特征和独特性。但同时,那个"异己之我"也同样在防止来自原我的任意吞并;同样真实的是,它(作品)对对象化,对使它受读者任意摆布的对象化是持对抗态度的。文学对象也向读者挑战;它在保守自己的奥秘的同时,肯定自己的自由;它的意义永远是无限地遥不可及的。这样,阅读过程中的读者意识内就时刻发生着自我的分离与整合。主体和其自身的分离,在阅读中导致了一个对应性的主体人格结构。

这种对应性的主体人格结构,不仅能使主体向文本表现自身,而且还在主体思维内部引起了一种相互对峙的张力。这种张力暗含着主体受到文本影响的程度。根据不同的程度,形成三种主体意识内部"原我"与"异己之我"的共在状态:一种是异己思想基本上占据了主体,读者在异己世界中丧失了"原我"。另一种是"原我"吞并了"异己之我",读者自己保持距离,拒绝认同。前一种感受性思考完全投注于作品世界,更容易为作品的生命世界所完全左右,而后一种冷静的思考则往往拒斥作品的生命世界,难以构成二我间的交融整合。这两种状态都造成了偏斜的张力结构,使读者无法圆满完成阅读。第三种是二我间的相融相谐、相互作用、相互转化,最终达到二者同一的完美整合。

资料链接

只有从作者-读者交流的本质上,才能说清楚什么是文学,什么不是文学。无论在报章杂志还是在书籍中,都有数量众多的出自功能目的的文章,但人们往往不作功能用途,而作地地道道的文学用途。属于这类情况的有报道文章、书评,还有不少目的明确的科技或哲学著作,但它们却成了真正的文学作品,而且读者也是这么看待它们的。只要能让人们得到消遣,引起幻想,或者相反,引起沉思,使人们得以陶冶情操,那末,任何一篇写出来的东西都可以变成文学作品。G.K·切斯特顿甚至指出,火车时刻表也有文学用途!反过来说,文学作品也会有非文学的用途:文学消费与文学阅读并不是一码事。人们买一本书,可以不是为了看,而是出于其它目的;人们看一本书,也可以带着其它目的,而不是为了从中得到美的享受,或者提高文化素养。

——[法]埃斯卡皮.文学社会学[M].王美华,于沛,译.合肥:安徽文艺出版社,1987.

三、读者的格式塔结构

格式塔心理学派提出艺术心理活动的整体观和结构观。鲁道夫·阿恩海姆认为文学活动中读者存在着两种感知,脑外感知与脑内感知。脑外感知是大脑以外的事件的直接刺激。这些事件可以发生在我之外(如我看见奔命的兔子),或发生在我身上(如我感到饥饿)。脑内感知则只限于大脑以内的活动刺激,诸如观念、欲望和表象。这两种感知之间存在的同形对应,是客观的物理场与心理场之间的对应。在鲁道夫·阿恩海姆看来,在外部事物、艺术文本式样与人的知觉(尤其是视知觉)和内在情感之间,有一种根本的统一:它们都是力的作用模式。一旦两种力的作用模式达到结构上的一致,即所谓异质同构时,就有可能激起审美经验。

鲁道夫·阿恩海姆在《艺术与视知觉》中指出:"艺术家的目的,就是让观赏者经验到各种'力'的作用式样的表现性质。"[1]在鲁道夫·阿恩海姆看来,造成表现性的、

---

[1] 阿恩海姆.艺术与视知觉[M].滕守尧,译.成都:四川人民出版社,2019:163.

基础的是一种力的结构,这种结构之所以会引起我们的兴趣,不仅在于它对那个拥有这种结构的客观事物本身具有意义,而且在于它对于一般的物理世界和精神世界均有意义。不论是在我们自己的心灵中,还是在人与人之间的关系中;不论是在人类社会中,还是在自然现象中,都存在着这样一些作用于整个宇宙的普遍的力,实际上是同一种力。只有这样去看问题,我们才能意识到自身在整个宇宙中的地位,以及这个整体的内在统一。"人(读者)的心灵永远处于张力增高和张力减低这两种不同追求的相互作用中……每一件这样的作品都有一个由作品的题材暗示出来的结构主题,但这一主题首先要受到(读者)知觉力本身之形态的重构或改造。由题材暗示出的主题具有与作品所要陈述的内容特征相配套的最简单形式。作品本身的信息和风格不同,其张力和结构就不同。"[1]

鲁道夫·阿恩海姆认为引导艺术家(作家)和鉴赏家(读者)的都是同样的力,这是构成知觉的基础。他认为,力的样态中存在着"推力"或"拉力",其相互作用形成了趋向于力的平衡和形的完整的总体指向。传统理论将艺术中的情感情绪等心理活动静态化、固定化,而格式塔心理学则将之作为一个动态的过程来考察。心理作用与艺术对象之间两种力相互作用,形成一种具有张力的场。这种张力形成的场效应即是"完形趋向"或"完形压强"。这种完形趋向或完形压强,形成了一种"推力",它推动着双向建构的格式塔的形成,推动着艺术活动的进程。

运用格式塔心理学概念可以发现,在读者阅读活动中,存在着由作品的艺术水准、结构样态形成的一种力的式样,和由读者的审美经验与期待视野构成的另一种力的式样。这两种力的样式在阅读活动中相互作用,形成了一种动态的张力结构。这种张力结构自身具有内在的趋向"良好的"完形压强。当两种力的式样在阅读的动态过程中相互调节,达到异质同形时,便构成了成功的阅读,读者因而获得了审美的体验和愉悦。

一般来说,接受维度较低的艺术往往内涵较少,作品蕴涵的密度较低,而作品描述的冗余度较高,因而容易达到其可能的最佳艺术效果,读者阅读质量高。比如武打、言情等通俗小说的阅读便是如此。而内涵丰富、意义蕴涵的密度偏高、审美要求复杂度高的作品则形成了较高的读者接受维度,不容易激活其最佳艺术感受。

四、期待视野

读者心理的期待视野与作品的召唤结构之间存在以下两种情况:

(1)作品结构的审美水准(力的式样)大大低于读者的期待视野,不能构成对读者的召唤,因而在相互作用中无法形成优化格式塔。这种作品在创作中往往因袭早已过时的套路、方法陈旧、内容贫乏、审美趣味僵化,读者往往看了开头便可推知

---

[1] 阿恩海姆.艺术与视知觉[M].滕守尧,译.成都:四川人民出版社,2019:434.

结尾。由于读者的欣赏水平和艺术趣味已大大超越作品,因而无法构成相互作用的"力场",更无法形成"力的式样"的异质同构。这类作品在其诞生的那一刻,便已意味着死亡,但它却适应着一部分人的即时文化消费的需要。大量的一次性消费的文化快餐便属于此列。

(2)期待视野与召唤结构初级的完全重合的建构。在这种阅读中,作品水准与读者接受力完全适应,读者阅读没有很高的完形压强,作品感受的复杂度、深刻度较低,阅读者读得轻松愉快,无须付出创造性劳动。这种作品根据流行的趣味标准,去实现读者的期待。它能够满足熟识的审美再生产的需求,巩固既成的审美趣味,维护最普遍的传统人性或道德观念。这类作品在创作中熟练运用既成的艺术技巧,选择流行主题,投合大众阅读口味,适应当下的趣味水准。它不以艺术形式的突破、方法的创新、社会思潮的激进、思想寄托的深刻为目的,也不追求艺术的极致境界、认识的高深超越、道德心灵的崇高或净化,主要诉诸文学艺术的娱乐、消遣、休息和享受等功能,更满足于"喜闻乐见"。应该说,社会生活中的大量一般创作,特别是通俗娱乐文学作品如武侠、言情、商战、侦破及惊险、恐怖作品都可归于这类建构。这种作品建构的格式塔具有自身的特点:

一是,由于它适应了大众的阅读视野,因而拥有数量最大的读者群体。同时,由于它适应了大众的需求,因而引起了当代文化工业的成批制造,成为"机械复制时代"的文化产品,复制成为这类作品文本主要的生产手段。

二是,它遵从当代社会的一种时尚逻辑,掀起作品的"浪潮式消费"。它所带来的广告、包装、策划很可能制造出虚假的期待视野,形成一种虚假需求。却不可能真正丰富读者的体验,开阔视野,所以姚斯认为通俗成为娱乐艺术作品标准实现人们的期待。所以这类作品有时也能红极一时。

三是期待视野与召唤结构的适度错位,作品的审美水准高于读者的期待视野,因而在格式塔建构中形成了强烈的完形压强。读者通过阅读的调节,打破并提高了期待视野的审美水准,唤起了创造的热情,在双向作用的富于深度的审美活动后,获得创造者的巨大审美愉悦。这种阅读的格式塔建构活动指向文学的审美、认识、教育等功能。这类作品以艺术形式的成熟和创新、社会内容的丰富和深刻,深深震撼着读者,以对当下整体创作水平的突破,成为一个时期的标志。这种阅读代表着一个时代的普遍接受维度,它以较高层次的阅读共同体(其中包括当代批评家群体和作家群体)的体认作为衡量的基点,反映并引导某一时期的创作主潮。文学史上的一些经典之作,在其诞生之初便惊动文坛,读者争相传看,在读者期待视野与作品水准的适度错位中创建了新的文学艺术世界,不断改变着读者的审美标准。

四是期待视野与召唤结构的另一种分离。召唤结构大跨度超前,现有期待不能构成接受背景,读者接受度偏低,而完形压强太高,作品对大量读者呈现为完全无序的不和谐状态,无法形成一致性格式塔建构。这类作品一般都是具有较大超前性的探索性作品。它显示了一种可供探索的方向,因而可能具有某种导向性,对它的接受往往要等到期待视野和接受度在某适宜的历史时刻的相应建立,这就造成历史上不少作品文本在其诞生之初默默无闻,而后却在某一夜"突然"被人们发现,声名大噪。

西方近代文学学史上,福楼拜的名作《包法利夫人》与费多的忏悔小说《范妮》曾在19世纪中期大约同时问世。当时的《范妮》一年发行13版,创造了当时巴黎畅销书的巨大成功。它那种花哨的风格、对时髦效果的追逐、抒情忏悔的陈词滥调,在读者建立了新的期待视野和审美标准之后便"铅华落尽",成为明日黄花了。《包法利夫人》在当时招致一场"有碍风化"的诉讼案,为批评界所攻讦。只有少部分慧眼之士将其当作小说史上的转折点来理解、欣赏。当人们逐步认识到福楼拜对小说形式的突破与创新,理解了他的创作原则,《包法利夫人》终于赢得世界声誉。当历史的进步弥合了时空距离,作品的审美水准便与读者的期待视野接合了。这是作品引起读者审美视野的拓展与提升,进而促成审美标准变革的过程。姚斯对此这样说明:"作品在其诞生之初,并不是指向任何特定的读者,而是彻底打破文学期待的熟悉的视野,读者只有逐渐发展去适应作品。因而当先前成功作品的读者经验已经过时,失去了可欣赏性,新期待视野已经达到了更为普遍的交流时,才具备了改变审美标准的力量。"①姚斯一再强调这种在历史发展中作品与读者间的相互调节适应的作用,展示了作品与视野交错发展的辩证现实。

在读者阅读过程中,作品与读者的相互作用产生两个历史性的成果。一个是期待视野的调整与提高,另一个是审美标准的更新或变化。这一改变的过程可以从纵向的历史线索来进行宏观把握,又必须从横向的具体运动中进行微观探讨;可以从某一时代、社会群体的期待视野角度来观察,又必须从个体读者的审美水准的提高来予以考虑。将不同的侧面汇集起来,可以窥见读者阅读中视野变化的概貌。

五、读者的共鸣

在作品中,召唤结构留下了巨大的意义空白与未定性,向读者发出对话交流的吁请,为读者的能动性与再创造留下空间。但同时,召唤结构又不是一种绝对的无,而是相应或借助于已有表达的一种无表达的表达,萨特说"诗人们不说话;他们也不是闭口不语"。②所谓的"不说话"即是文学作品中的召唤结构,作家并没有在作品中直接说出他所要表达的意义。作品的未定性与空白引起读者的填充、投射活动,给阅读阐释以无限多样的可能性。

---

① 姚斯,霍拉勃.接受美学与接受理论[M].周宁,金元浦,译.沈阳:辽宁人民出版社,1987:33.
② 萨特.什么是文学?[M].施康强,译.北京:人民文学出版社,2018:9.

作品与读者间的相互作用产生了第三生成物：意义，它的生成表明阅读交流的成功实现。作品的阅读、交流的导引控制并不等于作品向每一读者直接给定一个先在设定的可以触知的对象。虽然对象的生成受到作品的导引，但对象不是作品，或不在作品之中。这一对象是读者在作品导引下相互建构的产物。读者被置于作为事件的阅读活动之中，在含蕴、模糊之处寻找作品词语之后的不言之意。已言之物表现为作为未言之物的参照系的意味。这种意味是一种内在蕴涵而非一般表明形状、重量之类意义的陈述，因而只可意会不可言传。但是，由于这些未言之物进入了读者的想象世界，作品的所言之物便得到了有机的延伸，呈现出极其丰富生动的样态。所以，沃尔夫冈·伊瑟尔认为意义并不产生于印刷页的自行之中，而是来自作品与读者间相互作用的生成。这样，文学的不对称交流的变异方式，便通过作品与读者间的相互提问与回答来达成对话，并通过空白与未定性的调节推进阅读，抵达意义世界。作品与读者之间相互提问与回答的方式不同，会产生不同的意义和阅读效果。共鸣是其中最重要的类型。

1.共鸣的含义

共鸣原为物理学术语，指两个振动频率相同的物体因共振而发生的声音现象。在文艺心理学中，共鸣指读者在审美过程中获得美感时所具有的一种特殊的心理现象。读者由于自身思想情感与审美对象所蕴含的思想情感相一致，从而被深深打动，体验到一种情绪上的激动。在西方美学史上，不同的美学家和流派对于共鸣产生的原因给出了不同的解释：毕达哥拉斯学派认为共鸣的原因在于"和谐"，休谟用读者具有普遍的"同情心"来解释共鸣现象，康德以"共通感"作为共鸣的基础，黑格尔以"情致"解释共鸣等。

在格式塔心理学家看来，主体之所以会产生共鸣的心理状态，主要在于外在物理结构的力和人的心理结构的力形成同型同构。"悲哀"这种心理情绪，其本身的结构式样在性质上与表现"悲哀"的舞蹈动作的结构式样是相似的。在格式塔心理学家看来，客体的物理力和主体心理力的这种相似性即同型同构，是共鸣现象产生的根本原因。格式塔心理学家对共鸣现象的解释对于分析读者鉴赏活动中的心理共鸣具有重要的启示意义。

2.共鸣产生的前提

共鸣的产生首先需要主客体两个方面具备基本前提。对审美客体——作品而言，对象本身必须具有深刻的思想感情和强烈的艺术感染力，即必须在形式和内容上都有打动人心的艺术魅力。对审美主体——读者而言，共鸣的产生首先取决于读者的一系列主观条件，如读者的感知能力、知识储备、共情能力等。

这也是审美主客体进入一定的审美心理场所必须具备的基本前提。在这一前提的基础上,文学鉴赏中的心理共鸣是鉴赏过程中主客体之间张力平衡的结果。也就是说,在文学鉴赏过程中,主体从自己的经验、心境出发对作品所产生的审美期待,与作品本身所具有的审美定向之间互相契合、统一。一个心情悲伤的人欣赏音乐,如果听萨克斯乐曲《生命的乐趣》,可能不会产生心理共鸣,如果听的是阿炳的《二泉映月》,就很容易产生强烈的共鸣。其原因就在于,读者在悲伤的心境所产生的对于鉴赏对象的期待指向,在《生命的乐趣》那舒缓轻松的音符中得不到回应,从而在审美鉴赏的心理场中主体指向客体的心理力完全占据主动,所以不能产生共鸣。相反,《二泉映月》那凄凉悲伤的旋律则完全回应了心情悲伤的人的期待指向,由于审美客体自身特征而产生的指向主体的心理力与主体指向客体的心理力互相契合、对应,使心理场达到一种平衡状态,所以才会产生心理共鸣。

3. 共鸣产生的条件

文学鉴赏的共鸣状态类似于马斯洛所说的"高峰体验",在这一状态中,主客体完全融为一体,鉴赏主体(读者)全神贯注,倾注到客体之中去,自我消失了,鉴赏主体与文本互相契合,进入一种物我合一的审美境界。鉴赏者(读者)全身心地投入,注意力集中指向作品所呈现的人物、场景、氛围,他与主人公共同欢笑,共同哭泣,他的心随着欢快的语句飞腾、随着低沉的语句沉落。

作为一种高峰体验,心理共鸣的产生需要一定的条件:

首先需要主体(读者)"静心",以进入审美状态。审美主体(读者)在进行鉴赏时,必须保持一种心灵的澄澈与宁静。审美主体的心灵超然物外,进入一种和谐、平静的状态。读者只有虚廓心灵、涤荡情怀、平息内心的杂念,形成一种无利无欲、不即不离的心境,才能真正接纳特定的审美对象,体悟其中的生命意义,从而形成心理共鸣。对此,朱熹点评说:"今人所以事事做得不好者,缘不识之故。只如个诗,举世之人尽命去奔做,只是无一个人做得成诗。他是不识,好底将做不好底,不好底将做好底。这个只是心里闹,不虚静之故。不虚不静故不明,不明故不识。若虚静而明,便识好物事。虽百工技艺做得精者,也是他心虚理明。所以做得来精。心里闹,如何见得!"[①]只有心神宁静、不为外物所干扰,才能充分领略到文学作品的美,形成心理共鸣。相反,如果"心里闹",则无从进入文学艺术作品的审美世界,更不用说产生强烈的心理共鸣了。

其次,读者的生活经验、阅历还要与文本所展示的境界相近。《红楼梦》第二十三回写到林黛玉来到梨香院墙边时听见里面有人正在演唱《牡丹亭》戏文:"原来姹紫嫣红开遍,似这般都付与断井颓垣。"又听到"良辰美景奈何天,赏心乐事谁家

---

① 朱熹.朱子语类(第八册)[M].武汉:崇文书局,2018:2531-2352.

院。"再听到"只为你如花美眷,似水流年……你在幽闺自怜……"时,感慨缠绵,如痴如醉,联想起古人崔涂的诗句"水流花谢两无情",李煜的词句"流水落花春去也,天上人间",《西厢记》中"花落水红,闲愁万种",开始细品忖度"如花美眷,似水流年"的韵味,不觉感慨万千,心痛神驰,泪流满面。林黛玉多愁善感,追求爱情,向往生活的美,却处处不如意,美好青春如流水般逝去,读到此情此景怎能不令她产生强烈的心理共鸣?

歌德的《少年维特之烦恼》一出版就受到青年们的狂热欢迎,不仅在德国风行一时,而且很快被翻译成欧洲各国文字,形成了一股"维特热"。许多青年将自己认同于维特这一人物形象,甚至模仿维特开枪自杀。对此,朱光潜先生曾经在《悲剧心理学》中做过这样的分析:假设有一个年轻人爱上一个与别人订了婚的姑娘,像通常在这种无望的相思情形下所有的那样,深感悔恨与绝望的痛苦,厌倦了生命,想着自杀。假设他恰好读到《少年维特之烦恼》这篇感伤的故事,或者看到这故事改编为剧本在舞台上演出。他会比别人更能理解和欣赏维特的痛苦,因为这一切与他自己的个人经验非常接近。这样一种非常接近的情形大概使他强烈地意识到自己的烦恼和绝望,他不再想到维特和夏洛蒂,却只想自己和他那不可能结合在一起的心上人。许多青年将自己认同于少年维特,乃至开枪自杀,是因为他们具有和维特相似的经历。读者的生活经验、人生阅历与作品所展示的境界相近,与作品之间具有的这种相关性越近,就越容易产生心理共鸣。

📖 资料链接

孟浩然诗《夏日南亭怀辛大》,其中"欲取鸣琴弹,恨无知音赏"那两句,既暗示诗人对知音的友人的怀念,也表示知音的难得。这和古诗《西北有高楼》中"不惜歌者苦,但伤知音稀"一样,反映了知音之难得,也是一种创作与欣赏的矛盾。知音的含义本来是指对音乐的反应,即音乐作用于听者的心灵。知音和知己一词相似,人们用来象征友谊。它和共鸣等词一样,可以用来解释艺术供欣赏与对艺术的欣赏的相互关系。这种关系的建立,主要不在于艺术是否为人所理解,是不是对牛弹琴;主要是指双方能不能引起情感的交流。名副其实的艺术创作不能排除情感因素,所以叙事的也就是抒情的(无动于衷的叙事还不成其为艺术)。包括令人感到悲愤的人物和情节,人们接触艺术动了感情,而且自己的感情和作者(或表演者)的感情合板,是创作与欣赏双方皆大欢喜的状态。

——王朝闻.审美谈[M].北京:人民出版社,1984.

第三节 阅读类型

马克思曾说:"假定我们作为人进行生产。在这种情况下……我在我的生产中物化了我的个性和我的个性的特点,因此我既在活动时享受了个人的生命表现,又在对产品的直观中由于认识到我的个性是物质的、可以直观地感知的因而是毫无疑问的权力而感受到个人的乐趣。……在我个人的生命表现中,我直接创造了你的生命表现,因而在我个人的活动中,我直接证实和实现了我的真正的本质,即我的人的本质,我的社会的本质。"[1]马克思对"自由劳动"的阐释可以用来理解作品阅读与文学创作,二者皆体现了人的本质力量对象化的自由创造性。文学价值的最终实现,离不开价值客体(作品)与价值主体(读者)相互作用的接受活动及其形成的价值功能实现机制。

对读者而言,阅读再创造的文学形象能生动体现其个性心理结构。读者将作品中分离的、对立的语言符号,以及作品中的空白、矛盾等,通过自己的综合统一的创造力,变成和谐、统一、灌注生气的审美对象,从而得到极大的精神享受。文学作品的阅读往往受到读者心灵动机的支配,读者对文学的需求是多元、多层次的。当读者受某一心理驱使去阅读作品的时候,难免要连带渗入另外的心理动机。读者的阅读受阅读动机、作品性质、文化积淀等因素决定和制约,所以,读者的阅读类型必然多种多样。

一、娱乐性阅读

采用此方式去阅读文学作品文本,往往选择趣味十足、情节复杂、感官刺激的作品,读者处于喜好、悲哀、快乐、厌恶、恐惧等情感体验中,寻求的是一种直接心理满足,想象活动受指向性制约,难以进入更高的审美境界。美国学者弗雷德里克·杰姆逊指出:"在十九世纪,文化还被理解为只是听高雅的音乐,欣赏绘画或是看歌剧,文化仍然是逃避现实的一种方法。而到了后现代主义阶段,文化已经完全大众化了,高雅文化与通俗文化,纯文学与通俗文学的距离正在消失。商品化进入文化意味着艺术作品正成为商品,甚至理论也成了商品。"[2]

---

[1] 中共中央马克思恩格斯列宁斯大林著作编译局.马克思恩格斯全集 第四十二卷[M].北京:人民文学出版社,1979:37.
[2] 杰姆逊.后现代主义与文化理论——杰姆逊教授演讲录[M].唐小兵,译.西安:陕西师范大学出版社,1986:147-148.

商品社会建构出一个目不暇接、五彩斑斓的文学世界,读者不再从作品中获得永恒的意义和价值。在他们看来,作品不再具有"文以载道"的功用,他们不再把文学阅读活动视为神圣、严肃的行为,而把文学当成与其他娱乐对象没有差别的商品,是一种精神上的休闲娱乐活动,是一次性阅读消费。

置身于紧张社会生活环境之中的读者,在严酷的工业文化中,在强制性的社会逻辑化中,人类的感性认知处于高度压抑状态,而娱乐性的阅读正好消解了读者的压抑情绪,成为拯救自己的一种方式。但也要看到,娱乐性读者也使得作品阅读活动变得过分随便、漫不经心,文学意义变成了历史神话,使作品欣赏混同一般娱乐,作品的存在价值在娱乐阅读中显得相当可疑。娱乐性读者在制造文学艺术繁荣景象同时,也给作品的粗制滥造大开绿灯,虽然有的读者也能从单纯的娱乐休闲进入审美欣赏,但大部分读者因为自身文化修养、审美素养的限制,仅追求一种感官愉悦或刺激,来满足娱乐需求。娱乐性阅读主要是一种大众阅读模式,其应对的作品大都是通俗作品文本,我们也不用对之求全责备,说它不诉诸读者的深层情感和理智了。

二、鉴赏性阅读

鉴赏阅读活动是指读者对作品进行鉴别和赏析,从而与作家实现鉴赏沟通的过程。读者在鉴赏阅读活动中起着十分重要的作用,这类读者超越了单纯的娱乐性读者,不是停留于作品中追求直接的感官满足,而是追求审美鉴赏的愉悦和情感的陶冶升华,使隐含在作品中的价值具体化。作品向读者传递它的文学符号信息,并在其中寄寓作家或显或隐的意图,但这些信息和意图尚不具体,还存留有"空白"和晦涩朦胧之处,需要读者发挥其能动性和创造力,明确甚而创造其中的意义,实现对作品的重塑。作品也只有通过读者的鉴赏阅读活动才能获得一个相对完成的形态,这个相对完成的形态可以为新的阅读鉴赏期待提供又一个契机。读者可以凭借其审美体验和鉴赏力,在一部为常人忽略的作品中发现特殊的审美价值,读者鉴赏阅读的能动性和创造力由此可见一斑。

读者的鉴赏阅读总留存有自己的"前理解"与期待视野的心理结构。所谓"期待视野"即读者在鉴赏前对作品的心理,它包括的含义有二:一是读者既有的审美体验及其在此基础上形成的对作品样式、风格、主题、语言等诸多因素的心理预期;二是在既有生活经验基础上形成的更为广阔的审美价值期待。期待视野使读者对作品意义表现出有意识或无意识的积极选择,与期待视野相吻合的作品得到读者的重视和青睐,不相吻合的作品受到读者的忽略。读者的鉴赏阅读还会影响或塑造作品的价值和意义取向。比如学者李杨在《50—70年代中国文学经典再解读》中所言作家杨沫对其小说《青春之歌》中女主人公林道静成长经历的改写,其中增加了描写林道静在农村体验生活的章节,这一改动正是根据读者鉴赏阅读的反馈意见进行的,改写时间为1960年作品重版之时,增加此章节的目的正是为了能更好地展现中国知识分子在革命活动中的成长经历。这一改动在20世纪80年代学术界曾有不同的反响,有的研究者认为,这种改动能更清晰地展示出林道静由一个具有自发意识的革命者转变为在具体的革命思想武装下的自觉自愿的革命者,而林道静在农村的生活经历无疑为这一转变提供了必需的前提。可以说,这种根据读者意见改动小说的内容、结构甚至价值判断的情况,在20世纪50年代的小说创作中是很普遍的,是特定历史时代文化背景的产物,读者鉴赏阅读活动对作品的价值塑造和意义取向的影响可见一斑。

鉴赏性阅读大致分两类:

第一类鉴赏阅读纯粹出于个体的价值趣味,具有即时感悟、片段化、情绪化、随意性等特征。这种鉴赏阅读没有理论的储备,往往体现为触景生情、有感而发,感受体验基本停留在个体的直觉感悟层面,个体情绪色彩强烈。

第二类是专家化的鉴赏阅读,主要由从事文学、艺术、美学理论研究的学者完成,在语言表现形态上与个体化的读者存在明显的差异。它更强调思考的逻辑性、方法的恰当与独到,以及理论思维展开的合理性,排斥个体情感对鉴赏阅读的影响,以保证理论的客观性。专家化的鉴赏阅读往往存在于一定的体制中,其自由度会由此受影响,而这也是专家读者鉴赏阅读的客观性受到人们质疑的重要原因。

三、点评性阅读

在点评性阅读中,读者往往带有比较明确的目的性,将自己鉴赏阅读得来的感性延伸到带有理性色彩的分析和判断中,提升为点评活动。

当代学者叶嘉莹回忆自己阅读李商隐诗歌《嫦娥》的经历,七八岁第一次读此诗时,对这首诗歌似懂非懂,只记住了"云母""烛影""长河""晓星""嫦娥""碧海""青天"等形象,偏爱诗歌第一、二句。在二十余年后,一次偶然的授课活动,让她重新评价起这首诗歌:"一个真正的诗人,其所思、所感必有常人所不能尽得者,……真正的诗人,都有着一种极深的寂寞感,义山这首《嫦娥》诗,便是将这种寂寞感写得极真切极深刻的一首好诗。"[①]叶嘉莹从孩童到成年的阅读经历,说明点评阅读与一般鉴赏阅读的不同。孔子评《诗经》、金圣叹评《水浒传》、李长之评司马迁、温克尔曼评古希腊艺术、狄尔泰评歌德、海德格尔评荷尔德林、列宁评列夫·托尔斯泰等,都是点评性阅读的典范案例。

点评性阅读对作品加以描述、阐释和评价,构成了点评的一般过程。描述是把读者个人对作品的鉴赏体会加以具体化、复述或归纳的过程。阐释是在描述的基

---

① 叶嘉莹.迦陵论诗丛稿(修订本)[M].石家庄:河北教育出版社,1997:217.

础上运用特定理论加以分析、概括的过程。评价是继描述、阐释后展开的价值评判过程。描述是初级过程,阐释是核心过程,评价是最后环节,作为核心过程的阐释是点评中最重要的部分,最能体现读者对作品的看法及其思想观念。读者的阐释是否高明,要看"我们是否能够以这种解释所指出的方式来阅读这个文学文本"。①这说明,浅显、直白的作品,艺术价值不高,反之,一部作品阐释性的可能性越多,其审美价值就越高。②至于评价,它是点评的目的,读者可以通过对作品的描述、阐释,最后做出其优劣好坏的价值判断。

从事点评性阅读的读者,需要具备相应的素养:一是要具有超越一般读者的审美感觉与艺术分辨能力,能体味到作品的独至和妙处,能对作品的召唤做出应答,对艺术空白进行恰当的填补,并做出符合自身特点的艺术分辨和评价。如阅读《红楼梦》,不能单纯地把它看成是一出爱情悲剧,要能从贾王史薛四大家族由盛而衰的变迁上窥探出整个王朝岌岌可危、无可挽回的命运,进而充分感受到作家曹雪芹对社会人生最终归于空幻的思考。读者越能体味曹雪芹深藏不露的伤感,理解作品复杂丰富的内蕴,获得的审美感受也就越多。二是丰富的专业知识结构和人生阅历,具有一种史学家的眼光,对文学史有深厚识见,既能感悟作品的妙处,又能对其言语特征、深层结构等有理性辨析,以此来把握作品的渊源脉络、地位价值。如白居易的《琵琶行》中有这样几句:"凄凄不似向前声,满座重闻皆掩泣。座中泣下谁最多?江州司马青衫湿。"主人公美妙绝伦的弹奏技艺以及凄凉身世固然会感动在场的听众,但听众中唯独诗人感受最深,这在诗歌里诗人已作了回答,即诗人自己的宦海沉浮与琵琶女凄凉命运有着"同是天涯沦落人"之感,这说明读者人生阅历越丰富、完备,对作品的接受也就越深入、全面。

第四节 文学批评

文学批评是一种特殊的专业性阅读行为,其成果是围绕某部文学作品、某种文学现象或某个文学问题而形成的阐释性文本。上述点评性阅读大多近乎于现代理论所说的文学批评。

当读者在进行阅读阐释之余,想到把自己的阅读阐释延伸到带有理性色彩的分析和判断,并用语言文字表达出来,与他人交流,展开多种不同的批评活动,或

---

① 谢泼德.美学:艺术哲学引论[M].艾彦,译.沈阳:辽宁教育出版社,1998:130.
② 谢泼德.美学:艺术哲学引论[M].艾彦,译.沈阳:辽宁教育出版社,1998:122-123.

社会学批评或政治学批评或伦理学批评或哲学批评或符号学批评等时,这就进入到了批评领域。譬如从文学批评的角度看贾柯章的影片《三峡好人》(2006),可以分成三个过程展开批评:第一是描述,指出影片是以三峡大坝移民工程为背景,分别讲述了煤矿工人韩三明和女护士沈红来到奉节寻找各自的妻子与丈夫的经历;第二是阐释,认为影片完美运用了贾柯章的长镜头理论,真实、朴素、细腻地呈现了小人物坚定而有尊严的情感选择;第三是评价,认定这是一部难得的好电影。这三个过程之间虽担负的任务不同,但彼此紧密交织,难以截然分开。

一、文学批评定位

文学批评是一种言语评价活动,它到底是一种艺术创造,或是一种科学研究,或是一种意识形态判断?简要归纳有三种不同的观点:

一是认为批评是一种艺术。持这一看法的代表人物是现代批评家李健吾,认为批评的根据就是批评者自我的人生体验,而不是某种外在的理论。只有运用艺术的手段和眼光,才能把握具有天才性和创造性的艺术作品。李健吾用感兴的、富含形象和情致的语言描述自己的阅读感悟。他形容"叶紫的小说始终仿佛一棵烧焦了的幼树","挺立在大野,露出棱棱的骨干,那给人苦壮的感觉,那不幸而遭电殛的暮春的幼树"。[1]这种比喻,把批评者的阅读感受形象地表达出来,用这种个人化的感受准确地道出叶紫小说悲壮、苍凉的特质。

二是认为批评是一种科学。韦勒克坚持这一观点,认为"批评家不是艺术家,批评不是艺术(在近代严格意义上的艺术)"[2],而是一种理性认识。"如果称为科学不太确切的话,也应该说是一门知识或学问。"[3]此观点表明批评是研究文学的科学,批评的目的是让读者达到对作品真理的正确理解,批评者应该摒弃自己的个人情感,达到一种科学研究的客观性。这一观点被结构主义发挥到了极致,认为批评就是为了达到对作品普遍结构的认识。

三是认为批评是一种意识形态。持这一观点的代表是伊格尔顿。伊格尔顿认为,理论和批评都是特定时代的政治和意识形态的一部分,任何理论和批评都不是真空中的产物,都具有政治性。通过令人信服的分析,他指出即使是康德的"审美无功利"说,背后也有着新兴资产阶级的意识形态要求。"五四"新文化运动的主将们主张"人的文学""平民文学",背后的目的是推翻传统文化及其意识形态,推崇民主、科学的政治理想,让文学发挥积极的意识形态功能,让文学批评成为思想解放的前沿阵地。

---

[1] 李健吾.李健吾文学评论选[M].银川:宁夏人民出版社,1983:162.
[2] 韦勒克.批评的诸种概念[M].丁泓,余徵,译.成都:四川文艺出版社,1988:11.
[3] 韦勒克,沃伦.文学理论[M].刘象愚,等译.北京:生活·读书·新知三联书店,1984:1.

上述三种观点都各有其合理性。任何一种批评,其属性都不是单一的,成熟的批评往往艺术性、科学性和意识形态性三者皆备。

由批评的这三种观点,可以引申出批评者应具备的三种基本素养。一是应具有艺术感觉与审美评价能力。即读者(批评家)必须具有超越于一般读者的审美感觉与艺术分辨力,这样才能沙里淘金,体悟作品的妙处。二是应具备丰富的专业知识结构。对于一部作品,既要能感悟其妙处,又能对其深层结构、言语特点等进行理性分析,同时还需要具有一种史学家眼光,对作品有深厚的见识,只有这样,才能正确把握作品的渊源脉络、独到之处以及地位价值。三是应有敏锐的政治触角和热切的社会关怀。批评者自己无论是否热心于政治或意识形态,都会自觉或不自觉地深深嵌入意识形态氛围中。意识形态在批评中是无所不在的。正如鲁迅所言:批评家都有一定的圈子,"或者是美的圈,或者是真实的圈……我们不能责备他有圈子,我们只能批评他这圈子对不对"。[1]英国哲学家休谟曾这样描述理想的批评家:"一个批评家应当有缜密的理性、细致的情感、广泛的实践与对比能力,并且应当毫无偏见。"[2]"缜密的理性"表明为了保证批评的客观性和科学性,"细致的情感"是为了彰显批评的艺术感受性,"毫无偏见"指批评家应尽量避免偏狭的意识形态,但这只能是一种理想状态。

二、文学批评模式举隅

中外批评模式多种多样,在此主要介绍在中国现代比较有影响的几种批评模式。

1. 感兴批评

源自中国古典文论,是一种以读者富于感性的阅读和评论去还原作品感发心志状态的批评方式。从孔子的"兴于诗"至叶燮的"兴起",感兴批评形成一条悠久的传统批评线索。这一传统在20世纪与西方体验文论的批评方式相融合,成为中国现代文论批评的一个重要模式。在20世纪,周作人、李健吾、宗白华等不约而同地致力于在体验作品基础上,品评作品蕴含的兴味,传达个人的会心,是艺术注重个体当下瞬间直觉的批评方式。其特征一是在思维方式上,不注重条分缕析、逻辑推理、理论论证,只重视体验、直觉或整体直观把握以揭示作品以及现实世界共同存在的兴发感动关系;二是批评家者的批评重心或焦点主要展现作品所启发的个体生活体验;三是从批评文体看,感兴批评多为富于文采的点评体甚至诗歌体。如唐代杜甫的《戏为六绝句》首开"以诗论诗"传统,晚唐司空图的《二十四诗品》、宋元明清文论家撰写的诗话、词话,明清李贽、叶昼、金圣叹、汪道昆、毛宗岗、张竹坡、脂

---

[1] 鲁迅.鲁迅全集(第五卷)[M].北京:人民文学出版社,2005:449-450.
[2] 汤森德.美学导论[M].王柯平,等译.北京:高等教育出版社,2005:156.

砚斋等小说批评往往"点到为止"。

而现代感兴批评中,读者多从作品的阅读中寻求感兴的呈现状况,并恰到好处地把这种感兴呈现或引导出来。如叶嘉莹就认为,这种基于"主观之感受的写作方式……有时却确实可以传达出诗歌中之感发的生命,而且可以在作者与读者之间形成一种活泼的生生不已的感发之延续。因此这一类作品所评赏的虽然是古人的诗歌,然而却往往也可以流露出来评诗人之心灵与感情的跃动"。①叶嘉莹对诗歌的批评,总是用自己的心灵去切身感受、体悟诗人之心之情的,如她对陶渊明的人生及其诗歌作品的批评:"渊明的殆无长语的省净的诗篇,与他的躬耕归隐的质朴的生活,在其省净质朴的简单之外,原都蕴藏着一种极为繁富丰美的大可研求的深意。"②认为"任真""固穷"是理解陶渊明的关键。凭借这种"知止"的智慧与操守,陶渊明在此黑暗而多岐的世途中,以其所秉持的注满智慧之油膏的灯火,终于觅得了他所要走的路,而且在心灵上和生活上,都找到他自己的栖止之所。在陶渊明诗中"深深地糅合着仁者哀世的深悲,与智者欣愉的妙悟"。③读着叶嘉莹先生充满感兴之同情的批评分析,是令人愉悦的。这正是感兴批评的魅力所在,它把批评对象的情感蕴蓄恰到好处地展现出来,这种展示也是批评家自身情感体验的激发、流露,从而达到了作家(诗人)、读者(批评家)二者心灵与情感的同时跃动。

2. 认识论批评

认识论批评在20世纪中国现代批评中长期处于支配地位。是一种注重发掘作品的认识价值与社会功能的批评方式。其特点一是作家规定作品的意义,读者研究作品的本质就是要了解作家的创作动机、创作过程、创作宗旨,这是批评的主要内容;二是思想内容统率语言形式,主张思想内容第一,内容决定形式;三是注重挖掘作品与特定社会生活、时代历史环境的联系。

20世纪的中国文坛在经历过70年代伤痕文学时期后,渴望向一种更深沉的和本土的心灵寻根。于是,80年代初文学界掀起一股寻根文学的"乡土风"。贵州作家何士光的小说《乡场上》应势而出,发表于《人民文学》1980年8月号,荣获全国优秀短篇小说奖。小说讲述一场民间纠纷,塑造了主人公冯幺爸的形象。作为事件的关键证人,老实巴交、胆小怕事的冯幺爸如何表现中国农民最真实的一面,这是小说最扣人心弦的地方。许多批评者都提及小说作者何士光黔北山区中学老师的亲身经历对创作的深刻影响,也注意到冯幺爸形象揭示了十一届三中全会后中国农民精神风貌的根本变化。历经风雨后的身份认同,对美好生活的向往,对时代精

---

① 叶嘉莹.迦陵论诗丛稿(修订本)[M].石家庄:河北教育出版社,1997:314.
② 叶嘉莹.迦陵论诗丛稿(修订本)[M].石家庄:河北教育出版社,1997:146.
③ 叶嘉莹.迦陵论诗丛稿(修订本)[M].石家庄:河北教育出版社,1997:151.

神的张扬,对现实变革的呼唤,对拥有几亿农民的中华民族未来的思考,这正是小说《乡场上》蕴含的社会现实意义。

3. 语言论批评

自20世纪以来,语言符号作为审美符码在分析作品时得到突出重视。语言论批评是一种把作品的语言形式置于中心地位,用语言学模型去加以分析的批评方法。其特点一是主张语言或符号形式不再依附于内容,而具有生成作品意义和反映作品内部结构的功能;二是突出作品的中心地位,侧重挖掘作品语言之间的裂缝、张力、含混、悖论等深层意蕴;三是主张用语言学模型来分析作品。

当代文学理论家王一川曾经运用格雷马斯的"符号矩阵"理论来重新阐释鲁迅的小说《祝福》。符号矩阵是结构语言模式的一种,它假定在一种叙事中,存在四种两两相对的人物或因素。假设一种人物或因素为X,与其对立的就是反X,与此相关的则是非X和非反X。将这一理论运用到《祝福》的分析中,可以认为被压迫者祥林嫂处在X的位置,反X位置显然就是压迫者鲁四老爷,在小说中的另一个人物柳妈,虽属于被压迫者,但她代表着那套封建礼教,对祥林嫂形成一种打击,因而柳妈处于非X位置。而小说里鲁家的这个"我",他无法回答祥林嫂的生死追问,使得祥林嫂最终亦无法解脱这个折磨她至死的问题,"我"处于非反X位置。这里,如果我们从传统的认识论批评视域着眼,祥林嫂与鲁四老爷之间应当构成尖锐的不可调和的阶级矛盾,她的悲剧结局应当是来自以鲁四老爷为代表的剥削阶级的压迫,尽管这样的阐释有一定道理,但就小说作品来说却显得有些生硬和表面化。

当批评者运用符号矩阵理论对此作进一步阐释时,不难发现易为认识论批评所忽略的新情况:被压迫者祥林嫂与压迫者鲁四老爷之间的较量其实一开始就较为微妙和复杂。同时我们也发现,在小说作品的呈现中,鲁四老爷对祥林嫂的打击迫害不是直接的而是间接的,正是以他为代表的一整套封建礼仪规则体系制约着祥林嫂的行为及其命运,但他本身并不直接出场,却经常让作为非压迫者的柳妈替代性地出场,来充当这个更大的语言结构、社会惯例、文化符码等礼仪体系的更为直接的代理人,对祥林嫂数度施以帮助。在作家鲁迅所呈现的时代语境中,这种来自阶级姐妹的以帮助面目出现的迫害或帮凶,与鲁四老爷的非直接压迫相比,也许更值得批评者关注。由于柳妈这一形象代表了那个时期中国社会亟待启蒙的数量庞大的愚昧群众,这个庞大群体的不觉悟、不反抗以及无意识的帮凶角色,可能恰是辛亥革命成果在中国广大农村基层社会组织中未能得到巩固的根本原因之一。另外,帮手"我"虽然属于"新党"并且富有同情心,可是却无法向祥林嫂灌输一套新的革命符码和社会理想秩序,因而无力帮助和救助她。

因此,小说《祝福》这一作品的批判锋芒,不仅指向鲁四老爷,更指向以柳妈为代表的一大批不觉悟的群众和无意识的帮凶,同时还对准了"我"本身。透过这个符号矩阵,批评者可以看到作品中更多复杂的人物关系及其牵扯出的深层社会结构症候,这正显露出语言论批评的独特优势所在。

以上三种批评模式,不是孤立的,它们有各自的优势和不足,在实际的读者批评实践中,三种模式常常是交融在一起的。

本章小结

作家创造出来的文学作品只是文学活动的一个部分,完整的文学活动离不开读者的参与,读者在文学活动中具有十分重要的意义和作用。

文学作品被作家创造出来还只是一个潜在的文学世界,其审美价值、社会价值的实现只有通过读者的阅读来完成。不论作家是基于何种目的进行创作,作品的最终意义要由读者来赋予,作品的成功与否也需要读者尤其是批评者来评判。

学习评价

评价维度	评价项目	评价内容	评价标准	自我评分
知识素养	读者阅读接受概念	认识:读者、作品、作家在文学活动的关系及读者阅读类型的划分标准和不确定性。	掌握:读者思维分离融合;读者阅读的心理图式和心理定势;召唤结构和期待视野理论特征。	
分析能力	读者阅读接受理论与作品解读	学会:读者阅读接受概念动态演变及读者接受维度和视野变化的可能性与多重性,拓展理论视野。	掌握:运用恰当理论、视角、方法,分析、解读不同类型作品的阅读能力。	
思想修养	读者、作者和作品对话交流交融功能	探讨:读者在文学活动中的功能。	塑造:健全人格、思想境界,增强爱国主义情怀,科学健康的读者阅读接受观。	

推荐阅读

[1] H.R.·姚斯,R.C.·霍拉勃.接受美学与接受理论[M].周宁,金元浦,译.沈阳:辽宁人民出版社,1987.

[2] 艾·阿·瑞恰慈.文学批评原理[M].杨自伍,译.南昌:百花洲文艺出版社,1992.

[3] 张廷琛.接受理论[M].成都:四川文艺出版社,1989.

[4]朱立元.接受美学导论[M].合肥:安徽教育出版社,2004.

[5]曾详芹,韩雪屏.阅读学原理[M].郑州:大象出版社,2002.

本章自测

1.简答题

(1)简述期待视野的含义。

(2)简述读者心理图式的内涵。

(3)简述点评性阅读所需的基本素养。

2.论述题

(1)结合文学创作实例,谈谈你对读者鉴赏性阅读的理解。

(2)举例分析心理共鸣产生的条件。

第六章　流变:文学的发展

本章概要

当人类能开口说话,并有了符号化的记录文字,文学就开始漫长的发展期。一方面,文学越来越"独立",与非文学的界限越来越清晰,形成自身的深厚传统,具有自己的特殊属性;另一方面,文学的发展变化也愈加深入密切地关联着社会发展,成为人类文明、文化的重要组成部分。如何处理文学发展中"继承"与"革新"的关系,如何理解文学发展的"内在"动力与"外部"推动的关系,尤其是在经济发展模式和信息传播模式较之过往历史发生巨大变化的今天,如何理解文学在高度技术化、商业化、全球化环境中的变化和特征,都是我们需要深入思考的内容。

学习目标

1.了解文学的发生与人类活动的联系。
2.理解影响文学发展的内部因素与外部因素。
3.理解文学活动从"创作"与"欣赏"向"生产"与"消费"转变的意义。
4.理解当代数字化、商业化对"经典文学"的冲击及其应对态度。
5.掌握文学发展中"通"与"变"的关系。

学习重难点

学习重点:

1.文学发展中的"继承"与"革新"。
2.文学发展的动力。
3.文学的"生产"与"消费"。

学习难点:

1.文学发展与社会发展的关系。
2.文学发展中的"复古"与"变革"。
3.文学活动从"创作"与"欣赏"到"生产"与"消费"的转变。

思维导图

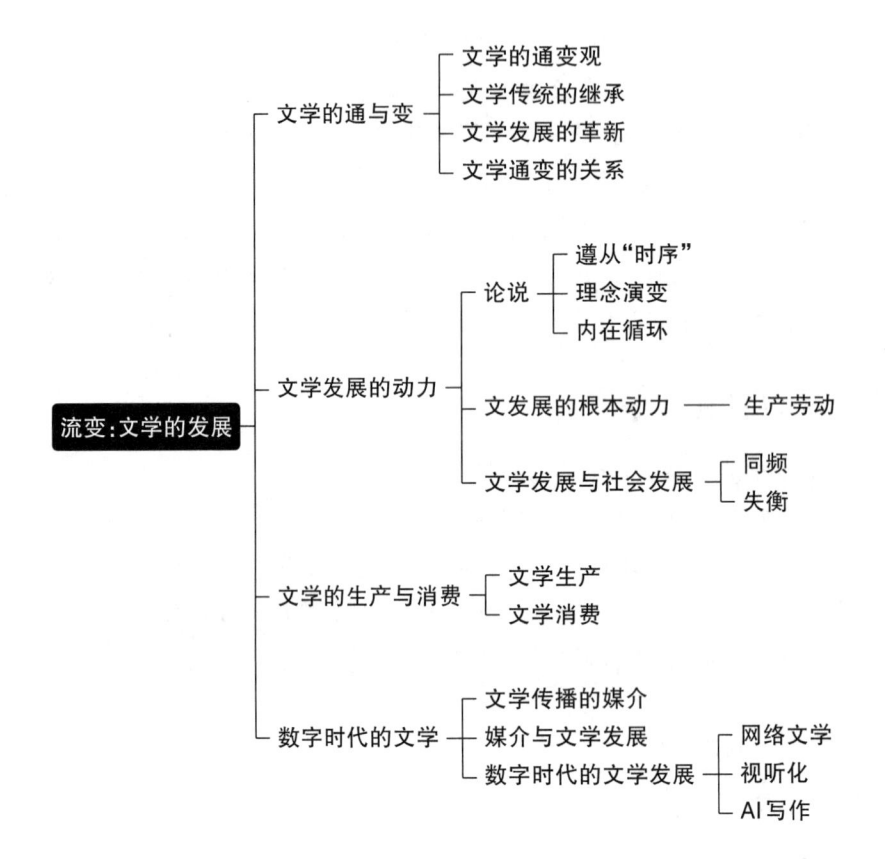

流变:文学的发展
- 文学的通与变
  - 文学的通变观
  - 文学传统的继承
  - 文学发展的革新
  - 文学通变的关系
- 文学发展的动力
  - 论说
    - 遵从"时序"
    - 理念演变
    - 内在循环
  - 文发展的根本动力 —— 生产劳动
  - 文学发展与社会发展
    - 同频
    - 失衡
- 文学的生产与消费
  - 文学生产
  - 文学消费
- 数字时代的文学
  - 文学传播的媒介
  - 媒介与文学发展
  - 数字时代的文学发展
    - 网络文学
    - 视听化
    - AI写作

第一节　文学的通与变

一、文学的通变观

生活在当下的我们,很少会认为宇宙万物是永恒停滞的。人类的历史,文明的发展,不管是过去、当下,还是未来,都不可能不改变。我们时常听到人们感慨新思想、新事物、新技术的层出不穷、目不暇接,人们会好奇在人类发展的总进程中还会遇到多少可能的变数?这些变数若放到历史长河中是否合理?诸如此类的思考涉及的正是"通"与"变"的关系问题。从哲学思考到文学理论,我们如何理解文学中的"通变"呢?

"通变"作为一个哲学概念较早出自《周易·系辞上》:"一阖一辟谓之变,往来不穷谓之通。"这里"变"就是指变化,"通"则兼有贯通和通晓之意。谈到"易"又有:"《易》穷则变,变则通,通则久。"可以说"易"就是"变",或者说"易"的本性就是"变"。由此我们看到,《周易》通变论的重点在于强调"变",认为事物发展的根本在于"变",万事万物时刻都处于变动之中,世间没有任何东西是永恒不变的。这其中不仅蕴含着中国古人朴素的辩证法思想,还表现了中国古人对宇宙周而复始、生生不息奥秘的深刻洞察。

将"通变"从哲学范畴引入文学理论领域的是南朝著名文论家刘勰。刘勰在其传世名著《文心雕龙》中专辟一篇《通变》,用以讨论文学的发展观,而另一篇《时序》也涉及此一话题。《文心雕龙·通变》曰:

> 夫设文之体有常,变文之数无方,何以明其然耶?凡诗赋书记,名理相因,此有常之体也;文辞气力,通变则久,此无方之数也。名理有常,体必资于故实;通变无方,数必酌于新声:故能骋无穷之路,饮不竭之源。[1]

所谓"文体有常",是指文学体裁有它恒常不变、需要遵守依循的规范,也即《周易》所说的不变,对此要继承,要先学习借鉴前人的创作典范。所谓"通变无方",则是指在进行具体创作时,方法、技巧等没有定规,需要独运匠心和参酌时代的审美风气。两者结合,将"有常"与"无方"相统一,文学发展的事业才能历久而弥新。

---

[1] 刘勰.文心雕龙注(下)[M].范文澜,注.北京:人民文学出版社,1958:519.

"在《周易》中,'通'与'变'本身并不构成矛盾,但是在《文心雕龙》中,刘勰为了表达辩证的文学史观,创造性地将二者对举成文,'通'指会通,指文学发展中的继承;'变'指变易,指文学发展中的革新,'通'与'变'组合在一起使用,就成为一个用来阐述文学发展过程中继承与革新之关系的文论范畴。"① 由此,后人理解通变的关键就在于如何对待"有常之体"与"无方之数"这一对立范畴,正如我们今天要弄清楚文学是如何发展的、怎样发展的,就要好好理解文学发展中继承与革新的关系,确立恰当的文学通变观。

　　从文学之发生到文学之成熟,再到文学之发展,一方面,人们对文学自身的理解也从含混交杂到愈发清晰,使文学逐渐从哲学、历史等其他人文学科中独立出来,使文学与非文学的区别越来越明确;另一方面,文学也慢慢形成了自己的发展观,古今中外的哲学家、文论家都努力为文学整理、铺垫出一条既贯通、又能不断前进的发展之路。通变论或通变观,是中国先哲思考的结果,是中国古代文论体系中最有价值的部分之一,至今都是文学理论领域中的热点研究话题,其价值经久不衰,值得我们不断学习与思考。通过上文的概括,我们能够清楚地理解中国文学通变观的思想渊源和基本内涵,有助于我们下文从"因宜适变"的角度,以今人的眼光,再次去认识文学发展进程中的"复古"与"复兴"、文学革新与文学传统的关系等问题。

　　当然,西方文学理论体系也讨论文学发展观,西方文学在其发展过程中也涉及继承与革新的关系,只是他们没有专用"通""变"这样的概念去指涉。

二、文学传统的继承

　　纵观文学发展,大致经历了从口耳相传到文字书写并形成文献记录,从神话、传说到诗歌、戏剧、小说、散文等各体兼备,同时每种文体亦有自身发展的漫长历史,形成了多种表达方式和种类。应该说,文学在漫长的岁月中形成了自己独特而复杂的传统。一般说来,后人面对传统可能会出现两种声音:一种是肯定,承认延续传统的重要性;另一种就是否定,认为对传统的强调会阻滞新事物的发生发展。中外文学发展史上一再出现的"复古"现象,足以看到坚持第一种认识的顽固性。但是,唯物史观告诉我们,任何事物都不可能一成不变,都会发展、变化。有人就认为现代文学和后现代文学的出现预示着与传统的割裂,它试图将文学带入一条探索和实验之路,是对文学传统的背弃。这似乎又印证了第二种观点。不过我们面对传统,难道只能有这种非此即彼的简单思路吗?

---

① 《中国文学理论批评史》编写组.中国文学理论批评史(2版)[M].北京:高等教育出版社,2018:130.

第六章　流变：文学的发展

如何看待传统，怎样处置前人留给后人的文化遗产，不只是我们今人才会思考的问题。其实，对于古人来讲，这也是一个必须面对的重要问题。下面我们就从文论史上的一些观点出发，再次去认识这个古老的话题。

首先，古人对于"继承"问题的思考，往往集中表现在"古今"问题的争论上。总体来说，这些争论大概分为三种情况。

（1）贵远贱近，强调对文学传统的学习与继承。例如"文必秦汉，诗必盛唐"，这是明代以李梦阳、何景明为代表的"前七子"所倡导的复古主义文学主张，主要目的是要为后人作文和写诗树立标杆，明确学习的典范，所谓入门须正。文学作为一种特殊的话语方式，一般人不可能天生就能掌握，大多需要长时间练习才能逐渐熟悉和使用这套言语表达方式。那么后人就有必要从前人的创作中总结规律，以便更快更好地掌握这种话语表达，因此也必然会强调对于文学传统的继承。但是，如果过分强调继承，执着于学习前人甚至刻意模拟，势必又会亦步亦趋，难有创新。

（2）薄古厚今，主张打破传统，鼓励探索新的语言美感。中国魏晋时期思想家葛洪，就竭力反对崇古思想，认为文章今胜于古。他在《抱朴子·钧世》中明确说："今诗与古诗，俱有义理，而盈于差美。"[①]认为今诗与古诗都各有其义理，难分高下，但是在文辞的美感上，却是今诗稍稍超过了古诗。正是基于对文学语言美感的特别注意，葛洪对汉魏以来的一些诗文辞赋给予了非常高的评价，甚至认为凌驾于《诗》《书》之上："且夫《尚书》者，政事之集也，然未若近代之优文、诏、策、军书、奏、议之清富赡丽也。"（《抱朴子·钧世》）[②]在魏晋那个文化激变时期，像葛洪这样不把传统（其实主要是指儒家思想的规范）放在眼里而追求新奇的思想家，固然有其特殊的意义和价值，但是过分注重文辞的美感，当然也无法避免片面性。因此发展到齐梁时期，"彩丽竞繁，而兴寄都绝"（陈子昂《与东方左史虬修竹篇序》）[③]，竞相追求辞藻，文学就逐渐失去了应有的思想力量，而陷入颓靡不振的困境中。

（3）相对辩证的观点，认为复古也是一种新变，古今文学并不矛盾，而是融会贯通的。这正是刘勰在《文心雕龙·通变》和《知音》中所要阐明的观点。刘勰一方面反对文学创作上的"竞今疏古"（《文心雕龙·通变》）[④]，另一方面对"夫古来知音，多

---

① 黄霖,蒋凡.中国古代文论选编(上卷)[M].上海：复旦大学出版社,2022:151.
② 黄霖,蒋凡.中国古代文论选编(上卷)[M].上海：复旦大学出版社,2022:151.
③ 北京师范大学中文系文艺理论教研室.中国古代文论选注[M].西安：陕西人民出版社,1983:256.
④ 刘勰.文心雕龙注(下)[M].范文澜,注.北京：人民文学出版社,1958:520.

贱同而思古"(《文心雕龙·知音》)①的现象提出批评,反对"贵古贱今"。他最终将处理古今关系的原则概括为"望今制奇,参古定法"(《文心雕龙·通变》)②,认为文学创作既要参考古代的杰作来确定合适的方法,也要根据新的趋势创作出符合当下潮流的作品。在后来的中国古代文学发展史上,人们并不把复古当成一种消极的文学运动,往往都与刘勰的这一文学思想有关。

从唯物史观出发,列宁、毛泽东等也都提出过鲜明的主张和观点,较为全面地阐述了合理继承和发展优秀文化遗产的重要性,强调不能简单否定和抛弃传统文化资源。无产阶级文化和社会主义文化的建设不是凭空产生的,需要从多方面吸收养分,要从历史唯物主义的角度批判地继承各种文化资源。

20世纪20年代,列宁发表《青年团的任务》《论无产阶级文化》等一系列重要论文,尖锐批评当时苏联"无产阶级文化派"简单否定民族文化遗产而希望建立一种纯粹的"无产阶级文化"的历史虚无主义倾向,强调发展社会主义文化不能割断历史,指出:"应当明确地认识到,只有确切地了解人类全部发展过程所创造的文化,只有对这种文化加以改造,才能建设无产阶级的文化……无产阶级文化并不是从天上掉下来的,也不是那些自命为无产阶级文化专家的人杜撰出来的……无产阶级文化应当是人类在资本主义社会、地主社会和官僚社会压迫下创造出来的全部知识合乎规律的发展。条条大道小路一向通往,而且还会通往无产阶级文化。"③与此相关,列宁又提出过"两种文化"的观点,即一种是反动阶级所代表的腐朽、反动的文化,一种是具有民主主义和社会主义成分的先进文化。但是列宁认为,先进文化的发展并不意味要彻底抛弃民族文化遗产,对过去的文化遗产应持批判的态度加以分析。列宁在《关于无产阶级文化》中说:"不是臆造新的无产阶级文化,而是根据马克思主义世界观和无产阶级在其专政时代的生活与斗争的条件的观点,发扬现有文化的优秀典范、传统和成果。"④列宁关于批判地继承优秀文化遗产的理论,至今仍是合理和适用的。

怎样正确对待传统文化,是发展社会主义文艺必须要面对的一个重大问题。毛泽东认为,历史上一切优秀的文化传统我们都要继承。"我们必须继承一切优秀的文学艺术遗产,批判地吸收其中一切有益的东西,作为我们从此时此地的人民生活中的文学艺术原料创造作品时候的借鉴。有这个借鉴和没有这个借鉴是不同

---

① 刘勰.文心雕龙注(下)[M].范文澜,注.北京:人民文学出版社,1958:713.
② 刘勰.文心雕龙注(下)[M].范文澜,注.北京:人民文学出版社,1958:521.
③ 中共中央马克思恩格斯列宁斯大林著作编译局.列宁选集 第四卷[M].北京:人民出版社,2012:285.
④ 中共中央马克思恩格斯列宁斯大林著作编译局.列宁全集 第三十九卷[M].北京:人民出版社,1986:334.

的,这里有文野之分,粗细之分,高低之分,快慢之分。所以我们决不可拒绝继承和借鉴古人和外国人,哪怕是封建阶级和资产阶级的东西。但是继承和借鉴绝不可以变成替代自己的创造,这是决不能替代的。文学艺术中对于古人和外国人的毫无批判的硬搬和模仿,乃是最没有出息的最害人的文学教条主义和艺术教条主义。"①中华文化源远流长,作为华夏子孙,我们怎能无视自己的历史和传统?中华文化博大精深,在历史上也曾多次开放、包容地吸纳外来文化,以开拓中华民族新的审美对象和不同的审美风格。毛泽东《在延安文艺座谈会上的讲话》一方面提醒我们要懂得"继承",另一方面更强调要懂得"鉴别",全面而深刻地揭示了我们对待传统文化应有的态度。简单地否定传统不可取,轻易地"拿来"更可怕。继承和借鉴不等于全盘接受,我们既要认真地对待古今中外一切优秀的文化遗产,也要仔细地甄别其中哪些是合理、适用的,哪些是需要抛弃、批判的,真正做到"古为今用""洋为中用"。

古人的观点自有其合理深刻之处,但也有局限、片面的言辞。我们应在马克思列宁主义和辩证唯物史观的引导下,批判地继承一切合理、优秀的文学理论,例如刘勰的观点,就值得今人再次研究。文学传统是不能丢弃的,事物的发展总是会产生变化,文学的发展亦然。

三、文学发展的革新

重新回顾中外文学史的发展进程,会发现一个共通的现象:西方人爱"复兴",中国人爱"复古"。欧洲的文艺复兴运动、新古典主义的流行,其实质就是对古希腊理性主义和文艺规范的复归,是对西方文学传统的继承和赓续。中国唐代韩愈、柳宗元所主导的古文运动、明代前后七子所倡导的复古主张,其实质也是对儒学传统思想和儒家文艺创作规范的继承和发展。可以看到,中外文学都非常重视传统的承续问题。但是,承续不是简单地照搬和套用,否则文学很容易陷入生硬的模拟窠臼。因此,在中外文学的特定历史时期,很多理论家经常会举起反对崇古的大旗,竭力推崇文学自我的革新和变化。下面,我们就看看中外文学理论家对于这个问题有哪些代表性的认识。

18世纪的欧洲思想界深受启蒙运动的影响,出现了很多敢于挑战传统、顺应潮流的新派人物,德国文艺理论家莱辛就是其中之一。莱辛大力倡导当时的新型戏剧——市民剧的实践,极力主张打破传统悲喜剧的界限。他说:"就喜剧来说,人们想到对滑稽玩艺的喜笑和对可笑的罪行的讥嘲已经使人腻味了,倒不如让人轮换一下,在喜剧里也哭一哭,从宁静的道德行为里找到一种高尚的娱乐。就悲剧来说,过去认为只有君主和上层人物才能引起我们的哀怜和恐惧,人们也觉得这不合

---

① 毛泽东.毛泽东选集 第三卷[M].北京:人民出版社,1991:860.

理,所以要找出一些中产阶级的主角,让他们穿上悲剧角色的高底鞋,而在过去,唯一的目的是把这批人描绘得很可笑。"①显然,莱辛希望用一种新的戏剧形式去迎合当时新兴资产阶级的需求,去反映当时已经发生变化的社会生活实际。同时,莱辛在文艺理论上反对一味膜拜法国新古典主义原则,反对僵化套用亚里士多德的"三一律"和悲剧理论,主张戏剧要由重视情节转向重视人物性格的表现,他说:"一切与性格无关的东西,作家都可以置之不顾。对于作家来说,只有性格是神圣的,加强性格,鲜明地表现性格,是作家在表现人物特征的过程中最当着力用笔之处。"②莱辛的认识影响了后来文艺创作从新古典主义向现实主义的转变,对促进新文学思潮的产生起到了积极的推进意义。

明代中后期的中国思想界,正处在与古典主义形态冲突的焦灼时刻,儒学的传统力量与以李贽为首对儒学传统的背弃并存,这种新旧价值观念的较量必然会渗透到文艺思想领域。明代前中期文坛盛行的乃是追求典正、和雅的台阁体文学和"文必秦汉,诗必盛唐"的复古之风,进入晚明,这种富于规制、强调古典的文化氛围终于被"公安三袁"的"性灵"说打破。"公安三袁"是生活在明代湖北公安地区的袁宗道、袁宏道、袁中道三兄弟,他们都是李贽思想的信徒,其中又以袁宏道的理论贡献最大,其"独抒性灵,不拘格套"(《叙小修诗》)③说,可谓是性灵派的代表性口号。袁宏道猛烈批判明代文坛上的复古模拟之风,强调文学创作中"真"最为可贵,主张用"真"求"变",认为只有在创作中抒发个体的真情实感,才能"不效颦于汉、魏,不学步于盛唐,任性而发,尚能通于人之喜怒哀乐嗜好情欲,是可喜也。"(《叙小修诗》)④他又在《与丘长孺》中说:"大抵物真则贵,真则我面不能同君面,而况古人之面貌乎!"⑤进而主张文学要表现"趣"和"奇",就是要求作品充分展现作者独特的审美趣味和出奇的思想个性,而不用去蹈袭前人。公安派的理论无疑从情感思想和审美趣味上推动了文艺创作的大胆革新,给当时已经大大松动的文坛带来了新的精神气象和更为灵活、别致的文艺发展出路,在今天看来仍然是先锋、前卫之举。

新中国的成立也需要文学新风气的建立。1951年,针对民族戏曲的改革问题,毛泽东提出了"百花齐放,推陈出新"的思想;1956年,又进一步提出了"百花齐放,百家争鸣"的主张。"推陈出新"和"双百"方针,是毛泽东结合中国文艺发展实际,为我国社会主义的文艺创作道路指明的新出路。毛泽东说:"百花齐放是一种

---

① 朱光潜.朱光潜全集 第六卷[M].合肥:安徽教育出版社,1990:347.
② 伍蠡甫,胡经之.西方文艺理论名著选编(上卷)[M].北京:北京大学出版社,1985:331. ②吴调公.公安三袁选集[M].武汉:湖北人民出版社,1988:229.
③ 吴调公.公安三袁选集[M].武汉:湖北人民出版社,1988:229.
④ 吴调公.公安三袁选集[M].武汉:湖北人民出版社,1988:230.
⑤ 吴调公.公安三袁选集[M].武汉:湖北人民出版社,1988:294.

发展艺术的方法,百家争鸣是一种发展科学的方法。"①"双百"方针的提出,是要促使艺术上不同形式和风格的自由发展,促进科学上不同学派的自由争论。而尊重不同文艺样式和风格的存在,则是推动文艺创新和发展的保障。"推陈出新"是要坚持在批判继承文学艺术遗产的基础上,去创造新时代的文学艺术。可以说,毛泽东非常全面地阐述了中国社会主义文艺发展中传统与革新的辩证关系。社会主义文学应该是丰富多样的,我们要在马克思主义思想的指导下,用新的文学艺术样式,去满足广大人民群众不同的审美需求,反映新时代社会发展历程,弘扬社会主义核心价值观。

  20世纪以后的西方文学理论也出现了一些与传统文学理论不同的趋向,在文学发展的革新问题上提出不同于以往的认识。美国"耶鲁学派"批评家哈罗德·布鲁姆在1973年出版代表作《影响的焦虑:一种诗歌理论》。在该著中,布鲁姆提出了影响甚大、风靡全球的"影响的焦虑"理论。他从"诗的影响"角度入手,谈到在文学史上,我们一般都认为前辈诗人对后辈诗人的影响不可避免,后辈继承前辈的题材、形式和风格,再加以创新和发展,写出新作品,这样就构成了文学传统的连贯性。对此,布鲁姆通过对浪漫主义诗人的深刻研究,提出后辈诗人和前辈诗人之间关系的核心观点,即所有优秀的文学作品都是对前辈作品的强力"误读"。他认为在启蒙运动之后,欧洲已经进入到浪漫主义文艺思潮的狂飙突进时期,开始突出地倡导作者的"天才""个性",于此之际,强调前辈诗人对后辈诗人的影响便不再是一种美德,而是一种负担和压抑,即对后辈诗人产生了影响的焦虑。布鲁姆引用英国著名作家王尔德之语说:"影响乃是不折不扣的个性转让,是抛弃自我之最珍贵的一种形式。影响的作用会产生失落感,甚至导致事实上的失落。每一位门徒都会从大师身上拿走一点东西。"②这相当于在表明:继承传统对于后辈诗人来说是消极、负面的。因此布鲁姆指出,真正强者的后辈诗人要敢于向前辈挑战,只有偏离和误读前人的作品,新人才能走出阴影,从焦虑中解脱出来,成为强者诗人。应该说,布鲁姆理论的重点不是对传统的抛弃,而是鼓励挣脱影响,大胆开疆拓土,因为诗歌发展史早已表明任何单独的诗和诗人是不存在的,他总在传统坐标的延长线上。

  最后,我们今天能系统学习文学以及与文学有关的各种知识,正是因为中外文学都形成了自己特有的历史和传统,而传统是文学延续的生命。不过,在中外文学各自的发展进程中,也不断能听到要打破传统桎梏的声音,对文学题材、形式、风格等的创新追求始终没有停止过。可见,革新又为文学发展注入了新鲜血液,使文学生命长存。

---

① 中共中央文献研究室.毛泽东文集 第七卷[M].北京:人民出版社,1999:279.
② 布鲁姆.影响的焦虑[M].徐文博,译.北京:生活·读书·新知三联书店,1989:4.

四、文学通变的关系

还有一个问题也值得思考,即中国古人为什么会把"复古"当成另一种形式的新变?

中唐古文运动的领袖韩愈在《答刘正夫书》中通过三问三答,提出学习古人的正确方式应该是"意须师古,而词必己出"。其三问三答是:"或问:'为文宜何师?'必谨对曰:'宜师古圣贤人。'曰:'古圣贤人所为书具存,辞皆不同,宜何师?'必谨对曰:'师其意,不师其辞。'又问曰:'文宜易宜难?'必谨对曰:'无难易,惟其是尔。'"[①]这里概括了韩愈对于学作古文的三点见解:第一,学作古文应该向古代优秀的圣贤文章学习;第二,学作古文应该主要学习古人的思想,而不仅是模拟古人的文辞,此亦即"必出于己,不袭蹈前人一言一句"[②](《南阳樊绍述墓志铭》)之意,也即更强调思想内容的立意高远深刻;第三,作文不以文辞的艰深或是浅易为高下,重要的是表情达意的准确恰当。文辞的难易问题在古人那里一般有两种倾向:偏重思想的崇尚简易,偏重文辞的则好艰深。韩愈在此既然说无难易,也就不排斥艰深,更何况他还注重"惟古于词必己出,降而不能乃剽贼"[③](《南阳樊绍述墓志铭》)的求新求奇倾向,那就有偏向艰深、艰涩一派的可能,其散文创作实践中也自有此表现。也就是说,韩愈非常强调创新。事实上,唐代中期古文运动是一场在儒家思想指导下的文风改革运动。其在思想上以复兴儒学为目的,在形式上却是针对骈文的文体改革,对推动中国古代散文的发展有着巨大影响。当然,受儒家复古思想影响的文学复古运动,往往同时兼具"革新"和"倒退"两种色彩。"反对骈文,从其否定它追求辞藻、讲究形式而忽视内容、脱离现实的片面性上,堪称一次文学革新运动。但如果把六朝骈文对文学自身特点的探究也一概否定,则又可视为对文学自身发展的一次倒退。"[④]如此,我们就不难理解为什么中国古人不爱"复兴"而爱"复古",复古其实也是一种"复兴",也是一种新变。

其实,"通"与"变"就是一种辩证关系,传统的继承与发展的革新,是文学发展中不可分离的两面,任何只强调一面的做法都会带来片面的文学史观。如果只是一味求新求奇,不顾传统,文学就有可能因为脱离文化土壤而缺乏应有的内涵,失去古人在思想方面的深度,而显得格调低下。如果过多强调传统的延续、风格的沿袭,就难以走出前人的阴影,致使文学发展停滞甚至倒退。只有在继承传统的基础上推陈出新,才是文学通变的关键。

---

① 吴小林.唐宋八大家文鉴赏辞典[M].上海:上海辞书出版社,2021:118.
② 吴小林.唐宋八大家文鉴赏辞典[M].上海:上海辞书出版社,2021:228.
③ 吴小林.唐宋八大家文鉴赏辞典[M].上海:上海辞书出版社,2021:229.
④ 《中国文学理论批评史》编写组.中国文学理论批评史(2版)[M].北京:高等教育出版社,2018:164.

资料链接

通变和时序是中国古代文学理论批评中关于文学发展和文学与时代的两个主要概念。或曰关键词。

通变与时序概念的形成,有着久远的思想文化渊源,而作为中国传统文学理论批评史和文学与时代关系的主要概念,其最后形成、定型于南北朝时期,以刘勰《文心雕龙》中的《通变》《时序》篇为标志。

两文在对大量的文学史现象进行理论总结归纳的基础之上,具体阐发了历代文学的发展脉络及其规律,系统详备、相映成辉,从而形成了中国古代文学理论批评中关于文学发展的具有原理性质的理论言说模式。

——《中国文学理论批评史》编写组.中国文学理论批评史(2版)[M].北京:高等教育出版社,2018.

第二节 文学发展的动力

一、文学发展动力的论说

上一节的讨论,主要就是在回答一个问题:文学是在不断发展变化的吗?答案是肯定的。那么下一步,我们就该想想:是什么在推动文学的发展?文学自身会产生变化吗?文学发展的动力究竟有哪些?对于这些问题的回答,历史上有不同的认识,形成了关于文学发展动力的各式论说。

(1)中国古人不仅很早就对通变关系有着深刻的认识,而且对文学发展变化的原因也有着自己独特的理解,即认为文学的发展演变与时代息息相关。刘勰在《文心雕龙·时序》中通过分析历代文学的历史变迁,指出文学发展会"十代""九变","时运交移,质文代变"[1],文学的内容和形式会随着时代的推移而变化,这就是"歌谣文理,与世推移,风动于上,而波震于下者",进而得出结论:"文变染乎世情,兴废系乎时序。"[2]就是说文学的变化要受到"世情"的制约,并遵从"时序"而盛衰。

---

[1] 刘勰.文心雕龙注(下)[M].范文澜,注.北京:人民文学出版社,1958:671.
[2] 刘勰.文心雕龙注(下)[M].范文澜,注.北京:人民文学出版社,1958:675.

简单讲,文学是社会文化环境的产物,会染上特定时代社会文化生活的底蕴和色彩,从而反映一定时期的盛衰状况。在古代中国,影响文学发展的动力因素有很多:一是帝王的崇尚和提倡,这是值得重视的造成文学兴盛的重要因素之一,例如汉武帝刘彻对于辞赋的极度喜好和亲自创作,引领了汉代辞赋创作和评赏的繁荣局面。反之,帝王不喜好文艺,则可能对文坛造成较大的负面影响;二是朝代更迭和战乱,这也是深刻影响文学创作风貌的重要时代因素,"一代有一代之文学"的大判断即是从此得出,战乱文学往往具有直击时艰的浓郁感伤情调;三是特定时代的学术思想也会从内在影响文学风貌的形成,如魏晋的玄学清谈之风,极大地影响了当时的"玄言诗",以至陶渊明诗歌中亦有此底色。

(2)西方思想界自柏拉图提出"理念说"之后,"理念"就不仅成为哲学形而上学体系的核心概念之一,也对西方文艺领域的诸多观念有着深刻影响。黑格尔是继柏拉图之后将"理念"进一步绝对化的重要哲学家,他不仅认为理念是事物背后最根本的存在,还认为文艺的本原是绝对理念的感性显现,文学发展乃是理念演变的结果。

黑格尔认为,理念是一直处于运动发展过程之中的,而文艺是理念的感性显现,因此文艺就会经历不同的阶段性变化,从而产生文艺的不同类型,如象征型、古典型和浪漫型等。黑格尔对欧洲文艺发展类型的总结,有着其作为思想家的概括性和精辟之处,例如他认为浪漫型艺术是内容压倒了形式,二者并不协调,其突出特点是表现自我的主观性和内心的冲突,它"可以把现前的东西照实反映出来,也可以歪曲外在世界,把它弄得颠倒错乱,怪诞离奇"[①]。黑格尔确实敏锐地看到了欧洲浪漫主义文艺的精神内核,甚至在一定程度上预见了后来现代文学的某些特质。但是,把万事万物的本原归结为一个抽象的概念——理念,再把文艺的发展归结为理念的演变,这无疑是把文艺完全当作图解理念的工具,而抹杀了文艺自身独立存在的价值。同时,割裂文艺发展与社会现实之间的联系,把文艺发展的动力归结为神秘化的观念体系,也显然是不可取的。

(3)加拿大学者诺思洛普·弗莱则认为,文学自身的发展是一种循环,与自然界的循环运动有着内在的一致性。不同的文学类型(模式)分别对应着相应的季节,即春天对应的是喜剧,夏天对应着浪漫故事,秋天对应着悲剧,而冬天则对应着反讽和讽刺。几种文学类型的发展循环往复,生生不息。

弗莱的文学循环论,其实是要从总体上论证研究文学模式的必要性和重要意义。弗莱的目的是要扭转文学研究中过于专注独创性和个性化的倾向,强调应把文学视为一个有机的发展整体,并且重视文学自身的传统。因此文学的发展是一种自我的更替,"诗歌只能产生于其它诗篇;小说产生于其它小说。文学

---

① 黑格尔.美学(第一卷)[M].朱光潜,译.北京:商务印书馆,1979:102.

形成自身,不是从外部形成的;文学的形式不能存在于文学之外,就像奏鸣曲、赋格曲、回旋曲的形式不能存在于音乐之外一样。"①从弗莱的理论出发,可以这么认为:文学发展的动力来自文学内在模式的更替发展,这种看法实际上是把文学视为一个封闭的结构体系,其优点是能使文学研究更加趋于系统化和科学化,其不足在于只关心文学内部组成要素之间的关系,无视文学发展在人类文化总进程中的意义。

二、文学发展的根本动力

上述这些有关文学发展动力的代表性论说,分别从不同的角度去解释推动文学发展的原因,其中不乏创见,提出了具有启发意义的观点。但是,诸如把文学发展的动力归结为某种空洞的思想观念,或是否定文学发展与外部世界之间的联系等认识,又具有明显的片面性,不能合理、科学地揭示推动文学发展的根本动力是什么。

1.文学在劳动中发生

马克思主义认为文学是在劳动中发生的。劳动是"一切人类生活的第一个基本条件"②。劳动不仅使人形成了直立行走的习惯,解放了双手;劳动还锻炼了人的感觉器官,使人拥有了"有音乐感的耳朵""能感受形式美的眼睛",由此马克思才说"五官感觉的形成是迄今为止全部世界历史的产物"。③同时,劳动实践作为人类重要的活动,促进了人的自我意识觉醒。马克思指出:"劳动首先是人和自然之间的过程……人自身作为一种自然力与自然物质相对立。为了在对自身生活有用的形式上占有自然物质,人就使他身上的自然力——臂和腿、头和手运动起来。当他通过这种运动作用于他身外的自然并改变自然时,也就同时改变他自身的自然。"④在生产劳动中,一方面人改造了自然,使自然打上了人的烙印,变成了人化的自然,这就是人的本质力量的对象化;同时,人在改造自然的过程中也改造自己,丰富自己的创造力、想象力、意志力和实践能力,这又是自然的人化。在生产劳动中,人的本质力量得以确证,激发了人的自我意识和审美意识,引发人类审美活动的开始。

---

① 弗莱.批评的剖析[M].陈慧,袁宪军,吴伟仁,译.天津:百花文艺出版社,1998:97.第193页.
② 中共中央马克思恩格斯列宁斯大林著作编译局.马克思恩格斯选集 第四卷(2版)[M].北京:人民出版社,1995:373-374.
③ 中共中央马克思恩格斯列宁斯大林著作编译局.马克思恩格斯文集 第一卷[M].北京:人民出版社,2009:191.
④ 中共中央马克思恩格斯列宁斯大林著作编译局.资本论 第一卷[M].北京:人民出版社,1975:201-202.

2.文学发展的根本动力是生产劳动

马克思、恩格斯把人类活动归纳为两种：物质实践活动和精神活动。"人们首先必须吃、喝、住、穿，然后才能从事政治、科学、艺术、宗教等等……人们的国家设施、法的观点、艺术以至宗教观念，就是从这个基础上发展起来的。"[①]物质实践活动是为满足人生存需要的生产活动，是一切其他活动的基础。精神活动则是指人的意识领域的活动，它在物质实践活动基础上产生和发展。精神活动一方面决定于物质实践活动，另一方面又对物质实践活动具有反作用。

作为一种特殊的精神活动，文学虽然具有相对的独立性，但伴随着生产劳动而产生，也伴随着生产劳动而发展。因此，文学发展的根本动力仍然是生产劳动。

三、文学发展与社会发展的关系

文学作为精神活动，属于上层建筑中的意识形态领域，其发展"必须从物质生活的矛盾中，从社会生产力和生产关系之间的现存冲突中去解释"[②]。社会发展最终会制约着文学发展。

马克思认为社会结构由两个基本层面组成：一是经济基础，二是上层建筑。经济基础是与一定的物质生产力相适应的、由社会关系的总和构成的、社会赖以生存和发展的现实物质基础。在经济基础上"耸立着由各种不同的、表现独特的情感、幻想、思想方式和人生观构成的整个上层建筑"[③]。上层建筑又包括两个层面：一是政治、法律制度，二是社会意识形态，例如哲学、宗教、艺术等。其中意识形态方面比起政治、法律制度距离经济基础要远些，是属于"更高地悬浮于空中的意识形态的领域"[④]。因此，文学与经济基础的关系不是直接的，而是间接、有距离的，具有一定的独立性。但无论如何，文学的发展受制于经济基础，最终被劳动生产、社会发展所制约。

1.文学发展与社会发展的"同频"

马克思认为，生产劳动从根本上制约着文学发展，文学发展表现出与社会发展在总体上的一致性，这就是文学发展与社会发展的同频。

---

① 中共中央马克思恩格斯列宁斯大林著作编译局.马克思恩格斯选集 第三卷(2版)[M].北京：人民出版社,1995:776.
② 中共中央马克思恩格斯列宁斯大林著作编译局.马克思恩格斯选集 第二卷(2版)[M].北京：人民出版社,1995:33.
③ 中共中央马克思恩格斯列宁斯大林著作编译局.马克思恩格斯选集 第一卷(2版)[M].北京：人民出版社,1995:611.
④ 中共中央马克思恩格斯列宁斯大林著作编译局.马克思恩格斯选集 第四卷(2版)[M].北京：人民出版社,1995:703.

第六章 流变：文学的发展

生产力与生产关系之间的矛盾与适应，决定了人类不同历史时期社会结构的构成。人类社会从原始社会、奴隶社会、封建社会、资本主义社会发展到社会主义社会，不同的社会结构也会影响到与之对应的文化形态的产生与特点。纵观中外文学发展史，生产力的发展、社会组织结构变化不仅会直接影响到当时的经济发展、时代风气、普通民众的日常生活，也会不同程度地表现于文学内容与形式的更新中，使文学发展能够紧随社会发展的频率，为文学的不断发展创造条件和机会。

以古代中国文化最为繁荣昌盛的唐代和宋代为例，它们是古代中国社会发展紧相关联的两个重要时期，称为"唐型文化"和"宋型文化"。唐代的中国，自信、开放，洋溢着青春活力和兼容并包的精神。唐代的自信不仅表现在政治和军事上的锐意进取，还充分体现在对寒门庶人的选拔任用，进一步推进和完善了科举考试制度。那些通过科考而进入官僚机构的文人，往往在政治和文化上会凝结成一些士人集团，或是在政治上推行一些主张与政策，或是在文化上引导特定的文学风尚，形成特有的文学流派等。中唐韩愈、柳宗元等人，皆是进士出身，他们倡导的古文运动，就是对当时骈俪文风的扭转，转而提倡一种质朴、有思想和内涵的散文风格，在中国古代文学史上产生了深远的影响。虽然我们不能说唐代的经济发展、社会风气直接导致了古文运动的兴起，但是唐代的治国理念、社会发展影响了科举考试这样的文化形态构成，铸就了一批新派文人，从而掀起了新的文学风潮。这种文学变革仍然是对当时社会发展的一种回应，其实质还是文学发展与社会发展的同频。

宋代则充满浓烈的烟火气息，拥有独特的世俗文化魅力，其中一个重要的经济基础原因，就是宋代出现了兴旺繁荣的都市文明。在很多宋代的笔记杂谈中，我们常常可见类似于苏轼这样的士大夫在闲暇之余陪同家眷"逛街""吃美食"等趣事，由此我们可以想象宋代发达的商业经济和城市布局。琳琅满目的小商品，难以取舍的各式美食，"月光族"的担心，不是今人才有的生活体验，早在宋代就已被人们熟悉。这样的社会发展带来了新的文艺生活需求，号称宋代文学之代表的"词"应运而兴。作为一种新的文学样式，早期的词多是出现在花前月下、歌楼舞榭、酒宴场合，或者驿亭送别之际，是用于"唱演"的，充分体现出其与经济发展的直接关系。后来，"词"经文人改造，逐渐成熟，最终与"诗"一起成为中国古代重要的抒情文学样式。元代在经济上承袭了宋代的商业发展，同样成就了"元曲"，进一步推动了古代抒情文学的发展。应该说，"词""曲"的出现与发展，都和宋、元的商业繁荣密切相关，既顺应了经济发展的自然趋势，也满足了当时人们新的审美追求。

再让我们转到14至16世纪的西方，这是欧洲从中世纪向近代社会转型的重要时期，即通常人们所谓的"文艺复兴"时期。此时资本主义工业的最初形式——手工工场率先在意大利的主要城市出现,与之伴随的是市民阶层的崛起。这一时期,新兴资产阶级要求打破宗教对人们精神的禁锢,开始了从经济基础到政治制度的全面变革。另一方面,他们高扬人文主义、科学主义的旗帜,以复兴古典艺术为契机,带来文艺创作的极度繁荣,并使这种势头从意大利很快席卷到了法国、西班牙、德国和英国。先是诞生了但丁、薄迦丘、彼特拉克三位文学巨人,后来又孕育了拉伯雷、莎士比亚、塞万提斯等一大批文学巨匠。可以说,文艺复兴对整个欧洲,不管是在社会层面还是文艺领域的影响都是空前绝后的。此时社会发展与文学发展相互促进,带来了整个欧洲经济和文化的觉醒,为后来欧洲迈向现代社会打下最为重要的基石。

回望中外文学史,我们可以明确看到文学的发展总是与特定时期的经济基础、社会发展密切相关,不管是唐代开放的经济文化,还是宋元的商业经济,又或是文艺复兴时期资本主义生产方式的兴起等,其影响都会渗透到文学领域并决定着文学发展的走势,从而使文学发展与社会发展保持总体上的一致。

2. 文学发展与社会发展的失衡

虽然社会生产劳动从根本上制约着文学的发展,但文学的发展与经济的发展并不总是完全协调的。历史上文学的发展常常表现出相对的独立性,或超前于经济发展,或落后于一定时期的生产力与生产关系。这就是马克思所说的物质生产与艺术生产发展之间的"不平衡关系",即我们这里所说的文学发展与社会发展的"失去平衡"。

马克思曾经说过:"关于艺术,大家知道,它的一定的繁盛时期决不是同社会的一般发展成比例的,因而也决不是同仿佛是社会组织的骨骼的物质基础的一般发展成比例的。例如,拿希腊人或莎士比亚同现代人相比。就某些艺术形式,例如史诗来说,甚至谁都承认:当艺术生产一旦作为艺术生产出现,它们就再不能以那种在世界史上划时代的、古典的形式创造出来;因此,在艺术本身的领域内,某些有重大意义的艺术形式只有在艺术发展的不发达阶段上才是可能的。如果说在艺术本身的领域内部的不同艺术种类的关系中有这种情形,那么,在整个艺术领域同社会一般发展的关系上有这种情形,就不足为奇了。"[①]这段论述指出了诸如古希腊史诗、神话这样具有典范意义的文学样式,只能产生并兴盛于生产发展水平相对低级的社会阶段,之后随着生产力的快速发展,这种早期文学样式的繁荣也就不再会出现。

在源远流长的中国文学史上,则有文学繁荣和朝代更迭呈反比例关系的说法,此即"国家不幸诗家幸,赋到沧桑句便工"。朝代的更迭意味着旧政权的瓦解,往往

---

① 中共中央马克思恩格斯列宁斯大林著作编译局.马克思恩格斯选集 第二卷(2版)[M].北京:人民出版社,1995:28.

会引发战乱,对社会的经济基础造成巨大破坏,社会生产基本停滞,对普通百姓而言则是民不聊生、一片衰败。我们也许会想当然地认为,当温饱都成问题的时候哪有心情进行创作？如果处在社会平稳时期,当个别人生活没有保障之时,很大可能是没有"剩余精力"去创造和赏玩文艺的。但如果是在极端的国破家亡之际,情况很可能会反转。魏晋文学在中国古代文学史上是一个特殊的存在,鲁迅先生曾说那是中国"人的自觉"与"文的自觉"时期。那时的中国战乱不断,四分五裂,不能组织起有效的经济生产。但是,"建安文学"的出现不仅引领了魏晋文学的强劲发展势头,更成为中国文学史中极为重要的篇章。在后来的初唐、盛唐诗人那里,他们常常把"建安风骨"当作自己追求的文学理想。如果再把眼光放开一些,魏晋时期何止文学,多种文艺譬如书法、绘画、音乐等发展都盛极一时。正是因为有如此丰富的文学艺术创作实践,在之后的南北朝时期,还出现了中国古代文学理论总结的高峰,有了萧统主持编撰的《昭明文选》、刘勰的《文心雕龙》、钟嵘的《诗品》等开创典范的文学总集和文学理论著作。

这种文学发展与社会发展的失衡现象,还突出表现于19世纪的俄罗斯文学。十月革命前的俄罗斯,经济发展缓慢,生产方式落后。相反,其他欧洲国家,像英国、法国等都先后完成了资产阶级革命,进入工业社会,经济和科技迅猛发展。但就是在这个很多欧洲人都认为是乡巴佬的国家的俄罗斯,却出现了托尔斯泰、陀思妥耶夫斯基、普希金等伟大作家和诗人。是他们把俄罗斯落后的乡土文明、保守的宗教信仰、昏庸的政治专制、虚弱的知识分子演绎、幻化成文学中独特而有魅力的艺术世界,为世界文学殿堂中增添了聂赫留朵夫、安娜·卡列尼娜、卡拉马佐夫兄弟、叶甫盖尼·奥涅金等让人无法释怀的文学形象。陀思妥耶夫斯基的作品更被人们认为开启了"现代文学"的先声,至今都是世界文学研究的热点。

深究文学发展与社会发展之间的失衡原因,有很多因素,这里仅从文学自身的角度归纳两个要点：一是马克思强调文学作为上层建筑中特殊的意识形态,具有相对的独立性,与经济基础的关系是间接的。由此,文学的发展就有可能在一段时期内偏离经济基础,如19世纪的俄罗斯文学就是典型例子。二是文学是一种特殊的精神生产。审美是文学的重要属性,文学对于人来说,需要满足人们的精神需求,它指向的是人们的思想、情感世界。因此,当处于改朝换代、国破家亡的特殊时期,普通人可以失去物质追求,却深深地需要精神寄托,需要思想情感的正常宣泄,从而认真思考人生的价值和意义。这就可以解释为什么"国家不幸诗家幸,赋到沧桑句便工"。

当然,文学发展与社会发展总体上是趋于一致的,失衡现象只是某段时期的特殊情况,并不占主流。社会发展制约和影响着文学发展的总体趋势,这是中外文学发展史中的事实。

资料链接

式观元始,眇觌玄风,冬穴夏巢之时,茹毛饮血之世,世质民淳,斯文未作。逮乎伏羲氏之王天下也,始画八卦,造书契,以代结绳之政。由是文籍生焉。《易》曰:"观乎天文,以察时变;观乎人文,以化成天下。"文之时义远矣哉!若夫椎轮为大辂之始,大辂宁有椎轮之质?增冰为积水所成,积水曾微增冰之凛。何哉?盖踵其事而增华,变其本而加厉。物既有之,文亦宜然。随时变改,难可详悉。

——黄霖,蒋凡.中国古代文论选编(上卷)[M].上海:复旦大学出版社,2022.

第三节　当代文学的生产与消费

一、文学生产

一般来说,马克思在使用"文学生产"这个概念时至少有两种情况:一是泛指,用来与物质生产相对,强调文学生产是一种特殊的精神生产,是广义的文学生产。马克思在分析社会结构时经常会使用到这个概念,比如文学生产与社会生产的同频与失衡现象,即是如此。另一种用法,则偏向于从文学活动与商业活动的关系出发,认为文学活动被裹挟于商业活动之中,是一种会带来商业价值的生产活动,这是狭义的文学生产,正是我们本节所要集中讨论的话题。

马克思除了是伟大的思想家、哲学家、社会学家,还是卓越的经济学家。在马克思所生活的十九世纪中后期,西方资本主义国家已经完成了第二次工业革命,日新月异的科学技术推动现代经济飞速向前,工商业贸易迅猛发展,形成了像伦敦、巴黎这样的现代大都市,我们今天所熟悉的百货大楼、购物中心、休闲娱乐场所等的雏形已出现。我们知道,马克思理论有自己的哲学基础,有一套完整的社会历史方法去分析和认识事物。马克思认为应把文学艺术活动放置到整个社会进程中去理解,因此在考察资本主义经济的发展状况时,马克思提醒人们,当文学活动进入到资本运行的时代,就成为一种"艺术生产"活动。在《资本论》的《剩余价值理论》中,马克思指出在资本发展时期,一切艺术生产是为资本创造价值,一切艺术品都具有商品属性。"一切所谓最高尚的劳动——脑力劳动、艺术劳动等都变成了交易的对象,并因此失去了从前的荣誉。"①马克思的认识无疑把文学艺术从神圣崇高的精神殿堂无情地拉入凡间,掉落在最为"俗气"的商业经济环境中,带上"铜臭"味。不得不说,马克思原本是用"艺术生产"的概念去说明资本主义生产方式对文化精神活动的深刻改变,同时也是为了批判资本主义生产方式和资本主义文化的弊端,有其特别的针对性。我们今天的社会主义社会,也仍有商业化发展的必然要求,文学艺术也仍会受到商业经济的深刻影响,从而出现新的趋势和特点,需要了解并把握。

1.文学创作与文学生产的区别

从文学创作和文学阅读(或文学接受)两个方面去分析文学活动是我们所熟悉的文学研究模式,至今大多数的文学理论教材仍然会从这个基本框架出发去安排全书的章节。但如果我们把文学活动转换成从文学生产与文学消费的角度去理解,就不只是两个名称的替换,而是意味着从不同层面去思考文学活动的构成。

在以往的文学研究中,人们非常重视文学创作这个问题,它是文学活动在作者端的重要构成。在这个过程中,作者将社会世界转化为笔下的艺术世界,最终形成为作品。经过漫长的认识和研究,人们发现,文学创作是一种不同于科学技术、哲学、历史等的特殊精神活动,有着自己独特的思维方式,比如直觉、灵感、想象等特殊的文艺创作心理;人们还认识到,文学创作需要种种触发的机缘,这就是创作动机,由此强调作者对生活观察的重要性,重视社会环境和作者经历对创作的影响等;人们还发现,文学创作不同于人类其他精神活动的地方,还在于它有一个强烈的情感体验过程,需要对情感经验进行浸润和提炼,而不是认知事物的理性归纳过程;人们还总结了语言表达的技巧,以求恰当地传达作者的思想情感。如此等等,都是我们讨论文学创作时所要关注的问题,也是立足于文学自身去研究文学与其他精神活动区别的重要维度,必不可少,很有价值和意义。

当社会历史的步伐快速跃入商品经济大潮之后,我们发现把文学研究设定在一个完全独立自足的真空状态过于理想化了。文学活动越来越复杂深刻地卷入到新的经济模式和社会发展进程中,使我们不得不更多地去注意文学之外的事物对于文学自身的影响。马克思早在19世纪中后期就已经敏锐地洞察到了文学与资本积累、商业经济的紧密关联,告诉人们只是从文学自身去认识文学活动已经远远不够。在市场经济时代,文学活动不再只是作家个体创作和读者个体阅读的简单相加,它们中间还有一个巨大的由纸张等原材料加工出版、书店销售、货币交易等构成的市场化、交易化环节,而创作和阅读本身也都受到市场化和消费群体的影响甚至制约。因此,我们需要一个更为综合性的视角,去理解文学作品由产生到消费的全过程,由此有了在马克思启示下的文学生产与文学消费理论。从"文学生产"理

---

① 中共中央马克思恩格斯列宁斯大林著作编译局.马克思恩格斯全集 第六卷[M].北京:人民出版社,1961:659.

论出发,我们需要思考作家身份在商品经济浪潮下的转变,认识文学作品的商品属性、作者写作与市场经济的关系、新型写作与大众审美之间的联系等问题。

2.当代文学生产的特点

从狭义的文学生产概念出发,文学生产需要带来一定的商业价值,产出相应的利润回报。与以往那种不追求经济效益的传统文学创作不同,当代文学生产出现了规模化、大众化、市场化的新特点。

(1)规模化的生产方式。当代的文学生产,是新兴文化产业的重要组成部分,无论是在资本、技术、规模上都融入现代工业发展之中,其生产规模、产品数量都不亚于其他的物质生产,具有大规模工业生产的特点。一方面多样化的融资渠道,为扩大生产能力提供了必要的资金来源。另一方面先进的科学技术,大大提高了出版物的标准化和印刷质量,精美的包装、多样化的装帧设计已成为文学出版物的必须条件;同时网络信息技术的使用,极大拓宽了文学生产的范围,电子出版物已成为最有潜力的文学市场,正在替代一些传统的出版形式;随着日常生活审美化和休闲文化影响力的逐步扩大,潜在的文学消费需求日益增长,也刺激着文学生产增速发展。

(2)大众化的倾向。当下,大众文化占据着重要的文化地位,在很多方面牵引着文化发展的方向。对于大众文化,"批评家用这一术语特指20世纪以来由文化工业制作的诸如电影、广告、流行音乐、通俗小说、电视节目等文化产品。与之相关的概念包括'大众艺术'、'通俗艺术'、'流行艺术'等。其特点是通俗易懂、机械复制和传播迅速。"[1]今天的文学写作已经很难是一件纯粹依据作者个人喜好的私人事情,他需要考虑很多与大众文化趣味接轨的问题。随着当代文学生产方式的改变,工业化大规模生产背后需要的是庞大的市场及受众,市场的导向和受众的审美趣味越来越深刻地影响着当代的文学生产,让文学生产表现出大众化的倾向,并使一些文学作品变成大众文化的组成部分。

(3)市场化的运作。在市场经济的背景下,文学作品不再是一种单纯的精神产品,它被带入到资本和文化市场中,体现自身的商业价值,从而产出经济效益。市场化的运作,致使文学生产不得不追求经济利益,市场需求的导向会直接影响文学生产。所以我们才会看到有些作者的写作专门迎合市场和受众的口味,那些作品千篇一律,甚至审美趣味低下,但是短时期内却有可能成为畅销书籍。当然,我们应该辩证地看待市场化对文学发展的影响。一方面,为了追逐较高的经济利益,文学生产有时会迷失自己的方向,被动地迎合消费者的需求,从而失去文学应有的人文关怀和审美意义;但另一方面,市场化也为文学的发展带来契机,促进文学发展

---

[1] 王先霈,王又平.文学理论批评术语汇释[M].北京:高等教育出版社,2006:826.

的革新与变化。比如人民文学出版社出版的"插图本"古典名著系列图书,将传统的文学名著等以新的呈现方式出版,这类图书印刷精美,内容配有典雅的插图,能够刺激年轻读者的购买欲望,何乐而不为呢?这几年不断曝出各类古籍出版社生存艰难的新闻,其实适时的改变是必须的,主动寻找新的发展思路,商业利益与文学的审美价值可以兼得。

二、文学消费

1.文学生产与文学消费的关系

谈文学生产就必谈文学消费,生产与消费是商业经济密切不可分割的两个层面。马克思明确指出:"生产直接是消费,消费直接是生产。每一方直接是它的对方。可是同时在两者之间存在着一种中介运动。生产中介着消费,它创造出消费的材料,没有生产,消费就没有对象。但是消费也中介着生产,因为正是消费替产品创造了主体,产品对这个主体才是产品。产品在消费中才得到最后完成。"[1]文学的生产与消费,也是如此。文学生产离不开文学消费,否则文学作品的价值就无法实现;文学消费也离不开文学生产,否则就没有了可供消费的文学产品。文学生产与文学消费是整个文学生产活动中密不可分的两个方面。

中华人民共和国成立后,一段时期内计划经济是我国的主导经济方式,一度出现了文学生产与文学消费的短暂脱节。在计划经济条件下,读者的阅读需求处于被动的地位,往往是出版什么,读者就看什么。出版社不仅不能及时掌握读者审美倾向的变化,有时就算出版社想跟上时代的发展步伐,通常也会晚一步。例如20世纪80年代初,由于港台的电视剧特别是言情剧、武侠剧的播出,带动了言情、武侠通俗小说的畅销。但是出版社的出版远远不能满足这突如其来的市场需求,以至盗版书泛滥,影响了本来应该由正规出版社所获得的收益。这样,文学生产与消费环节各自分开,消费不能促进文学生产的发展,而文学生产也不能真正带动文学的消费。这种情况后来随着改革开放的市场经济而发生了巨大变化,艺术文化市场也逐渐活跃起来。比如原来比较稀缺的儿童文学读物,如今不只品类繁多,且内容丰富、装帧精美,可以满足不同的需求类型和层次。可以这么说,只有文学生产与文学消费相互促进,良性循环,才能引导文学市场健康发展。

2.文学消费的特殊性

把文学创作与文学阅读转变为文学生产与文学消费,就是要将文学活动放置于商业经济社会的存在中进行考察,正视文学作品成为"产品"甚至是"商品"的一

---

[1] 中共中央马克思恩格斯列宁斯大林著作编译局.马克思恩格斯选集 第二卷(2版)[M].北京:人民出版社,1995:9.

部分,分析文学生产与文学消费的特点,那么我们就要问一问:买一杯咖啡、买一件衣服,与我们买一本文学著作、看演唱会、看舞蹈、看戏剧表演,其性质是完全一样的吗?似乎一样,因为我们都进行了消费,即为了得到这些商品而付出了金钱;但似乎又不太一样,因为我们消费后交换来的东西好像不同。在一般的生产和经济领域,商品的价值主要来源于它的使用价值,即要对购买者有用。一杯咖啡可以让你提神、休闲,一件衣服能满足你保暖、漂亮的需求,但是一本文学著作能拿来干什么呢?一场歌舞、戏剧表演又能带来什么呢?如果一本书、一场歌舞或戏剧表演并不能满足物质上的某种需求,那我们为什么愿意为此花钱消费呢?答案是为了满足精神需求。因此,文学消费不能直接等同于一般的商品消费,它在一般商品消费之外具有精神享受的特殊性。

在商品经济条件下,一方面,文学作品写作出来以后,就要进入流通领域,经过印刷、出版等,以商品的形式出现在市面上,读者需要购买才能获得文学作品,这个过程就是一种商品消费行为。但是另一方面,文学消费的主要目的不是换来相应的物质需求,而是为了满足读者的精神审美需求。还有,文学消费并不消耗文学作品本身,有时通过恰当的收藏还会使藏品增值。当然,随着商业化程度越来越高,文学消费的具体情况也会变得越来越复杂,出现一些新的消费趋势。

3. 当代文学消费的趋势

(1)文学消费的影响力越来越强。在市场经济环境下,生产往往受制于市场的需求,而市场的需求又主要来自消费者。为了产生经济效益,产品就会越来越受制于消费者的选择。消费环境包括政治环境、社会文化环境,其对文学消费的影响之大不言而喻,具体到消费群体的文化素养、层次、审美倾向、职业和所在地等,也都是影响文学消费的重要因素。前面所言的文学生产的大众化,其背后原因就是文学消费的大众化所致。又如当代文学消费中"轻读物"的畅销,与当下流行的休闲文化就有莫大干系。相应于休闲文化所倡导的轻松、自在的生活方式,一些集旅行、文化、人文地理知识于一体的新型文学作品、杂志期刊等,也越来越受到读者的欢迎。像《世界遗产地理》这类杂志,我们与其把它看成是传统的以了解知识为主的地理杂志,还不如把它看成是综合性的文学读物。商业化程度越高,文学消费行为对文学生产的影响力就会越来越强。

美国学者约翰·费斯克认为:"在文化经济中,消费者的作用不像经济交易线性运动的终点,意义与快乐在其中流通,生产者与消费者之间不存在任何真正的差别。"文化经济是文本与观众之间的符号交换,在这一过程中观众既是消费者,也是生产者——生产出意义和快乐。费斯克认为,"在文化经济中作为生产者的观众的力量是相当可观的",他们一方面会影响市场,决定文化产品的销售情况,尤其是当生产者无法预料什么产品卖得出去的时候,消费者的力量就显示出来了;另一方面还常常出于他们自己的目的来利用作品,即生产出新的意义。①总而言之,消费者在文学活动中越来越占据主导和中心位置,以往写作者的中心地位已经被颠覆。读者与作者中心地位的颠倒,是追求经济利益带来的根本性转变,对当代文学发展的影响极其深远。

(2)快餐化的消费方式。"快餐化"是人们对当下时兴的一种消费方式的描述。这种消费习惯的形成与日益突出的日常生活审美化趋势以及流行文化的盛行等有着密切关系。应该说,高度发达的商业经济是消费快餐化的基础,只有机械化、规模化、标准化的商品生产才能降低生产成本,为消费者提供充足、多样化、价格低廉的商品。这种消费方式不仅影响着人们的一般消费行为,也渗透到了文学消费之中。文学生产的大众化和便捷的现代传播途径,使文学阅读不再只是少数人才能获得的高级精神享受,而是普通人都能负担得起的消费行为。尽管我们说文学消费有着自己的特殊性,主要是用来满足人们的精神和审美需求,但是"快餐化"正冲击着人们的文学消费观念,消解了文学头顶上的光环,并逐渐与流行文化、时尚文化合流,共同构筑通俗文化市场。

快餐化的消费方式,往往意味着一种简单甚至冲动的消费行为。这种消费不需要经过深思熟虑,在众多的同类商品中,随意的消费选择就很容易受到时下流行元素的影响。对于那些平时就爱追随流行文化的读者来说,进行一次阅读就跟一次旅游"打卡"一样,阅读已经不是为了单纯获得一种文艺享受,而是体验一种文化生活。比如围绕那些大"IP"所生产出来的一系列文化衍生产品,常常能够在短时期内形成文化轰动效应和商业上的畅销现象,从而带来巨额的商业利润。比如《庆余年》这样的网络小说,"吾皇万睡"之类的系列漫画,都曾经成功引导了文化消费市场的走向。

(3)休闲化的消费目的。一般商品的消费目的是获取相应的使用价值,可文学产品的消费并非如此。人们进行文学消费,是因为文学具有审美、认识、教育和娱乐功能。文学消费方式的改变同时也折射出人们对于文学功能认识的改变。人们对文学的需求越来越趋于休闲化、娱乐化,而传统重视的教育功能、认识功能正在逐渐淡化。如今很多人阅读文学作品,不再是要留下永久性的思考,而是为了获得一种精神上短暂的放松,使日常生活中累积的压力获得释放。这与闲暇时泡一壶茶、喝一杯咖啡的作用几近相同。

休闲化的倾向,一方面有可能进一步强化文学产品的通俗化局面,在一定程度上使经典文学作品的生存空间更加狭小。但另一方面,休闲化也是当代文学实现审美价值的另一种表现:"休闲并不是无所事事,而是在职业劳动和工作之余,人的一种以文化创造、文化享受为内容的生命状态和行为方式。""休闲的本质和价值在

---
① 王先霈,王又平.文学理论批评术语汇释[M].北京:高等教育出版社,2006:816.

于提升每个人的精神世界和文化世界。"[1]休闲化的消费目的,正是人们希望超越日常生活,在精神上获得自由体验的需求,这也是一种审美需求。

📖 资料链接

现代社会的文化改造主要是由于大众消费的兴起。

大众消费始于本世纪二十年代。它的出现归功于技术革命,特别是由于大规模使用家用电器,它还得助于三项社会发明:一、采用装配线流水作业进行大批量生产……;二、市场的发展,促进了鉴别购买集团和刺激消费欲望的科学化手段;三、比以上发明更为有效的分期付款购物法的传播……

——[美]丹尼尔·贝尔.资本主义文化矛盾[M].赵一凡,蒲隆,任晓晋,译.北京:生活·读书·新知三联书店,1989.

第四节　数字时代的文学

一、文学传播的媒介

很多时候,我们谈论文学都在强调文学是一种特殊的精神生产,似乎是在排斥文学的"物质"性。我们很少会把文学看成是一种"物品",但是这不等于说文学不需要物质形态。德国思想家海德格尔在《艺术作品的本源》中就说过:"所有作品都具有这样一种物因素……在艺术作品中,物因素是如此稳固,以致我们毋宁必须反过来说:建筑作品存在于石头里。木刻作品存在于木头里。油画在色彩里存在。语言作品在话音里存在。音乐作品在音响里存在。"[2]海德格尔就是想说明一个事实:所有的艺术作品,都不能摆脱作为"物"的存在。所有的文艺作品都需要通过某种"中介物"来呈现自身,即避免不了物态化。而且,文艺作品的传播也需要借助一定的物质媒介作为手段或工具去实现传播和交流,否则,人类过往如此丰富的艺术宝藏,是如何流传到现在呢?

人们把这些物质载体、传播介质等统称为媒介。媒介就是那些承载、传递、扩大或延伸人类信息的物质载体和通道。文学的存在需要媒介,文学的传播更离不

---

[1] 叶朗.欲罢不能[M].哈尔滨:黑龙江人民出版社,2004:75.
[2] 海德格尔.林中路[M].孙周兴,译.北京:商务印书馆,2017:4.

开媒介。我们千万不能小看这些"物因素",因为媒介或是介质的改变,都会极大影响到文学发展的根基。我们可以参照民间文学来看口头文学与书面文学发展的区别。很多民间文学特别是一些少数民族民间文学,在新中国之前因为没有文字记录而主要依靠口头代代相传,这不仅给后来收集、整理带来很大的困难,更直接制约了这些少数民族自身文学的发展。可以设想,如果不是新中国成立后及时补救,对一些民间文学资料进行系统整理,像《孔雀公主》《阿诗玛》之类浪漫、美好的民间故事就可能随着传承人的消失而消失了。

二、媒介与文学发展

我们可以把文学传播媒介大致划分为四个阶段,分别是口语媒介、文字媒介、印刷媒介和电子媒介。

1.口语媒介与口传文学

语言的出现预示着人类文明进入了新纪元。在远古神话传说中,人们用奇异的想象去描述这个创举,就是要突出语言对于人类交流思想和感情的非凡意义。虽然我们还无法确定人何时开口说话,但是我们可以肯定,自从人类拥有口说耳听的交流能力,并随之以此为传播方式和交流媒介,就萌生了人类的文学活动。那些较早的文学样式,诸如原始神话、传说和民歌,还有后来的一些民族史诗,都是通过口耳相传保存下来的。中国上古神话《大禹治水》《共工怒触不周山》《夸父逐日》《嫦娥奔月》等,还有西方的《荷马史诗》等都带有鲜明的口传文学特征,一般是匿名或集体创作,代代相传,不断加工,流传后世。

法国著名思想家卢梭曾经这样描述人类早期的语言:"古老的语言不是系统性的或理性的,而是生动的、象征性的。我们以为第一个开口说话的人的言语(假使曾经存在过),是一种几何学家的语言,可是在实际上,那是一种诗人的语言。""在简约化和系统化之前,最古老的语言像诗歌一样,饱含激情。"[1]以口语为媒介的文学具有饱满的情感氛围,能产生极强的感染力和交流的互动性。口传文学为文学发展铺垫了一种激情与活力,这是后世的书面文学所无法比拟的。当然,口传文学的传播空间和范围比较受限制,又依赖于人并不稳定的记忆力,口耳相传之后,往往会出现较大的内容差异,对文学发展产生严重的阻碍。

2.文字媒介与书面文学

文字的出现,是文学媒介更为重要的一次大变化。从此,文学发展进入自己的成熟期,并使书面文学逐渐成为文学的主要形式。卢梭说:"对眼睛说话比对耳朵

---

[1] 卢梭.论语言的起源:兼论旋律与音乐的摹仿[M].洪涛,译.上海:上海人民出版社,2003:14-15.

说话更有效","视觉符号有助于更精确的摹仿,声音则能更有效地激发听者的意欲。"[1]文字书写不仅克服了口传文学不利于保存的缺陷,使文学作品能够即时得以书写并传于后世,还可以打破口头传播在种族、文化、地域空间上的限制,使文学能够传播到更为广阔遥远的地方。另外,以文字为媒介,文学突破对当下口语和生存经验的依赖,能够有时间沉浸地思考人生的意义和价值,极大丰富和扩充了文学的内涵。书面文学不仅突出了作者的身份意识,而且奇文异字和才学的张扬,刺激了作者尽情书写的欲望,例如汉赋对书面文字极尽谱写之能事,"以能文为本"[2],预示着中国文学走向自觉的时代。

当然,如果书面文学过于追求语言表达的简约和典雅,反而会削弱语言的内在活力,变得僵化、生硬而缺乏传达日常生活和情感的功能。因此,在古代中国,与书面文学并行的,还有日常生活交际中的口语白话,以及吸纳了数量不等的白话文的通俗文艺形式,如词、曲、戏剧和通俗小说等。中国的"五四"新文化运动逐步淘汰与现实生活严重脱节的文言文,革命性地转向白话文,以应对空前膨胀的现实表达需要,由此造成现代白话文学的胜利,并一直盛行到如今。在欧洲,19世纪是写实文学的鼎盛时期,出现了列夫·托尔斯泰、巴尔扎克等小说文体巨匠,其逼真、准确的文字描摹和穷形尽相的社会刻画让后人难以企及,但也由此忽视了感受更为深细敏锐的个人经验。因此,20世纪的现代派文学在社会现实巨变的大背景下,用尽办法以求新的突破。像普鲁斯特《追忆似水年华》这样的长篇小说,即努力书写个体的内心经验,正是希望重新唤起人们对生活的真切感受,让书面文字能够重新抵达语言的感官之维。

3. 印刷媒介与文学发展

文学传播能够跨入印刷媒介阶段,得益于造纸术和印刷术的发明和大量使用。早期印刷术从中国唐宋开始,带来了知识量和传播量的双倍激增,到明清达至鼎盛,又带动了戏曲、小说等市井通俗文学的迅速风行。其中,小说、戏剧文本往往配有插图、注释,印刷类型更为丰富多样,促进了通俗文学的极度繁荣,至今都是学术界研究通俗文艺的重要资料。

19世纪开始,随着现代印刷技术的推广,文学的传播获得了全面提升,书籍、报纸、杂志等成为承载文学发展的重要途径。现代印刷术的机械复制手段,使大规模的文学生产成为可能。这让广大普通民众成为文学传播的受众,文学不再是少数精英才能掌握和享有的文化领域。文学发展的工业化,致使文学发展逐渐商业化。文学创作日益与大众的接受能力、欣赏趣味相适应,造就了一批真正以写作为职业的作家。例如法国作家大仲马,其作品大多先在报纸上连载,后来才整理出版成

---

[1] 卢梭.论语言的起源:兼论旋律与音乐的摹仿[M].洪涛,译.上海:上海人民出版社,2003:5-6.
[2] 黄霖,蒋凡.中国古代文论选编(上卷)[M].上海:复旦大学出版社,2022:286.

书。如此我们就很好理解像《基督山伯爵》之类作品,为什么总是有着离奇曲折、引人入胜的故事情节。大仲马及其创作代表的正是古典作家向现代职业作家的转变。文学发展至此,长于叙事的小说逐渐取代长于抒情的诗歌,成为文学发展的主要形式。

4.电子媒介与数字传播

随着现代计算机、通信技术、信息科技的腾飞和互联网的依托,以及人工智能的发展,电子媒介成为承载现代文化的主要传播形式。电子媒介使信息传输的复制能力更强,传播速度更快,并能整合多种媒体成为全方位、多信息的新型快速传播模式。

现代社会无处不在的信息传播与交流,人就生活在一个个由符号代码编制的网络中,而符号是用来传播信息的。当电子媒介将一切文化信息都转变为一种数字化的代码进行处理和接受时,人们不再直接面对现实生活,甚至不再直接与人交流沟通,现实生活、人与人之间的交流沟通都被一种数字化的方式所取代。可以说,数字化的现实正在撼动着当下人类文化的根基。数字化革命的到来,对文学发展和文学传播产生了深远影响。

三、数字时代的文学发展

1.网络文学的兴盛

网络文学以其既令人兴奋又令人惊骇的发展态势,宣告自己必定是当下文学发展的宠儿。互联网、计算机,特别是智能手机的全面运用,再加上"云数据"的拓展,打破了信息储存容量的屏障,为当今网络文学的发展奠定了物质和技术基础。数字技术的智能化,降低了对信息接收对象文化水平的要求,扩大了受众。网络原创文学自身的通俗化、流行化追求,又使得网络文学拥有了越来越庞大的接受群体。不断变化的社会需求和市场需求,也在不断地刺激着网络文学的扩张野心。

当代网络文学有这样几个突出特点:

①通俗化的价值取向。网络文学从诞生之时起,就没有离开过"点击率"这个概念。尽管点击率不一定都能实现商业利润变现,但无疑都与大众化读者的阅读接受期待和阅读趣味挂钩,由此注定了网络文学的通俗化道路。当下消费主义和体验经济是商业发展的大趋势。网络文学一方面已成为重要的文化消费商品,为了获取相应的经济回报,势必迎合甚至迁就大众的审美趣味,使文学写作紧密地联系着市场需求。另一方面网络文学已参与到体验经济的构成中。"体验经济就是企业以服务为舞台,以商品为道具,以消费者为中心,创造能够使消费者参与、值得消费者回忆的活动。"[①]某些网络小说风靡一时或影视剧走红热播,带动相关旅游景区

[①] 叶朗.美学原理[M].北京:北京大学出版社,2009:315.

如故宫、大理、抚仙湖等,一时成为众多网友的打卡必选,就是体验经济的最好体现。这样的商业环境,会加强网络文学通俗化的追求。

②高度自由的写作与消费模式。网络文学从创作、发表到阅读、接受的全过程,没有太多的限制,不需要大额的出版成本,享有灵活、轻便的阅读条件,其自由程度是传统的纸质文学无法比拟的。传统文学作品需要的专用发表和出版设备,转化为简易的数字化处理,这不仅降低了发表和阅读成本,也让作者和读者在更多的时间、空间中展开文学活动。由此我们才会在旅行路途中时常看到用电子设备进行写作之人,和在地铁、高铁、飞机、汽车、船只等公共交通上进行阅读之人。

③虚拟性和交互性的网络空间。网络本身就是一个虚拟的世界,文学所呈现的艺术世界也具有虚拟性;前者借助于现代科技,后者依赖的是艺术想象。如果能把两者的潜能充分调动,就可以在网络文学中创造出一些人机交互、亦真亦幻的文学场景,增强作品的艺术效果和感染力。

作为时下兴盛的文学样式,网络文学的发展又有以下几个方面值得我们重视:

①自从网络文学兴起至今,聚集了一个为数众多的网络文学作者群体。任何一个文学爱好者,或是对文学写作有兴趣的人,都有可能成为网络作家,年龄、性别、学历、学科背景等,在此均可隐藏。不同背景的写作者,有利于创作出满足不同读者群需要的文学作品,有利于挖掘散落的大众文化和民间文化精髓。

②类型化的创作模式。网络已经成为人们生活的重要触媒,网络上会留下人们浏览关注的各种痕迹。计算机可以精确分析并预测人的行为趋向。就像我们选择食物,今天喜欢这种口味,明天喜欢那种口味,好像难以捉摸。但是利用互联网强大的信息收集和数据处理,甚至可以预先告诉商家,后天你会喜欢什么,那就为你准备什么。在精确的数据分析面前,似乎人的心理和情感都没有了遮掩。越来越成熟的网络文学市场,根据大数据的指引,甚至可以引导作者创作一些刻意迎合读者心理和情感需求的文学作品,形成类型化的创作板块。需要注意的是,部分网络文学情节套路化,思想情感单一,文学价值不高;有的甚至只是为了满足受众隐秘的心理欲望,发泄一些扭曲的情感。这实际是把网络当作宣泄欲望和暴露隐私的场所,丧失了文学应有的人文关怀和艺术品位。

③网络文学的经典化。网络文学能否进入正统文学史中?这个问题就像当初人们问通俗文学能否进入现当代文学史一样。金庸、琼瑶早已成为当代文学史研究和影视剧研究的重要对象,且在不断扩容、推进的当代文学史写作和研究中,言情和武侠已经成为小说中的重要类型。同理,网络文学也需要一个大浪淘沙、万里挑一的机制和进程,我们还需要更长的时间段去挑选那些真正优秀的作品。实际上,网络文学不仅已经成为当下影视剧选材改编的重要来源,而且已经成为当代学界的研究对象和编选对象,有了他们自己的粉丝群和研究者。

2. 视听化的综合文学形态

当下文化越来越趋向视觉化、图像化，这已被人们熟悉和接受。与之相随，文学也从单一媒介往多媒介方向发展，慢慢呈现出视听化的综合形态。虽然文学还没有像电影、电视那样成为完全的综合性艺术，但是语言作为传统文学的主要介质，正在遭遇来自图像、视像，还有声像的强大冲击。对此，我们可以做以下分析：

①通讯信息技术的整体提升，使当代文学的视听化发展成为可能。图像的数字化处理一度给计算机和互联网造成了很大的负担，个人电脑和家庭网络在运算速度和传输能力上都难以满足一般用户的需求。近年来，随着通信技术的全面提升，不只图像、视像、声像的数字化处理能力大幅提高，还可以实现语言音频与文字之间的自由转换。人们可以真正地进入"有声"文学的时代了。有声文学可以从两个层面来看：一是人们通过电子媒介，以音频方式在网络上传播文学作品。例如广播小说、广播剧、评书等，这类文学其实在数字时代之前已经存在，只是影响力非常有限。今时不同往日，像"喜马拉雅"这样的网络音频平台，拥有大量注册用户。这些用户不只是"听"，其中还有部分参与到创作中，成为主播。这些主播，经过二度创造，又把很多文学作品有声化，从儿童文学到诗歌、小说、戏剧等，只要通过适当的技术处理，就可以成为作品，被广大听众接受。与网络文学类似，人们只要配有一部智能手机或笔记本电脑等便携通信工具，就可以在任何有网络的地方接受这些作品。二是通过数字化手段，将文本文字转换为音频资料。凡是一定格式的文本，甚至不需要特殊的软件，只要在联网状态下，就可以转变成音频资料输出。在网络环境下，我们可以让一个PDF文件自己读出里面的文本内容。也就是说，我们可以随时随地把自己想要的文学作品以声音方式输出。尽管我们还无法判断有声文学到底能在多大程度上影响着当代文学的发展，但接受方式的改变肯定会影响到文学的创作形式。

②视听化对当代文学发展的影响。数字媒介的广泛使用，促进了大众文化、流行文化的纵深发展，对传统文学形成挑战。当代文学发展在被动与主动中寻求变化，只为跟上时代的步伐。"读图"是大众文化的显著特征。文学与图像化的结合正是为了适应和满足大众审美文化的需求。加入适当的图像信息，可以增强文学的直观性，刺激读者阅读的兴趣，有时还能增进作品的艺术氛围。但是文学作为语言艺术有着自身独特的审美方式。文学语言间接性的好处就在于可以充分调动读者的想象力和情感体验，创造一个多变不定的艺术世界，从而获得较高的审美享受。图像化却在很大程度上剥夺了读者想象的空间，极大地削弱了文学审美的丰富内涵。至于有声文学，其对作品的理解在很多时候依赖于播音者的二度创作输出，但网络环境下的自由主播，文化修养和文学审美层次良莠不齐，无法保障对原作品的合理发挥和准确阐释。另外，版权的获得与使用，也是制约有声文学发展的一个现

实问题。相关文学作品的随意改编,无异于版权的随意盗用,既侵害了作者的权益,也不利于文学市场的良性竞争和发展。客观地讲,文学能够借助新媒体去丰富自身的表现方式和表现手段,这对于当代文学的生存、发展和繁荣无疑是有积极意义的。同时,如何克服通俗文学过于娱乐化、低俗化的倾向,引导通俗文学健康发展,也是一个需要长远谋虑的话题。

3.AI写作的远景

AI(Artificial Intelligence)即人工智能,是现代科学的前沿技术之一。在计算机、信息技术、互联网等助力之下,人工智能的发展和运用范围已获得了重大突破。当下的人工智能不再局限于意识领域中在数据处理基础上的判断和分析,而是试图深入人类的思维和情感层面。于是,人们开始设想和尝试运用人工智能进行文学创作。

人们记忆中的机器人只能回应数据库里的问题,超出已有数据库就无法做出当下的即时的反应。我们嘲笑傻傻的机器,没有情感,没有思想。但是如今数字科技飞速提升,伴随"卷积网络"等概念的出现和运用,人工智能除了拥有庞大的数据资源外,逐渐具有自主选择和自主组织的能力。这就像一个小孩开始有了学习能力,对事物的反应不再是被动的。我们一般认为,文学创作是一种伴随着形象,需要丰富情感和想象投入的特殊活动。但是我们也要注意到:文学创作也是一个进行意念、主题的选择、组织过程。这突出表现在两个方面:一是强调对素材的加工和提炼,即要用艺术概括的手段去提炼生活和情感,从而创造出生动鲜明的艺术形象;二是强调语词的组织和锻炼,运用恰当的艺术技巧加强表情达意的语言能力。在某种意义上,写作是可以学习的,写作方法是可以通过练习掌握的。如此,当大量的文学作品作为数据被人工智能所占用,在"卷积网络"中进行选择和组织,就有可能使得人工智能写作不再是机械的反应、依葫芦画瓢,而是能够把握不同文学类型、不同场景组织的规律性,挑选更为恰当的表达方式和语言进行描绘。这不就像是一个正在慢慢"学习"写作的人?假以时日,通过更多的语言操练,也许会越写越好。

对此,研究者已有了各种尝试。其中,人工智能在小说、散文写作方面都有了令人吃惊的表现。诗歌被人们看成文学皇冠上的明珠,是人类语言表达的精华。科技机构也在不断尝试用人工智能写作古体诗和现代诗歌。尽管目前我们在这种机器式的诗歌创作中还能看到比较明显的"匠气"(人工痕迹),不那么自然,很多时候都显得比较生硬。但是,我们怎么知道在未来的什么时候,人工智能写出的作品让我们看不出"匠气",甚至还是非常优秀的作品呢。

数字时代让我们对未来生活存有太多的设想空间,越来越先进发达的科技逐步实现着人们的梦想。科技与人文的冲突在科幻小说和电影中经常被放大。无论如何,人类都不希望自己被技术和机器控制。我们希望科技真正以人为本,也希望承载着人文内涵的文学能在这个商业和技术发达的时代负重前行,既有所改变,也能保持初心,坚持文学的人文价值。

资料链接

即使在最完美的艺术复制品中也会缺少一种成分:艺术品的即时即地性,即它在问世地点的独一无二性。但唯有基于这种独一无二性才构成了历史,艺术品的存在过程就受制于历史。

原作的即时即地性构成了它的原真性(Echtheit)。

完全的原真性是技术——当然不仅仅是技术——复制所达不到的。

——[德]瓦尔特·本雅明.摄影小史、机械复制时代的艺术作品[M].王才勇,译.南京:江苏人民出版社,2006.

本章小结

文学从发生至今,历经文体、风格、题材的不断发展,成为人类文化的重要组成部分。了解文学的延续与发展,认识文学发展的动力,是从宏观上思考文学自身的必要环节。

现代发达的商业经济和高科技正深深影响着文学发展的方向,使文学面临着很多前所未有的挑战。我们需要认真分析文学发生的改变,清晰地判断其中的利弊,引导文学健康、稳定、持续地发展。

学习评价

评价维度	评价项目	评价内容	评价标准	自我评分
知识素养	文学的发展	认识:文学继承与创新的关系;关于文学发展动力的不同学说。	掌握:文学发展的根本动力;文学发展与社会发展的同频与失衡现象。	
分析能力	文学生产与文学消费	学会:根据时代的发展状况,理解不同时期文学生产与文学消费的特点。	掌握:运用恰当理论、视角、方法,分析当代文学生产与文学消费的利弊。	
思想修养	当代文学的发展与价值取向	探讨:市场化、商业化对文学价值取向的影响。	塑造:符合中国实际的文学发展观,正确认识文学价值,引导文学健康发展的格局。	

推荐阅读

[1]《中国文学理论批评史》编写组.中国文学理论批评史(2版)[M].北京:高等教育出版社,2018.

[2]瓦尔特·本雅明.摄影小史、机械复制时代的艺术作品[M].王才勇,译.南京:江苏人民出版社,2006.

[3]丹尼尔·贝尔.资本主义文化矛盾[M].赵一凡,蒲隆,任晓晋,译.北京:生活·读书·新知三联出版社,1989.

本章自测

1. 简答题

(1)简述通与变的辩证关系。

(2)简述诺思洛普·弗莱"文学循环论"的意义和缺陷。

(3)简述文学生产与文学消费的关系。

(4)简述当代文学生产的特点。

2. 论述题

(1)如何理解文学发展与社会发展的失衡现象?

(2)结合具体的文学现象分析当代文学消费的特点。

后记

在高校任教多年,给本科生、研究生讲授文学概论,却没有编写过教材。一则没有遇到好机缘,二则因为心存顾虑。教材编写需要贴近教学实际,且往往为集体写作,牵涉的问题比单打独斗的学术研究复杂,众口难调,可能出力不讨好。不过,心中又隐隐遗憾。身为教师,还是想有一天将自己学术探索的点滴所得,变成教材中的文字。这应该是大部分教师都有的想法。

感谢西南大学文学院王本朝院长。本朝院长学问好,有教育家情怀,是新文科的倡导者、践行者,与西南大学出版社筹划"新文科·中国语言文学系列教材"编写工程,邀请我和云南大学文学院王卫东院长主编《文学概论》,让我们这些讲授"文学概论"课程多年的教师,有机会以另一种方式实践自己的文学教育理想。

同时感谢西南大学出版社编辑鲁艺老师。两年来,未曾谋面,电话、微信沟通不断,始终感觉鲁老师工作严谨,待人热忱。有如此专业、亲切的编辑保驾护航,我们的编写自然顺利。

《文学概论》教材编写框架由王卫东教授和我草拟,与编写组成员讨论后确定。除王卫东教授外,其他参编教师均任教于云南师范大学文学院。具体分工如下:

李立编写第一章　文学理论的邀请;

樊华编写第二章　世界:文学的坐标;

李洪平编写第三章　作者:创造的秘密;

曹静漪编写第四章　文本:语言的力量;

谢薇编写第五章　读者:阅读的意义;

张欢编写第六章　流变:文学的发展。

书稿完成后,由王卫东教授和我负责统稿。两年的教材编写虽然尽心尽力,具体成效如何,尚需实践检验。恳请使用教材的授业者和学习者批评、赐教,以期不断改进。

李立

2024年10月